KAT MARTIN

Was dein Herz verspricht

Buch

Elizabeth Woolcot ist verzweifelt. Man will sie zu einer Ehe mit ihrem verabscheuungswürdigen Nachbarn, dem Earl of Bascomb, zwingen. Es gibt nur eine einzige Chance: ihren mächtigen Vormund, Nicholas Warring, um Hilfe zu bitten. Bedauerlicherweise eilt Nicholas der denkbar schlechteste Ruf voraus. Verurteilt als Mörder, ist er nur um Haaresbreite dem Galgen entronnen und soeben nach neun Jahren Haft aus dem Gefängnis entlassen worden. Elizabeth bleibt jedoch keine andere Wahl. Als sie ihm das erste Mal gegenübersteht, ist sie fasziniert – von seinem dunklen, ausdrucksvollen Gesicht und seiner unwiderstehlichen Anziehungskraft. Nicholas verspricht, ihr beizustehen. Nicht nur aus dem Grund, weil der Earl of Bascomb sein ganz spezieller Feind ist. Er ist zudem hingerissen von dieser schönen, mutigen und temperamentvollen jungen Frau. Doch dann geschieht ein neues Verbrechen und alle Hinweise deuten auf Nicholas. Voller Leidenschaft will Elizabeth an die Unschuld des geliebten Mannes glauben – doch kann sie ihm wirklich vertrauen?

Autorin

Nach ihrem Studium der Geschichte und der Anthropologie hat Kat Martin ihre Liebe zur Schriftstellerei entdeckt. Mit ihrem Mann Larry bereist sie all die Schauplätze ihrer Romane, um absolut authentisches Hintergrundmaterial zu sammeln. Diese historische Genauigkeit und ihr wunderbar romantischer Stil machten Kat Martin zur Bestsellerautorin.

Von Kat Martin sind bereits erschienen

Dunkler Engel. Roman (42976)
Geliebter Teufel. Roman (43794)
Heißer als die Sonne. Roman (42781)
In den Fängen der Leidenschaft. Roman (42699)
Teuflischer Verführer. Roman (43546)
Stachel der Erinnerung. Roman (35034)
Wie Samt auf meiner Haut. Roman (35063)
Bei Tag und Nacht. Roman (35143)

KAT MARTIN

Was dein Herz verspricht

Roman

Aus dem Amerikanischen
von Sabine Ivanovas

BLANVALET

Die Originalausgabe erschien 1998
unter dem Titel »Wicked Promise«
bei St. Martins Press, New York.

Blanvalet Taschenbücher erscheinen im Goldmann Verlag,
einem Unternehmen der Verlagsgruppe Bertelsmann.

Deutsche Erstveröffentlichung Februar 2000

Umschlaggestaltung: Design Team München
Umschlagillustration: Agt. Schlück/Berni
Satz: Uhl+Massopust, Aalen
Druck: Elsnerdruck, Berlin
Verlagsnummer: 35224
Lektorat: Maria Dürig
Redaktion: Petra Zimmermann
Herstellung: Heidrun Nawrot
Made in Germany
ISBN 3-442-35224-X

3 5 7 9 10 8 6 4 2

1

Sevenoaks, England, Februar 1803

Nicholas wanderte mit seinen langen, dunklen Fingern über die kleinen Mulden am Rücken der Viscountess abwärts. Abwesend streichelte er ihr Hinterteil, genoß die vollen Kurven und die Art, in der ihr glänzendes, schwarzes Haar auf seinem Kopfkissen ausgebreitet lag. Vielleicht sollte er sie noch einmal nehmen, dachte er, als sein Schaft wieder hart zu werden begann und sich in das Laken drückte.

Ein Blick auf die Ormolu-Uhr auf dem Kaminsims, und der Gedanke verschwand.

Sein Anwalt würde im Laufe der nächsten Stunde kommen, und obwohl Nick selten etwas darauf gab, was andere Leute dachten, respektierte er Sydney Birdsall und betrachtete ihn als Freund. Er wollte die sowieso schon zweifelhafte Meinung, die der Mann von ihm hatte, nicht noch verstärken.

Nicholas Warring, der vierte Graf von Ravenworth, beugte sich über die Frau, die zufrieden in seinem Bett zusammengerollt lag, und drückte einen Kuß auf ihren Nacken. »Zeit zum Aufbruch, meine Süße.«

Sie reagierte wohlig seufzend und hob den Kopf vom Kissen.

Tintenschwarzes Haar lag verführerisch über einer Brust mit rosenroter Spitze. »Bitte, Nicky, noch nicht. Es ist doch viel zu früh. Ich dachte, wir könnten den ganzen Nachmittag zusammensein.«

Er schüttelte den Kopf. »Nein, diesmal nicht, tut mir

leid.« Er spielte mit einer Locke ihres dichten, schwarzen Haars, sah zu, wie es über seine Hand glitt. »Mein Anwalt ist auf dem Weg von London hierher. Er kommt in der nächsten Stunde.«

Sie drehte sich in sinnlicher Langsamkeit um, ihre Brüste wirkten schwer und einladend, doch seine Aufmerksamkeit hatte schon begonnen nachzulassen. Sie strich mit den Fingern durch das lockige, schwarze Haar auf seiner Brust und umrundete eine seiner flachen, kupferbraunen Brustwarzen.

»Sag ihm, du hättest zu tun. Sag ihm, er soll später wiederkommen, am Abend.«

Nick griff nach ihrer Hand, spürte, wie ein Anflug von Ärger in ihm aufwallte, zusammen mit Ungeduld, die auch den letzten Rest seines Begehrens verscheuchten. Es war jetzt Zeit für sie zu gehen, und er wollte nichts dringender, als daß sie aufbrach.

»Sydney besucht mich nicht sehr häufig. Es scheint sich wohl um etwas Wichtiges zu handeln.« Er rollte sie auf den Bauch, gab ihr einen sanften Klaps auf das Hinterteil. »Sei ein liebes Mädchen, Miriam. Zieh dich an, und geh nach Hause.«

Ihre Augen wurden eine Spur dunkler. Sie machte ein kleines, rauhes Geräusch tief in der Kehle. Unzufriedenheit ließ den Ausdruck in ihrem Gesicht hart werden, als sie ihn beleidigt musterte und nach ihren Kleidern griff. Dann zog sie sich mit ruckartigen Bewegungen an und ließ sich ziemlich viel Zeit dabei. Mit ihren fünfundzwanzig Jahren war Miriam Beechcroft, Lady Dandridge, verzogen und selbstsüchtig. Meistens achtete Nick nicht weiter auf ihre Temperamentsausbrüche und ihr kindisches Verhalten, doch bei Gelegenheiten wie heute fragte er sich, wie lange er sich mit einem derartigen Benehmen wohl noch abfinden würde.

»Ich werde wohl eine geraume Zeit nicht zur Verfügung

stehen können«, sagte Miriam über die Schulter, als ihr Nick die Knöpfe am Rücken ihres pflaumenfarbenen Kleides zumachte. »Max kommt morgen und wird bis Ende nächster Woche in Westover bleiben.« Maxwell, der Viscount von Dandridge, war Miriams alternder Ehemann. Einen großen Teil des Jahres wohnten sie in Westover, dem Landbesitz des Viscounts, der nur eine kurze Strecke nördlich von Ravenworth Hall lag. Angenehm. Für sie beide. Denn Max war oft nicht zu Hause.

Nick lächelte sie spöttisch an. »Ich kann mir vorstellen, daß er sich sehr freut, dich wiederzusehen. Sei so gut und bestelle ihm herzliche Grüße von mir.«

Ihre hübschen Lippen wurden schmal, doch das war Nick egal. Abgesehen von ihrer Schönheit und Geschicklichkeit im Bett hatte Miriam keine besonderen Vorzüge. Natürlich sprach Nick das nicht aus. So dünn die Lage Gentleman an seiner Oberfläche auch sein mochte, war sie doch vorhanden, trotz der vergangenen neun Jahre.

»Du wirst mich vermissen«, prophezeite sie, wölbte die Lippen vor und wandte sich ihm zu, um sich küssen zu lassen, nachdem sie ihr langes, schwarzes Haar zu einem Knoten im Nacken aufgesteckt hatte. »Dann tut es dir bestimmt leid, daß du mich weggeschickt hast.«

Einer seiner Mundwinkel hob sich amüsiert. »Mag sein. Ich werde mich wohl mit Spielen und Trinken trösten müssen, bis du wiederkommst.«

Jetzt lächelte sie, denn sie war sicher, daß die Erwartung ihrer Reize völlig ausreichen würde, um zu verhindern, daß er in das Bett einer anderen Frau geriet. In Wahrheit würde er natürlich genau das tun, wozu er Lust hatte. Exakt wie Miriam.

Sie verließen sein Schlafzimmer über die Hintertreppe wie stets, so daß sie im unteren Flur erschienen, als ob sie gerade aus einem der Salons getreten wären. Das war eigentlich ein sinnloser Trick, der niemanden täuschte, und unter seinen Bediensteten, zu denen er volles Vertrauen hatte, gar nicht notwendig war. Doch wenn dadurch Miriams etwas seltsamer Sinn für Anstand befriedigt wurde, war es zumindest ein geringer Aufwand.

Als sie die Haustür erreichten, drehte sie sich zu ihm um. »Tja, dann sehen wir uns wohl erst in vierzehn Tagen wieder.« Sie lächelte zu ihm auf. Ihre Lippen waren immer noch geschwollen von seinen Küssen, ihre Wangen gerötet in der sonst cremeweißen Tönung ihrer Haut. »Adieu bis dahin, Nicky, mein Liebster.«

So schön sie auch sein mochte, sah Nick sie doch mit einer gewissen Erleichterung in ihrer Kutsche verschwinden. Und sosehr sie ihn auch im Bett amüsierte, konnte Miriam manchmal etwas lästig sein. Vielleicht würde ihre zweiwöchige Abwesenheit dazu beitragen, daß seine Leidenschaft für sie, die gerade zu erkalten drohte, wieder etwas aufgewärmt wurde.

Er wandte sich dem hochgewachsenen, fast kahlköpfigen Butler zu, der steif am Eingang stand. Edward Pendergass war seit vielen Jahren im Dienst der Warrings und einer der wenigen, die nicht in den letzten neun Jahren gekündigt hatten. »Ich erwarte den Besuch von Sydney Birdsall. Wenn er kommt, findet er mich in meinem Arbeitszimmer.«

»Wie Ihr wünscht, Mylord.« Er neigte flüchtig seinen leberfleckigen Kopf. Seine Haltung war genauso untadelig wie in den Jahren zuvor, als er für Nicks Vater, den dritten Graf von Ravenworth, gearbeitet hatte. Damals war der Haushalt ein total anderer gewesen. Da waren der Graf und seine Mutter noch am Leben und hatten ihn und seine Schwester Maggie vergöttert.

Nick verscheuchte die schmerzliche Erinnerung und dachte erneut an die Begegnung mit seinem Anwalt. Er fragte sich, was in aller Welt wohl so wichtig sein mochte, daß Sydney Birdsall von London nach Ravenworth reiste, ein Ort, den sein Freund vermutlich als »Freiluftlasterhöhle« bezeichnen würde.

Was immer es sein mochte, Nick würde nicht lange warten müssen, um es zu erfahren.

Gekleidet in ein graues, militärisch geschnittenes Reisekleid aus Kaschmirwolle, schwarz gestreift und mit passenden Schnurverzierungen am Oberteil, hockte Elizabeth Abigail Woolcot nervös auf der vorderen Kante eines Sofas im Goldenen Salon von Ravenworth Hall.

Ihr Magen war verkrampft vor Nervosität und ihre Handflächen feucht. Sie rückte ihre graue Haube mit der schmalen Krempe zurecht, steckte eine Strähne ihres dunkelrotbraunen Haars darunter und setzte sich auf dem Goldbrokatsofa anders hin. Entschlossen, nicht weiter darüber nachzudenken, was in jenem anderen Raum auf der anderen Seite der Eingangshalle besprochen wurde, sah sie sich nervös im Zimmer um.

Ravenworth Hall war riesig und eindrucksvoll, der Salon, in dem sie wartete, war mit reichverzierten, vergoldeten Ebenholzmöbeln eingerichtet und hatte eine hohe, bemalte Stuckdecke. Schwere Aubussonteppiche bedeckten den schwarzen Marmorboden, und die Wände waren mit goldgeflockten Tapeten beklebt. Goldene Damastvorhänge hingen an den Fenstern und hinderten die Sonne irgendwie trotzdem nicht daran, hereinzuscheinen.

Im Gegenteil, der Goldene Salon glänzte im Schein des hereinströmenden Sonnenlichts, das auf die vergoldeten Spiegel traf und regenbogenfarbene Lichter in den kristallenen Leuchtern hervorrief, die an den Wänden hingen. Er war unglaublich schön, doch in Wahrheit wollte sie eigentlich gar nicht hier sein. Nicht in diesem Haus.

Elizabeth seufzte und strich abwesend eine nichtexistente Falte in ihrem Reisekleid glatt. Sie wußte mehr als genug über dieses Haus, in dem sie saß, und den Mann, der es bewohnte – den »Verruchten Grafen«, so nannte man ihn, den schändlichen Grafen von Ravenworth – und daß sie überhaupt Zeit in seinem Haus – in seiner Gesellschaft – verbringen mußte, war wirklich das letzte, was sie sich wünschte. Unglücklicherweise sah es jedoch so aus, als hätte sie keine andere Wahl.

Elizabeth warf einen Blick zu der Tür, durch die sie hereingekommen war, und dachte an den Grafen, den sie gerade zum erstenmal gesehen hatte – hochgewachsen und dunkel und in keinster Weise so, wie sie ihn sich vorgestellt hatte.

Nicht, daß er nicht genauso beängstigend gewesen wäre. Im Gegenteil, mit seinem etwas zu langen, leicht gewellten schwarzen Haar, den hohen Wangenknochen und den silbrig schimmernden blau-grauen Augen sah er sogar noch einschüchternder aus, als sie erwartet hatte. Er war auch viel jünger, vielleicht noch nicht einmal dreißig, und viel attraktiver. Genaugenommen war der Graf von Ravenworth womöglich der attraktivste Mann, den Elizabeth je gesehen hatte.

Doch das machte ihn nicht weniger schändlich, rief sie sich in Erinnerung. Nicholas Warring war ein Mörder – verurteilt und bestraft –, ein Mann, der sieben Jahre Straflager in Jamaica hinter sich hatte. Nur dem Eingreifen seines mächtigen Vaters und den »mildernden Umständen«, wie Mr. Birdsall es genannt hatte, war zu verdanken, daß man den Kerl nicht gehängt hatte.

Wie groß und schlank er war! Und dabei doch breitschultrig. Seine Kniehosen lagen eng um kräftige Schenkel, die mit deutlich sichtbaren, sehnigen Muskeln ausgestattet waren. Obwohl der Graf erst seit weniger als zwei Jahren wieder in England war, galt er als notorischer Wüstling und hatte einen äußerst zweifelhaften Ruf.

Und jetzt, nachdem sein Vater verstorben war, hatte er auch den Titel des vierten Grafen von Ravenworth inne.

Und das bedeutete: Er war ihr Vormund.

Elizabeth schauderte, als sie daran dachte, und ihre Augen wandten sich von der offenen Tür ab. Obwohl sie hier im Salon saß, konnte sie das Murmeln von Männerstimmen vom Arbeitszimmer herüberklingen hören, und ihr Magen zog sich zusammen. Worüber sprachen sie? Sydney hatte ihr versichert, daß der Graf ihr helfen würde, doch aus dem Ausdruck seines Gesichts hatte sie geschlossen, daß er sich nicht wirklich sicher war. Die Stimmen wurden lauter und leiser. Ihr Herz schlug schneller. Was in aller Welt ging nur dort drinnen vor?

Obwohl sie wußte, daß sie das eigentlich nicht tun sollte, und weil sie die Spannung einfach nicht eine Sekunde länger aushalten konnte, stand Elizabeth auf und ging hinüber zur offenen Tür. Keiner der Bediensteten war in der Nähe. Sie holte tief Luft, um sich Mut zu machen, dann schlich sie durch die Eingangshalle, blieb vor der Tür zum Arbeitszimmer stehen und drückte ein Ohr auf die prächtig geschnitzte Oberfläche.

»Ihr macht wohl Witze, oder?« sagte Nick, stand vom Sessel am Schreibtisch auf und begann, vor dem marmornen Kamin auf und ab zu gehen. »Ihr könnt doch nicht im Ernst erwarten, daß ich das Mädchen hier in Ravenworth behalte.«

Sydney Birdsall, ein schlanker, weißhaariger Mann, der früher der beste Freund von Nicks Vater gewesen war, rutschte unbehaglich hin und her, wandte aber den Blick nicht ab. »Niemand kennt Euren schlechten Ruf besser als ich, Nicholas. Seit Ihr von den Westindischen Inseln zurück seid, habt Ihr Euch ja auch die größte Mühe gegeben, das bißchen guten Ruf, das Ihr noch hattet, kaputtzumachen, so gut es geht.«

Nick sah ihn kühl an. »Wie könnt Ihr dann also vorschlagen, daß ein junges Mädchen wie Elizabeth Woolcot unter meinem Dach leben soll?«

Sydney seufzte: »Wenn es eine andere Möglichkeit gäbe, wäre ich nicht hier, das könnt Ihr mir glauben. Aber es ist nun einmal so, daß das Mädchen Euer Mündel ist. Und sie ist in Gefahr.«

»Das Mädchen war das Mündel meines Vaters. Bis sie gerade ins Haus kam, hatte ich die junge Dame noch nie gesehen.«

»Nein, aber Ihr habt Geld geschickt, um sie zu versorgen. Ihr habt Euch um ihre Ausbildung gekümmert und dafür gesorgt, daß sie und ihre Tante gut aufgehoben waren.«

»Das alles habe ich durch Euch arrangiert.«

»Trotzdem seid Ihr bisher Eurer Pflicht immer nachgekommen, und ich bitte Euch darum, in dieser Form weiterzumachen.«

Nick gab ein frustriertes Geräusch von sich. »Ihr wißt, was in diesem Haus vor sich geht, Sydney – und was für ein Leben ich führe. Das, worum Ihr mich bittet, ist unmöglich.«

»Elizabeth hat niemand anderen, an den sie sich wenden könnte. Ihr kennt Oliver Hampton. Der Mann ist extrem rücksichtslos. Aus welchem Grund auch immer – wegen ihrer Schönheit vielleicht, oder vielleicht auch nur, weil sie seine Werbung abgelehnt hat – will Lord Bascomb sie haben, und er wird alles tun, was in seiner Macht liegt, um sie zu bekommen.«

Nick wandte sich von dem schlanken, kleinen Mann mit dem klugen, wachsamen Blick ab. Er kehrte zu seinem Schreibtisch zurück, setzte sich müde und lehnte sich in seinen Sessel. Er kannte Bascomb allerdings. Der Graf war der wohlhabende Besitzer der Hampton-Schiffahrtslinie, ein gewissenloser Hund, der sich nahm, was er wollte, ohne sich je um die Konsequenzen zu kümmern. Er benutzte Menschen nur zu seinen eigenen Zwecken, und danach trat er sie wie Insekten in den Staub.

Er war auch der verlogene Hurensohn, der dazu beigetragen hatte, daß er damals ins Gefängnis gekommen war. Der Gedanke an den Grafen von Bascomb in Zusammenhang mit einem unschuldigen jungen Mädchen wie Elizabeth Woolcot verwandelte das Blut in seinen Adern zu Eis.

Er konzentrierte seinen Blick auf den Mann, der ihm gegenüber saß. »Das Mädchen ist offensichtlich in einer üblen Lage«, sagte er. »Ich nehme an, Ihr wart schon bei der Polizei. Was haben die örtlichen Behörden zu der Sache zu sagen?«

Sydney gab einen gequälten Ton von sich. »Bascomb hat die Behörden im Griff. Der Graf ist der reichste Mann von Surrey – einer der reichsten in England – und von Gesetz wegen hat er nichts falsch gemacht. Abgesehen davon wißt Ihr genausogut wie ich, daß Bascomb vorhat, sie zu heiraten, selbst wenn er sie vorläufig nur entführen würde. Wenn man Elizabeth' gegenwärtige Lage bedenkt, würde jeder Richter des Landes die Tatsache, daß sie dabei die Gräfin von Bascomb werden wird, als puren Glücksfall für sie betrachten.«

Nick seufzte und spürte, wie sich die Niederlage schwer auf seinen Schultern breitmachte. »Also gut, Sydney. Ich kann verstehen, was Ihr meint. Ich werde tun, was ich kann, um ihr zu helfen, aber hierbleiben kann sie einfach nicht.«

Sydney beugte sich vor, die Hände nervös auf seinen Schenkeln zu Fäusten geballt. »Ihr habt sie erst ganz kurz kennengelernt. Laßt sie mich hereinholen, damit Ihr persönlich mit ihr sprechen könnt. Das ist doch sicher nicht zuviel verlangt.«

Nick wandte den Blick ab, denn der flehende Blick in Sydneys Gesicht bereitete ihm Unbehagen. Widerstrebend nickte er. Sein Freund hatte einen weiten Weg auf sich genommen, um hierherzukommen. Da konnte er ihm den Gefallen tun, wenigstens mit dem Mädchen zu reden.

Der kleinere Mann hastete zur Tür und riß sie auf. Zu Nicks Erstaunen stand dort schon Elizabeth Woolcot. Sie kam aus dem Gleichgewicht, kippte nach vorn und stolperte ins Zimmer. Nur Sydneys Geistesgegenwart bewahrte sie davor, kopfüber auf dem eingelegten Parkettboden zu landen. Unter den gegebenen Umständen löste sich nur das Band an ihrer Haube, die dabei in eine Zimmerecke segelte und sie barhäuptig zurückließ. Üppige Kringel von glänzendem rotbraunem Haar lockten sich widerspenstig um das Gesicht.

Zum erstenmal verstand Nick, warum Oliver Hampton sie so unbedingt besitzen wollte.

»Ich – äh, es tut mir leid«, stammelte sie. »Ich wollte nur... ich wollte...«

Nick erhob sich aus seinem Sessel. »Was wolltet Ihr, Miss Woolcot? Ich glaube, das nennt man Lauschen. Oder nicht?«

Ihre Wangen tönten sich heftig dunkler. Sie hatte hohe, zart geschnittene Wangenknochen. »Nein, nicht... nicht direkt. Ich habe nur... Ich wollte nur draußen vor der Tür warten, für den Fall, daß Ihr mich sprechen wolltet.«

Seine Mundwinkel hoben sich amüsiert. Sie war wirklich unglaublich hübsch mit ihren großen, grünen Augen und ihrem Haar wie dunkles Winterfeuer. Es war in ihrem Nacken zu einem Knoten zusammengefaßt, aber bei jeder ihrer Bewegungen schimmerten kupferne Lichter im Schein der Lampe. Ihre Wimpern waren dicht und dunkel und ihre Haut hell wie frische Sahne. Sie war etwas größer als der Durchschnitt, hatte eine volle und doch elegante Figur, ansprechend und doch fein gebaut, eine außerordentliche Versuchung.

Sydney Birdsall runzelte die Stirn und versuchte, das ungewöhnliche Verhalten des jungen Mädchens zu verteidigen. »Elizabeth ist jung und kann manchmal etwas ungestüm sein. Vielleicht ist sie ein wenig stur und gelegentlich eigenwillig, aber sie ist auch sehr intelligent, zuverlässig, sorgsam und fast großmütig.«

Nicks Blick haftete auf der jungen Frau. »Das mag alles richtig sein, aber wie ich schon sagte, sie kann unmöglich hier wohnen.«

»Es wäre ja nur für einige Zeit«, sagte Sydney bittend. »Euer Vater hat sie mit einer anständigen Mitgift ausgestattet. In ein paar Monaten fängt die Saison an. Wenn wir erst einen geeigneten Ehemann für sie gefunden haben und sie verheiratet ist, wird sie vor Oliver Hampton und jedem denkbaren ungewissen Schicksal sicher sein, das mit ihm zusammenhängen könnte.«

Nick schüttelte den Kopf. »Das würde nicht funktionieren. Ihr Ruf würde durch einen längeren Aufenthalt unter meinem Dach so sehr leiden, daß sie nie einen Ehemann fände.«

»Sie würde nicht ohne Anstandsdame kommen. Ihre Tante würde sie begleiten. Und was auch immer Ihr für Sünden auf dem Gewissen haben mögt, so seid Ihr doch schließlich ein Graf und einer der reichsten Männer in England. Mit sorgfältiger Planung kann uns bestimmt eine gute Verbindung gelingen.«

»Es tut mir leid, Sydney. Jeder andere Wunsch, den Ihr habt –«

Ein schlanker Fuß stampfte heftig auf den Boden. »Ich würde es wirklich vorziehen, wenn Ihr beide nicht sprechen würdet, als wäre ich gar nicht da. Das ist ausgesprochen unhöflich und außerdem sehr unangenehm für mich.« Ihr großer, grüner Blick traf den seinen und wich nicht aus. Nick sah das Feuer in diesem Blick und eine Spur von etwas, das wie Verzweiflung wirkte.

»Endlich sagt sie etwas.« Aber nun schwieg sie und starrte stumm vor sich auf die Wand. Nick näherte sich ihr, betrachtete sie von Kopf bis Fuß, bewunderte ihre Schönheit. Er bliebt direkt vor ihr stehen, so daß sie gezwungen war, den Kopf zu heben, um ihn anzusehen.

»Sydney sagte, Ihr wäret stur. Und Ihr könntet manchmal eigenwillig sein. Was sagt Ihr dazu, Miss Woolcot?«

Ihr Kinn hob sich. Es hatte am unteren Rand eine kleine Mulde, fiel ihm auf, im Schatten ihrer vollen Unterlippe.

»Wenn stur bedeutet, daß ich mich weigere, einen schmutzigen Mistkerl wie Oliver Hampton zu heiraten, dann muß ich wohl stur sein. Wenn eigenwillig bedeutet, daß ich einen eigenen Willen habe, dann trifft das wohl auch zu.«

Wieder hoben sich amüsiert seine Mundwinkel. Sein Blick wanderte über sie hinweg. Das sachte Zittern ihrer Hände entging ihm nicht. »Ich nehme an, Sydney hat Euch von mir erzählt.«

»Es ist mir durchaus bewußt, wer Ihr seid, falls es das ist, was Ihr fragen wollt. Ich weiß, daß man Euch vor neun Jahren für schuldig befunden hat, Stephen Hampton ermordet zu haben. Ich weiß, daß man Euch für dieses Verbrechen deportiert hat und daß Ihr erst seit weniger als zwei Jahren wieder in England seid.«

»Und Ihr habt nach wie vor den Wunsch, unter meinem Dach zu wohnen? Ihr habt doch bestimmt Angst. Ihr befürchtet doch sicher, daß Euer Leben hier in Gefahr ist.«

Sie richtete sich etwas gerade auf. »Ich bin durch Bascomb gefährdet. Ich glaube, er wird sich mir bei der erstbesten Gelegenheit mit Gewalt nähern, um mich zur Ehe zu zwingen. Seine Gründe dafür kann ich absolut nicht nachvollziehen, denn ich habe ihm nicht verborgen, daß ich ihn verabscheue. Und ich werde alles Erdenkliche tun, um eine Verbindung mit ihm zu verhindern. Abgesehen davon hat mir Mr. Birdsall versichert, daß ich von Euch nichts zu befürchten habe.«

Sydneys Stimme ertönte aus dem Abseits: »Wie ich schon sagte, Nicholas, ich kenne Euren schlechten Ruf. Aber ich weiß auch, daß hinter Eurer rauhen Übeltäterfassade ein mutiger und ehrenhafter Mann steckt und daß Ihr diese junge Dame mit Eurem Leben schützen würdet, wenn Ihr sie unter Eurem Dach wohnen ließet.«

Nick sagte nichts. Was Sydney gesagt hatte, stimmte: Wenn er die junge Frau bei sich aufnähme, würde es beim Teufel nicht denkbar sein, daß sie jemals in die Hände eines Tiers wie Bascomb geraten würde. Er wandte den Blick wieder zu Elizabeth Woolcot. »Euer Haus in Surrey liegt in der Nähe des Landsitzes des Grafen. Stimmt das?«

»Ja. Daher weiß ich auch genau, was für ein Mensch er ist. Lord Bascomb ist ein Betrüger und ein Lügner. Er nimmt sich, was er haben will, ohne die geringsten Skrupel. Zur Zeit zum Beispiel ist unsere eine Kammerzofe, Priscilla Tweed, von ihm schwanger. Das arme Mädchen war in seinem Haushalt angestellt. Bascomb hat sich ihr mit Gewalt genähert und sie hinausgeworfen, als er feststellte, daß sie begann zuzunehmen.«

Nicks Kiefer schloß sich mit einem Ruck. Die Geschichte klang ihm allzu vertraut. Aber schließlich waren Oliver und Stephen beide aus demselben faulen Holz geschnitzt.

Er musterte die junge Frau noch einmal ausgiebig, bemerkte das leichte Zittern ihrer vollen Unterlippe und wandte dann seine Aufmerksamkeit wieder dem Anwalt zu. »Also gut, Sydney, Ihr habt gewonnen. Aus Gründen, die ich nicht gern erklären möchte, werde ich das Mädchen hierbleiben lassen und dafür sorgen, daß sie in Sicherheit ist – unter einer Bedingung.«

»Und die wäre?« fragte Sydney mit einem hoffnungsvollen Blick zu dem Mädchen.

»Sie und ihre Tante werden das äußere Ende des Westflügels bewohnen, und außer bei Mahlzeiten, bei denen keine Gäste anwesend sind oder zu denen sie extra eingeladen sind, werden sie auch dort bleiben. Ich weigere mich, wegen Miss Woolcot oder sonst jemandem meinen Lebensstil zu ändern. Wenn sie mit diesen Bedingungen leben kann –«

»Ja, das kann ich«, unterbrach sie ihn mit vor Erleichterung strahlendem Blick. »Ich meine… vielen Dank, Mylord, diese Bedingungen sind für meine Tante und mich absolut akzeptabel.«

Er hätte beinahe gelächelt. »Gut. Dann wird es ja vielleicht doch irgendwie funktionieren.«

»Ja«, sagte Sydney und lächelte zum erstenmal seit seiner Ankunft. »Wir werden dafür sorgen, daß es das tut.« Er klopfte Nick auf die Schulter. »Ich wußte ja, daß ich auf Euch würde zählen können, mein Junge. Vielen Dank, Nicholas. Jetzt kann ich wieder ruhig schlafen, wenn ich weiß, daß Elizabeth bei Euch sicher untergebracht ist.«

Nick sagte nichts dazu. Das Mädchen war sein Mündel, und sie würde in Ravenworth in Sicherheit sein. Er hatte sein Wort gegeben, und das gedachte er auch zu halten.

Er wandte sich ab und war fest entschlossen, jene großen, blattgrünen Augen und den dunkelroten Schimmer von Elizabeth Woolcots Haar zu vergessen.

Drei Tage später kam Tante Sophie in Ravenworth Hall an. Der Graf hatte seine gepolsterte Reisekalesche zu Elizabeth' Haus geschickt, und ihre füllige, grauhaarige Tante, Mrs. Sophie Crabbe, erklomm die Stufen zum Eingang von Ravenworth Hall, ohne durch die zweitägige Reise aus West Clandon, einem kleinen Dorf westlich von Guildford, beeinträchtigt zu scheinen.

Elizabeth eilte zu ihr und umarmte die kleine Frau, die gerade ihr fünfundsechzigstes Lebensjahr begonnen hatte und als ältere Schwester ihrer Mutter für Elizabeth die nächste lebende Verwandte war.

Tante Sophie betrachtete sie von oben bis unten und nickte dann, offensichtlich zufrieden mit ihrer Inspektion. »Nun, mein Kind, offensichtlich hast du deine ersten paar Tage hier ohne Schaden überstanden.« Der Butler nahm Tante Sophies wollenen Umhang entgegen, und die füllige Frau drehte sich um und sah sich in der Eingangshalle um. »Also gut, wo ist er? Ich würde gerne diesen Wüstling kennenlernen, der sich plötzlich als unser Retter erwiesen hat.«

Elizabeth errötete, als Nicholas Warring wie ein Geist aus dem Schatten auftauchte. Sie sah ihn zum erstenmal seit dem Gespräch in seinem Arbeitszimmer.

Er lächelte, wenn auch etwas dünn, offensichtlich leicht pikiert durch Tante Sophies Worte. »Nicholas Warring«, sagte er mit leichter Neigung des Kopfes. »Sehr erfreut, Euch kennenzulernen, Mrs. Crabbe.«

Es klang, als würde er meinen, was er sagte, obwohl sie wußte, daß es nicht so war. Er war in keinster Weise froh über seine beiden neuesten Gäste, aber immerhin war er Gentleman genug, das nicht zu zeigen.

Tante Sophie strahlte, und rote Flecken erschienen auf ihren runden Apfelbäckchen. »Tja, ich muß sagen, Ihr seid nicht nur ein wirkliches Abbild Eures Vaters, sondern auch genauso gutaussehend, wie er war.«

Eine seiner geschwungenen schwarzen Augenbrauen hob sich. »Ich hatte vergessen, daß Ihr meinen Vater kanntet.«

»Und auch Eure schöne Mutter Constance, Gott gebe ihren lieben, dahingeschiedenen Seelen Frieden. Eure Eltern waren gute Menschen, das Salz der Erde. Ich kann mir vorstellen, daß Ihr sie sehr vermißt.«

Etwas blitzte kurz in den silberblauen Augen des Grafen auf. »Ja. Es tut mir leid, daß ich nicht hier war, als sie starben.«

»Ja, ja, schreckliche Sache, daß man Euch so weggeschickt hat, und alles nur dafür, daß Ihr diesen schrecklichen Hampton umgebracht habt. Zweifellos hatte er es verdient, da bin ich ganz sicher.«

»Tante Sophie –« Elizabeth ergriff sanft den runden Arm ihrer Tante, in der Hoffnung, sie von dem unangenehmen Thema abzubringen, aber die alte Frau sprach unbeirrt weiter.

»Und was ist mit Eurer schönen Schwester?« fragte sie. »Geht es Lady Margaret gut?«

Jede Spur eines Lächelns verschwand von seinem Gesicht. »Meine Schwester hat sich entschlossen, ein Leben im Kloster des Heiligen Herzens zu führen. Obwohl ich sie schon seit einiger Zeit nicht mehr gesehen habe, entnehme ich den Briefen, die ich von ihr bekomme, daß es ihr recht gutgeht.«

Doch aus irgendeinem Grund schien Nicholas Warring nicht glücklich darüber, daß sie dort war. Tante Sophie machte den Mund auf, um noch etwas zu sagen, aber Elizabeth unterbrach sie, bevor es dazu kam.

»Ich bin sicher, daß meine Tante nach einer so langen Reise müde ist. Wenn Ihr nichts dagegen habt, Mylord, zeige ich ihr den Weg hinauf und helfe ihr, sich in ihren Zimmern einzurichten.« Es war offensichtlich, daß ihm das Thema seiner Schwester nicht angenehm war. Unwillkürlich fragte sich Elizabeth, warum.

Ravenworth nickte steif und beugte sich vor, um die weißbehandschuhte Hand der alten Dame zu nehmen. Er runzelte kurz die Stirn, als er den schmutzigen Knäuel aus Fäden sah, den sie wie einen Schatz an die Brust drückte.

Elizabeth zwang sich zu lächeln. »Meine Tante... äh... sammelt gern Dinge.« Sie verzog das Gesicht, als sie an die schmutzigen Stücke Schnur, an die zerknautschten Fetzen Papier, die Muscheln und seltsam gefärbten Steine dachte, die, wenn man nicht darauf achtgab, bald jede Ecke von Tante Sophies Zimmer füllen würden.

Der Graf starrte hinunter auf das Knäuel. »Das sehe ich«, sagte er trocken. Er warf ihr einen eindringlichen Blick zu. »Ich erwarte heute abend einige Freunde aus London. Da ich sicher bin, daß Ihr und Eure Tante es vorzieht, nicht gestört zu werden, lasse ich das Abendessen hinaufbringen in Euren Salon.«

Elizabeth lächelte dünn. »Wie aufmerksam.« Der Sarkasmus fiel ihm durchaus auf, und sie sah klar die Warnung in seinen Augen. *Du kennst die Regeln*, sagten sie. *Und ich erwarte, daß du dich daran hältst.* Sie drängte ihre Tante in Richtung Treppe. »Ich wünsche Euch einen angenehmen Abend, Mylord.«

2

Nick stand am Fenster seines Arbeitszimmers. Eine wäßrige Spätwintersonne schien zwischen den Zweigen der Bäume hindurch und warf fingrige Schatten auf die kahle Februarlandschaft. Zwischen den Hecken auf den Kieswegen unter ihm blieb Elizabeth Woolcots verhüllte Gestalt stehen und betrachtete die Stechpalmen, die Efeubeete und die Teppiche aus Heidekraut, die den winterlichen Garten bestimmten.

Sie wanderte etwas weiter, auf einen kleinen, gewundenen Bach zu, der über Steine hüpfte, einen Teich bildete und dann in den hügeligen Wiesen dahinter verschwand. Nick hatte sie schon bei anderen Gelegenheiten dort gesehen, egal wie kalt es sein mochte, wie stark der Wind wehte oder manchmal sogar, wenn es leicht regnete. Es war offensichtlich, daß sie gern draußen war. Man erkannte auch an der blühenden Farbe ihrer Wangen, daß ihr die frische Luft guttat.

Unwillkürlich verglich er sie mit seiner augenblicklichen Geliebten, der ganz auf sich selbst konzentrierten Lady Dandridge, einer Frau, die kaum je einen Fuß vor die Tür setzte, weil sie fürchtete, ihr perfekt frisiertes Haar könnte naß werden oder ihre makellos weiße, klare Haut könnte Sommersprossen bekommen. Er fragte sich, was Elizabeth Woolcot wohl über Miriam denken würde, war sich aber ziemlich sicher, daß er die Antwort sowieso kannte.

Schritte ertönten, Nicks Blick wanderte an den massiven Nußbaumpaneelen und den Reihen von goldbeschrifteten, ledergebundenen Büchern vorbei hinüber zu der Stelle, wo Nigel Wicker, der Baron St. George, gerade durch die offene Arbeitszimmertür hereingekommen war.

»Aha … da bist du also, alter Junge. Wir hatten uns schon gefragt, wohin du verschwunden bist.« Er war ein lebhafter, übergewichtiger Mann in den frühen Vierzigern, gichtanfällig und mit einem ziemlich üblen Umgangston. Aber er spielte gern und hurte gern. Er war ein Freund von Lord Percy, der ein Freund von Lord Tidwicke war, und irgendwo unterwegs waren sie alle Freunde von Nick geworden.

»Percy sucht dich«, fuhr der Baron fort. »Sie spielen eine Partie Whist im Eichenzimmer und wollen dich auch dabeihaben.«

»Es ist zu früh für mich. Ich muß erst noch meine Sachen hier fertig machen.« Bücher durchsehen, seine Pächter prüfen, die Gerstesaat des Frühlings vorbereiten, die Gemüsepflanzungen wie Erbsen und Bohnen. Doch davon sagte er nichts. Es ging niemand anderen etwas an und paßte auch nicht so recht zu seinem Image.

»Richard ist drauf und dran zu gewinnen«, sagte der Baron, »und fühlt sich prächtig deswegen. Er meint, er hätte eine Glückssträhne. Tidwicke und ich haben gewettet. Ich sage, daß du Richard seinen Gewinn abnimmst und ordentlich mehr, noch bevor es Zeit zum Abendessen ist.«

Bei diesen Worten hoben sich Nicks Mundwinkel. Wenn er es darauf anlegte und nicht trank, war er Richard haushoch überlegen. Doch andererseits, wo war dann der Spaß bei der Sache?

»Also gut, ich komme in einer Minute. Kannst du einem der Bediensteten sagen, er soll mir einen Gin bringen, bitte?« Er grinste. »Ich habe plötzlich einen ziemlichen Durst.«

»Gin.« St. George verzog das Gesicht. »Wirklich unzivilisiert.« Er ging hinaus und murmelte dabei etwas über die

Gefahren des blauen Ruins, jenes billigen Fusels, an den sich Nick in den Jahren seiner Deportation gewöhnt hatte.

Nick war das egal. Er hatte schon lange aufgegeben, sich Sorgen darüber zu machen, was andere Leute über ihn dachten.

Ein paar Minuten vergingen, und es klopfte leise. Theophilus Swann, sein erster Diener, erschien an der Tür. »Euer Gin, Mylord.« Gekleidet in die rotschwarze Livree von Ravenworth, blond und hellhäutig mit Ansatz zur Glatze, hob Theo eine Kristallkaraffe und ein Glas mit dickem Boden von einem Silbertablett und stellte sie auf den Schreibtisch. »Sonst noch was, Mylord?«

»Danke, jetzt nicht, Theo.« Der Diener ging rückwärts hinaus, und Nick nahm einen tiefen Schluck von der kühlen, klaren Flüssigkeit, genoß das Brennen, das sich langsam durch seine Kehle abwärts ausbreitete und seinen Magen zu wärmen begann. Er schaute wieder aus dem Fenster und entdeckte sofort die schlanke Gestalt, die jetzt auf einer schmiedeeisernen Bank unter einer Weide am anderen Ende des Gartens saß.

Zweifellos würde Elizabeth Woolcot die Stirn darüber runzeln, daß er trank. Er wußte, daß sie sein Verhalten nicht billigte. Das hatte er schon bei ihrer ersten Begegnung in ihrem Blick gesehen, und seither noch ein paarmal. Sein Mund wurde schmal. Er kippte den Gin in einem Schluck hinunter, hob den Stöpsel von der Karaffe und füllte das Glas erneut bis zum Rand.

Von ihrem Platz im Garten aus betrachtete Elizabeth die Türmchen und Spitzen, die Erker und Zinnen von Ravenworth Hall. Es war aus glattem, grauem Stein gebaut und hatte hohe, geteilte Fenster und aufwendig geschnitzte Türen. Der Butler hatte gesagt, es wäre im sechzehnten Jahrhundert fertiggestellt worden und hätte von Anfang an der Familie Warring gehört. Es war ein riesiges Haus mit einhundertvierzig prächtig möblierten Zimmern, von denen sechzig Schlafzimmer waren.

Zur Zeit wurde ein großer Teil dieses Landsitzes nicht genutzt, doch das ganze Haus war in erstaunlich gutem Zustand. Die Ländereien, in der Nähe des Hauses und fast wie ein Park, waren so schön, wie Elizabeth keine schöneren kannte.

Sie strich mit einem Finger über die Figuren der schmiedeeisernen Bank, auf der sie saß und versuchte, nicht hinauf zum ersten Stockwerk zu sehen, wo das private Arbeitszimmer des Grafen von Ravenworth lag. Sie wußte, daß er sie beobachtete. Sie hatte ihn fast jeden Tag seit ihrer Ankunft dort oben an seinem Fenster stehen sehen.

Sie fragte sich, was er wohl in den Stunden, die er in jenem Raum verbrachte, dort tun mochte – es unterschied sich bestimmt enorm von dem, was er später am Abend tat. Elizabeth wußte, was im Hause nach Einbruch der Dunkelheit vor sich ging, obwohl sie eigentlich in ihre Zimmer verbannt war. Mehr als einmal hatte sie sich über die Personaltreppe hinuntergeschlichen und dem Grafen und seinen betrunkenen Freunden zugesehen, wie sie Karten spielten. Sie hatte zugehört, wie sie unanständige Witze erzählten, und beobachtet, wie sie unanständig große Mengen Geld verspielten.

Der Graf nahm zwar an ihrem betrunkenen Gelächter teil, doch es lag etwas in seinem Blick, das in ihr die Frage erweckte, ob er wohl wirklich Spaß an der Sache hatte. Sie fragte sich auch, wie diese Auswahl an Freunden zustande gekommen war. Elizabeth mochte sie nicht. Sie waren alle miteinander nichts weiter als eitle Pfauen und nutzlose Gesellen, die es sich dank Ravenworth' Gastfreundschaft gutgehen ließen.

Doch was gab ihr das Recht zur Kritik? Schließlich machte sie es genauso.

Elizabeth sah hinauf zu dem Fenster, doch der Schattenriß des dunklen Grafen war fort. Ohne daß er dort stand, schien der Garten irgendwie weniger reizvoll. So wanderte sie zurück, hinauf in ihr Zimmer.

Dort erwartete sie Mercy Brown, die Zofe, die Ravenworth ihr gegeben hatte. »Seht Euch an, Jott im Himmel. Ihr seid ja völlich durchjefrorn.« Mercy hatte eine volle, runde Figur und gab sich auch die größte Mühe, sie sehen zu lassen. Angesichts ihrer breiten Londoner Aussprache und dem beinah nicht existenten Wissen über weibliches Benehmen war Mercy Brown so ziemlich am weitesten von allem entfernt, was Elizabeth sich als Zofe vorstellen konnte.

»Du kannst mir glauben, daß ich die Kälte kaum bemerkte. Heute ist ein sonniger Tag und der Himmel voller bauschiger weißer Wolken. Es ist einfach zu schön, um drinnen zu bleiben.«

Mercy nickte und machte sich um sie zu schaffen wie eine Glucke, obwohl sie nur vier oder fünf Jahre älter war als Elizabeth. »Ihr wer't Euch noch den Tod hol'n, wirklich. Und das würd' Seiner Lordschaft gar nich' gefall'n.«

Elizabeth breitete ihren Umhang über das Fußende ihres großen Himmelbettes und Mercy begann, ihr aus den Kleidern zu helfen. »Ich bin sicher, daß es kaum Dinge gibt, die Seine Lordschaft weniger interessieren als die Tatsache, ob ich einen Schnupfen bekomme oder nicht.«

Mercy Brown seufzte. »Er läßt sich einfach von denen ausnutzen, Gott schütz' ihn. Er is' wirklich 'n guter Mann, ehrlich, gar nich' so wie die andern. Ich weiß auch nich', warum er die um sich haben will. Manchmal glaub' ich wirklich, es is' ihm alles egal.«

Diese Beobachtung war interessant. Das hatte sich Elizabeth auch schon gedacht. »Vielleicht ist er einsam. Der Graf ist immerhin von der guten Gesellschaft ausgestoßen. Vielleicht ist es immer noch besser, diese Männer zur Gesellschaft zu haben als gar keine Freunde.«

Die runde kleine Zofe schnaubte nur. »Seine Lordschaft hat 'ne Menge Freunde. Nich' so feine Pinkel wie die, mit denen er unten trinkt, aber trotzdem prima Kerle.«

Elizabeth wollte noch fragen, welches die Männer waren, von denen Mercy sprach, doch Mercy war schon an ihre nächste Arbeit gegangen, machte sich eifrig im Zimmer zu schaffen und versuchte zusammenzustellen, was sie zum Abendessen anziehen sollte. Wer immer sie auch sein mochte, die anderen waren sicher besser als die Dandys, Schmarotzer und Tagediebe da unten, die lebten wie die Maden im Speck, eine Plage für Ravenworth Hall.

Mercy sagte gerade: »Wie wär's mit diesem hier?« und hielt ein perlenbesticktes, goldfarbenes Satinkleid hoch, das eher angemessen gewesen wäre für einen Ball als für ein ruhiges Abendessen allein mit ihrer Tante. »Mann, is' das hübsch.«

»Ich glaube, zu hübsch für einen Abend zu Hause.« Sie zeigte auf das Kleid daneben. »Das aprikosenfarbene Musselinkleid ist genau das richtige.«

Mercy hielt immer noch das Kleid in der Hand. »Ihr werdet nich' mit Seiner Lordschaft essen? Ich dachte, vielleicht heute abend –«

»Ich bin nicht eingeladen worden, und wenn ich bedenke, was Seine Lordschaft für Gäste hat, bin ich deswegen nicht unglücklich. Ich versichere dir, Tante Sophie ist bestimmt eine bessere Gesellschafterin.«

Mercy murmelte etwas Unverständliches und marschierte zum Schrank. Elizabeth sah zu, wie sie ein frisches Unterkleid herausnahm, und ihre Gedanken wanderten zu Nicholas Warring. Sie fragte sich unwillkürlich, warum ein so gutaussehender und intelligenter Mann wie der Graf von Ravenworth freiwillig sein Leben verplemperte.

Als sie den Grafen am nächsten Morgen sah, war ihr dieser Gedanke immer noch präsent. Elizabeth, von eh und je Frühaufsteherin, hatte sich gedacht, daß sie den Freunden des Grafen und ihm selbst sicher nie früh am Morgen begegnen würde, nachdem sie bis spät in die Nacht spielten. Also hatte sie sich angewöhnt, in dem sonnigen kleinen Frühstücksraum auf der Rückseite des Hauses zu frühstücken. Es war ein ruhiges, angenehmes Zimmer, eingerichtet in Safrangelb und Olivgrün, und durch die Fenster sah man in den weitläufigen Garten.

Doch an diesem Morgen, als sie sich auf einen der gelbgestreiften Sessel vor dem Eichentisch gesetzt hatte, ging die Tür auf, und der Graf trat ein. Seine geschwungenen schwarzen Augenbrauen hoben sich überrascht, und Elizabeth' Augen weiteten sich.

»Mylord, ich… ich hatte nicht erwartet, daß Ihr so früh aufstehen würdet.«

Ein dünnes Lächeln hob einen seiner Mundwinkel. Er schloß die Tür und ging zu der plötzlich nervös gewordenen Elizabeth hinüber. »Und ich dachte, wir hätten die Vereinbarung getroffen, daß Ihr in Eurem Trakt des Hauses eßt, wenn ich Gäste habe.«

Sie hob das Kinn. »Eure *Gäste* werden wohl kaum um diese Tageszeit schon herunterkommen, wenn man bedenkt, wie betrunken sie gestern abend waren. Und selbst falls sie durch irgendein Wunder erschienen, würden ihre empfindlichen Gemüter ja wohl kaum durch meine Anwesenheit schockiert werden.«

»Ich mache mir keine Sorgen über *deren* empfindliche Gemüter, Miss Woolcot, sondern über *Eure*. Ungeachtet der Tatsache, daß einige meiner Gäste Adlige sind, gehören sie bestimmt nicht zur besten Sorte und sind auf keinen Fall die geeignete Gesellschaft für ein junges Mädchen.« Er stützte seine Hände auf die gegenüberliegende Seite des Tisches und beugte sich vor. »Und woher wißt Ihr überhaupt, in *welchem* Zustand meine Gäste gestern nacht waren?«

Sie errötete leicht und strich unbewußt eine Falte in ihrem Kleid glatt. »Ich bin ja nicht dumm, Mylord.« Sie hielt seinem harten Blick stand. »Eure Freunde trinken den ganzen Tag und bis in die Nacht hinein. Sie torkeln durch die Gänge von Ravenworth Hall, als wäre es ihre Privatschenke, und Ihr erwartet, daß ich das nicht bemerke? Es ist ein Wunder, daß wir uns bis jetzt noch nicht über den Weg gelaufen sind.«

Ravenworth beugte sich weiter vor, und sein blaugrauer Blick schien sie tiefer in ihren Sessel zu drücken. »Wollt Ihr wirklich, daß ich meine Entscheidung bereue, Euch hierbleiben zu lassen? Es gibt hundertundvierzig Zimmer in diesem Haus, Miss Woolcot. Wenn Ihr wollt, könnt Ihr tagelang Wanderungen darin unternehmen. Von jetzt an, bis meine Gäste wieder in London sind, rate ich Euch, ihnen aus dem Weg zu gehen.«

Sie schob ihren Sessel zurück und stand auf. »Das werde ich tun, Mylord. Und Euch genauso.« Sie strebte an ihm vorbei in Richtung Tür, aber der Graf griff nach ihrem Handgelenk, bevor sie ihm entkommen konnte.

Der Blick, der jetzt ihr Gesicht traf, war sanfter, eher ein weiches Blaugrau. »Ihr seid zum Frühstück gekommen. Es ist nicht nötig, daß Ihr geht, bevor Ihr etwas gegessen habt.« Er wandte sich einem Bediensteten zu, der an der Tür zur Küche stand. »Miss Woolcot und ich werden heute morgen zusammen frühstücken. Die Köchin soll uns eine Kanne Schokolade und Gebäck bringen.« Er betrachtete sie aufmerksam, und Elizabeth konnte seinen Blick beinah wie eine Berührung spüren.

»Möchtet Ihr Eier, Miss Woolcot, oder vielleicht etwas Fleisch? Seit meiner Rückkehr aus Westindien frühstücke ich immer herzhaft.« Sein Lächeln wirkte wie ein blitzendes

Leuchten in seinem dunklen, wohlgeformten Gesicht. »Selbst jetzt gibt es noch Zeiten, in denen ich Angst habe, vielleicht nicht genug zu essen zu bekommen.«

Elizabeth spürte ein Ziehen in der Brust. Zum erstenmal dachte sie daran, wie er in den Jahren seiner Deportation gelitten haben mußte. Es überraschte sie, wie er so unbeschwert darüber reden konnte und daß sein Lächeln so unerwartet echt wirkte. Sie konnte die Verwandlung kaum glauben. Er war vorher schon gutaussehend gewesen, doch das Lächeln machte seine Ausstrahlung geradezu umwerfend. Abwesend rieb sie sich das Handgelenk, wo seine vorherige Berührung ein Kribbeln hinterlassen hatte.

»Miss Woolcot?«

Sie riß ihren Blick von seinem Gesicht los. »Nein … nein, ich esse morgens lieber leicht. Schokolade und Gebäck ist genau richtig.«

Er nickte und wandte sich dem Bediensteten zu, der sich verbeugte und davoneilte. Elizabeth setzte sich wieder in ihren Sessel, und ihr Frühstück wurde bald darauf gebracht. Ihr fiel auf, daß sie bisher noch nie so viel Zeit in seiner Gesellschaft verbracht hatte. Als sie das seltsam heftige Pochen ihres Herzens und die Trockenheit ihres Mundes beim Anblick seiner kühn geformten Züge spürte, nahm sie sich vor, es auch besser bei diesem einen Mal bewenden zu lassen.

Nick betrachtete Elizabeth Woolcot über den Rand seiner Kaffeetasse. »Wie alt seid Ihr, Miss Woolcot?«

Sie hob mit einem Ruck den Kopf. »Nächsten Monat werde ich zwanzig.«

Zwanzig. Älter, als er angenommen hatte. Neun Jahre jünger als er, aber sicher kein Kind mehr, wie er sich immer wieder einzureden versuchte. »Warum habt Ihr nicht schon geheiratet? An Verehrern hat es Euch doch bestimmt nicht gefehlt.« Kein Zweifel, wenn man dieses Gesicht eines feuerhaarigen Engels und das kleine Teufelsglitzern in ihren Augen sah.

Sie trank einen Schluck Schokolade. »Um die Wahrheit zu sagen, ist mir der Gedanke an Heiraten noch nie gekommen. Als mein Vater vor drei Jahren starb, war ich erschüttert. Das erste Jahr habe ich in tiefer Trauer verbracht, und im zweiten habe ich versucht, mit meiner Lage zurechtzukommen. Vor sechs Monaten zog dann Tante Sophie zu mir, und mein Leben nahm eine neue Wendung. Ungefähr zur gleichen Zeit begann Oliver Hampton, mir den Hof zu machen.«

Er wischte sich den Mund mit einer weißen Leinenserviette ab und sagte: »Erzählt mir davon.«

Sie setzte sich etwas gerader hin und stellte die Tasse vorsichtig wieder ab. »Wie Ihr schon festgestellt habt, lebt Lord Bascomb in Surrey, genau wie ich. Seine Ländereien grenzen an den viel kleineren Grund, der meinem Vater gehörte und jetzt mir. Vielleicht war ein Teil seiner Absicht, in den Besitz dieses Grundes zu gelangen.«

Vielleicht, dachte Nick. Vielleicht war er auch einfach bezaubert von Elizabeth Woolcots Schönheit und entschlossener Art.

»Mein Vater konnte ihn nie leiden«, fuhr sie fort. »Er hat ihn einmal dabei erwischt, wie er beim Kartenspielen betrog. Er sagte, so jemand hätte nicht die geringste Ehre.«

»Euer Vater war ein bemerkenswerter Mann. Mein Vater hatte sehr viel Respekt vor Sir Henry.«

Ein Anflug von Trauer erschien in ihrem Gesicht und verschwand. »Ich bin sehr dankbar für die Hilfe, die mir Euer Vater hat zuteil werden lassen… und natürlich auch für Eure Hilfe.«

»Natürlich«, sagte er trocken.

Sie errötete, sah zum Fenster und wieder zurück. »Auf jeden Fall hätte mein Vater einer Heirat zwischen mir und

Lord Bascomb niemals zugestimmt. Doch nach Papas Tod und dem Ende der Trauerzeit gab es nichts mehr, das ihn von seinem Vorhaben hätte abhalten können. Er stand unter den unmöglichsten Vorwänden vor meiner Tür. Zuerst war ich freundlich zu ihm. Sobald mir seine Absicht klarwurde, begann ich, seine Besuche zurückzuweisen, doch da war es schon zu spät. Lord Bascomb hatte beschlossen, daß er mich zur Frau wollte, und diesen Entschluß wollte er unbedingt durchsetzen.«

»Sydney sagte, es hätte einen Vorfall gegeben ...«

Zwei Flecken erschienen auf ihren Wangen. Er bemerkte, daß die Farbe rosig war wie ihre Lippen. »Es gab mehrere unangenehme Zwischenfälle mit Seiner Lordschaft. Doch der eine, von dem Mr. Birdsall sprach, war damals, als es Lord Bascomb gelang, die Bediensteten zu umgehen und mich allein im Arbeitszimmer heimzusuchen. Er hat sich bemüht, mich zu ... mich zu kompromittieren, da kam glücklicherweise meine Tante herein.« Sie schüttelte den Kopf angesichts der unangenehmen Erinnerung.

Ihr Lächeln wirkte jetzt angespannt. »Tante Sophie mag zwar etwas exzentrisch sein, aber sie ist ebenso gescheit. Als Bascomb begann, sich für sein Verhalten zu entschuldigen und vorzuschlagen, er würde mich heiraten, um die Angelegenheit in Ordnung zu bringen, verhielt sich meine Tante einfach so, als hätte sie nichts gesehen. Ich machte es genauso, lächelte unbeschwert, und Bascomb hatte keine andere Wahl, als wieder zu gehen. Er stürmte aus dem Haus – nach wie vor ohne Braut, was ich gern sage –, und kurz darauf stattete ich Mr. Birdsall meinen Besuch ab. Sydney schlug vor, bei Euch um Hilfe zu bitten.«

Er dachte über die Sache nach. Sie versuchte den Eindruck zu erwecken, als wäre die Sache schmerzlos vorübergegangen und nichts mehr als ein »unangenehmer Zwischenfall« gewesen. Nick hatte jedoch das Gefühl, daß es viel schlimmer gewesen war. »Es gibt kaum etwas, das Oliver Hampton heilig ist, Miss Woolcot. Ihr könnt von Glück sagen, daß Ihr ihm entkommen seid.«

»Wie ich schon sagte, Mylord, ich bin sehr dankbar für Eure Hilfe. Ich weiß, daß ich Euch zur Last falle, aber –«

»Wohl kaum. Die Sache ist vielleicht manchmal etwas unglücklich, wenn man das Leben bedenkt, an das ich gewöhnt bin, aber ich nehme an, wir werden es alle überleben.« Er schob seinen Sessel zurück und stand auf. Er spürte zusehends ein unwillkommenes Verlangen, bei ihr zu bleiben, und das war das letzte, was er wollte. »Danke für Eure Offenheit, sie kommt bei Frauen selten vor. Und jetzt entschuldigt mich bitte, ich habe zu tun. Einen schönen Tag noch, Miss Woolcot.«

Sie neigte kurz den Kopf. »Euch auch, Mylord.«

Zwei Tage vergingen. Es tauchten noch mehr Gäste auf, zwei Herren und ihre Begleiterinnen, die im nicht allzu entfernten Tunbridge Wells eine Badekur gemacht hatten. Elizabeth wußte, wer sie waren, Mercy Brown erwies sich als wichtige Informationsquelle. Gegen das einfache Versprechen, Schweigen zu bewahren, hatte Elizabeth Zugang zu jedem Gerücht im Haus.

Es war schon spät am Morgen, als die Kutsche ankam. Elizabeth und Mercy schauten aus dem Fenster, als sie das Rasseln der Räder hörten.

»Jungejunge, die Tussies ham Nerven.« Mercy schüttelte den Kopf und schob die Haube über ihrem dunklen Haar zur Seite. »Die kommen hier an wie Damen, als wären sie keine leichten Mädchen aus London. Sie sind keinen Deut besser als die von der Straße.«

Elizabeth spürte, wie ihre Wangen sich röteten. »Du… du… willst damit sagen, diese Frauen sind… sind…«

»Teure Nutten, das steht fest. Die Mätresse vom alten

Lord Harry, Emma Cox, und die Tussi vom Viscount, 'ne Schauspielerin, die Jilly Payne heißt.«

»Woher ... woher weißt du das?«

Mercy winkte ab. »Die war'n schon mal hier. 'ne Menge Leute geh'n nach Tunbridge Wells. Und dann komm' se hier vorbei, weil se wissen, daß er sich nix draus macht, wenn se se mitbringen.«

Elizabeth schaute zu, wie die Frauen in Kleidern aus Seide und Spitze aus der Kutsche stiegen und sie vorsichtig hochrafften, damit sie nicht schmutzig wurden. »Sie sind sehr hübsch«, sagte sie.

Mercy gab ein kehliges Knurren von sich und wandte sich vom Fenster ab.

Elizabeth starrte weiter die Frauen an, die jetzt von einem hochgewachsenen blonden Mann Anfang Dreißig ins Haus geführt wurden. Es war noch ein älterer Mann dabei, der eine altmodische silbergraue Perücke trug. Die Frau neben ihm, ebenfalls blond, aber mit etwas zuviel Lippenrot, beugte sich vor und flüsterte ihm etwas ins Ohr, woraufhin er ein rauhes Lachen ausstieß, das verklang, als sich die Haustür hinter ihnen schloß.

»Hat ... hat Lord Ravenworth auch eine Mätresse?« Elizabeth schämte sich etwas, daß sie diese Frage so direkt ausgesprochen hatte.

Mercy drehte ihre dunklen Augen himmelwärts. »'n gutausseh'nder Mann wie der Graf hat 'ne Menge Frauen. Da is' so 'ne aufgetakelte kleine Tante aus Westover, die is' g'rade seine Liebste. Eine hochwohlgeborene Lady Dandridge. Aber lange wird sie's nich' bleiben. Das bleiben die nie.«

Elizabeth schwieg. Aus irgendeinem Grund gefiel ihr der Gedanke an Nicholas mit einer solchen Frau wie die beiden von eben nicht besonders. Eigentlich mit überhaupt keiner Frau.

Nicht mal mit einer Ehefrau.

»Mach schnell, Tante Sophie – gleich fängt das Rennen an. Wir kommen sonst zu spät.«

Tante Sophie watschelte durch die Eingangshalle. »Ich komme schon, meine Liebe. Ich beeile mich ja.«

Elizabeth band ihre Haube fest und legte sich ihren weiten Umhang um die Schultern. Dann hielt sie ihrer Tante die Seitentür auf und ging auf dem Weg zu den Ställen hinter dem Haus voraus.

Das Wetter war etwas windig, aber nicht wirklich kalt. Ein paar zerstreute Wolken trieben an der Sonne vorbei, aber die Felder waren trocken, und das erste Frühlingsgrün begann schon, aus dem fruchtbaren Boden von Kent zu dringen.

»Ich hoffe, du weißt, was du tust«, sagte Tante Sophie. »Seine Lordschaft sieht es nicht gern, wenn wir mit seinen Gästen zu tun haben.«

»Wir werden gar nichts mit ihnen zu tun haben. Wir schauen einfach nur zu.« Und das würde ein Anblick werden! Der Graf und der erst kürzlich angekommene Viscount Harding veranstalteten ein Kutschenrennen. Mercy Brown hatte ihr davon erzählt – die ganze Dienerschaft würde ebenfalls zusehen, und Elizabeth hatte beschlossen, daß sie es auch tun würde.

Mit diesem Ziel vor Augen marschierte sie zur Südwand der Scheune und lehnte sich dagegen. Die Steine fühlten sich kalt und rauh am Rücken an, und die Erde zu ihren Füßen roch feucht und modrig. Sie schaute vorsichtig um die Ecke und stellte erleichtert fest, daß der Platz dort leer war.

Eine Reihe von Bediensteten stand jenseits der Startlinie, wo zwei schicke, schwarze Kutschen – die eine ein leichterer, vorn abgesenkter Phaeton, gezogen von einem Paar glänzender Brauner, die andere ein sportlicher Phaeton mit hohem Sitz und zwei passenden schwarzen Pferden – nebeneinander am Anfang einer provisorischen Bahn standen.

Die Gäste waren dicht darum versammelt, und Elizabeth fiel auf, daß sie alle, selbst die Frauen, schon reichlich angetrunken waren. Ravenworth war nirgends zu sehen, vermutlich war er noch bei den Vorbereitungen.

Sie machte Tante Sophie um die Ecke ein Zeichen, sie solle zu ihr kommen, aber die alte Frau reagierte nicht. Elizabeth spähte um die Ecke, wo sie ihre Tante damit beschäftigt fand, glänzende kleine Stücke von rotem Glas vom Boden aufzuheben.

»Ist das nicht hübsch?« Tante Sophie hielt ihre pummelige Hand hoch, so daß die Scherben in der Sonne funkelten.

Elizabeth seufzte. »Sehr hübsch, Tante Sophie, aber wir versäumen das Rennen, wenn du dich nicht beeilst.«

»Ich weiß, ich weiß.« Aber sie füllte erst vorsichtig ihre Umhangtasche mit den Scherben, bevor sie sich wieder in Bewegung setzte. Elizabeth nahm ihre Hand und zog sie hinter sich her in vollem Schwung um die Scheunenecke, so daß sie heftig mit dem großen Mann zusammenstieß, der ihr dort entgegenkam.

Er fing sie mühelos auf und drückte sie kurz an sich, um sie am Fallen zu hindern. »Wen haben wir denn da – Miss Woolcot, warum überrascht mich das nicht?« Der Graf von Ravenworth sah sie von oben herunter streng an. Elizabeth' Handflächen lagen noch auf seiner Brust, und seine langen, dunklen Finger umfaßten ihre Taille. Sie fühlten sich warm und stark an, und einen Moment lang fiel ihr das Atmen schwer.

»Ich – ich… wir haben von dem Rennen gehört. Wir wollten auch zusehen.« Sie hob das Kinn. »Das ist doch sicher nicht verwerflich, oder?«

Er ließ sie los, und sie trat einen Schritt rückwärts, versuchte nicht daran zu denken, wie fest sich seine Brust angefühlt hatte, wie sich seine Muskeln unter ihren Händen bewegt hatten. Ihr Blick senkte sich von seinem weiten, langärmligen weißen Baumwollhemd zu den engen, hirschledernen Reithosen, die seinen Körper eng umschlossen. Es fiel ihr auf, wie sie auch die Wölbung seines Geschlechts umgaben, und heiße Röte stieg über ihren Hals in ihr Gesicht.

Etwas glitzerte kurz in seinem Blick auf, als wüßte er, wohin sie gesehen hatte. »Ihr dürft zusehen – solange Ihr Euch damit begnügt, hier drüben zu bleiben.« Sie roch einen Hauch von dem Gin, den er getrunken hatte, und unter seiner dunklen Haut wirkten seine Wangen leicht gerötet. Sie wußte nicht, ob das eine Folge der Aufregung oder des Alkohols war.

Sie deutete auf einen kleinen Holzschuppen in der Nähe der Rennbahn. »Wenn Ihr nichts dagegen habt, werden wir von dort aus zusehen.«

Ravenworth nickte und wandte seinen Blick der Tante zu. »Ich überlasse Euch die Aufgabe, Mrs. Crabbe, dafür zu sorgen, daß Eure Nichte sich nicht in Gefahr begibt.«

»Natürlich, Mylord. Ihr wißt, daß Ihr immer auf mich zählen könnt.«

Ravenworth lächelte flüchtig. Er neigte zum Gruß den Kopf, warf Elizabeth einen letzten warnenden Blick zu und wandte sich ab. Sie sah ihn mit langen Schritten zu den wartenden Kutschen hinübereilen, und ihr Mund öffnete sich wie von selbst, und sie rief hinter ihm her: »Viel Glück, Mylord!«

Der Graf blieb stehen, drehte sich um und lächelte jenes umwerfende Lächeln, das sie so selten erlebte. »Danke sehr, Miss Woolcot. Da Ihr zuseht, werde ich mich bemühen, zu gewinnen.«

Sie erwiderte spontan das Lächeln. Obwohl sie Glücksspiele nicht billigte und sie es sicher nicht gutheißen konnte, daß ein Mann am hellichten Tag schon ziemlich betrunken war.

Und doch – als sie ihn jetzt vor seiner Kutsche stehenbleiben und leise mit seinen kostbaren schwarzen Pferden sprechen sah, durchfuhr sie ein flüchtiges Beben. Mit seinem welligen, rabenschwarzen Haar, den silberblauen Augen, seiner olivdunklen Haut und den blitzenden weißen Zähnen war sein Anblick faszinierender als der seiner prächtigen Pferde.

»Ich wünschte, wir könnten wetten«, sagte ihre Tante. »Ich würde meinen letzten Schilling darauf setzen, daß Seine Lordschaft gewinnt.«

»Dann ist es wahrscheinlich nur gut, daß niemand hier ist, mit dem du wetten könntest.«

»Außer dir«, korrigierte sie Tante Sophie und hob ihr weiches Doppelkinn und die schmalen, grauen Augenbrauen.

Elizabeth lächelte widerstrebend. »Ja, aber ich glaube auch, daß der Graf gewinnen wird, und es wäre unloyal, gegen ihn zu wetten.« Sie sah zu, wie er in den schwarzen Phaeton stieg, wobei sich seine Kniehosen eng um sein rundes Hinterteil legte. Er hatte breite Schultern und schmale Hüften. Und dort, wo er seine Ärmel hochgekrempelt hatte, sah sie die langen, starken Muskeln seiner Unterarme.

Er lehnte sich zurück in seinen Sitz, eine dünne Zigarre zwischen die weißen Zähne geklemmt, die Zügel locker in den Fingern, und grinste den Mann an, der mit erhobener Pistole an der Startlinie stand.

Sein Anblick war derart faszinierend, daß Elizabeth die Augen nicht abwenden konnte. Der Startschuß ertönte, und ihr Herz machte einen Satz. Die Kutschen rasten los, die Räder wirbelten Sand und Kies auf. Ravenworth beugte sich vor, die Füße vor sich auf die Stütze gestemmt, die Beine breit. Harding ließ die Peitsche über den Köpfen seiner Braunen knallen, so daß sie in gestreckten Galopp fielen. Er war ein großer Mann, breit und sehnig, mit sandfarbenem Haar und haselnußbraunen Augen. Er mochte zweiunddreißig sein, und nach Aussage von Mercy Brown galt er unter den Damen als Draufgänger.

Elizabeth mußte zugeben, daß er kein schlechter Anblick war, während ihre Erregung wuchs, als die Phaetons die Bahn hinunterrasten, doch zweifellos hatte er nicht die dunkle, kantige, maskuline Schönheit von Nicholas Warring.

»Lord Harding gewinnt womöglich«, stellte Tante Sophie fest. »Vielleicht hättest du doch wetten sollen.«

Elizabeth sagte nichts. Ihre Handflächen waren feucht, und sie kaute nervös an einem Finger ihrer weißen Handschuhe. Die erste Wende kam näher. Die Pferde erreichten die Markierung, drehten um und rasten wieder los, beinah Kopf an Kopf. Harding auf der Innenseite hatte etwas Vorsprung, doch Ravenworths Schwarze holten sie in der Geraden ein und gingen in Führung. Bei der zweiten Wende war Harding wieder voraus, und Elizabeth biß sich auf die Unterlippe. Er hielt den Vorsprung in der Geraden, doch seine Pferde begannen, müde zu werden. Schaum tropfte ihnen aus den Mäulern.

Als sie sich mit hoch von den Rädern geschleudertem Schlamm der dritten Wende näherten, schlug Elizabeth' Herz dröhnend in ihren Ohren. Harding lag immer noch vorn, doch der Graf schloß zusehends auf, und es sah aus, als ob die Braunen des Viscount langsamer würden.

»Komm schon«, flüsterte sie tonlos, »du schaffst es.«

Sie brachten die vierte Wende hinter sich, Harding immer noch voran. Der Graf stand jetzt halb, die Zigarre war längst weg, und seine Finger beherrschten die Zügel mit einem Geschick, das sie nicht erwartet hatte. Einen Augenblick lang wandte er sich in ihre Richtung um, und ihre Blicke trafen sich. Sie fragte sich, was er in dem ihren wohl gesehen haben mochte, denn er klatschte die Zügel scharf auf die Hinterteile der Pferde, rief etwas, das sie nicht verstehen konnte, und kurz bevor sie das Ziel erreichten, gingen Ravenworth' Schwarze tatsächlich noch in Führung.

Von allen Seiten wurden Rufe laut. Elizabeth feixte und lachte dann laut.

Tante Sophie klatschte in die Hände. »Ich habe dir doch gesagt, daß er gewinnt.«

Elizabeth begann zu winken, doch ihr Lächeln gefror, und ihre Hände hielten mitten in der Luft inne, als sie bemerkte, wie der dunkelhaarige Graf von der Menge seiner Bewunderer umringt wurde.

»Ja«, sagte sie, »das hast du tatsächlich.« Einen Moment lang wünschte sie sich, sie dürfte auch hinübergehen, ihm gratulieren und seinen Triumph mit ihm teilen. Das konnte sie natürlich nicht tun, und das zu wissen ließ die Freude, die sie eben noch gespürt hatte, verblassen.

»Wir gehen besser wieder hinein«, sagte sie zu ihrer Tante, konnte jedoch nicht widerstehen, noch einen letzten Blick über die Schulter zu werfen. Zu ihrer Überraschung sah sie ihn herüberschauen, die Augen auf sie gerichtet, als wolle er ihr eine schweigende Nachricht schicken: *Ich habe dieses Rennen für dich gewonnen*, lautete sie. Es war dumm, das wußte sie, und doch setzte sich der Gedanke fest. Sie senkte den Blick, und als sie nochmals hinschaute, grinste er die Frau in eisblauer Seide an, Jilly Payne. Jemand gab ihm eine Zigarre, und er neigte den Kopf, als ihm ein Bediensteter Feuer gab.

Der Viscount drückte ein gefülltes Glas in seine Hände und gab ihm zum Glückwunsch einen Schlag auf den Rücken, obwohl sie sich fragte, ob er das wirklich so freundlich meinte. Es war offensichtlich, daß Lord Harding erwartet hatte, zu gewinnen. Und ein harter Zug um seinen Mund bewies, daß es ihm gar nicht paßte, verloren zu haben.

Ravenworth hob das Glas und leerte es mit einem einzigen Schluck. Elizabeth wandte sich ab, und ihre Stimmung wurde düster.

Sie seufzte unwillkürlich. Der Graf von Ravenworth war ein Lebemann der schlimmsten Sorte, und doch hatte er etwas an sich... Wenn ihr Vater auch nur einen Augenblick geahnt hätte, daß das Schicksal seiner Tochter irgendwann in den Händen eines Wüstlings von der Art des Grafen ruhen würde, hätte er sie nie seinem guten Freund, dem dritten Grafen von Ravenworth, anvertraut.

Dennoch hatte sie sich seit ihrer Ankunft hier zum erstenmal sicher gefühlt vor den gnadenlosen Nachstellungen des Oliver Hampton.

Ihre Tante lachte leise. »Dieser Lord Ravenworth ist wirklich... etwas Besonderes.«

Elizabeth sah ein letztes Mal zu ihm hin und beobachtete, wie er einen Siegerkuß von der hübschen Jilly Payne empfing. »Das ist er allerdings«, stimmte sie zu und achtete nicht weiter auf die seltsame, unbehagliche Enge, die sich in ihrer Brust ausbreitete, als sie sich auf den Weg zurück zum Haus machte.

3

Nicks Gäste lagen noch im Bett. Sie standen selten vor der Mittagszeit auf, und nach der Aufregung des Kutschenrennens war es abends dann besonders hoch hergegangen.

Nick schlief morgens nie lange. Seine innere Uhr ließ es einfach nicht zu. Er hatte zu viele Jahre hinter sich, in denen er vor dem Morgengrauen geweckt worden war, um wieder einen Tag Knochenarbeit hinter sich zu bringen. Der erste Schimmer der Morgenröte weckte ihn nach wie vor.

An diesem Morgen hatte sich zwar ein dichter Nebel über die Hügel der Umgebung gelegt, und sein Kopf brummte grausig nach dem Gin, den er getrunken hatte. Aber er hatte schon gefrühstückt und war hinausgeritten, um nach einer seiner Bauernfamilien zu sehen, in der die Frau in den nächsten Tagen ein Kind erwartete.

Er kehrte gerade von seinem Ritt zurück und trat aus dem Schatten der Scheune in die ersten Sonnenstrahlen, die den Nebel zu durchbrechen begannen, da sah er Elizabeth Woolcot in der Tür der Schmiede stehen. Neugierig ging er hinüber zu dem niedrigen Steingebäude und sah Silas McCann, den Schmied, der ihr mit einem Nicken seines großen, zerzausten Kopfes zuhörte.

Nick kam näher und blieb neben der schweren Eichentür stehen. Sie hatte ihn noch nicht bemerkt.

»Vielen Dank, Mr. McCann. Gestern habe ich ein winziges Weißkehlchen auf der Gartenmauer sitzen sehen. Vielleicht kann ich es mit Eurer Hilfe überreden, wiederzukommen.«

Die rauhen Wangen des Iren erröteten leicht. »Ein Weißkehlchen, soso.« Er grinste. »Und ein Mädel wie Ihr kennt sich damit aus. Es ist mir ein Vergnügen, Euch ein Futterhaus zu bauen, Miss Woolcot.«

In diesem Augenblick drehte sie sich um und sah Nick lässig an der Wand lehnen. Ihre Wangen röteten sich sacht. »Ich hoffe, es macht Euch nichts aus, Mylord. Ich habe Mr. McCann gebeten, ob er mir nicht ein Futterhäuschen bauen kann, um es außen an mein Fenster zu hängen. Ich muß mir natürlich überlegen, wie ich das am besten bewerkstellige, aber ich sehe ihnen halt so gern zu.«

Er stieß sich von der Wand ab. »Und wenn ich richtig gehört habe, kennt Ihr Euch damit aus.«

»Ich kenne eine ganze Menge, ja. Vögel haben mich immer sehr interessiert.«

Er lächelte und bemerkte, daß sie ihn schon wieder überraschte. Das gefiel ihm an ihr, was solche Überraschungen betraf. Er fragte sich, wie lange er wohl dazu brauchen würde, sie richtig kennenzulernen.

Er wandte sich Silas McCann zu, den er in Jamaica als Sträfling kennengelernt hatte, ebenso wie Theophilus Swann und mehrere andere seiner Bediensteten. »Bau besser drei oder vier. Sie kann sie in den Garten hängen.«

Sie lächelte erfreut, so daß ein Grübchen in ihrer linken Wange erschien. »Vielen Dank, Mylord.«

»Ich war gerade auf dem Weg ins Haus«, sagte er, ohne es recht überlegt zu haben, »aber eine Unterrichtsstunde über Vögel würde mir jetzt Spaß machen, wenn Ihr Lust zu einem Spaziergang im Garten habt.«

Einen Moment lang dachte er, sie würde ablehnen, hoffte fast, daß sie es tun würde. Doch sie lächelte und nahm den Arm, den er ihr bot. Mehrere unterschiedliche Vögel flatterten vorüber, während sie über die Kieswege wanderten, und sie erstaunte ihn, indem sie von jedem den Namen wußte.

»Seht Ihr den gefleckten braunen Vogel da drüben?« Sie deutete auf einen kleinen Vogel, der auf dem dünnen Zweig einer Buche saß.

Er lächelte. »Den kenne sogar ich, Miss Woolcot. Das ist ein ganz normaler Spatz.«

Elizabeth lachte und schüttelte den Kopf. »Das ist ein gefleckter Fliegenschnäpper, Mylord. Er sieht einem Spatzen nur ähnlich. Bei der Erkennung von Vögeln darf man nicht zu voreilig sein.«

Sein Blick wanderte über ihr schimmerndes, rotdunkles Haar, ihr fein geschnittenes Gesicht und die elegante, frauliche Figur. »Wie ich schon öfter erfahren habe, kann der erste Eindruck eben täuschen.«

»O ja, allerdings«, fuhr sie fröhlich fort. »Besonders bei Vögeln. Schaut die kleine Mönchsgrasmücke dort drüben. Die meisten Leute halten sie für eine Amsel.«

»Aber Ihr nicht, Miss Woolcot.«

Sie lächelte ein warmes, süßes Lächeln, und doch lag eine Stärke in Elizabeth Woolcot, die geradezu greifbar zu sein schien. »Mein Vater liebte die Vögel auch. Nach seinem Tod habe ich viel Zeit im Garten verbracht, und die Vögel, die ich so liebe wie er, haben stets meine Stimmung gehoben.«

Nick lächelte. »Daran werde ich denken, wenn meine Stimmung je einer Anhebung bedarf.«

Sie wollte etwas sagen, doch da sah sie hinter seiner Schulter Roger Fenton, den Viscount Harding, auftauchen, Seine Augen waren mit einem unangenehmen Ausdruck auf Elizabeth gerichtet. Nick fluchte lautlos. Statt sein Mündel mitzunehmen auf einen Spaziergang, hätte er sie ins Haus schicken sollen.

Harding betrachtete sie von oben bis unten. Es war offensichtlich, daß sie seine Billigung fand. »Das ist also die Dame, die du versteckt hältst.«

Unbewußt stellte sich Nick etwas vor sie. »Miss Woolcot

war gerade auf dem Weg ins Haus.« Er warf ihr einen eindeutig warnenden Blick zu. »Nicht wahr, Miss Woolcot?«

»Nun, ja... ich glaube schon...«

»Viscount Harding, stehe ganz zu Eurer Verfügung, Miss Woolcot.« Er verbeugte sich schwungvoll. »Nicholas hat erwähnt, daß sein Mündel unter diesem Dach wohnt. Aber jetzt ist mir erst klar, warum er Euch verborgen hält.«

»Ich habe mich bemüht, den guten Ruf der Dame zu schützen – denn er ist schon allein durch die Tatsache gefährdet, daß sie mein Mündel ist.«

Elizabeth streckte eine weißbehandschuhte Hand aus. »Ich habe Euch beim Rennen gesehen. Ihr wart sehr gut. Ihr hättet Seine Lordschaft fast geschlagen.«

Roger lächelte. »Habe ich sonst auch immer. Nick gibt sich selten so viel Mühe wie gestern.«

»Elizabeth«, sagte Nick warnend, »ich glaube, es ist Zeit, daß Ihr hineingeht.« Sie sah zu ihm auf und hob überrascht eine Augenbraue, denn ihr wurde klar, daß er eben zum erstenmal ihren Vornamen gebraucht hatte.

»Wie Ihr wünscht, Mylord.« Sie warf Roger Fenton ein wohlerzogenes, distanziertes Lächeln zu. »Guten Tag, Lord Harding.«

»War mir ein Vergnügen, Miss Woolcot.« Harding sah ihr den ganzen Weg bis zum Haus hinterher, und von Sekunde zu Sekunde ärgerte sich Nick mehr.

»Was immer du gerade denken magst, das Mädchen ist tabu. Sie ist jung und naiv, und solange sie hier lebt, befindet sie sich unter meinem Schutz.«

Die Lippen des Viscounts hoben sich zu einem flüchtigen Lächeln. »Sie ist wirklich bemerkenswert hübsch. Vielleicht bist du selbst an ihr interessiert?«

Eine Hitzewelle kletterte an Nicks Hals hoch. »Das Mädchen ist mein Mündel. Ihr Vater hat sie in den Schutz meines Vaters gestellt. Ob mir das gefällt oder nicht, es bedeutet, daß sie jetzt unter meinem Schutz steht. Und das ist das einzige Interesse, das ich an Elizabeth Woolcot habe.«

Harding schwieg, aber der Glanz in den Augen des Viscounts gefiel Nick ganz und gar nicht. Harding war gutaussehend und ein Heiratskandidat, aber er war ein besessener Spieler. Er hatte schon das Vermögen seiner Familie verloren und seine erste Frau früh ins Grab gebracht. Trotzdem konnte er den Spieltischen nicht fern bleiben. Er trank zuviel und hatte nicht die geringsten Skrupel, eine nichtsahnende Jungfrau zu verführen.

Herr im Himmel, Männer wie Harding waren der Grund, warum er Sydney Birdsall davor gewarnt hatte, Elizabeth überhaupt nach Ravenworth zu bringen. Gott sei Dank würden Harding und ein paar der anderen morgen abfahren. Plötzlich wünschte er sich, der Rest seiner Gäste würde ebenfalls möglichst bald verschwinden.

In einem einfachen, marineblauen Kleid kam Elizabeth die weite, geschwungene Treppe herunter und ging in Richtung Hintertür. Sie war auf dem Weg zu den Stallungen, um den Grafen zu suchen, denn inzwischen war ihr klar, daß er genauso früh wie sie aufstand. Sie hatte ihn schon öfter morgens beim Ausreiten beobachtet und ihn heute morgen von ihrem Zimmer aus in Reitkleidung in Richtung Scheune gehen sehen.

Dort fand sie ihn und seinen Pferdeknecht Freddy Higgins zusammen über den Huf einer der Zuchtstuten gebeugt. Elizabeth sah ihnen eine Weile von fern zu, genoß den Duft des Stalls nach Heu und Pferden, gutgeöltem Zaumzeug und der Salbe, die sie für das Bein des Pferdes verwendeten. Sie war überrascht angesichts der Besorgnis in Nicholas Warrings Stimme, die anziehend tief und ruhig klang, wenn er Anweisungen gab.

»Ich kümmere mich selbst drum«, sagte Higgins. »Die is'

stark. In vierzehn Tagen ist sie bestimmt wieder auf'm Damm.«

»Danke, Freddy.« Ravenworth drehte sich um und wollte gehen, da sah er Elizabeth näher kommen. »Hallo, Miss Woolcot, wie ich sehe, seid Ihr wie üblich früh auf den Beinen.«

»Genau wie Ihr, Mylord.«

»Ich habe mir Sorgen wegen der Stute gemacht. Sie war in letzter Zeit etwas kränklich, und ich wollte sichergehen, daß sie gut versorgt ist.« Er war in enge, schwarze Reithosen und ein weites, weißes Baumwollhemd gekleidet und sah sie mit seinem gewohnten, kühlen, silberblauen Blick an. »Wolltet Ihr irgend etwas?«

Ihr Blick richtete sich auf das Seil, das er in seinen langen, dunklen Fingern hielt, und sie bemerkte, wie nah er bei ihr stand. Ihr Herz schlug schneller, und ihr Mund war plötzlich trocken. Sie wandte sich ab und ging hinüber zu der Stute.

»Ihr habt sehr schöne Pferde, Mylord.«

Ravenworth stellte sich neben sie, einen Stiefel auf die unterste Latte der Box gestützt. »Mögt Ihr Pferde, Miss Woolcot?«

»O ja, sehr sogar. Genaugenommen ist das der Grund, warum ich heute morgen hier bin. Ich hatte gehofft, Ihr könntet mir erlauben zu reiten.«

Amüsiert hob sich sein einer Mundwinkel. »Also nicht nur Vögel, sondern auch Pferde, Miss Woolcot?«

»Ich reite sehr gern, Mylord. Es gibt nichts Schöneres als ein Frühlingsmorgen mit Sonne und Wind im Gesicht.«

Er dachte darüber nach, schien zuzustimmen. »Könnt Ihr denn gut reiten?«

Sie zuckte mit den Schultern. »Besser als der Durchschnitt, nehme ich an. Ich reite schon seit vielen Jahren.«

»Ich vermute, Ihr seid in einer Menge Dinge besser als

der Durchschnitt. Und ich sehe keinen Grund, warum Ihr nicht reiten solltet. Einer der Knechte kann Euch begleiten und Euch die Ländereien zeigen. Wir haben eine hübsche, kleine Apfelschimmelstute. Sie ist Araberin und heißt Sasha, sie müßte die Richtige sein. Sagt Mr. Higgins nur, wann Ihr bereit seid.«

Er stand so dicht neben ihr, daß sie die Hitze seines harten, langgliedrigen Körpers spüren konnte, und wieder schlug ihr Herz schneller. »Vielen Dank, Mylord.« Er nickte, und sie sah zu, wie er fortging. Seine Schultern waren so breit, daß sie beinah den Türrahmen ausfüllten, und mit jedem seiner langen, eleganten Schritte bewegten sich deutlich sichtbar die Muskeln in seinen Beinen.

Er war wirklich sehr gutaussehend. Mr. Birdsall hatte ihr erzählt, daß seine Frau ihn vor neun Jahren verlassen hatte, nachdem man ihn des Mordes an Steven Hampton für schuldig befunden hatte. Elizabeth kam unwillkürlich der Gedanke, daß sein Leben vielleicht ganz anders verlaufen wäre, wenn seine Frau an seiner Seite geblieben und darauf gewartet hätte, daß er aus der Verbannung zurückkehrte.

Sie seufzte, als sie daran dachte. Der Graf von Ravenworth und sein dekadentes Leben gingen sie wohl kaum etwas an. Abgesehen davon war er gar nicht so schlimm, wie sie zuerst erwartet hatte. Er war nett zu seinen Bediensteten und erfüllte seine Pflichten als Graf. Vielleicht gab es doch noch Hoffnung für ihn.

Wenigstens glaubte sie das, bis Lady Dandridge eintraf.

Elizabeth stand an jenem kalten, windigen Nachmittag an ihrem Fenster und sah zu, wie die Viscountess aus ihrer schicken, schwarzen Kalesche stieg. Lady Dandridge trug ein modisches eisblaues Seidenkleid mit hoher Taille, das mit kleinen Rosen bestickt war. Das Haar unter dem Rand ihres Huts war genauso schwarz und glänzend wie Ravenworth', doch ihre Haut war sehr hell, und ihr Mund war voll und genauso rosig wie die Blumen auf ihrem Kleid.

Der Graf nahm ihre Hände und beugte sich vor, um ihre Wange zu küssen. Lady Dandridge umfaßte sein Gesicht mit beiden Händen, und ihr dunkler, sinnlicher Blick ließ klar erkennen, was sie sich vom Rest des Nachmittags erwartete.

Elizabeth wurde es plötzlich eng in der Magengrube, und sie mußte den Blick abwenden.

»Ich sach Euch, die is schlimmer als alle andern«, meinte Mercy Brown mißbilligend, die am anderen Fenster stand. »Immer kommt se her und macht sich an den Grafen ran, die Röcke hoch wie 'ne Nutte. Und der arme alte Lord Dandridge hält sie für das Bild einer Mutter.«

Elizabeth hob mit einem Ruck den Kopf. »Lady Dandridge hat Kinder?«

»Was denkt Ihr denn? So benehm' sich die Reichen eben. Sie hat ihrem Mann den verdammten Erben gegeben, jetzt kann se tun und lassen, was se will. Nicht der Graf hat die Sache angefangen, sie is immer wieder hergekommen, bis er se schließlich genomm' hat.«

Elizabeth dachte an das Paar unten – oder waren sie jetzt schon oben in Ravenworths Gemächern, womöglich nackt in seinem großen Himmelbett?

Bei dem Gedanken wurde es ihr ziemlich warm und eng und kribbelig in ihrer Haut. »Was immer sie für ›eine‹ sein mag, Seine Lordschaft scheint es nicht zu stören.«

Mercy knurrte. »Klar doch.« Und bei diesen Worten spürte Elizabeth etwas, das sich gefährlich wie Eifersucht anfühlte. Sie hoffte, daß es das nicht war.

»Geht Ihr aus wie sonst um die Zeit?« fragte Mercy.

Elizabeth schüttelte abwesend den Kopf. »Heute nicht. Mir… mir ist nicht nach Ausgehen.«

Mercy sagte nichts, aber ihr klarer blauer Blick blieb

etwas zu lange auf ihrem Gesicht haften. »Wenn Ihr sonst noch was braucht, klingelt nur.«

»Danke, Mercy.«

Elizabeth verbrachte den Nachmittag mit Lesen, gemütlich in einen Sessel vor dem Feuer gekuschelt. Aber es fiel ihr schwer, sich auf das Buch zu konzentrieren. Ihre Gedanken wanderten immer wieder zu Nicholas Warring und der Vorstellung, wie sein langer, schlanker Körper nackt neben Lady Dandridge lag. Ihre Wangen glühten, wenn sie daran dachte, aber sie schien es nicht lassen zu können.

Langsam machte sich Ärger neben diesem Bild breit. Es war wirklich schlechter Geschmack, wenn ein Mann seine Geliebte in sein Haus brachte. Andererseits war die Viscountess eine verheiratete Frau und Adlige, und der nachbarliche Besuch war oberflächlich gesehen absolut korrekt.

Und genaugenommen hatte sie der Graf ja gewarnt. Mündel oder nicht Mündel, er hatte nicht die Absicht, sein wüstes Leben auch nur eine Spur zu ändern.

Ravenworth' Gäste kamen und gingen, obwohl es den Eindruck machte, als wäre das Haus ständig voll. Bei mehreren Gelegenheiten war Elizabeth dem Grafen im Frühstücksraum begegnet, und obwohl er selten von seinen Freunden und nie von Lady Dandridge sprach, stellte sie fest, daß sie ihn zusehends faszinierender fand. Sie konnte nicht recht sagen, woran das lag. Doch hatte sie das Gefühl, daß wesentlich mehr hinter Nicholas Warring steckte als das Bild von Dekadenz, das er wie einen Purpurmantel trug.

Eine Menge mehr, stellte sie fest, wie an jenem Abend, als sie ihm in der Bibliothek begegnete. Es war schon weit nach Mitternacht und das Haus ausnahmsweise dunkel und still, aber Elizabeth konnte nicht schlafen. Es regnete heftig, und vor ihrem Fenster blitzte und krachte es immer wieder.

In einem schweren, gesteppten Morgenmantel, der sie

von oben bis unten verhüllte, nahm Elizabeth einen Kerzenleuchter von ihrer Kommode und machte sich leise auf den Weg nach unten. Der Donner grollte und hallte unheimlich im Flur. Sie schauderte.

Sie griff nach dem Türknauf der Bibliothek, fest entschlossen, etwas Neues zum Lesen zu finden. Der Knauf drehte sich, die Tür öffnete sich. Und einen Moment lang stand sie wie erstarrt da. Eine Lampe brannte im Zimmer, und es war nicht leer.

»Guten Abend, Miss Woolcot.« Nicholas Warring lehnte sich in seinem schwarzen Ledersessel zurück, in der einen Hand ein Glas Gin, in der anderen eine Zigarre. Und der schwatzhafte Nigel Wicker saß ihm wie eine aufgeblasene Kröte gegenüber.

»Guten Abend, Mylord. Ich wollte nicht bei Euch eindringen. Ich wußte nicht, daß Ihr Euch hier aufhaltet.«

Sie schienen Karten zu spielen. Geldstapel lagen durcheinander auf dem polierten Tisch, und vor jedem der Männer lagen frisch gegebene Karten, das Bild nach unten.

Elizabeth zögerte nur einen Augenblick, dann trat sie weiter ins Zimmer, entschlossen, sich diesmal nicht einschüchtern zu lassen. Ob es Seiner Lordschaft paßte oder nicht, sie war wegen eines Buches gekommen und würde nicht ohne eines wieder gehen.

Sie stellte den Leuchter neben einen Stapel ledergebundener Bücher hinter den beiden Männern. »Wie ich sehe, seid Ihr mit Spielen beschäftigt«, konnte sie nicht widerstehen, zu Ravenworth zu sagen. »Gewinnt Ihr dabei etwa auch?«

»Nicht so, daß Ihr es bemerken würdet.«

»Nick ist ein verdammt guter Spieler«, lallte St. George, »wenn er sich Mühe gibt.« Die dicken Lippen des Barons verzogen sich. »Glücklicherweise kommt das nicht oft vor.«

Ravenworth sog an seiner Zigarre, blies ein paar anmutige Rauchringe in die Luft und sah ihnen nach. »Miss Woolcot findet es nicht gut, daß ich überhaupt spiele, nicht wahr, Süße?«

Das unerwartete Kosewort durchströmte sie und breitete sich warm in ihrem Bauch aus. Es gefiel ihr gar nicht, daß er diese Wirkung auf sie haben konnte. »Das wißt Ihr doch.«

St. George nahm einen Schluck von seinem Drink, lehnte sich zurück und rülpste laut.

Ravenworth hob eine Braue. »Ich glaube, Ihr seid dem Baron vor ein paar Tagen schon begegnet.« Er nahm ebenfalls einen Schluck aus seinem Glas. Sein Haar war zerwühlt, sein Hemd mit dem Spitzenkragen ein paar Knöpfe weit geöffnet. Glatte dunkle Haut bedeckt mit lockigem schwarzem Brusthaar lugte daraus vor. Er sah attraktiv und draufgängerisch aus und war ganz offensichtlich betrunken, obwohl ihm St. George eindeutig einige Gläser voraus hatte.

Elizabeth richtete sich gerade auf. »Ja, ich glaube, das war erst gestern nachmittag.« Sie war Nigel Wicker mit Ravenworth im Labyrinth des Hauses begegnet, und der Graf war gezwungen gewesen, sie einander vorzustellen.

Sie zwang sich zu einem Lächeln »Guten Abend, Mylord«, aber ihr Blick blieb auf den Grafen gerichtet und sie dachte, was es doch für eine Verschwendung war, wenn ein Mann wie er sich so gehenließ. »Wie ich schon sagte, es tut mir leid, daß ich Euch unterbreche, aber ich bleibe nicht lange.«

»Bleibt, solange Ihr wollt, meine Liebe«, lallte der Baron und beugte sich gefährlich weit zu ihr vor. »Ein hübsches kleines Ding wie Ihr kann mich jederzeit stören.« Bis zu dem Augenblick, als sein Arm sich zu ihrer Taille ausstreckte, hatte sie nicht bemerkt, wie nah sie bei ihm stand. »Mein Gott, Nick, alter Junge, die ist ja wirklich ein wohlgeformtes Stück –«

In dem Moment war Nick aus seinem Sessel gesprungen,

die Zigarre fiel zu Boden, sein Drink ergoß sich auf den Tisch. St. Georges fette Hand erreichte sie gar nicht ganz, denn die dunklen, langen Finger des Grafen schlossen sich schmerzhaft um sein Handgelenk.

»Ich habe Euch schon einmal gesagt, daß das Mädchen tabu ist für alle Männer hier. Ich dachte, das wäre klar gewesen.«

Die fleischigen Lippen des Barons öffneten sich vor Schmerz, und Nick löste seinen Griff. Elizabeth drückte sich rückwärts an die Bücher. Mit einem Blick auf sie breitete sich langsam ein lüsternes Lächeln auf dem Gesicht des Barons aus. »Sehr klar, mein Freund. Ich wußte nicht, daß Ihr selbst an der Dame interessiert seid.«

Ravenworths Mund wurde warnend schmal. »Das Mädchen ist mein Mündel, sonst nichts. Denkt daran, St. George, dann haben wir kein Problem damit.«

Elizabeth starrte die beiden wortlos an. Im Geiste sah sie noch einmal, wie der Graf mit der Grazie eines Panthers aus seinem Sessel geschossen war – keine Spur von dem Betrunkenen, der er zu sein schien.

»Elizabeth?« sagte er leise. »Geht es Euch gut?«

Sie blinzelte mehrmals, holte tief Luft. »Ja... ja, natürlich. Ich hole nur das Buch und gehe wieder nach oben.«

»In Ordnung, aber schnell.«

Sie trödelte nicht lange, sondern nahm sich nur kurz einen von Mrs. Radliffes Mittelalterromanen, die sie dort vor ein paar Tagen entdeckt hatte, und hastete hinaus.

Hinter sich hörte sie das Brummen der Männerstimmen. Sie fragte sich flüchtig, worüber sie wohl redeten, aber hauptsächlich dachte sie an Ravenworth. Er war nicht betrunken gewesen, nicht echt. Ihr Verdacht wuchs, daß der Mann überhaupt nicht der Mann war, der er zu sein vorgab. Er faszinierte sie mehr als jeder andere Mann, dem sie je begegnet war.

Ihr Herz schlug schneller, als sie beschloß, daß sie irgendwie herausfinden würde, was der »Verruchte Graf« wirklich für ein Mann war.

Wolken zogen über den Himmel und zeichneten flüchtige Schatten auf ferne Felder. Dann kämpfte sich die Sonne wieder hervor, und Nick spürte durch das Glas seines Schlafzimmerfensters die Wärme auf dem Gesicht. Er sah hinunter in den Garten und beobachtete Elizabeth Woolcot, die über die Kieswege spazierte.

Heute war sie nicht allein. Sie hielt zwei von den Kindern der Bediensteten an den Händen, McCanns Sohn Petey und Theos kleine Tochter Tildy. Wahrscheinlich erzählt sie ihnen etwas über die Vögel, stellte er sich vor und lächelte.

Sie ist gut mit Kindern, dachte er, während er ihr vergnügtes Lachen hörte, als die kleine Tildy sich bückte, eine Schnecke nahm und sie hochhob, als ob das ein seltener Schatz wäre. Sie würde eines Tages eine gute Mutter werden.

Der Gedanke durchfuhr ihn und weckte unangenehme Gefühle. Rachael war leider anders. Und auch Miriam Beechcroft und so viele andere Frauen, die er kannte. Eher wie seine Mutter oder vielleicht wie seine Schwester Maggie.

Nick hatte Kinder immer gern gehabt. Sie waren für ihn die Essenz des Lebens, seine eigentliche Freude. Ohne Kinder war die Welt weniger hell, weniger strahlend. Er sah den Kindern zu, die zwischen den Hecken herumliefen, wo es ihnen der Gärtner sonst nicht erlaubte, und dachte an die Tage, in denen er sich vorgestellt hatte, wie seine eigenen Rangen über die Wiesen von Ravenworth tobten, jauchzten und Unsinn machten, wie er und seine Schwester es einst getan hatten.

In den ersten Monaten nach seiner Heirat war Rachael

noch willens gewesen, ihre Pflicht zu tun, obwohl er festgestellt hatte, daß sie, ähnlich wie Miriam, alles andere als ein mütterlicher Typ war. Das Schicksal hatte zugeschlagen und ihr die lästigen Aufgaben als Ehefrau erspart. Ihr Mann war des Mordes für schuldig befunden und zu sieben Jahren Verbannung verurteilt worden. Rachael war nach Castle Colomb gezogen, seinem Landsitz nördlich von London, und lebte dort ihr eigenes Leben, als er schließlich zurückkam.

Er würde keine Kinder haben, das wußte er jetzt, keinen Erben, der seinen Namen fortführte. Eigentlich hatte er sich weitgehend damit abgefunden, doch manchmal, so wie jetzt, schmerzte ihn der Gedanke noch. Wie wäre sein Leben wohl verlaufen, wenn er Stephen Hampton nicht getötet hätte?

Ein Muskel zuckte in seinem Unterkiefer. An das Thema dachte er nicht gern. Die Vergangenheit war ein für allemal vorüber, und er konnte nichts daran ändern. In Wahrheit hatte es auch nie eine andere Möglichkeit für ihn gegeben. Selbst wenn er in dieselbe Lage noch einmal kommen würde, würde er wieder genauso handeln.

Er sah hinunter zu Elizabeth Woolcot, die mit Tildy lachte. Ihre Haube hatte sie längst verloren. Ein einzelner, langer rotbrauner Zopf reichte fast bis zu ihrer unglaublich schmalen Taille. Das Gesicht hatte sie der Nachmittagssonne zugekehrt. Er runzelte die Stirn, als er an den Ärger dachte, der in ihm erwacht war, als St. George vergangene Nacht versucht hatte, sie anzufassen. Er hatte rein instinktiv reagiert, redete er sich ein. Sie war sein Mündel, in seiner Verantwortung. Es war nur natürlich, daß er das Bedürfnis hatte, sie zu beschützen.

Doch genaugenommen war es viel mehr als das. Elizabeth Woolcot war der einzige gute, anständige Mensch, den er in den vergangenen Jahren in sein Leben gelassen hatte.

Sie verdiente etwas Besseres, als von den Händen eines Lüstlings wie dem Baron oder eines Wüstlings wie dem Viscount Harding angetatscht zu werden.

Er würde sie ja wegschicken, wenn er sicher gewesen wäre, daß Hampton seine Nachstellungen aufgegeben hatte. Doch das glaubte er nicht. Er kannte Hamptons besessene Art viel zu gut, um anzunehmen, daß er auf etwas verzichten würde, das er so unbedingt haben wollte. Und dem Hurensohn würde er sie nicht geben, genausowenig wie irgendeinem anderen seiner wüsten Freunde.

Nicht daß er etwa vorhatte, sein Leben zu ändern. Das würde er weder für Elizabeth Woolcot noch für sonst jemanden tun. Warum sollte er? Er war ein Ausgestoßener, unwürdig in den Augen der meisten seiner Mitmenschen, egal was er tat. Er hatte sieben Jahre seines Lebens verloren und sich vorgenommen, die vergeudete Zeit wieder wettzumachen, indem er sich all das gönnte, wozu er Lust hatte.

In ein paar Monaten würde Elizabeth Woolcot verschwunden sein, verheiratet mit irgendeinem Mann, den Sydney Birdsall oder er für sie ausgesucht hätte.

Nick wandte sich vom Fenster ab, entschlossen, Elizabeth wenigstens für diesen Nachmittag aus seinen Gedanken zu verbannen.

»Elias!« rief er, und sein Kammerdiener betrat wenig später das Zimmer. Elias Moody war in den letzten vier Jahren seiner Verbannung sein Freund gewesen. Ein Freund, auf den sich ein Mann absolut verlassen, dem er sein Leben anvertrauen konnte.

»Ja, Nick?« Er war größer als Nick, ein breiter, massiger muskelbepackter Mann. Er hatte in einem Kampf um eine Frau einen Mann getötet, war aber dafür verurteilt worden, daß er dem Mann seine Uhr gestohlen hatte.

»Ich brauche einen Drink«, sagte Nick, »Theo soll mir Gin bringen.«

»Gute Idee«, stimmte Elias zu. »Ich habe meine Arbeit getan. Was dagegen, wenn ich mithalte?«

Nick grinste. »In keinster Weise.« Ihm kam der Gedanke, daß er vermutlich der einzige Mann in England war, der die Gesellschaft seiner Dienerschaft den meisten Gästen vorzog, die sein Haus bevölkerten.

4

Elizabeth streichelte die weichen, samtigen Nüstern der zierlichen Araberstute, die ihr der Graf als Reittier zugeteilt hatte. Sie war ein schönes Pferd mit glattem grauem Fell, etwas dunkler um die Augen und an den Fesseln, der Kopf klein und perfekt geformt, die Ohren aufmerksam aufgerichtet. Elizabeth liebte sie auf den ersten Blick und hatte vor, sie heute zu reiten. In einem pflaumenfarbenen Reitkleid mit elegantem schmalem Hut ging sie neben dem Reitknecht her, der die Stute zu einem Stein führte, den Elizabeth zum Aufsteigen in den Damensattel benutzen konnte.

»Seid Ihr sicher, daß Ihr nicht wollt, daß ich Euch begleite?« fragte Freddy. Er war ein untersetzter Mann, schmal und drahtig. In seiner Jugend war er bei den Epson Downs als Jockey geritten. Inzwischen ging er leicht gebeugt, doch er wußte mehr über Pferde als jeder andere Mann, den Elizabeth kannte.

»Keine Sorge, Freddy.«

»Seine Lordschaft mag's bestimmt nich' besonders, wenn Ihr ganz allein losreitet.«

Sie beugte sich vor, um die Stute am Hals zu tätscheln, die sofort den hübschen Kopf hob. »Ich reite nicht weit, nur bis zum Waldrand und zurück.« Sasha schnaubte und stampfte, denn sie wollte genausogern los wie sie selbst. »Ich bin jetzt schon so lange im Haus bei den anderen, daß ich wirklich gern etwas allein sein möchte.«

Freddy lächelte, als könnte er sie verstehen. »Ganz wie Ihr wollt, Miss.«

Sie ließ die Stute losgehen, brauchte aber ein paar Minuten, um sich richtig an den Sattel zu gewöhnen, den Gang des Pferdes kennenzulernen und sich seinem Rhythmus anzupassen.

Als sie schließlich dahingaloppierte, lächelte Elizabeth, legte den Kopf in den Nachen und genoß das Gefühl von Wind und Sonne auf dem Gesicht. Sie ritt über die Hügel, hielt ab und zu an und sah sich einfach nur in der fruchtbaren Landschaft um. Allzubald erreichte sie den Waldrand. Sie betrachtete die dicht beieinander stehenden Bäume und schaute noch einmal zurück zum Haus.

Sie hatte versprochen, nur bis hierher zu reiten, aber es war ein so schöner Tag, daß sie nicht widerstehen konnte. Sie lenkte Sasha zur weiter entfernten Hügelkuppe, als sie etwas in der Sonne blitzen sah. Aus den Bäumen am Rand des Waldes kamen zwei Reiter hervor und galoppierten den Hügel hinunter auf sie zu.

Sie fragte sich, wer sie wohl sein mochten und warum sie es so eilig hatten. Eventuell waren es Bauern, vielleicht aber auch Freunde des Grafen. Als sie näher kamen, erkannte sie jedoch ihre ungekämmten Bärte und den Schmutz auf ihren verkommenen Kleidern. Und plötzlich wurde ihr unbehaglich.

Zum erstenmal fiel ihr auf, wie weit sie sich tatsächlich vom Haus entfernt hatte. Sie starrte den beiden entgegen, und ihr Unbehagen schlug in Angst um. Mein Gott, und wenn sie ihr etwas antun wollten? Wenn sie Wegelagerer oder Räuber waren?

Sie kamen jetzt rasch näher und ritten in vollem Galopp. Endlich reagierte Elizabeth. Sie riß die Stute herum, beugte sich über den Hals des Pferdes und ließ es losrennen, so schnell es konnte. Bestimmt würden ihr die Männer gar nicht folgen, versuchte sie sich zu beruhigen.

Doch als sie über die Schulter zurücksah, hörte sie den

einen der beiden fluchen, während der andere seinem Pferd einen heftigen Schlag mit der Peitsche gab. Das Donnern der sie verfolgenden Hufe nahm zu, als die beiden in gestreckten Galopp verfielen.

Ihr Herz schlug heftig. Herr im Himmel! Zweifellos hatten es die beiden Männer tatsächlich auf sie abgesehen und würden Gott weiß was mit ihr anstellen, wenn sie sie erwischten. Elizabeth beugte sich noch weiter über die Stute, flüsterte ihr ermutigend zu, drängte sie, noch schneller zu werden. O Gott, was wollten die nur von ihr!

Mit einem Mal wurde ihr klar, was sie schon von Anfang an hätte ahnen sollen: Es war Bascomb! Oder genauer gesagt, Bascombs Leute, und sie versuchten, sie zu entführen! Elizabeth' Magen verkrampfte sich. Sie hatte sich eingeredet, sie wäre sicher in Ravenworth Hall. Doch irgendwo tief im Innern hatte sie gewußt, daß der verhaßte Graf so etwas versuchen könnte.

Ihre Hände waren feucht in den Handschuhen, ihr Mund trocken wie Pergament. Elizabeth sah über die Schulter. Himmel, sie kamen näher!

»Anhalten!« rief einer der beiden Männer. »Verdammt, tu, was ich sag', bevor dir was passiert!«

Anhalten? dachte Elizabeth mit heftig pochendem Herzen, um nichts in der Welt! Sie sah die beiden stetig näher kommen, doch dann entdeckte sie auf dem Hügel vor sich die Türme von Ravenworth Hall und schöpfte neue Hoffnung.

Sie drängte die Stute vorwärts. Wenn sie daran dachte, daß sie in die Hände von Oliver Hampton geraten könnte, drehte sich ihr der Magen um. Mit einem stillen Gebet richtete sie ihren Blick nach vorn. Eine steinere Mauer lag zwischen ihr und dem Haus, ein schwieriger Sprung, denn eine hohe Hecke begrenzte noch den Pfad direkt davor. Trotzdem, wenn sie über die Hecke kam, würde sie es schaffen.

Elizabeth faßte die Zügel kürzer, ihre Handschuhe klebten an den Handflächen, ihr Hut war längst weggeflogen und der Zopf, den sie im Nacken zum Knoten gerollt getragen hatte, hing ihr aufgelöst über den Rücken. Die zierliche Stute war schweißgebadet, doch sie hatte Kraft und Mut. Die Hecke kam immer näher. Elizabeth nahm die Reitgerte, die sie selten benutzte, fest in die Hand und schlug damit kurz und hart auf die Kruppe des Pferdes. Die Stute sprang mit einem riesigen Satz über die Hecke.

Sasha landete unsicher, strauchelte aber nicht, und es gelang Elizabeth, im Sattel zu bleiben. Die Mauer überwanden sie ohne große Mühe und stürmten dann durch das Tor in Richtung Stall. Neben der Scheune zügelte Elizabeth die Stute und sah über die Schulter zurück. Gott sei Dank hatten die beiden Reiter umgedreht und rasten in wildem Galopp auf ein Wäldchen zu.

Elizabeth seufzte lang und tief auf und schloß erleichtert die Augen. Als sie sie wieder öffnete, sah sie Nicholas Warring direkt vor sich stehen, sein Gesicht finster und voller Zorn.

Er faßte sie um die Taille und hob sie mit einem Ruck von der Stute. Sein silbriger Blick glitzerte, als er die schweißnasse Flanke des Pferdes betrachtete und sah, wie schwer es atmete. Er riß Elizabeth die Gerte aus der Hand und ließ sie sirrend gegen seinen Reitstiefel peitschen.

»Was in Gottes Namen tut Ihr hier eigentlich? Wir behandeln in Ravenworth unsere Tiere nicht so. Wenn ich noch einmal bemerke, daß Ihr ein Pferd so behandelt, dann werde ich diese Gerte an Eurem Hinterteil ausprobieren, und zwar mit Vergnügen.«

Sie blinzelte ein paarmal und schwankte etwas. »Es tut mir leid, ich habe nicht... ich wollte ihr nicht schaden. Das würde ich nie tun, ich bin nur –« Sie schwankte stärker, und Ravenworth faßte nach ihrem Arm.

Sein Gesichtsausdruck wandelte sich, seine Wut war sofort verflogen. »Was ist los? Was ist passiert?«

Elizabeth befeuchtete ihre trockenen Lippen. Unter ihrem Reitkleid zitterten ihr die Beine so, daß sie Angst hatte, umzufallen. »Es … es war Bascomb.«

»Bascomb!«

»Seine Männer haben gewartet. Wenn Sasha nicht gewesen wäre –« Sie schüttelte den Kopf und streichelte die Nüstern der tapferen kleinen Stute. Ein Brennen entstand plötzlich in ihren Augen, und bevor sie es recht bemerkte, tropften ihr die Tränen über die Wangen. »Ich mußte fliehen, es gab keine andere Möglichkeit. Ich hatte solche Angst.«

Der Graf fluchte, dann fühlte sie, wie er sie in die Arme nahm und schützend an sich drückte. »Es ist ja gut, Liebes, jetzt seid Ihr in Sicherheit. Ich lasse nicht zu, daß Euch jemand etwas tut.«

Sie hatte eigentlich gar nicht weinen wollen, aber irgendwie sprudelten die Tränen einfach, als sie so an seiner Brust lehnte. Sie spürte, wie er mit der Hand sanft über ihr Haar streichelte, hörte ihn Trostworte flüstern. Sie wußte, daß sie sich eigentlich zurückziehen müßte, aber im Moment wollte sie an keiner anderen Stelle sein.

Sie schniefte ein paarmal, und ihre Tränen versiegten schließlich. »Es tut mir leid«, entschuldigte sie sich heiser und begann behutsam, sich zurückzuziehen. »Normalerweise weine ich nicht so leicht.«

»Ist schon gut. Ich benehme mich normalerweise auch nicht so dumm.« Der Graf gab ihr sein Taschentuch, und sie tupfte die Tränen ab. »Ich muß mich entschuldigen, daß ich Euch unrecht getan habe. Ich hätte nicht solche Schlüsse ziehen dürfen.«

»Ihr könnt ja nichts dafür.« Sie schauderte. »Aber wenn ich daran denke, was diese Männer mit mir vorhatten …«

Ravenworth hob sanft ihr Kinn. »Ihr solltet mir jetzt ganz genau erzählen, was passiert ist.«

Elizabeth schloß die Augen und sah noch einmal, wie die Männer auf sie zugeritten waren. Sie holte tief Atem, nickte und begann die Ereignisse des Morgens zu erzählen.

»Sie haben wahrscheinlich ein Fernrohr gehabt«, erklärte Ravenworth, als sie von dem blitzenden Licht erzählte. »Und Ihr habt gesehen, wie sich die Sonne in der Linse spiegelte. Deswegen wußten sie wohl auch, daß Ihr es wart.«

»Ich frage mich, wie lange sie schon gewartet haben.«

Jetzt sah sie, wie der Ärger wieder in seinem Gesicht erschien. »Wahrscheinlich schon seit einer ganzen Weile.« Er fluchte leise. »Ich hätte wissen müssen, daß etwas in dieser Art geschehen würde. Ich hatte mir eingeredet, Bascomb würde Euch in Ruhe lassen, solange Ihr hier seid, aber ich hätte es voraussehen müssen.« Er wandte ihr einen harten Blick zu. »Und Ihr hättet nicht allein reiten dürfen. Ich hatte Euch doch extra gesagt, Ihr sollt einen Reitknecht mitnehmen.«

Das stimmte, aber ihr war nicht klar gewesen, warum. Sie hob das Kinn. »Ich wollte halt gern mal allein sein. Beim nächsten Mal nehme ich Freddy mit und –«

»Es wird kein nächstes Mal geben. Offensichtlich ist es zu gefährlich. Von jetzt an werdet Ihr in der Nähe des Hauses bleiben.«

»Aber wenn Freddy mitkommt –«

Seine Finger gruben sich in ihre Schultern. »Ihr habt doch erlebt, was passieren kann. Und Ihr habt Bascomb bereits kennengelernt, vermutlich besser, als Ihr zugegeben habt. Der Mann ist grausam und rücksichtslos. Wenn er Euch in die Hände bekommt, wird er sich nehmen, was er will, macht Euch da keine Illusionen. Und ich glaube nicht, daß Euch das gefallen wird.«

Elizabeths Wangen wurden erst heiß und dann kalt. Sie

zitterte angesichts der Erinnerung daran, wie Oliver Hampton sie im Arbeitszimmer auf das Sofa gedrückt und mit seinen heißen, feuchten Händen gierig ihre Röcke hochgeschoben hatte.

Sie schloß die Augen und nickte. »Ich bleibe in der Nähe des Hauses«, sagte sie leise. »Und gehe nicht mehr reiten.«

Kurz bevor sie sich umdrehte und zurück zum Haus ging, glaubte sie noch flüchtig gesehen zu haben, wie sein Gesicht weicher wurde.

Nick sah ihr grimmig nach. Er war wütend auf die Männer, die ihr auf seinem Land aufgelauert und versucht hatten, sie sich zu greifen. Und er war wütend auf Bascomb, weil er tatsächlich so weit ging.

Aber hauptsächlich ärgerte ihn, daß er Elizabeth nicht besser beschützt hatte.

Er hatte ihr sein Wort gegeben, daß sie bei ihm in Sicherheit sein würde. Genaugenommen war das also alles seine Schuld.

Er sah zu, wie Freddy die erschöpfte kleine Stute in den Stall führte, und fluchte herzhaft. Er hatte Bascomb schon wieder unterschätzt, so wie damals. Das war ein teurer Fehler gewesen, und er hatte sich geschworen, ihn nie wieder zu machen. Elizabeth Woolcot verschwand mit schleppenden Schritten im Haus. Kein Wunder, daß sie deprimiert war und sich Sorgen machte.

Glücklicherweise war sie wirklich eine gute Reiterin. Es verursachte ihm Übelkeit, wenn er daran dachte, was geschehen wäre, wenn man sie tatsächlich geschnappt hätte. Und wenn er sich vorstellte, wie Oliver Hampton bei Elizabeth lag, seine widerlichen Hände ihren Körper berührten und er sich an sie preßte, hätte er dem Halunken mit Freuden den Hals wie einen morschen Ast geknickt.

Unwillkürlich war die Erinnerung an Elizabeth da – wie

sie sich in seinen Armen angefühlt hatte, wie sich ihr hoher, voller Busen an seine Brust gedrückt hatte, während sie sich an ihn klammerte und dabei angstvoll schluchzte. Zu leicht gelang es ihm, sich das seidige Gefühl ihres Haars unter seiner Hand zurückzurufen, das tiefe Grün ihrer von Tränen glänzenden Augen.

Sie hatte etwas an sich, das gleichzeitig stark und verletzlich war und ihn auf ungeahnte Art berührte. Er fühlte sich als ihr Beschützer, wie er es noch nie bei einer anderen Frau getan hatte. Er wußte nicht, warum sie eine solche Wirkung auf ihn hatte, nur eines war ihm klar: daß er Elizabeth Woolcot von Tag zu Tag mehr ins Herz schloß.

Er wußte, daß das gefährlich war.

Gefährlich für sie beide.

Elizabeth erkundigte sich am nächsten Tag im Stall besorgt, ob ihr wilder Ritt Sasha nicht geschadet hatte.

»Sasha geht es gut«, beruhigte Freddy und begleitete sie zur Box der Stute. »Ein bißchen rennen tut ihr manchmal ganz gut. Sie ist völlig in Ordnung.« Das Pferd hob zur Begrüßung leise wiehernd den Kopf.

Elizabeth streckte die Hand aus und hielt ihr ein Stück Zucker hin. Sasha nahm den Zucker vorsichtig mit weichen Lippen von Elizabeths Handfläche. »Braves Mädchen«, flüsterte Elizabeth, der es gar nicht gefiel, daß sie das Pferd so hart hatte reiten müssen. »Du bist ein tapferes Tier.«

Elizabeth wandte sich ab und dachte wieder an das Verbot des Grafen. »Ich werde sie wohl nicht mehr reiten können.«

»Das solltet Ihr nich' glauben. Seine Lordschaft ist die beiden Schufte bestimmt bald los.«

»Bascomb wird nicht so leicht aufgeben.«

Freddy grinste. »Unser Nick auch nich'.«

Unser Nick. Seltsame Art, von einem Grafen zu sprechen, und doch war ihr eine ähnliche Vertrautheit schon bei anderen Bediensteten aufgefallen. »Ihr haltet viel von ihm, nicht wahr?«

»Seine Lordschaft hat mir – sehr geholfen. Hat mich angestellt, als es kein anderer hätte tun wollen. Mich und viele von den anderen, Theo und Elias, Silas und Jackson, das ist der Kutscher. Und noch 'n halbes Dutzend. Und dann natürlich Mercy Brown.«

Elizabeth runzelte die Stirn. »Mercy? Warum sollte man Mercy nicht einstellen wollen? Sie macht einen sehr fähigen Eindruck.«

Freddys Mund wurde schmal. »Ich dachte, Ihr wüßtet... sonst hätt' ich nix gesagt. Wir und die andern – wir sind alle Sträflinge gewesen. Ein paar war'n mit Nick in Jamaica. Wenn Euch das was ausmacht, braucht Ihr ja nich' mehr mit mir zu reden.« Er musterte sie mit eindringlichem Blick und wartete auf ihre Reaktion. Der Ausdruck seines faltigen gegerbten Gesichts bewies ihr, wie wichtig ihre Antwort für ihn war.

Elizabeth wich seinem Blick nicht aus. »Ich muß zugeben, daß mich das überrascht. Aber Ihr wart immer nett zu mir, Freddy. Und das ist das einzig Wichtige, glaube ich.« Abgesehen davon war es klar ersichtlich, daß sich die Männer in Ravenworth Hall gut eingefügt hatten. Höchstwahrscheinlich besser als der Graf selbst.

Freddy schien sich zu entspannen, also fragte Elizabeth weiter. Ihre Neugier war geweckt, Einzelheiten über Nicholas Warring und seine seltsame Dienerschaft zu erfahren. »Aber Mercy Brown war doch nicht auch im Gefängnis, oder?«

»Jawollja, war sie. Wurde eingesperrt, weil sie 'ne kostbare Brosche ihrer Herrschaft gestohlen haben soll. Sie schwört, sie war's nich' und man hätt' ihr unrecht getan.«

Elizabeth dachte an die kräftige junge Frau, die ihr so

ehrlich erschien. Sie konnte sich Mercy Brown als Diebin nicht vorstellen. »Ihr glaubt ihr offenbar und der Graf auch.«

Freddy nickte. »Er weiß, wie's so is', da draußen. Und wie schwierig, wieder neu anzufangen. Selbst für ihn war's ja nich' leicht.«

Zum erstenmal stellte sich Elizabeth vor, was für ein Leben Nicholas Warring wohl damals geführt haben mochte. Daß seine Frau ihn verlassen hatte, daß er sieben Jahre mit schwerster Arbeit verbracht hatte und wie es wohl gewesen sein mochte, zurückzukommen in eine Heimat, in der ihn alle mieden. Die Erinnerung daran, wie sich seine Arme um sie gelegt hatten, war plötzlich wieder da. Das Gefühl seines leichten Streichelns über den Kopf, sein Geruch nach Tabak, Pferden und Leder. Ihre Fingerspitzen kribbelten, wenn sie daran dachte, wie sie seine harte, muskulöse Brust berührt hatte.

Sie glaubte zusehends stärker, daß sie ihn falsch eingeschätzt hatte. Und wenn es so war, dann mochte ihr der Himmel helfen, denn dann würde sie sich noch mehr zu ihm hingezogen fühlen, als es sowieso schon der Fall war.

»Danke, daß Ihr mir das erzählt habt, Freddy. Ich glaube, ich verstehe Seine Lordschaft jetzt etwas besser.« Sie lächelte. »Und ich glaube, Ihr solltet alle stolz darauf sein, daß es Euch gelungen ist, wieder neu anzufangen.«

Freddy grinste, was eine klaffende Lücke zwischen seinen Vorderzähnen enthüllte: »Ihr könnt jederzeit in die Stallungen herauskommen, Miss Woolcot. Wann immer Ihr wollt. Ich und die kleine Stute werden uns beide freuen, Euch zu sehen.«

Elizabeth hatte das Gefühl, gerade einen neuen Freund gewonnen zu haben. Sie war auf einmal sehr glücklich, daß Nicholas Warring einem Mann wie Freddy eine zweite Chance gegeben hatte.

Oliver Hampton, Lord Bascomb, schlug mit einer fleischigen Faust auf seinen Nußbaumschreibtisch. Dadurch geriet ein Stapel Papiere am Rand in Bewegung, so daß sie zu Boden segelten.

»Ich bin euer Gejammer leid, und eure faulen Ausreden genauso. Es ist doch völlig egal, daß das Mädchen eine bessere Reiterin war, als ihr gedacht hattet. Tatsache ist, daß ihr zwei Wochen lang auf das Mädchen gewartet habt, und als die Gelegenheit kam, habt ihr sie vermasselt.«

Charlie Barker und Nathan Peel, die beiden Gauner, die er angestellt hatte, um Elizabeth Woolcot nach Parkland, seinem Landsitz in Surrey, zu verschleppen, wirkten anständigerweise wenigstens betroffen.

»Aber wir ham doch nur –«

»Ich weiß, ich weiß. Jetzt hört ihr mir zu, und zwar gut. Ich will das Mädchen haben. Ich will keine Ausreden, ich will nicht noch mal sechs Wochen warten. Ich will Elizabeth Woolcot, und zwar sofort. Und wenn das bedeutet, daß ihr auf Ravenworth' Land vordringen müßt oder von mir aus auch ins Haus selbst, dann tut ihr das.«

»Aber Ihr habt uns aufgetragen, nicht weit auf das Grundstück zu kommen«, beschwerte sich Charlie. »Wir sollten warten und sie uns schnappen, wenn sie in die Stadt oder zum Reiten geht.«

»Tja, wie ihr seht, habe ich es mir anders überlegt.« Oliver Hampton war ein massiger Mann und daran gewöhnt, Befehle zu erteilen; er erwartete, daß diese widerspruchslos ausgeführt wurden.

»Wir werden sehr vorsichtig sein müssen«, meinte Nathan, »sie eine Weile beobachten, damit wir ihre Gewohnheiten besser kennen. Dafür brauchen wir wohl noch 'n paar Wochen.«

»Richtig«, bekräftigte Charlie, »wir müssen's geschickt anfangen. Das beste Geld ist es nicht wert, dafür zu baumeln.«

Widerstrebend nickte Oliver. Er wartete schon seit Jahren. Auf ein paar Wochen mehr würde es jetzt auch nicht mehr ankommen. »Aber nicht zu lange! In London fängt bald die Saison an, und ich will sie deutlich vorher heiraten und in meinem Bett haben.«

Charlie und Nathan schienen zuzustimmen. »Wir kriegen das schon hin, Mylord. Ihr könnt Euch auf Nathan und mich verlassen.«

Möglich. Solange er genug bezahlte, damit sie Gin und Huren ausreichend hatten, konnte er so ziemlich alles von ihnen verlangen. »Also gut, dann bringt mir das Mädchen in den nächsten zwei Wochen, und ihr bekommt beide ein paar Guineen extra.«

Charlie grinste mit seinen gelben Zähnen, und über Nathans dünnes Gesicht breitete sich ein erwartungsvolles Lächeln aus. Sie verließen das Haus durch den Lieferanteneingang, und Oliver ging zurück an seine Arbeit, indem er zunächst die auf den Boden geflatterten Papiere aufhob.

Während der nächsten beiden Stunden arbeitete er an seinen Schiffs- und Transportpapieren. Er hatte die Hälfte des Stapels aufgearbeitet, da begannen seine Gedanken zu wandern, landeten bei Elizabeth Woolcot, zurück zu jener Zeit, als sie gerade aus Mrs. Brewster's modischem Mädchenpensionat zurückgekehrt war.

Er war an jenem Tag zu Besuch bei Sir Henry gewesen, um eine Grenzstreitigkeit zu klären, konnte sich aber noch genau an die Sekunde erinnern, als sie ins Zimmer getreten war. Ihr Anblick hatte ihm die Sprache verschlagen. Sie war nicht mehr das freche, kleine Mädchen, das man fortgeschickt hatte – diese Elizabeth war eine Frau, eine köstliche Mischung, wie er bald entdeckte, aus sinnlicher Weiblichkeit und Klugheit, Naivität und Entschlossenheit.

In diesem Moment hatte er beschlossen, daß er sie haben mußte, ein Gedanke, der im Laufe der Jahre immer drängender wurde, da sie ja in seiner direkten Nachbarschaft wohnte. Er hatte zwar von Anfang an gewußt, daß ihr Vater nicht zustimmen würde, doch irritiert hatte ihn das nie. Er hatte sich mindestens ein Dutzend Möglichkeiten ausgedacht, wie er Elizabeth so kompromittieren konnte, daß Sir Henry sie ihm würde geben müssen. Und sein Reichtum an diesen Ideen war unerschöpflich. Obwohl Sir Henry nicht mehr störte, sah Elizabeth nach wie vor nicht ein, wie fabelhaft eine Verbindung zwischen ihnen beiden war. Doch sie würde es sich schon noch überlegen. Wenn sie erst verheiratet waren und Elizabeth' Zukunft als Gräfin von Bascomb gesichert, würde sich der ganze Aufwand auszahlen. Seine Ehefrau würde vielleicht gelegentlich etwas Disziplin benötigen, da sie ja ziemlich dickköpfig war, aber diese Herausforderung reizte Oliver außerordentlich.

Er dachte an Elizabeths zarten, jungen Körper, der sich unter ihm auf dem Sofa wand, und er begann, hart zu werden. Er stellte sich vor, wie es wohl hätte sein können, ihre hübschen, weißen Brüste zu streicheln und in den Mund zu nehmen, ihre wohlgeformten Beine auszubreiten und kräftig in sie zu stoßen.

Oliver ächzte, seine Hände zitterten, und seine Männlichkeit war schmerzhaft hart. Er begehrte Elizabeth Woolcot, solange er sich erinnern konnte. Je näher die Zeit kam, daß er sie haben würde, desto mehr wuchs sein Verlangen nach ihr. Er konnte an nichts anderes mehr denken. Knirschend biß er die Zähne zusammen.

Gott helfe diesen Männern, wenn sie noch einmal versagten.

Elizabeth nahm an, der Graf hätte schließlich Mitleid mit ihr bekommen und bemerkt, wie eingesperrt sie sich fühlte. Vielleicht waren ihm Parallelen zu seiner eigenen Gefangenschaft aufgefallen, egal ob nun Elizabeth' Gefängnis mit weichen Federbetten und Satinbehängen ausgestattet war. Auf jeden Fall bot er am nächsten Morgen ihr und Tante Sophie einen Ausflug ins Dorf an.

»Es gibt doch bestimmt irgendwelche Dinge, die Ihr braucht«, griente er über den Tisch im Frühstücksraum hinweg. »Nähmaterial, Bänder und was Frauen sonst noch so kaufen, wenn sie einen halben Tag zum Einkaufen gehen.«

Elizabeth lachte. »Um der Wahrheit die Ehre zu geben – ich brauche eigentlich nichts. Aber ich tue gerne so als ob, wenn ich dadurch die Gelegenheit zu einem Ausflug bekomme.«

Ein silbernes Glitzern funkelte im hellen Blau seiner Augen. »Ihr müßtet aber immer in meiner Nähe bleiben, fürchte ich. Bascombs Männer sind vielleicht immer noch in der Nähe, und ich will kein Risiko eingehen.«

Sie spürte ein seltsames kleines Kribbeln im Bauch. Es war bestimmt keine Last, von dem gutaussehenden Grafen begleitet zu werden. Genaugenommen war ihr der Gedanke fast zu angenehm. Diese wachsende Anziehung bereitete ihr Sorgen, doch nicht so viel, daß sie deswegen diese Fahrt abgelehnt hätte. Sie lächelte verschmitzt. »Das werde ich dann damenhaft erdulden müssen.«

Ravenworth bedachte sie mit einem amüsierten Feixen. »Sagen wir also in einer Stunde? Ich lasse die Kutsche vorfahren und erwarte Euch und Eure Tante im roten Salon.«

Elizabeth nickte erfreut, und zwei Stunden später befanden sie sich schon auf dem Weg von einem Laden zum nächsten auf der belebten Dorfstraße. Es war Markttag in Sevenoaks, und ein Teil der Hauptstraße war dicht gefüllt mit bunten Ständen. Verkäufer priesen ihre Waren an, Messerschärfer, Kohlenbrenner und Lumpensammler waren unterwegs. Es gab Metzgerstände, Käsestände, Tuchstände, Lebkuchenverkäufer, Austernsammler und eine Vielfalt von Kunsthandwerkern.

Wie Elizabeth dem Grafen verraten hatte, benötigte sie nichts, doch das minderte ihre Freude nicht, wieder einmal unter Leuten zu sein. Aber, um ehrlich zu sein, war das Vergnügen, Nicholas Warring ganz für sich zu haben, am stärksten.

Sie waren natürlich nicht wirklich allein. Der Bedienstete Theophilus Swann war mitgekommen, und auch Ravenworth' Kammerdiener Elias Moody. Sie erinnerte sich daran, daß er sie beide in der Zeit seiner Verbannung kennengelernt hatte. Sie waren fähige, deftige Gesellen, die ganz offensichtlich ihrem Schutz dienten.

Sie sah den Grafen an, der einen dunklen, pflaumenfarbenen Rock trug und dazu enge, schwarze Kniehosen. Ein weißes Spitzentuch bildete an seinem Hals einen interessanten Kontrast zu seiner dunklen Haut, und sie ertappte sich dabei, wie sie die Bewegungen seiner Muskeln im Hals verfolgte, während er sprach.

»Es macht mir wirklich Spaß«, sagte Tante Sophie und unterbrach angenehmerweise ihren Gedankengang. »Und es ist so ein schöner Tag.« Sie schlenderte an die Ecke eines Tuchhändlerstandes, um ein rotes Band zu betrachten, und der Graf ging mit Elizabeth zu einem Stand nebenan weiter, der bemalte Fächer anbot.

»Gefällt er Euch?« fragte er, den Blick geradewegs auf sie gerichtet statt auf einen bestimmten Fächer.

Elizabeth mußte sich zwingen, hinunterzusehen und einen in die Hand zu nehmen. »Dieser hier ist prachtvoll.« Sie drehte den Fächer um und berührte vorsichtig die winzigen Perlchen, die auf die Seide festgenäht waren. Der Künstler hatte sie in die gemalte Szene mit eingegliedert, so daß sie eine schimmernde Betonung der mondbeschienenen Landschaft bildeten, die auf dem Fächer dargestellt war. »So etwas Schönes habe ich noch nie gesehen.«

Ravenworth lächelte. »Dann gehört er Euch.«

»O nein, ich kann doch nicht –«

»Ihr seid mein Mündel, Elizabeth. Ich habe absolut das Recht, Euch zu kaufen, was ich wünsche, und ich wünsche, daß Ihr diesen Fächer bekommt.«

Eine warme Welle von Freude durchströmte sie. »Vielen Dank, Mylord.«

Nicholas Warring lächelte noch einmal, und ihr Blick fiel auf seinen Mund. Er war fein geschnitten und weicher, als es den Anschein hatte, dachte sie. Bei diesem Gedanken entstand ein merkwürdiges Flattern in ihrem Bauch, und ihr Mund war plötzlich trocken. Sie wandte mühsam den Blick ab und sah sich um.

»Ich frage mich, wohin Tante Sophie verschwunden ist.« In näherer Umgebung war sie bei keinem der Stände zu entdecken. Tante Sophie war eigentlich nicht in Gefahr, aber dennoch begann Elizabeth sich Sorgen zu machen.

Ravenworth runzelte die Stirn. »Sie ist wahrscheinlich einfach nur weitergewandert, aber besser wir finden sie.« Er wandte sich den beiden Männern in ihrer Begleitung zu. »Elias, du und Theo geht in zwei verschiedene Richtungen und sucht Mrs. Crabbe. Wir treffen uns in einer halben Stunde wieder hier. Und behaltet ein wachsames Auge auf alle Verdächtigen. Gut möglich, daß Bascombs Männer das Haus beobachtet haben und uns hierher gefolgt sind.«

»Machen wir«, grinste der blonde Theo. »Nicht wahr, Mr. Moody?«

»Jawoll, alter Junge. Und höchstwahrscheinlich werden wir die alte Dame dabei sofort aufgetrieben haben.«

Nicholas nickte und nahm Elizabeth' Arm. »Und Ihr kommt mit mir und bleibt immer schön an meiner Seite. Ich will Euch nicht auch noch verlieren.« Schweigend liefen sie durch die Straßen und sahen sich aufmerksam um.

»Vielleicht hat sie Hunger bekommen«, mutmaßte Ravenworth. »Ich rieche Bratenduft. Dem wollen wir folgen und schauen, ob sie dort irgendwo ist.« Er legte eine Hand an Elizabeths Taille und schob sie in die beabsichtigte Richtung. Vor dem Goldenen Ochsen drehte sich ein mächtiger Eber am Spieß über dem Feuer. Für ein paar Schillinge wurde einem ein Stück des knusprigen Fleisches abgeschnitten und mit einer Scheibe dunklem Brot serviert.

Elizabeths Magen knurrte, doch ihre Besorgnis war stärker. Tante Sophie stand nicht in der Reihe der Wartenden vor dem Braten und saß auch nicht an einem der Tische im Wirtshaus. Aber als sie einen Blick in die Gasse neben dem Wirtshaus warfen, fand Elizabeth ihre Tante, die eifrig in einem Abfallhaufen nach den Teilen einer rostigen Türangel wühlte.

Wie vom Donner gerührt blieb Ravenworth stehen. »Mein Gott, was in aller Welt tut sie da?«

Elizabeths Gesicht wurde warm, und sie fühlte Mitleid mit ihrer Tante. »Irgend etwas Interessantes muß sie entdeckt haben. Bitte macht Euch nichts daraus, aber sie kann einfach nicht anders, es ist wie eine Art Zwang.«

Ravenworth schnaubte. »Das ist ja lächerlich. Eure Tante hat das Bedürfnis, in anderer Leute Abfall zu wühlen?« Aber er blieb im Schatten stehen, wo er war, und beobachtete die Frau in rosa Seide ein Weilchen.

Gerade als er einen Schritt vorwärts machen und der abenteuerlichen Geschichte ein Ende bereiten wollte, tauchte eine Schar Kinder vom anderen Ende der Gasse auf.

»Verrückte Alte«, schrie eines von ihnen. »Spinnst du? Was will denn eine Dame wie du mit einem rostigen, alten Scharnier?«

Tante Sophie wirkte beleidigt. »Tja, ich... mit etwas Mühe kann man es reparieren, dann ist es wieder so gut wie neu.«

»Verrückt is' die«, rief ein dünner blonder Junge. »Hat 'n totalen Sprung am Kappes.« Sie stimmten einen kreischenden Singsang an, hoben Kies und Zweige vom Boden und fingen an, die Tante zu bewerfen.

Ravenworth' Gesicht wurde hart, und er zog die dunklen Augenbrauen zusammen. Er trat aus dem Schatten und ging majestätischen Schrittes auf die Kinder zu. Er holte tief Luft, um eine saftige Standpauke loszuwerden, dann hielt er inne.

Die Kinder standen wie erstarrt, da lächelte Ravenworth plötzlich. Er wandte sich von den Kindern ab und machte eine leichte Verbeugung in Richtung Tante Sophie.

»Guten Tag, Madam. Dürfte ich wohl einmal einen Blick auf diese Türangel werfen?«

»Ich, äh, ja«, stammelte Tante Sophie. »Natürlich, Mylord.« Vorsichtig gab sie ihm einzeln die zerbrochenen Stücke in die Hand.

»Das ist wirklich ein hervorragendes Scharnier, Madam. Ja... allerdings. Ich möchte Euch einen Schilling pro Teil dafür bieten.«

»Einen Schilling pro Teil? Aber das –«

»Also gut, zwei. Ihr seid hart im Handeln, Madam.«

»Ihr bietet mir zwei Schillinge an? Aber sie sind doch sicher nicht so –«

»Also gut, dann drei, aber keinen Penny mehr.«

Einen Moment lang wirkte Tante Sophie verblüfft, doch wie verschroben auch immer sie sein mochte – dumm war sie nicht. Sie warf einen kurzen Blick auf die Kinder, die fasziniert und mit offenen Mündern dastanden, und sie verstand, um was es ging.

Sie griente den Grafen an und nickte. »Also gut, Mylord, drei Schillinge. Einverstanden.«

In Elizabeth stieg ein unwiderstehlicher Lachkoller hoch. Sie hielt vorsichtshalber die Hand vors Gesicht.

»Wenn Ihr nichts dagegen habt«, schlug der Graf höflich ihrer Tante vor, »dann können wir das Geschäft ja in der

Wirtschaft zum Abschluß bringen. Ich glaube, ich bin ziemlich hungrig. Wollt Ihr meiner Begleiterin und mir Gesellschaft leisten?«

»Ja«, stimmte Tante Sophie großzügig zu. »Gern sogar.« Die Kinder glotzten die Frau in Rosa sprachlos an. Tante Sophie nahm seinen einen Arm, Elizabeth den anderen, und Nick führte sie gemeinsam ins Wirtshaus.

In diesem Augenblick, als Elizabeth sah, mit welch uneingeschränkter Bewunderung ihre Tante zu dem Grafen aufsah, begriff sie, in welche Gefahr sie sich wirklich begeben hatte, als sie nach Ravenworth geflüchtet war.

Genaugenommen sollte sie nicht Lord Bascomb fürchten, sondern besser den Grafen von Ravenworth, dem es gerade mit geringer Mühe gelungen war, einen weiteren Teil ihres Herzens zu erobern.

5

Nicholas schaute hinab auf die nackte Frau, die unter ihm in dem großen Himmelbett lag. Langes, schwarzes Haar floß wie Seide über ihre Schultern. Ihr Gesicht war gerötet und ihre Augen geschlossen, die Lider von dichten, schwarzen Wimpern gesäumt. Ihre kleinen, weißen Zähne bissen in ihre volle Unterlippe.

Auf die Ellenbogen gestützt, drang er noch einmal in sie ein und hörte sie stöhnen. Er fühlte, wie das Innere ihres Körpers sich in sachten Zuckungen um ihn zusammenzog, als sie zum Höhepunkt kam. Sein Körper spannte sich ebenfalls an und drängte dem Höhepunkt entgegen, doch sein Gesicht blieb seltsam leer.

Er schloß die Augen, und für einen Moment sah er nicht Miriam, sondern eine andere. Eine Frau mit feurig-dunklem Haar und Augen, in denen ein blitzendes, teuflisches Funkeln saß. Ihre Beine waren länger, ihr Körper graziöser als der unter ihm, doch ihre Brüste waren voll und fest. Er fragte sich, ob ihre Brustwarzen klein und hell waren oder groß und dunkel wie die von Miriam. Er fragte sich, wie ihre Haut wohl schmeckte, ob die Wärme der Sonne, die sie so liebte, in ihre Poren gedrungen sein mochte. Und ob die Sommersprossen auf ihren Wangen sich wohl mit der Zunge etwas rauher anfühlen würden.

Er fragte sich auch, wie es wohl sein würde, in ihr zu versinken, ihre Unschuld zu berühren, jene Lebensfreude, die sie umgab wie ein süßes Parfüm und die er schon so lange verloren hatte. Als er sich all das fragte, spannte sich sein

Körper an, und der Höhepunkt traf ihn heftig, überspülte ihn wie eine mächtige Welle. Er stieß noch zweimal tief zu, nahm etwas, von dem er einmal geglaubt hatte, es zu begehren, vergoß seinen Samen in einer Frau, die ihm nichts bedeutete.

Er lag schweigend da, als sie aus dem Bett stieg und lasziv dafür sorgte, die Spuren einer Leidenschaft zu beseitigen, die ihn eigentlich kalt gelassen hatte. Er sah zu, wie sie sich anzog und fortging.

Und diesmal folgte er ihr nicht.

Elizabeth saß auf einer gußeisernen Bank an einer hohen Mauer im Garten. Die knospenden Blätter einer Platane warfen Schattenfinger über ihren Kopf. Ein kleines, hölzernes Vogelhäuschen in der Form einer Burg hing an einem der Äste. Ein kleiner, brauner Rohrsänger mit hellem Bäuchlein hockte auf der winzigen Zugbrücke und pickte Samenkörner auf.

Elizabeth lächelte, während sie ihm zusah und sich der kleinen, ruckartigen Bewegungen erfreute, mit denen der Vogel den Kopf drehte, um sie ebenfalls aufmerksam zu mustern.

Leichte Schritte ertönten hinter ihr auf dem Pfad, und genau wie der Vogel drehte sie mit einem Ruck den Kopf.

»Es tut mir leid, ich wollte Euch nicht stören.« Die Frau lächelte ohne Wärme. »Ihr müßt Miss Woolcot sein.«

Elizabeth stand auf. »Ich bin Elizabeth Woolcot.« Sie spürte eine leichte Enge im Magen, denn sie wußte nur zu gut, daß die Frau im eleganten Seidenkleid Miriam Beechcroft, Lady Dandridge war – Nicholas Warrings Geliebte.

»Ich hatte gehofft, ich würde Euch treffen«, sagte die Viscountess mit leicht angestrengtem Lächeln. »Ich bin Lady Dandridge, eine gute Freundin des Grafen.«

»Lady Dandridge… ja, ich weiß, wer Ihr seid. Ich habe Euch schon hier gesehen.«

Sie hob eine feine, schwarze Augenbraue. »Ach, wirklich?«

Elizabeth schwieg. Sie wollte sich mit Ravenworth' Geliebter nicht länger unterhalten. »Ich fürchte, Seine Lordschaft ist im Augenblick nicht zu Hause.«

»Das habe ich bereits erfahren.« Lady Dandridge sah zurück zu dem grauen Haus. »Das ganze Haus ist leer. Das sieht Nick eigentlich gar nicht ähnlich, sonst hat er immer eine Menge Leute um sich.«

»Die werden bestimmt bald wieder auftauchen«, entgegnete Elizabeth mit einer Spur von Sarkasmus. »Sie wissen ja, was man über Unkraut sagt...«

»Wenn ich Euch recht verstehe, gefallen Euch die Gäste Seiner Lordschaft nicht besonders.«

»Ich bin selbst Gast hier und habe kein Recht, die anderen Gäste des Grafen zu beurteilen. Abgesehen davon kenne ich nur ein paar davon sehr flüchtig.«

Die Viscountess machte eine wegwerfende Bewegung mit den behandschuhten Händen, und Elizabeth betrachtete ihre eigenen bloßen Hände mit den Sommersprossen von den vielen Stunden im Freien.

»Ich gebe zu, daß sie nicht gerade erste Güte sind«, sagte die andere Frau. »Ich verstehe auch nicht, warum sich Nick überhaupt mit ihnen abgibt.« Sie warf Elizabeth ein etwas herablassendes Lächeln zu. »Natürlich gibt es eine Menge Leute, die den Reichtum des Grafen ausnutzen.«

Das traf, und Elizabeth hob den Kopf. »Das glaube ich auch.«

»Seine Frau war auch so.« Die Viscountess spielte mit den Fingern ihres Handschuhs. »Wußtet Ihr, daß er verheiratet ist?«

Etwas Scharfes schien sie zu treffen. »Natürlich.« Aber sie dachte an ihn nie als an einen verheirateten Mann, und die Erinnerung stach sie wie ein Dorn unter der Haut.

Miriam seufzte und zupfte eine herabgefallene Blüte von ihrem Ärmel. »Eine Menge Leute wissen es nicht. Nick erwähnt Rachael nie, und sonst tut es auch niemand – nicht, wenn sie weiterhin bei ihm willkommen sein wollen.«

»Aber wie hat ihn seine Frau ausgenutzt? Habt Ihr das nicht gerade angedeutet?«

»Rachael wollte sein Geld, schließlich war er der Ravenworth-Erbe. Deswegen hat sie ihn geheiratet.«

Elizabeth zuckte mit den Schultern. »Ehen werden oft aus solchen Gründen geschlossen. So ist es eben.«

»Stimmt. Ich wollte nur sagen, daß es immer einen Grund dafür gibt, warum sich jemand in einer bestimmten Weise verhält. Ich weiß nicht, was Euch hier hält, aber falls Ihr denkt –«

Elizabeth hob abwehrend die Hand. »Ich will nichts von Nicholas Warring als seinen Schutz. Und er war so freundlich, ihn mir zu versprechen. Wenn Ihr Euch Sorgen macht, daß ich mich irgendwie in Eure... Freundschaft... einmischen könnte, habt Ihr nichts zu befürchten. Wie ich schon sagte, steht es mir nicht zu, irgendeinen Einfluß auf die Auswahl von des Grafen Freunden zu nehmen.«

Lady Dandridge schien darüber nachzudenken. »Vielleicht habe ich mich getäuscht.« Sie betrachtete Elizabeth' einfaches Baumwollkleid, sah die Schmutzspuren am Saum und die Grasflecken am Unterrock. »Ihr seid doch ganz anders, als ich mir vorgestellt hatte. Jetzt wo ich Euch kennengelernt habe, werde ich keine weiteren Vermutungen anstellen.« Das bedeutete, die Viscountess hatte beschlossen, Elizabeth stelle keine Bedrohung für eine Frau ihrer Schönheit und vornehmen Art dar. »Ich hoffe, Ihr versteht, daß ich mir nur Sorgen um Nickis Wohl gemacht habe.« Lady Dandridge lächelte wieder ihr mattes Lächeln. »Aber es wäre vielleicht besser, wenn Ihr dieses Gespräch ihm gegenüber nicht erwähnen würdet. Schließlich haben wir auch von der Frau des Grafen gesprochen, und ich bin sicher, daß er das nicht gutheißen würde.«

»Nein, wohl kaum«, stimmte ihr Elizabeth zu. Auch ihr Gespräch mit seiner Geliebten würde der Graf sicher nicht gutheißen.

»Dann werde ich Euch jetzt wieder verlassen. Viel Spaß mit den Vögeln, Miss Woolcot. Ich bin sicher, sie sind für Ravenworth ein interessantes Gesprächsthema.« Und dann lachte sie ein perlendes, selbstzufriedenes Lachen und machte sich auf den Weg zurück zum Haus. Elizabeth blieb seltsam leer zurück.

Das war natürlich Unsinn. Absolut lächerlich. Was interessierte sie Ravenworth' Geliebte? Und wenn es ein Dutzend waren!

Aber es interessierte Elizabeth doch. Und als sie die unglaublich hübsche Miriam Beechcroft ins Haus gehen sah, als ob es ihr rechtmäßiger Platz wäre, wurde ihr etwas eng in der Brust.

Charlie Barker sah hinüber zu Nathan Peel. Sie beide saßen hinter je einer hohen Zypresse im unteren Teil des Gartens. Es war Spätnachmittag und windig, aber nicht sehr kalt, denn die Sonne schien immer wieder zwischen dicken, weißen Wolken hindurch.

»Haste se gesehn? Die kommt jeden Nachmittag um die Zeit her. Warum schnappen wir sie uns nich' gleich hier?«

»Zu riskant, Mann«, wandte Charlie ein. »Die verdammten Wachen vom Grafen könnten uns sehn.«

»Die sind doch weiter hinten beim Wald. Der kann sich nich' vorstell'n, daß wir schlau genug sind, an denen vorbeizukommen.«

»Er glaubt nich', daß wir so dumm sein könnten.«

»Sind wir aber, scheint's.«

Charlie musterte ihn, und sein Mund unter dem dichten

roten Bart wurde schmal. »Ja, aber nich' blöd genug, uns schnappen zu lassen. Wir hol'n sie uns erst, wenn's dunkel ist. Wir greifen sie uns, wenn sie nach dem Abendessen rauskommt. Das is' leichter.«

»Klar, und wir machen alles fertig, die Pferde steh'n und warten und sie kommt nich', Mann. Besser wir kriegen sie tagsüber.«

Charlie kratzte sich am Bart. »Will ich nich' riskiern. Besser wir warten noch 'n bißchen und seh'n, wie die Sache läuft. Und dann packen wir se am Abend.« Als Nathan ihm widersprechen wollte, fügte er hinzu: »Willste etwa baumeln? Ich nich'! Also benutz dein Hirn, Mensch.«

Nathan nickte schließlich, denn er konnte sich allzu gut vorstellen, wie sein magerer Körper leblos in der Londoner Brise am Galgen zappelte. »Also gut, aber vergiß eins nich': wenn wir's nich' schaffen, wird der Kerl, für den wir arbeiten, dafür sorgen, daß wir anders 'n Abgang mach'n.«

Nick fand Elizabeth gemütlich in einen Erkersessel der Bibliothek gekuschelt. Er war noch in staubigen Reitstiefeln, hatte sein Halstuch gelöst und sich die Jacke über eine Schulter geworfen. Er legte beides über eine Sessellehne im Flur, bevor er die Tür zur Bibliothek öffnete.

Sie las in einem Buch, als er hereinkam. Ihr Haar war zu einem dicken Zopf geflochten, und ein paar zarte Strähnchen ringelten sich um ihre Ohren. Ihr Blick traf den seinen, und ihm fiel auf, daß sie ihm seit ihrem Ausflug ins Dorf gefehlt hatte. Dieser Gedanke und eine plötzliche Spannung in seinen Lenden bei ihrem Anblick waren keine angenehme Entdeckung.

»Ich dachte mir schon, daß ich Euch hier beim Lesen antreffen würde.«

Sie richtete sich auf. »Ihr habt mich gesucht, Mylord?«

»Ja, genau. Man hat mir gesagt, ich hätte heute mittag eine

Besucherin gehabt.« Elias hatte ihm von Miriams Besuch erzählt. Sein treues Personal informierte ihn stets über alles, was in Ravenworth Hall vorging. »Da Ihr für mich mit ihr gesprochen habt, hätte ich gern gewußt, was sie wollte.«

Elizabeth stand auf. Ihre Lippen wurden etwas schmal. »Lady Dandridge erschien im Garten, wie Ihr ja offensichtlich gehört habt. Natürlich suchte sie Euch. Wir haben uns nur kurz unterhalten. Ich nehme an, sie hatte gehofft, ihrer üblichen Nachmittagsbeschäftigung mit Euch nachzugehen.«

Seine Mundwinkel hoben sich leicht. »Ach, wirklich? Und was wißt Ihr von solchen Beschäftigungen, Miss Woolcot?«

Sie schloß das Buch, hielt aber einen Finger zwischen die Seiten, wo sie gelesen hatte. William Blake, Lieder der Erfahrung, eines seiner Lieblingsbücher, sah er.

»Ich bin ja nicht dumm, Mylord. Ich weiß, was Ihr und die Viscountess tun, wenn sie hier zu Besuch ist.«

Er hob eine Augenbraue. »Ach, tatsächlich?« Irgendwie glaubte er das nicht recht. Raten mochte sie vielleicht, aber es sich wirklich vorstellen wohl kaum. Und vor allem nicht, daß er sich dabei viel lieber mit ihr beschäftigen würde. »Soso. Und gehe ich recht in der Annahme, daß Ihr das nicht richtig findet?«

Sie zog ihren dicken Zopf über die Schulter und drehte beiläufig das Ende. »Wie ich schon Lady Dandridge gesagt habe, steht es mir nicht zu, etwas richtig oder falsch zu finden, was Ihr tut oder mit wem.«

»Aber *wenn* es Euch zustände«, drängte er sie, »würdet Ihr Lady Dandridge nicht richtig finden.«

Elizabeth senkte den Blick. »Sie ist sehr schön.«

»Das stimmt.« Er ging auf sie zu, blieb nicht weit von ihr an einem Tischchen stehen und knibbelte an der Kerze, die daraufstand. »Sie ist auch egoistisch und verzogen.«

Elizabeth widersprach ihm nicht, aber ihr Blick brachte zum Ausdruck, daß es sie wunderte, daß er das bemerkt hatte.

»Was sonst hatte die Lady zu sagen?«

Elizabeth zwirbelte den Zopf stärker. Sie trug ein grünes Seidenkleid, das etwas heller war als ihre Augen, so daß sie jünger wirkte, aber gleichzeitig sehr weiblich und absolut nicht zu jung.

»Ich glaube, sie war beruhigt, als sie mich gesehen hatte. Es war für uns beide offensichtlich, daß ich keine Bedrohung für ihre Position darstelle.«

Er war überrascht. Sie wußte wirklich nicht, was ein Mann sah, wenn er sie betrachtete. Daß ein Blick aus diesen großen, grünen Augen selbst den hartgesottensten Frauenhelden hart werden ließ aus Verlangen nach ihr, aus Verlangen, die Geheimnisse ihres Körpers kennenzulernen. Aber vielleicht war das besser so.

»Lady Dandridge *hat* keine Position«, sagte er. »Genaugenommen habe ich festgestellt, daß sie mich in letzter Zeit zusehends langweilt.«

Er warf seine Reithandschuhe auf den Tisch, die er noch in einer Hand gehalten hatte. »Es sieht ganz so aus, als ob ihre zukünftigen Besuche in Ravenworth, falls es überhaupt noch welche gibt, sehr selten sein werden.«

Elizabeth schluckte und sah ihn nur in der gewohnt direkten Art an. »Ihr ärgert Euch, daß sie mich angesprochen hat. Es gefällt Euch nicht, wenn Eure Geliebte mit Eurem Mündel spricht. Lady Dandridge sagte, daß sie so etwa erwarten würde.«

»Lady Dandridges Scharfsinn erstaunt mich. Doch das ist nicht der Grund, warum ich unsere Beziehung beenden werde.«

»Wenn es damit zusammenhängt, daß ich hier bin –«

»Eure Anwesenheit hat nichts damit zu tun. Ich sagte

Euch bereits, daß ich nicht vorhabe, meinen Lebensstil zu ändern.«

»Warum also –«

»Wie ich schon sagte, Miriam Beechcroft ist egoistisch und verzogen. Ich bin einfach ihr kindisches Verhalten leid.«

Sie legte den Kopf etwas schief, als dächte sie über seine Bemerkung nach. »Ich nehme an, Ihr habt eine andere Frau im Sinn, die Euch jetzt interessiert. Ein Mann von Eurem Ruf hat wohl beliebig viele Frauen zur Verfügung, die er verführen kann.«

Verdammt noch mal, sie war wirklich naiv – glücklicherweise. Wenn sie auch nur geahnt hätte, welche Lust er zusehends häufiger empfand, wenn er sie ansah, würde sie die Flucht ergreifen zurück in ihr Haus, egal was Bascomb machte. Aber die Wahrheit war, daß sie sich keine Sorgen zu machen brauchte. Sein Begehren änderte nicht das geringste. Er hatte sein Wort gegeben und gedachte nicht, es zu brechen.

Also gab er die erwartete Antwort. »Ein Mann hat gewisse Bedürfnisse, Elizabeth. Meine Frau und ich haben uns in den vergangenen neun Jahren auseinandergelebt.«

»Ich weiß von Eurer Frau.« Ihr Gesicht wurde weicher. »Es tut mir leid, Mylord.«

Verdammt, er wollte ihr Mitleid nicht. »Das ist unnötig. Ich führe mein eigenes Leben, und dafür bin ich dankbar.« Er wandte sich ab, bevor sie die Lüge in seinem Blick erkennen konnte und die Tatsache, daß die Freiheit, die er so teuer bezahlt hatte, nicht mehr bedeutete, als daß er nichts mehr zu verlieren hatte.

Er ging zur Tür. »Viel Spaß beim Lesen, Miss Woolcot.« Und dann war er sicher draußen.

Elizabeth saß Tante Sophie gegenüber im Eßzimmer. Erstaunlicherweise hatte Seine Lordschaft sie heute abend zum Essen eingeladen.

Elizabeth, die an einem Ende des ewig langen Tisches saß, strich ihre Serviette auf dem Schoß ihres grünen Seidenkleides glatt und betrachtete den Grafen im Licht der silbernen Leuchter. Er trug einen samtenen pflaumenfarbenen Rock zur silbernen Brokatweste, einem spitzenbesetzten weißen Hemd und Halstuch, die vor seiner dunklen Haut noch heller wirkten. Enge schwarze Hosen reichten bis zu den glänzenden schwarzen Schuhen.

Ein Bediensteter servierte ihm gerade eine Portion gerösteten Fasan. Nick bedachte Elizabeth mit einem überwältigenden Lächeln. Mein Gott, dieser Mann sah wirklich sündhaft gut aus. Und doch war er nicht im eigentlichen Sinne des Wortes schön. Seine Züge waren hart und sein fein geschnittenes Profil irgendwie finster, so daß er unerreichbar, kalt, ja beinah brutal wirkte.

Sie wandte sich ihrem goldgerandeten Teller zu und genoß den köstlichen Duft des Essens: Austernsuppe, Steinbutt in Hummersauce, Rebhuhnpastete mit Trüffeln, gerösteter Fasan mit Karotten und Butterkohl. Zum Dessert sollte es Apfelpudding geben.

Der Graf aß mit großem Genuß, Tante Sophie schloß sich ihm an, seufzte und sagte: »Das Essen ist wirklich köstlich, Eure Köchin übertrifft sich heute abend selbst.«

»Vielen Dank. Ich werde es dem Koch ausrichten.«

»Dem Koch? Ein Mann kocht für Euch?«

»Ja.«

»Seid Ihr ihm ebenfalls in der Zeit Eurer Verbannung begegnet?«

Elizabeth verschluckte sich beinahe. »Tante Sophie, ich glaube, der Graf spricht bestimmt nicht gern über seine Vergangenheit.«

Nicholas wischte sich den Mund mit der Serviette ab, und sie starrte unwillkürlich auf seine Lippen. Schöne Lippen, dachte sie und wünschte sofort, sie hätte woanders hingesehen.

»Im Gegenteil.« Ravenworth trank einen Schluck Wein. »Ich habe sieben Jahre meines Lebens in Jamaica verbracht. Es wäre ja wohl lächerlich, jetzt so zu tun, als hätte es sie nicht gegeben. Und was meinen Küchenchef betrifft, nein, er war nicht mit mir in Jamaica. Er war schon hier, als mein Vater noch lebte. Er und Edward Pendergass und wenige andere sind geblieben, nachdem ich zurückkam.«

Die Neugierde machte sie mutig, sie wollte gern mehr über ihn erfahren. »Wie war es dort, Mylord? War es wirklich so schrecklich, wie man sagt?«

Er lehnte sich in seinem Stuhl zurück und streckte seine langen Beine aus. »Anfangs war es das. Ich konnte nicht glauben, daß ich tatsächlich dort war, tatsächlich Gefangener war und für sieben Jahre der Gnade anderer ausgeliefert.«

Er schüttelte den Kopf. »Das Transportschiff war ein Alptraum, und anfangs war es auf der Insel auch nicht besser. Wir wurden behandelt wie die Tiere, und einige der Männer verhielten sich auch so. Doch einige waren gute Männer, die nur einen geringfügigen Fehler gemacht hatten.«

»Wie Freddy Higgins«, sagte Elizabeth.

»Wie Freddy und Theo und Elias. Doch sie waren entschlossen, sich zu bessern und bei ihrer Rückkehr nach England ein neues Leben anzufangen.«

»Und Ihr habt ihnen dabei geholfen.«

Er zuckte mit den breiten Schultern. »Sie mir genauso.«

»Ein guter Gedanke«, warf Tante Sophie ein. »Nicht besonders populär, den Unglücklichen noch eine Chance zu geben. Aber Ihr seid ja sowieso kein aktives Mitglied der feinen Gesellschaft.«

Elizabeth errötete, aber Nicholas grinste nur. »Allerdings.«

»Und wie wurde Eure Lage dann schließlich besser?« hakte Elizabeth nach.

Er schien lässig zu bleiben, doch eine kleine Anspannung war ihm anzumerken, als er weitererzählte. »Die ersten paar Jahre habe ich in den Zuckerrohrfeldern gearbeitet. Knochenarbeit in der Hitze und geplagt von Insekten. Nach vier Jahren bekam die Pflanzung einen neuen Besitzer, Raleigh Tatum. Er war entschlossen, mit kräftiger Arbeit sein Unternehmen erfolgreicher zu machen. Als er erfuhr, daß ich lesen und schreiben konnte, holte er mich von den Feldern und ließ mich in seinem Büro arbeiten. Wir wurden eine Art Freunde. Ich half ihm, seine Geschäfte abzuwickeln, und er machte mir das Leben während der letzten Jahre angenehmer dafür.«

Elizabeth atmete tief durch. Er mußte wirklich große Strapazen durchgestanden haben, obwohl er sich bemühte, das nicht zu zeigen. »Man könnte erwarten, daß Ihr nach alldem verbittert wärt, aber es ist offensichtlich nicht so.«

Er zuckte nochmals die Schultern, doch die untergründige Spannung blieb. »Ich kannte die Konsequenzen meines Tuns, als ich Stephen Bascomb an jenem Abend zur Rede stellte. Ich wollte seinen Tod – in welcher Form auch immer. Genaugenommen kann ich froh sein, daß man mich nicht gehängt hat.«

Sie fröstelte. *Ich wollte seinen Tod.* Das hätte sie eigentlich schockieren sollen, doch jetzt, wo sie ihn besser kannte, fragte sie sich, was Bascomb wohl getan haben mochte, um ein solches Ende zu verdienen. Sie hätte gern gefragt, traute sich aber nicht. Sein herber Gesichtsausdruck machte klar, daß sie schon weit genug gegangen war.

»Also ich wäre jetzt bereit zum Dessert«, lenkte Tante Sophie ab, ausnahmsweise vernünftig genug, um zu bemerken, wann es Zeit zum Themawechsel war.

Ravenworth entspannte sich und lächelte. »Dann wollen wir das sofort in die Wege leiten, Mrs. Crabbe.« Er nickte dem Bediensteten zu, der sofort verschwand und wenige Minuten später mit dem angekündigten Pudding zurückkam.

Während Elizabeth ihren Pudding probierte und Ravenworth sich ebenfalls dem Teller vor ihm widmete, dachte sie darüber nach, wie sie den »Verruchten Grafen« langsam besser kennenlernte, auch wenn die Teile noch nicht recht zusammenpaßten. Er war ein Draufgänger, Weiberheld und Spieler und machte auch kein Geheimnis daraus. Doch es gab dazu diesen Ausdruck in seinem Blick, der sagte, daß er im Innern ein ganz anderer war.

Vielleicht war dabei aber auch nur Elizabeths Wunsch der Vater des Gedanken, vielleicht war er wirklich nur ein hoffnungsloser Draufgänger. Elizabeth war sich nicht mehr sicher – weder was der Graf für ein Mensch sein mochte noch warum ihr das so lebenswichtig erschien.

Der Abend erwies sich als überraschend angenehm, zumindest bis zu dem Moment, als sich Tante Sophie zurückgezogen hatte und sie und Ravenworth allein im Salon zurückblieben. Ihr unbekümmertes Gespräch wurde mit der Zeit stockender, und Ravenworth' Blick wirkte im Lampenlicht seltsam dunkel.

Diese silbrigen Tiefen hatten etwas Beunruhigendes, und Elizabeth fiel das Atmen schwer, ihr Herzschlag wurde schneller. Sie schien ihre Augen nicht mehr von seinen Lippen abwenden zu können, während seine tiefer wanderten, bei der Rundung ihrer Brust innehielten. Das Zimmer war plötzlich heiß, ihre Haut gerötet und feucht.

Sie entschuldigte sich mit dem Vorwand, müde zu sein, und zog sich nach oben in ihr Zimmer zurück, doch an Schlaf war nicht zu denken. Sicher konnte sie es schaffen, ganz leise über die Hintertreppe nach draußen zu schleichen, und keiner würde es bemerken.

Sie nahm ein Kaschmirtuch aus der Kommode, legte es sich um die Schultern und knüpfte es vor der Brust zusammen. Auf dem Weg nach unten begegnete sie Mercy Brown, doch die hatte sich schon an ihre gelegentlichen nächtlichen Wanderungen gewöhnt und murmelte nur einen Gruß.

Die Nacht war besonders dunkel, der Mond nur als schwacher Schimmer hinter mächtigen Wolken zu erkennen. Es regnete noch nicht, doch die Luft roch nach feuchter Erde, und sie würde wohl nicht länger draußen bleiben können.

Sie spazierte über die gewundenen Kieswege und genoß die frische Abendluft. Eine Eule schrie, und Elizabeth sah sie als hellen Schatten über ihrem Kopf dahinstreifen und lächelte. Eulen mochte sie besonders. Sie wirkten so geheimnisvoll, überlegen und unabhängig, eigentlich ähnlich wie der Graf, dachte sie. Allerdings würde er wohl nicht besonders glücklich sein darüber, mit einer Eule verglichen zu werden.

Er hatte auch Ähnlichkeit mit einem Habicht, gefährlich, wenn es nötig war, ein schöner, kraftvoller Vogel, der nur jagte, um seine und seiner Brut Bedürfnisse zu befriedigen.

Elizabeth band ihr Tuch etwas fester und ging langsam weiter den Pfad entlang. Ein Schatten tauchte plötzlich am rechten Rand ihres Gesichtsfeldes auf, und sie fuhr zusammen. Bestimmt nur Einbildung, beruhigte sie sich, als ihr Herz zu rasen begann. Sie horchte, doch alles war still. Vielleicht war es nur die Eule auf dem Rückweg von ihrem Beutezug gewesen.

Aber ihre Ruhe war dahin. Elizabeth kehrte um und machte sich auf den Weg zurück nach Haus. Doch sie war erst ein paar Schritte gegangen, da hörte sie Stoff rascheln und Schritte, und ein Mann sprang vor ihr in den Weg.

Elizabeth stieß einen Schrei aus, bevor er das verhindern konnte, kehrte um und wollte losrennen, doch ein zweiter Mann erschien auf dem Pfad hinter ihr, und sie stieß mit ihm zusammen. Er war nur Haut und Knochen, doch er erwies sich kräftiger als erwartet. Sie versuchte, ihn wegzustoßen und schrie noch einmal, bevor sich seine Hand über ihrem Mund schloß, so daß der Ton nur noch gedämpft herauskam.

Der erste Mann, der breiter und massiger war als der andere, fluchte und riß sie herum. Er drehte ihr so heftig einen Arm hinter den Rücken, daß der Schmerz sie fast ohnmächtig machte.

»Halt deine verdammte Klappe, Tante, sonst tu ich's für dich.« Er hatte einen dichten roten Bart und schien wirklich zu meinen, was er sagte. »Verstanden? Von jetzt ab wirst du genau das tun, was ich sage.«

Sie biß sich auf die zitternde Unterlippe und nickte, obwohl sie vorhatte, wieder zu schreien, sobald sie genug Kraft dafür aufbrachte.

Sie konzentrierte sich auf ihre Chance – als sie unvermittelt ein tappendes Geräusch hörte. Jemand rannte den Pfad entlang! Eine plötzliche Bewegung, ein Körper flog durch die Luft, und dann ging der dünne Mann zu Boden, als hätte man ihn mit einem Faß voller Steine getroffen.

»Nicholas!«

Er packte den dünnen Mann am Hemd, riß ihn hoch und gab ihm einen so mächtigen Kinnhaken, daß dessen Kopf knirschend auf dem Kies auftraf. Der massige Mann griff ihren Arm fester und begann, sie wegzuzerren, aber Elizabeth stemmte sich mit aller Kraft gegen ihn. Sie würde sich nicht von ihm zu Bascomb schleifen lassen, solange sie noch bei Sinnen war.

Nicholas schoß hinter ihnen her. Er packte den Mann an der Schulter und wirbelte ihn herum, löste den schmerzenden Griff, mit dem der Kerl sie hielt, und gab ihm dann einen gezielten Schlag in den Magen, so daß er zusammenklappte.

Das Knie des Grafen zuckte hoch und traf so heftig das Kinn des Rotbärtigen, daß der Mann nach hinten stolperte und mit solcher Wucht auf seinen Arm fiel, daß der mit einem häßlichen Knacken brach. Ein grelles Ächzen und ein unflätiger Fluch ertönten. Der Mann rappelte sich wieder hoch und rannte los, von seinem dünnen Freund dicht gefolgt.

Nicholas beachtete sie nicht weiter, sondern stürzte hinüber zu Elizabeth, die schwankend dastand, und nahm sie sanft in die Arme.

Seine Hand strich ihr übers Haar. »Elizabeth, geht's dir gut? Haben sie dir weh getan?« Sie atmete genauso schwer wie er und spürte die Energie, die sein Körper noch ausströmte.

»Ich – mir geht's gut. Ich habe mich nur erschreckt.«

Er hielt sie einen Moment fest, ließ sie die Wärme und Sicherheit seines Körpers spüren. Dann löste er sich von ihr. Er versuchte ihre Verletzungen in der Dunkelheit zu orten, entdeckte eine leichte Schwellung an ihrer Wange und fluchte tonlos. »Es ist fast Mitternacht! Was zum Teufel hast du hier draußen gemacht?«

Elizabeth holte tief Atem. »Ich wollte noch etwas frische Luft schnappen. Ich komme öfter nachts in den Garten.«

»Öfter?« Er sah sie ärgerlich an. »Mein Gott, Frau, hast du den Verstand verloren? Das waren Bascombs Leute. Ich hätte nicht erwartet, daß sie so dreist sein würden, aber da habe ich mich wohl wieder einmal getäuscht.« Sein silbriger Blick bohrte sich in den ihren. »Und du hast es ihnen sträflich leicht gemacht.«

Elizabeth schluckte. Er war verärgerter, als sie gedacht hatte. »Es tut mir leid. Ich dachte, hier wäre ich in Sicherheit.«

»Tja, offensichtlich ist das nicht so.« Seine Finger gruben sich in ihre Schultern. »Verflixt, Elizabeth, du mußt vorsichtiger sein. Verstehst du denn nicht – wenn ich nicht bei deinem Schrei zufällig auf der Terrasse gestanden hätte, hätten dich Bascombs Männer jetzt verschleppt.«

Elizabeth richtete sich auf und löste sich aus seinem Griff. »Es tut mir leid, daß dies passiert ist, aber ich kann ja nicht die ganze Zeit im Haus bleiben. Meine Güte, ich bin nur im Garten spazierengegangen!«

»Ja, verdammt – und dabei fast entführt worden. Von jetzt an gibt es keine Alleingänge mehr aus dem Haus. Nur noch wenn einer von uns mit dabei ist.«

Elizabeth hob trotzig ihr Kinn. »Das ist Wahnsinn. Ich weigere mich, so zu leben. Ihr seid nicht mein Besitzer, Nicholas Warring. Ich werde mich nicht wie eine Gefangene behandeln lassen, was immer Ihr auch tut.«

Ein gefährliches Glitzern erschien in seinen stahlgrauen Augen. »Ach, wirklich?«

Sie schluckte schwer, wandte aber den Blick nicht ab. »Nein. Alle anderen sind vielleicht eingeschüchtert, ich nicht. Ich habe keinerlei Angst vor Euch.«

Sein Ausdruck wurde dunkel wie die Gewitterwolken am Himmel. »Du solltest aber Angst vor mir haben, Elizabeth.« Die Worte kamen heraus wie eine geflüsterte Drohung. »Vielleicht solltest du mich mehr fürchten als Lord Bascomb.«

Einen Moment lang hielt sein Blick noch den ihren, und sie fühlte sich wie ein im Netz gefangener Vogel. Dann zog er sie fest an sich, und sein Mund preßte sich auf den ihren. Es war ein brutaler Kuß, strafend in seiner Heftigkeit. Sie versuchte, sich loszumachen, aber er hielt sie fest und öffnete ihre Lippen mit seiner Zunge. Sie drang dreist in Elizabeth' Mund vor, und ein Schaudern lief kribbelnd über ihren Rücken. Ihre Hände drückten sich an seine Brust, und sie spürte seine Hitze, die angespannten Muskeln, das rasende Herz.

Sein Knie drängte sich zwischen ihre Beine, strich über die Innenseite ihrer Schenkel, und sie sagte sich, daß sie ihn jetzt wegstoßen müßte, daß das nicht recht war, was er gerade tat. Aber ihre Hände blieben auf seiner Brust, und das heftige Pochen ihres Herzens paßte sich seinem an.

Irgend etwas veränderte sich um sie herum. Sein harter Mund wurde weich, sein rauher Kuß zärtlicher, wurde lockend anstatt fordernd. Seine Lippen waren fest und fühlten sich jetzt gebend an, nicht mehr nehmend, so weich wie sie sich vorgestellt hatte, daß sie sein würden, warm und stark und doch irgendwie zart.

Hitze durchlief sie, breitete sich tief in ihrem Bauch aus und von da weiter wie warmer Honig durch alle Glieder. Es war eine Sünde, das wußte sie. Nicholas Warring war ein verheirateter Mann. Er war ein Draufgänger mit einem Dutzend Mätressen, ein Mann, der sich jede Frau nahm, die er wollte, und sie dann gelangweilt fallen ließ.

Es war falsch, und doch fühlte es sich gar nicht falsch an.

Nicholas stöhnte und drückte sie noch fester an sich, an seine Hitze, an die Kraft seiner muskulösen Gestalt. Sie spürte die Härte seines Begehrens, doch anstatt sich zurückzuziehen, schlangen sich ihre Arme um seinen Hals, und ihre Finger vergruben sich in seinem gewellten, schwarzen Haar.

Ein kleines Geräusch ertönte in ihrer Kehle, und Nicholas schauderte. Einen Moment vertiefte er den Kuß noch, und ihr gesamter Leib schien zu brennen. Dann hielt er plötzlich inne. Sein Herz hämmerte, sein Körper wurde steif vor Anspannung. Er griff nach ihren Handgelenken, befreite sich vorsichtig aus ihrem Griff und machte einen Schritt rückwärts. Sein Gesichtsausdruck war dunkel und undurchschaubar, als wäre das Feuer, das sie in seinen Augen gesehen hatte, gelöscht.

»Geh zurück ins Haus«, befahl er, und seine Stimme klang leise und rauh. »Jetzt gleich, Elizabeth, und komm nicht noch einmal hier heraus.«

Elizabeth widersprach nicht. Ihre Lippen kribbelten noch von seinem Kuß, ihre Beine wankten. Ihr gelang ein schwaches Kopfnicken in seine Richtung, dann kehrte sie um und hastete zurück zum Haus.

Diesmal hatte der Aufruhr in ihrem Innern mit Bascomb und seinen Männern nicht das geringste zu tun.

6

Nick ging in seinem Schlafzimmer auf und ab. Zum drittenmal innerhalb der letzten Stunde blieb er neben dem Fenster zum Garten stehen. Unten hatten Anemonen, Tulpen und Stiefmütterchen begonnen zu blühen und leuchteten gelb, violett und rosa. Farbe schien an jedem Pfad entlangzufließen, doch Nick dachte nur daran, wie leer das alles wirkte, wenn Elizabeth nicht dazwischen spazierenging.

Drei Tage waren vergangen, seit er sie aus dem Park verbannt hatte. Er wußte wohl, daß das ungerecht war. Es war seine Schuld, daß die Männer so weit hatten vordringen können. Er hatte seinen Gegner wieder einmal unterschätzt.

Nick sah hinunter. Von hier aus konnte er die Männer beobachten, die Elias eingestellt hatte, diesmal die reinste Armee, postiert an strategischen Punkten entlang der Mauer. Im Augenblick war Elizabeth im Garten in Sicherheit und konnte Blumen pflücken oder Vögel beobachten. Und er schwor sich, daß sie auch vor ihm sicher sein würde.

Nick wandte sich vom Fenster ab und ging mit langen, entschlossenen Schritten zur Tür. Als er den Türknauf drehte, rief ihm Elias Moody von seinem Ankleidezimmer aus zu: »Sie ist im Gewächshaus, Nick. Ich habe sie heute morgen hineingehen sehen.«

Ein Lächeln spielte um seinen Mund. »Wie kannst du nur immer wissen, was ich gerade vorhabe?«

Elias warf ihm ein schlaues Lächeln zu. »Kein besonderer Trick dabei. Miss Mercy hat euch gesehen, wie Ihr sie im

Garten geküßt habt. Seitdem wart Ihr launisch und mißmutig. Ich dachte nur, irgendwann wird er sich wohl bei ihr entschuldigen.«

»Es tut mir wirklich leid, verdammt. Ich kann nicht verstehen, warum ich so völlig die Kontrolle verloren habe.«

»Ihr seid ein Mann, mein Freund, sonst nichts. Sie ist 'n hübsches Ding, und Ihr mögt sie einfach gern.«

»Ich darf keine solchen Gefühle für sie haben. Um Himmels willen, Mann, ich bin ihr Vormund. Ich sollte sie beschützen.«

»Habt Ihr auch getan.«

»Und ihr dazu angst gemacht. Ein Wunder, daß sie nicht gleich ihre Sachen gepackt hat.« Er schüttelte den Kopf. »Hoffentlich kann ich sie davon überzeugen, daß es nicht noch einmal vorkommen wird.«

Elias gab ein unanständiges Geräusch von sich. »Hoffentlich Euch selber auch.«

Nick warf ihm einen kurzen Seitenblick zu und ging hinaus. Elias hatte recht. So schlecht sein Gewissen auch war, er begehrte sie nach wie vor. Mehr denn je. Verdammt, wenn er sie nur wegschicken könnte, damit sie aus seinem Leben und seinen Gedanken verschwand. Doch momentan war das unmöglich. Aber Gott sei Dank würde ja die Saison bald anfangen. Sydney Birdsall hatte bestimmt schon eine ordentliche Liste mit Heiratskandidaten zur Auswahl zusammengestellt.

Inzwischen würde er ihr einfach aus dem Weg gehen und so weitermachen wie bisher.

Seinen Appetit woanders stillen.

Es war warm und feucht im Gewächshaus. Er kam nicht oft hierher, weil er lieber im Freien war. Bei seiner letzten Inspektion war es ziemlich verwildert gewesen, und er hatte sich vorgenommen, es aufräumen und mit etwas Grünem bepflanzen zu lassen. Aber irgendwie hatte er es vergessen.

Als er jetzt die Tür öffnete, war er überrascht, Barnaby Engles, den obersten Gärtner, hier beim eifrigen Unkrautzupfen anzutreffen. Elizabeth arbeitete in seiner Nähe und war gerade damit beschäftigt, trockene Blätter unter eine Reihe von Miniaturorangenbäumen aufzusammeln.

Nick beobachtete sie kurz, dann ging er hinüber und blieb direkt vor ihr stehen. Als sie ihn nicht sofort bemerkte, räusperte er sich und war plötzlich nervös.

»Ich störe Euch nur ungern, aber ich hatte gehofft, ich könnte kurz mit Euch reden.«

Sie wischte sich die Erde von ihrem einfachen, blauen Kleid und wurde etwas rot, weil es ihr peinlich war, daß er sie auf allen vieren beim Arbeiten antraf. »Natürlich, Mylord.«

Er wartete, bis sie sich in einem Eimer die Hände gewaschen hatte, und begleitete sie dann zum Haus. Er ging mit ihr in einen kleinen Salon, den er »das stille Zimmer« nannte, und schloß leise die Tür.

Elizabeth wartete und setzte sich dann auf seine Aufforderung hin, in einen dunkelgrünen Samtsessel. Nick plazierte sich ihr gegenüber.

Er holte tief Atem, um sich zu beruhigen. »Dies fällt mir nicht leicht, Elizabeth. Ich bin es nicht gewohnt, mich zu entschuldigen, aber so ungern ich es auch zugebe, diesmal sollte ich es tun.«

Sie hob den Kopf und wurde langsam rot. »Habt Ihr mich deshalb herkommen lassen?«

»Ja. Ich habe mich neulich abend danebenbenommen. Ich habe einen großen Fehler gemacht, und das tut mir leid. Meine einzige Entschuldigung ist, daß ich in jenem Moment solche Angst um Euch hatte. Ich habe mich über mich selbst geärgert, weil es zu dieser Gefahr gekommen ist und über Euch, weil Ihr Euch so einfach in Gefahr begeben habt.«

Sie sah in unverwandt an, aber ihre Hände waren verkrampft. »Es war schwer für uns beide. Ich hatte Angst, Ihr wart verärgert. Niemand war wirklich schuld.«

Nick schüttelte den Kopf. »Ich habe die Situation ausgenutzt. Was zwischen uns geschehen ist, hätte nicht vorkommen dürfen. Ich bin Euer Vormund. Ich bin älter, und es ist ganz offensichtlich, daß ich –«

»Soviel älter seid Ihr auch wieder nicht, Mylord. Und wenn Ihr glaubt, ich sehe Euch als eine Art Vaterfigur, dann seid Ihr im Irrtum.«

Eine ganze Weile blieb er stumm und fragte sich unwillkürlich, als was ihn Elizabeth Woolcot wohl sehen mochte.

»Ihr seid mir genau im richtigen Augenblick zu Hilfe gekommen, habt Euch mutig eingesetzt, und ich möchte Euch dafür danken.«

»Mir danken? Ihr seid mir keinen Dank schuldig. Ich möchte nur, daß Ihr vergeßt, was zwischen uns geschehen ist.«

Sie sah nach unten auf die vielen Sommersprossen auf ihren schmalen Händen. »Noch nie hat mich jemand so geküßt«, flüsterte sie. »Ich glaube kaum, daß ich das je vergessen werde.«

Nick spürte plötzlich Hitze in seinem Nacken aufsteigen. Sie durchzog seine Glieder und machte sich tief unten in den Lenden breit. Er glaubte ebensowenig, daß er es vergessen würde. »Ich habe überall um den Garten und Park Wachen aufgestellt. Von jetzt an seid Ihr dort sicher und könnt Euch an den Vögeln erfreuen, ohne Angst haben zu müssen, daß jemand irgendwo hinter einem Busch hockt.«

Sie lächelte mit so offensichtlicher Freude, daß es ihm eng in der Brust wurde. »Vielen Dank, Mylord. Ich gebe zu, daß es mir sehr gefehlt hat.«

Nicholas nickte. »Das Gewächshaus war völlig verwildert. Ich bin Euch sehr dankbar für Eure Initiative. Wenn

Ihr irgend etwas braucht, laßt es mich wissen.« Er stand auf und sie ebenso, doch sie bewegte sich nicht weiter. Mit ihrem leicht verknautschten Kleid und dem schmutzigen Saum sah sie viel begehrenswerter aus als jede andere Frau, der er je begegnet war.

Er flüchtete in sein Arbeitszimmer direkt zu einer Karaffe Gin. Morgen würden ein paar seiner Freunde anreisen, die ihm versprochen hatten, etwas mitzubringen, was ihn »garantiert unterhalten« würde.

Er war noch nie dankbarer darüber gewesen als jetzt.

Elizabeth lag wach in ihrem Schlafzimmer und starrte zur Decke. Sie dachte an den Grafen und seine Entschuldigung am Nachmittag, die sie wirklich nicht erwartet hatte.

Doch andererseits nahm der Graf seine Pflichten sehr ernst, wie sie herausgefunden hatte, egal wie draufgängerisch und wüst er sonst sein mochte. Was sie dabei am meisten überraschte, war, daß ein Mann, der von einer Frau normalerweise nahm, was er wollte, sich wohl kaum entschuldigt hätte.

Und genaugenommen hatte sie die Entschuldigung nicht verdient. Nach den ersten Schrecksekunden hatte ihr der Kuß Spaß gemacht. Sosehr sie auch wußte, daß sie sich eigentlich schämen müßte – es war nicht so.

Er ist verheiratet, sagte die Stimme ihres Gewissens.

Er ist einsam, wandte sie ein. *Er ist verlassen worden.* Ein dummer Gedanke, das wußte sie, der nur dazu diente, ihr Schuldgefühl zu verringern. Aber sie glaubte es auch wirklich: Rachael Warring war keine Ehefrau. Der Graf von Ravenworth hatte keine Frau, nur einen Namen, der neben dem seinem im Kirchenregister eingetragen war. In den Augen Gottes war er allein.

Elizabeth fragte sich erneut, was er wohl für ein Mann geworden wäre, wenn er eine Frau gehabt hätte, die ihn liebte, die an seiner Seite geblieben wäre, als er sie gebraucht hätte.

Und sie konnte nicht aufhören, an jenen Kuß zu denken.

Elizabeth knöpfte ihr Nachthemd auf, denn plötzlich war es ihr sehr warm. Sie spürte noch immer den Druck seines kräftigen Körpers, die Bewegung der Muskeln auf seiner Brust. Unter dem dünnen Baumwollstoff richteten sich ihre Brustwarzen auf, und ihre Haut wurde feucht. Sie wußte, daß das Begehren war. Begehren nach Nicholas Warring.

Elizabeth ahnte nur wenig von dem, was zwischen Mann und Frau vor sich ging, aber sie wußte, daß Begehren dazugehörte. Im Heustock, zu Hause in West Clandon, hatte sie einmal ein nacktes Paar liegen sehen, das sich leidenschaftlich umarmte. Natürlich hatte sie sich schnell abgewandt und war eilig zurück nach Hause gelaufen, doch sie hatte nie die Verzückung auf ihren Gesichtern und die leisen Seufzer der Lust vergessen, die aus der Scheune zu hören waren.

Jetzt dachte sie wieder an jene Szene, doch nun war der nackte Mann nicht einer der Bediensteten ihres Vaters. Es war der hochgewachsene, dunkle Nicholas Warring. Mit brauner Haut und festen Muskeln, ein rauher Mann mit einem harten Mund, der weicher wurde, wenn er küßte. Mein Gott, sie begehrte ihn. Wollte von ihm berührt werden, geküßt werden. Wollte, daß er mit ihr tat, was Männer mit Frauen taten, um sie zu besitzen.

Sie fühlte sich zu Nicholas Warring in einer Weise hingezogen, wie sie sich noch nie zu einem Mann hingezogen gefühlt hatte. Genaugenommen fürchtete sie, daß sie drauf und dran war, sich in ihn zu verlieben.

Du bist verrückt, sagte die Stimme. *Der Graf ist der einzige Mann, den du niemals haben kannst.*

Wenn sie sich nur nach Hause zurückziehen konnte, um sicher zu sein vor jener gefährlichen Anziehung, die sie für ihn empfand, vor jenem heftigen Ansturm der Gefühle, die sie stets überfielen, wenn er in der Nähe war. Doch Elizabeth wußte, daß sie nicht heimkehren konnte, solange sie nicht sicher verheiratet war.

Doch seltsamerweise war ein Ehemann – die einzige Rettung vor Bascomb, das Heim und die Familie, von der sie dauernd geträumt hatte – das letzte, was sie momentan wollte.

Oliver Hampton betrachtete seine beiden verprügelten Männer. Sie hatten blaugeschwollene Augen, geschwollene Nasen, und Charlie Barker trug den gebrochenen Arm in der Schlinge.

»Euer Anblick dreht einem den Magen um«, sagte er angewidert. »Ich habe euch einen Auftrag gegeben, den ihr jetzt zum zweitenmal vermasselt habt. Ich hätte Euch persönlich verprügeln sollen.«

»Der Mann ist doch ein Irrer«, grummelte Charlie. »Taucht plötzlich aus dem Nichts auf und schlägt um sich wie ein Verrückter.«

»Tja, der Mann ist ein Mörder, das habt ihr von Anfang an gewußt.«

»Jetzt hat er überall Wachen«, sagte Nathan. »Wir können unmöglich an sie rankommen.«

Oliver stand mit einem Ruck auf und ballte die Hände zu Fäusten. »Ihr werdet eine Möglichkeit finden – verstanden? Ich werde noch ein paar Männer einstellen, die keine Angst haben, ein bißchen Gewalt anzuwenden. Wenn Ihr ein paar von den Wachen ausschaltet, müßtet ihr sie ohne weiteres schnappen können.«

»Ihr verlangt doch nicht, daß wir einen umbringen sollen?«

»Ich verlange es nicht – ich befehle es. Holt euch das Mädchen, egal wie.«

»Dann müssen wir ins Haus», stellte Nathan dumpf fest.

»Sei's drum. Dann werden wir einen aus dem Haus brauchen, der hilft. Darum kümmere ich mich. Bei dem Abschaum, den Ravenworth eingestellt hat, dürfte es kein Problem sein, einen zu finden, der gern Gold sieht. Das werde ich sofort hinkriegen. Und dann greift ihr sie euch. Ich will das Mädchen haben, und zwar bald. Und keine Schlappen mehr.«

Charlie wirkte unbehaglich, Nathan nickte nur.

Oliver sah den massigen Mann mit einem durchdringenden Blick an. »Was ist, Barker, ja oder nein? Der Mann hat dir den Arm gebrochen, da hast du ihm doch einiges heimzuzahlen?«

Charlie grunzte. »Ich kann immer noch reiten und schießen. Wenn Ravenworth mir diesmal in den Weg kommt, ist er ein toter Mann.«

Jetzt lächelte Oliver zum erstenmal. »Na also. Erledigt die Sache, und ich gebe euch doppelte Bezahlung.« Das schien den beiden zu gefallen. Als Oliver sich wieder hinsetzte, standen die beiden auf.

»Wir werden das Ding schon schaukeln.«

»Prima.« Oliver sah ihnen hinterher, und seine Gedanken kehrten zu Elizabeth Woolcot zurück. Vor seinem inneren Auge sah er ihre großen, grünen Augen, ihr rötliches Haar, erinnerte sich daran, wie er ihre Brüste damals geknetet hatte, und sein Körper wurde abrupt hart. Er würde sie bekommen, verdammt, und zwar bald.

Er lächelte, griff nach einer Zigarre und war überzeugt, daß das lange Warten jetzt bald vorüber sein würde. Er biß das Ende ab und beugte sich zu einer Kerze vor, um sie anzuzünden.

Er hatte das Gefühl, daß er einen feierlichen Augenblick genoß.

»Die üblichen Nassauer sind wieder da.« Mercy Brown schüttelte den Kopf, und ihre vollen Locken tanzten ihr über den Rücken.

»Das dachte ich mir schon«, sagte Elizabeth. »Wir haben eine Nachricht bekommen, daß wir heute bei uns essen sollen.« Sie sah auf. »Welche sind es denn diesmal?«

Mercy verzog das Gesicht. »Dieser Dummschwätzer Baron St. George und der nichtsnutzige Lord Percy. Und natürlich der Schleicher Richard Turner-Wilcox. Er ist zwar noch der beste von allen, aber denkt garantiert an nix anderes, als daran, welche von seinen Nutten er als nächste vornimmt.«

Elizabeth unterdrückte ein Lächeln. Sie gewöhnte sich langsam an Mercys direkte Ausdrucksweise. Es war beinah erfrischend, eine Frau zu kennen, die sich so schnörkellos ausdrückte. Und trotzdem legte Mercy Wert darauf, daß die Männer sich ihr gegenüber anständig benahmen. Elizabeth fragte sich, ob sie womöglich auf der Suche nach einem Ehemann war.

Ein paar Stunden vergingen. Unruhe vor dem Haus kündigte die nächsten Gäste an. Elizabeth saß nahe am Fenster, als Mercy ins Zimmer stürmte.

»Turner-Wilcox und seine doofen Tussis – eine ganze Kutschenladung voll.«

Elizabeth schaute hinunter. Vier in Seide gekleidete Frauen stiegen aus der Kutsche, hinunter auf den Kies, die Gesichter weiß von Reispuder, Lippen und Wangen mit Rouge getönt. Mit auffälligen Federhauben und gerüschten Seidenschirmen wirkten sie übertrieben aufgeputzt, aber trotzdem waren sie hübsch, hatten weibliche Figuren und volle, hohe Brüste, die fast oben aus den Kleidern quollen.

»Dämchen für Turner-Wilcox und seine nixnutzigen Kumpels.«

Elizabeth zuckte nur mit den Schultern. Die ungewöhnlichen Besucher des Grafen schockierten sie nicht mehr. Sie war auch nicht gerade begeistert von den einschlägigen Damen im Haus, doch der Graf half ihr. Im übrigen stand es ihr nicht zu, Kritik zu üben.

Seltsamerweise machte sie sich auch keine Sorgen wegen des Effekts, den die Dämchen auf den Grafen haben könnten. Wie Miriam Beechcroft bewies, stand ihm der Sinn eher nach feineren Damen.

So gut, wie er aussah, gefiel er – ungeachtet seines schlechten Rufes – eben einer Menge Frauen, und Elizabeth zweifelte nicht daran, daß er beliebig große Auswahl hatte.

Dieser Gedanke legte sich wie ein Gewicht auf ihre Brust.

Sie ging hinüber zum Kamin, setzte sich in einen Sessel und nahm ein Buch mit Vogelzeichnungen zur Hand, das sie in der Bibliothek entdeckt hatte. Bald würde ihre Tante ihr ein wenig Gesellschaft leisten. Dann würden sie zusammen zu Abend essen und schließlich früh zu Bett gehen.

Elizabeth hatte nicht vor, die Kutschenladungen von Frauen zu erwähnen, die eben angekommen waren.

Nick gesellte sich zu seinen Freunden in den Rosa Salon, einen hohen, goldverzierten Raum, den er selten benutzte, und nahm, bevor er den Salon betrat, noch einen tiefen Schluck Gin aus dem Glas, das er in der Hand hielt. An einem Ende des Raums saß Richard Turner-Wilcox mit Baron St. George und gab Karten aus zu Whist. Eine der Frauen, eine kurzgewachsene, prallbrüstige Blondine, saß auf Richards Schoß, eine andere hing um den Hals und das Doppelkinn von St. George. Auf der gegenüberliegenden Seite des Tisches saß Lord Percy zwischen den beiden anderen Frauen, einer großen Brünetten und einer gutgebauten, einigermaßen hübschen Rothaarigen. Eine von Percys Händen erforschte das Innere vom Oberteil der Brünetten und streichelte eine mit Rouge getönte Brustwarze, die gelegentlich über den Rand spitzte.

Es war so eine Szene, wie Sydney Birdsall sie in seiner sogenannten Lasterhöhle auf dem Lande zu sehen erwartete. Nick erlebte so was zwar recht häufig, nahm aber selten selbst daran teil. Er zog seine eigenen Mätressen den bemalten Frauen vor, die seine Freunde mitbrachten. Doch heute abend war er schon halb betrunken und brauchte unbedingt eine Frau.

Egal welche Frau, sagte er sich. Und wenn es eine von Turner-Wilcox' hübschen Huren war.

St. George sah ihn hereinkommen und rief: »Nicky, guter Junge, wir haben dich schon sehnlichst erwartet!« Nick zwang sich zu lächeln und gesellte sich zu der fröhlichen Gruppe am grünen Kartentisch.

»Miss Jubile hatte sich schon gefragt, wo du geblieben bist«, grinste Percy, der vielleicht fünf Jahre älter sein mochte als Nick, aber zehn Jahre älter aussah.

Die Rothaarige, die er sowieso mit ihrer hellen Haut und schlanken Figur am attraktivsten fand, stand auf. »Guten Abend, Mylord.« Sie sprach auch gepflegter als die anderen, vielleicht hatten seine Freunde seine Vorlieben berücksichtigt.

Er nahm noch einen Schluck Gin, spürte das wohlbekannte Brennen in der Kehle und betrachtete die Frau. Er versuchte nicht zu bemerken, daß ihr Haar etwas zu rot war, ihr Mund etwas zu breit und ihre Augen braun und nicht leuchtend grün.

Dennoch beugte er sich formvollendet über ihre Hand. »Verzeiht, wenn ich Euch warten ließ, Miss Jubile, doch jetzt bin ich hier, und der Abend kann offiziell beginnen, denke ich.«

Sie lachte, als hätte er etwas Komisches gesagt, kam näher und drückte sich an ihn. Dann küßte er sie voll auf den Mund, und er schmeckte den Gin, den sie ebenso getrunken hatte.

Wenigstens eines hatten sie gemeinsam.

Eine Hand mit langen Fingernägeln strich über seinen Schenkel aufwärts, und sein Körper begann zu reagieren. Er würde sie nehmen, und zwar bald, das hatte er schon beschlossen, als die Frauen eintrafen. Heute nacht würde er sie besitzen und seinen Körper von jenem Verlangen nach Elizabeth Woolcot befreien, das ihn verfolgte und seinen klaren Verstand bedrohte.

Wenn sein Begehren dann gestillt war, würde die Erinnerung an jenen Kuß beginnen zu verblassen. Alles würde wieder normal werden. Er würde sich mit der Rothaarigen trösten, in sie stoßen, bis er sich nicht mehr an Elizabeth' Namen erinnerte.

Er neigte den Kopf, küßte sie und wünschte, ihre Lippen wären wenigstens halb so süß wie die letzten, die er geküßt hatte.

Tante Sophie raffte sich aus dem silberbrokatfarbenen Sofa in ihrem eleganten Salon auf.

»Also, meine Liebe, ich gehe jetzt ins Bett. Meine alten Knochen sind nicht mehr so frisch, wie sie einst waren.«

Sie wünschten sich eine gute Nacht, und schon war Elizabeth allein. Sie starrte ins Feuer und wünschte sich, sie wäre müde. Wünschte, ihre Neugierde hätte sie nicht schon den ganzen Abend gequält und ihr eingeredet, sie könnte doch die Hintertreppe hinunterschleichen und nachsehen, was Ravenworth und seine Gäste machten.

Sie wußte, daß es sich absolut nicht für eine wohlerzogene junge Dame gehörte, dem Grafen und seinen seltsamen Freunden nachzuspionieren. Doch die Neugier trieb Elizabeth zur Tür.

Sie würde hinuntergehen und sich ein Glas Milch holen, um besser einschlafen zu können, und unterwegs würde sie herausfinden, in welchem Raum die Gruppe sich aufhielte und einen kurzen Blick hinein tun – nur einen ganz kleinen Moment, damit man sie nicht erwischte.

Was konnte das schon ausmachen?

Ohne sich die Frage zu beantworten, schlich sie hinab. Einer der Lakaien hockte an der Tür zum Garten, den Kopf auf die Brust gelehnt, leise schnarchend an die Wand gelehnt. Sie schlich vorüber und stellte fest, daß in den unteren Salons niemand war. Elizabeth schlich weiter in die Küche, füllte einen Becher mit Milch und machte sich damit auf den Weg den Gang hinunter in einen der weniger benutzten Flügel des Hauses.

Gedämpfte Stimmen ertönten aus der Ferne, hohe Frauenstimmen lachten schrill. Sie schienen im Rosa Salon zu sein, und Elizabeth tappte leise bis zur Tür.

Sie legte ihr Ohr ans Holz und fragte sich, ob der Graf wohl drinnen war, wobei es ihr flau im Magen wurde. Ihr kribbelten die Finger, und sie legte sie vorsichtig um den Türknauf und drehte langsam um. Ein leises Klicken ertönte, und sie ließ die Tür einen Spalt aufgehen.

O Herr im Himmel! Es raubte ihr den Atem angesichts des Anblickes, der sich ihr bot, und sie war sicher, daß sie dies nie vergessen würde. Es war eine Szene wie aus Dantes Inferno: halbnackte, geschminkte Frauen, über halbnackte, betrunkene Männer gelehnt. Brüste lagen frei. Der fette St. George saß da mit einer barbusigen Frau auf dem Schoß, die seinen Hals küßte, Turner-Wilcox wühlte mit einer Hand zwischen den Beinen einer anderen.

Elizabeth schluckte schwer. Ihre Hände begannen zu zittern, und die Milch schwappte aus dem Becher auf den Boden. Inbrünstig hoffte sie, daß Nicholas nicht auch hier sein möge.

Ohne sich abwenden zu können, huschte ihr Blick weiter, und ihr Herz zog sich zusammen, als sie ihn sah. Ein brennender Schmerz durchfuhr sie, als sie ihn auf einem Sofa am anderen Ende des Zimmers ausgestreckt sah, unter dem Körper der schlanken Rothaarigen, die sie aus der Kutsche hatte steigen sehen. Die Frau lag halb über ihm, das Kleid geöffnet, und die dunkle Hand des Grafens rieb ihre eine Brust. Elizabeth sah, wie sie ihn küßte und mit einer Hand über seine bloße Brust strich, wo sie sein weißes Hemd geöffnet hatte.

Elizabeth schwankte, und ihre Beine gaben plötzlich nach. Ihre Finger ließen die Tür los, die sich daraufhin weiter öffnete. Ein leises Wimmern entrang sich ihrer Kehle, der Milchbecher rutschte aus ihrer Hand und landete krachend auf dem Boden.

Mehrere Köpfe wandten sich in ihre Richtung, doch nur ein Augenpaar blieb auf das ihre gerichtet. Einen Moment lang starrte Nicholas sie an, als könne er nicht glauben, daß sie wirklich da war. Tränen verschleierten ihren Blick, doch sie konnte sich nicht von der Stelle bewegen. Mit einem heftigen Fluch sprang Nicholas so abrupt vom Sofa, daß die Rothaarige zu Boden geschleudert wurde.

»Verdammt noch mal«, zeterte die Frau, doch Nicholas achtete nicht weiter auf sie und strebte mit langen Schritten zur Tür hinüber.

Jetzt kam Leben in Elizabeth. Sie richtete sich steil auf und rannte los um die nächste Ecke, weiter, und um noch eine Ecke.

»Elizabeth, warte!« hallte Nicholas' Stimme durch den Flur. Sie sah ihn um die Ecke kommen, das Hemd geöffnet, die Haare zerwühlt. Sie hatte einen Kloß im Hals und immer noch den Schmerz in der Brust.

»Laßt mich in Ruh!« Sie hetzte weiter, erreichte die Tür zum Garten, stieß sie auf und lief hinaus, ohne stehenzubleiben bis hinunter zu einer hohen Buche am unteren Ende des Gartens, wo sie wegen heftigem Seitenstechen haltmachte. Ihr Gesicht war naß von Tränen, ihr Magen schien sich umstülpen zu wollen.

Sie ließ sich auf eine gußeiserne Bank fallen, drehte sich zur Rückenlehne und begann zu weinen.

»Elizabeth?« Nicholas Warrings Stimme klang rauh. Sie wußte, daß er nur ein paar Schritte entfernt hinter ihr auf dem Pfad stand. Trotzdem weigerte sie sich, ihn anzusehen.

»Bitte geht weg«, flüsterte sie. »Bitte ...«

Er blieb stumm und wie angewurzelt stehen. Minuten vergingen. Schließlich drehte sich Elizabeth um und atmete tief durch.

»Es tut mir leid«, sagte er. »Mein Gott, es tut mir so verdammt leid.«

Sie schüttelte nur den Kopf, aber ihr Herz fühlte sich an, als hätte er es mit seinen hohen schwarzen Stiefeln getreten. Sie wollte auf keinen Fall, daß er bemerkte, wie sehr er sie verletzt hatte. Also hob sie das Kinn und bemühte sich um Fassung.

»Ihr hattet mir befohlen, ich sollte in meinem Zimmer bleiben. Ich hätte ... darauf hören sollen.« Sie holte unsicher Luft und hoffte, in der Dunkelheit wären ihre Tränen nicht zu sehen. Dabei dachte sie jedoch die ganze Zeit: *Wie konntest du das tun? Mich erst so küssen und dann etwas mit einer Frau anfangen, die du nicht einmal kennst?*

Nicholas trat einen Schritt näher und streckte die Hand aus, als wolle er sie berühren. Sie fuhr sofort zurück, und er ließ die Hand sinken.

»Elizabeth, bitte, ich weiß, was Ihr denken müßt ...« Seine Stimme klang rauh, als täte ihm das Sprechen weh. »Bis ich Euch gerade in der Tür stehen sah, hatte ich noch nicht begriffen, was für ein Mensch aus mir geworden ist.«

Elizabeth antwortete nicht, wünschte nur, er würde weggehen. »Ihr habt mich gewarnt«, sagte sie schließlich und haßte sich selbst, weil sie ihn für etwas gehalten hatte, was er gar nicht war. »Es war mein Fehler.« Zu ihrem Entsetzen brach ihre Stimme. »Ich hätte nicht hinuntergehen sollen.«

Nicholas' Augen blitzten auf, er ballte eine Hand zur Faust, sagte dann aber nur leise: »Nein, das hättet Ihr wirklich nicht tun sollen. Und ich hätte mich nicht im Heim meiner Familie mit einer Hure einlassen sollen. Ich kann Euch jetzt nur noch versichern, daß sie alle bis zum Morgengrauen verschwinden werden. Und ich verspreche Euch, Elizabeth, etwas Derartiges wird in diesem Haus nicht wieder vorkommen.«

Elizabeth sah ihn nur wortlos an und versuchte, nicht daran zu denken, wie die Hand der Rothaarigen über seine Brust gestrichen hatte und wie ihre Brüste zwischen seinen Fingern hervorgequollen waren.

Nicholas wandte den Blick ab ins Dunkel, sah dann wieder Elizabeth an. Sosehr sie sich bemühte, es zu verstecken, sie wußte, daß er ihren Schmerz sehen konnte. Und es war ein Schmerz, zu dem sie kein Recht hatte.

»Mir ist ganz elend, wenn ich daran denke, was Ihr alles gesehen habt.« Er malmte mit den Zähnen. Seine nächsten Worte waren so leise, daß sie sie kaum hören konnte. »Ich habe sie nicht einmal begehrt.«

Elizabeth wischte die Tränen von ihren Wangen. »Warum habt Ihr dann …?«

»Ich dachte, so könnte ich vielleicht vergessen.« Er seufzte tief und voller Bedauern. »Ich hoffte, ich würde dann aufhören, an die Frau zu denken, die ich will, aber nicht haben kann.«

Ihr Herz zog sich zusammen. »Lady Dandridge«, sagte sie dumpf.

»Nein, Elizabeth.« Sein Blick richtete sich auf den ihren, so silbrig und durchdringend wie noch wie. »Die Frau, die ich wollte, wart Ihr.«

Ihr Herz blieb stehen – da war sie ganz sicher. Ihr Atem stockte. »Ich bin die Frau, die ihr wolltet? Habt Ihr mich deswegen im Garten geküßt?«

»Ich war ärgerlich, aber ja... in Wahrheit ist das der Grund.«

Elizabeth wandte den Blick ab. »Es ist schwer zu glauben, daß Ihr Euch mit ihr abgegeben habt, weil Ihr mich begehrt habt.«

Er sah in dieselbe Richtung wie sie, dann wieder in ihr Gesicht. »Ich begehre Euch, Elizabeth. Ich habe Euch begehrt, seit ich Euch das erste Mal sah. Ich habe mich mit jener Frau eingelassen, weil ich ein Dummkopf war.«

Elizabeth sagte nichts, sah nur den großen, dunklen Grafen an und versuchte sich einzureden, daß das, was sie in seinem Gesicht sah, unmöglich Schmerz sein konnte.

»Ich weiß, daß ich Euch wahrscheinlich angst gemacht habe, aber Ihr braucht Euch nicht zu fürchten. Ich würde meine Position niemals ausnutzen. Ich will Euch nicht verletzen, Elizabeth. Ich würde alles tun, um das zu verhindern. Das heute abend... das war ein schrecklicher Fehler.«

Sie schwieg.

»Ich war ein Dummkopf«, wiederholte er. »Ich hoffe, daß Ihr mir einst vergeben könnt.« Er stand noch einen Moment da und ließ seinen Blick prüfend an der Mauer entlanggleiten, ob die Wache auch auf ihren Posten waren. Dann kehrte er zurück ins Haus.

Elizabeth sah ihm nach und hatte das Gefühl, als würde ihr Herz zusammengepreßt. Er begehrte sie. Genau wie sie ihn begehrt hatte. Doch in Wahrheit wußte sie, daß das, was sie für ihn empfand, mehr als nur Begehren war. Wie Miriam Beechcroft und ein Dutzend andere Frauen war sie dem Zauber des »Verruchten Grafen« erlegen.

Elizabeth stand müde auf. Sie hatte gewußt, wer er war, und ihn doch irgendwie für anders gehalten. Sie war ein viel größerer Dummkopf als er.

7

Nick ließ seinen schwarzen Araberhengst angaloppieren, zurück nach Hause. Es war schon fast dunkel, der Mond ging gerade auf, doch für ihn war der Tag noch nicht zu Ende. Es warteten noch einige Stunden Büroarbeit auf ihn.

Über einem Hügel tauchten nun die Lichter des Hauses auf wie ein Leuchtfeuer. Er hatte die ganze Woche hart von morgens bis abends gearbeitet, bis ihm alle Knochen weh taten.

Doch auch das schien nichts zu ändern. Nicht einmal Stunden härtester Arbeit konnten die Erinnerung daran auslöschen, wie erschüttert Elizabeth an der Tür des Rosa Salons gestanden hatte.

Er fühlte sich wie ein Mensch der niedrigsten Sorte, weil sie ihn mit der Hure überrascht hatte, keinen Deut besser als St. George oder Turner-Wilcox. Auch wenn er den Ruf eines Draufgängers hatte, hatte sich Nick immer über ein solches Verhalten erhaben gefühlt. Als er vor zwei Jahren England wieder betreten und festgestellt hatte, daß er zum Ausgestoßenen geworden war, hatte er sich dementsprechend verhalten, die Rolle des »Verruchten Grafen« angenommen. Das hatte er getan, um der bornierten Gesellschaft eine Nase zu drehen.

Seit Elizabeth in sein Leben getreten war – und vielleicht gerade deshalb –, hatte er sich vorgenommen, in derselben Weise weiterzumachen. Doch er hatte nie gewollt, daß die Sache so ausufern würde.

Als er über die Felder galoppierte, sah er sie wieder vor

sich, das Gesicht feucht von Tränen. Erst zwei Tage zuvor hatte er ihren weichen, süßen Mund geküßt, ihren schlanken Körper an sich gedrückt. Was er mit der Rothaarigen gemacht hatte, fühlte sich wie schlimmster Verrat an.

Elizabeth war unschuldig. Er hatte diese Unschuld mit Füßen getreten und ihre Illusionen zerstört. Jetzt betrachtete sie ihn als solch einen Mann, wie er wirklich beinah einer geworden wäre.

Beinah, dachte er, doch noch nicht ganz.

In jener Sekunde, als er sie dort hatte stehen sehen, war etwas in seinem Inneren anders geworden. Seit Monaten war er schon ungeduldig gewesen, hatte sein bisheriges Leben langweilig gefunden, zusehends geschmackloser. Er war der Rolle müde geworden, die er gespielt hatte, und ebenso seine bisherigen Bekannten. Und dann plötzlich hatte er begriffen, daß der Zeitpunkt gekommen war, sein Leben zu ändern.

Er hatte in dieser Richtung schon einiges unternommen: St. George und seinen Kumpanen war höflich klargemacht worden, daß ihre Anwesenheit hier nicht weiter erwünscht war, und andere Leute dieser Art würden die gleiche Nachricht bekommen.

Natürlich war es nicht richtig, was Elizabeth seinetwegen hatte erdulden müssen. Aber vielleicht war es am besten so. Sie ahnte nichts von dem Begehren, das seine Lenden erfüllte, wann immer er sie sah. Sie verstand die Lust nicht, die er versucht hatte, zurückzuhalten. Sie haßte ihn jetzt und würde ihm aus dem Weg gehen. Was geschehen war, würde sie schützen.

Der Gedanke legte sich wie ein finsteres Netz über ihn, wie ein Umhang aus bitterer Einsamkeit.

Elizabeth verbrachte die nächsten paar Tage mit Arbeit im Gewächshaus. Sie hatte ihrer Tante nichts von den Ereignissen in jener Nacht erzählt und überließ es ihrer Phantasie, sich zusammenzureimen, warum sie plötzlich kaum noch Appetit hatte. Inzwischen pflanzte Elizabeth Anemonen, Stiefmütterchen und Tulpen aus dem Garten ins Gewächshaus, um etwas Farbe hineinzubringen – und um einfach etwas zu tun zu haben.

Abends gab sie sich besondere Mühe, dem Grafen auf keinen Fall zu begegnen. Bei dem Gedanken an ihn und den Klang seiner Stimme verstärkte sich der Schmerz in ihrer Brust.

Wie er versprochen hatte, waren seine Freunde am folgenden Tag verschwunden, und seitdem wirkte das Haus seltsam leer. Man hatte ihr und ihrer Tante mitgeteilt, das Haus stände ihnen von jetzt an zur freien Verfügung und das Abendessen würde im offiziellen Speiseraum serviert.

Elizabeth hatte am ersten Abend Kopfschmerzen vorgetäuscht, so daß ihre Tante allein essen mußte, denn der Graf war nicht erschienen, weil er noch bis spät auf den Feldern unterwegs war. Am zweiten und dritten Abend war der Graf auch nicht da, und als Elizabeth sich dann hinunterwagte, war der Graf ebenfalls nicht erschienen.

Elizabeth hatte angefangen, sich Gedanken über sein Fernbleiben zu machen, so wie jetzt, als sie über ein frisches Blumenbeet gebeugt war, die Hände bis zu den Gelenken in frische Erde getaucht. Er mied sie genauso wie sie ihn. Es schien immerhin ein positives Zeichen, daß er überhaupt ein Gewissen besaß. Elizabeth fragte sich, ob es nicht doch tatsächlich Schmerz gewesen war, was sie in jener Nacht auf seinem Gesicht zu sehen geglaubt hatte.

Und sie fragte sich, ob er nicht tatsächlich gemeint hatte, was er sagte, und ihm der Vorfall wirklich leid tat.

Nicholas saß über seinen Schreibtisch gebeugt am vierten Entwurf für einen Brief an Sydney Birdsall. Die ersten drei hatte er zusammengeknüllt und in den Papierkorb geworfen.

Verehrter Sydney,
wie wir schon bei unserer letzten Begegnung besprochen haben, wird die Saison der Londoner Gesellschaft bald beginnen. Bei dieser Gelegenheit wäre es wohl angebracht, Elizabeth' Einführung in die Gesellschaft zu planen und in der Folge auch mit der Suche nach einem Ehemann zu beginnen. Jetzt, nachdem ich sie etwas besser kennengelernt habe, weiß ich, daß sie eine charmante und intelligente junge Frau ist, die einem Partner sehr viel zu bieten hat. Ich glaube kaum, daß es schwer werden wird, einen Anwärter für ihre Hand zu finden. Es könnte sich allerdings als schwierig erweisen, jemanden zu finden, der wirklich zu Elizabeth paßt. Ich möchte gern erfahren, wie Ihr in diesem Zusammenhang vorgeht und was Ihr vorschlagt, wann Elizabeth nach London kommen soll.
Mit meinen besten Wünschen, Euer Freund
Nicholas Warring, Graf von Ravenworth

So würde er ihn lassen, dachte Nick, indem er den Brief noch einmal durchlas. Ganz zufrieden damit war er nicht. Er hoffte, Sydney würde zwischen den Zeilen lesen und besonders sorgfältig vorgehen bei seiner Suche nach einem potentiellen Ehemann. Außerdem war es angesichts von Bascombs Besessenheit sinnvoll, den Verlauf der Dinge etwas zu beschleunigen.

Er streute Sand auf das Papier, wartete, bis die Tinte trocken war und versiegelte den Brief, um ihn heute noch abzuschicken. Vielleicht würde er sie dann endlich vergessen können.

Denn was immer er sonst versucht hatte, war sinnlos gewesen.

Elizabeth saß auf der polierten Holzbank in der Kapelle von Ravenworth Hall. Ein vielfarbiges Glasfenster, eine Szene aus der Kreuzigung, tauchte den Raum in geheimnisvolles Licht. Anfangs war es hier staubig und muffig gewesen, was Elizabeth nicht weiter verwunderte, angesichts des Rufs des Hausbesitzers. Doch in der zweiten Woche hatte sie die Kirche sauber und aufgeräumt vorgefunden. Der Graf hatte wohl gewußt, daß sie nicht zur Kirche nach Sevenoaks gehen konnte.

Die Geste hatte sie verwundert, doch endgültig erstaunt war sie erst, als sie erfahren hatte, daß die Kapelle deshalb nicht mehr benutzt wurde, weil der Graf Geld gespendet hatte, um eine neue Dorfkirche zu bauen. Dorthin gingen seine Bediensteten und kamen die Leute aus der Umgebung bis herüber von Tonbridge. Es gefiel ihr, daß es den Anschein hatte, als könnte der »Verruchte Graf« vielleicht doch noch zu retten sein.

Seit ihrem ersten Besuch hier hatte sie Trost in der kleinen Kirche gefunden. Jetzt saß sie da und dachte mal wieder über den Grafen nach, vermißte seine Gegenwart in einer Weise, die sie nicht erwartet hatte, denn er war seit dem Vorfall immer unterwegs. Mercy hatte besorgt den Kopf geschüttelt, weil der Graf sich offensichtlich extrem anstrengte.

»Er arbeitet Tag und Nacht durch, die ganze Woche schon. Und die Kerle, die ihn ausgenutzt ham, hat er einfach rausgeworfen. Aber jetzt scheint er sich zu Tode schuften zu wollen.«

Elizabeth fühlte sich seltsam schuldig. Sie wußte, daß er sich dafür bestrafte, was in jener Nacht geschehen war. Sie wußte, daß er seine Freunde des Hauses verwiesen hatte und andere Leute Briefe mit ähnlichem Inhalt bekommen hatten. Selbst mit Miriam Beechcroft hatte er Schluß gemacht.

Ihr Schuldgefühl machte warmer Hoffnung Platz. Er hatte sie verletzt, aber nicht absichtlich, und er schien sich die größte Mühe zu geben, das wiedergutzumachen. Er hatte einen Fehler begangen, aber niemand war ohne Fehl. Und sie konnte es langsam kaum noch ertragen, ihn weiter leiden zu sehen. Nach sieben Jahren Verbannung hatte er genug gelitten.

Sie faltete die Hände, beugte den Kopf und flüsterte ein leises Gebet für guten Rat und Führung. Sie hatte Nicholas Warring gern, was immer seine Sünden gewesen sein mochten, und aus irgendeinem unerklärbaren Grund glaubte sie immer noch an ihn. Das erklärte sie Gott, und im weichen Licht der Kirche senkte sich die Antwort auf ihre Gebete tief in ihr Inneres.

Elizabeth lächelte zum erstenmal seit ihrem schicksalhaften Ausflug in den Rosa Salon und ging zurück zum Haus.

Es war schon Mitternacht, als Elizabeth an die Tür von Nicholas' Arbeitszimmer klopfte. Er saß hinter dem Schreibtisch, vor sich einen Stapel Papiere. Als er aufsah, bemerkte Elizabeth erschreckt den Ausdruck von Erschöpfung und die dunklen Ringe um seine silberblauen Augen.

»Elizabeth …« Er stand auf. »Es überrascht mich, Euch so spät noch zu sehen. Ich hätte gedacht, Ihr schlaft schon.«

»Ich hatte auf Euch gewartet, weil ich gern mit Euch sprechen würde.«

Seine hohe Gestalt schien sich zu spannen, ein Muskel in seiner Wange zuckte. »Dann setzt Euch bitte«, sagte er förmlich. »Was braucht Ihr denn?«

Elizabeth strich ihren Rock glatt und kämpfte gegen ihre plötzliche Nervosität an. »Ich brauche nichts, Mylord. Das ist nicht der Grund, warum ich gekommen bin. Ich habe mir nur Sorgen um Euch gemacht.«

Die Feder in seiner Hand drückte sich fest aufs Papier

und hinterließ einen dunkelblauen Fleck. »Sorgen? Warum solltet Ihr Euch Sorgen um mich machen?«

»Ihr arbeitet zu hart, und ich habe gehört, daß Ihr nicht schlaft. Der Koch sagte auch, daß Ihr nicht richtig eßt. Ich bin gekommen, um sicherzugehen, daß Ihr von jetzt an besser auf Euer Wohlergehen achtet.«

Er stellte die Feder ins Tintenfaß zurück. »Warum? Warum macht Ihr Euch Gedanken darüber, was ich tue?«

Elizabeth erkannte in seinen Augen einen Ausdruck, den sie nicht anders als Verzweiflung nennen konnte. Eine schmerzliche Enge entstand in ihrer Burst. »Ich denke, Mylord, daß es meine Pflicht als Euer Mündel ist, mich um Euch zu kümmern, genau wie Ihr Euch um mich gekümmert habt.«

Die Linien um seinen Mund wurden schmal, so daß seine Züge hart wirkten. »Ich habe meine Aufgabe nicht sehr gut erfüllt, Elizabeth, wie wir beide wissen.«

»Diese Aufgabe ist neu für Euch, da ist es nicht weiter verwunderlich, wenn Ihr auch gelegentlich Fehler macht.«

Sein beunruhigter Blick wanderte suchend über ihr Gesicht. »Das war mehr als ein Fehler. Mein Verhalten war unverzeihlich.«

Elizabeth lächelte. »Nichts ist unverzeihlich, Mylord. Nicht wenn derjenige sein Verhalten wirklich bereut.«

Sein Ausdruck änderte sich leicht. Sein suchender Blick blieb auf ihr Gesicht geheftet. »Wollt Ihr damit sagen, daß Ihr Euch entschlossen habt, meine Entschuldigung anzunehmen?«

»Ja, Mylord. Ich glaube, sie war ernst gemeint und kam von Herzen.«

Seine Unsicherheit verschwand zögernd. »So war es allerdings.«

»Dann wollen wir die Sache begraben. Ich gehe hinauf in mein Zimmer und hoffe, daß Ihr heute nacht schlafen werdet. Und vielleicht, Mylord, nehmt Ihr Euch auch die Zeit, etwas zu essen.«

Ein weicher Schimmer trat in seine Augen, ein leichtes Lächeln spielte um seine Lippen. »Ihr habt einmal Nicholas zu mir gesagt. Das hat mir sehr gefallen. Könnten wir vielleicht von jetzt an auf etwas persönlichere Art miteinander sprechen und Du sagen?«

Elizabeth lächelte. »Ja, ich denke schon. Also gute Nacht... Nicholas. Vielleicht sehen wir uns dann zum Frühstück morgen früh?«

»Das ist eine gute Idee. Gute Nacht, Elizabeth. Und danke, daß du gekommen bist.«

Sie ließ ihn an seinem Schreibtisch zurück, spürte jedoch seinen Blick, bis sie hinausgegangen war. Ein warmes Gefühl breitete sich in ihrem Innern aus, und sie war sicher, das Richtige getan zu haben. Natürlich würde sich das erst mit der Zeit erweisen. Elizabeth achtete nicht auf die innere Stimme, die ihr zuraunte, wenn sie sich wieder täuschte, würde sie diesmal noch mehr verletzt werden als zuvor.

Nick wanderte über den breiten Kiesweg vom Stall zum Garten. Drei Tage waren vergangen, seit Elizabeth ihn im Arbeitszimmer besucht hatte. Seitdem war eine entspannte Kameradschaft zwischen ihnen entstanden. Er wußte, daß es gefährlich war, Zeit mit ihr zu verbringen, doch er genoß ihre Gesellschaft viel mehr, als er sich vorgestellt hatte, und er sagte sich, daß er ein wenig Vergnügen verdient hatte, so wie jeder andere Mensch auch.

Sein Begehren war allerdings völlig unverändert. Doch er war ja kein Tier, das sich nur von primitiven Instinkten leiten ließ. Er konnte sich beherrschen, sein brennendes Verlangen zügeln. Außerdem hatte er eine Antwort von Sydney Birdsall bekommen und in weniger als zwei Wochen würde Elizabeth ihre eigenen Wege gehen.

Jetzt entdeckte er sie im Garten, wo sie in der Nähe eines der Vogelfutterplätze saß, die überall in den Bäumen aufgehängt worden waren. Sie betrachtete einen olivgrünen Vogel mit gelbgrünem Hinterteil und gelbem Schwanz.

Er stand im Schatten, bis der Vogel weggeflogen war, dann ging er hinüber zu der Stelle, wo sie zwischenzeitlich unter einer hohen Zypresse stand.

Nick lächelte, spürte jene seltsame Enge in der Brust, die ihn überkam, wann immer sie ihn ansah. »Also gut, laß mich nicht so lange warten – was war das für ein Vogel?«

Sie lachte, süß und ungehemmt. »Ein Grünfink. Hübsches Tier, nicht wahr?«

»Sehr hübsch.« Doch er fand, daß sie die Hübsche war, mit ihrem feurig-dunklen Haar und dem rosaweiß gestreiften Kleid mit den Puffärmeln, in dem sie so jung aussah.

»Du bist heute schon früh zurück«, staunte sie.

»Ich war gar nicht fort. Eine der Zuchtstuten hat heute nacht gefohlt. Ich dachte, du möchtest dir vielleicht gern das neue Fohlen ansehen.«

Elizabeth lachte entzückt.»Ja, natürlich, gern.«

Er bot ihr den Arm an, und sie gingen zusammen zum Stall zu einer der hinteren Boxen.

Die Stute wieherte, als sie sich näherten. Sie war eine vollblütige, große Braune, die er mit seinem schwarzen arabischen Hengst gepaart hatte. Das Fohlen war schwarz wie sein Vater.

»Ein Fohlen von Akbar?«

Er nickte und stellte einen Stiefel auf den unteren Holmen der Box. »Ich habe ihn Prinz genannt, denn sein Vater ist zweifellos ein König.«

»Ich glaube, Prinz wird seinen Vater noch übertreffen.« Sie betrachtete den weißen Stern auf der Stirn des Fohlens. »Akbar hat sich selbst übertroffen.«

Er lächelte, erfreut, daß sie genau wie er selbst dem Fohlen ansah, daß es das Zeug zu einem Champion hatte. Sie sahen noch eine Weile dem Fohlen zu, das letztlich unter dem Bauch seiner Mutter verschwand, um nach Milch zu suchen. Sie gingen hinüber zu Sashas Box, und Nicholas gab Elizabeth ein Stück Zucker, das sie der grauen Stute fütterte.

Sie schwiegen. Er war verblüfft, wie sehr ihn sogar solche Momente mit ihr erfreuten, in denen keine Worte gewechselt wurden. Sie schlenderten weiter zu einer Box, und er spürte ihren Blick auf sich gerichtet, ihren Versuch, ihn zu verstehen.

»Ich würde dich gern etwas fragen«, sagte sie schließlich. »Wenn du nicht darüber sprechen möchtest, würde ich das verstehen.«

»Wir sind Freunde, Elizabeth. Was immer du wissen möchtest, werde ich dir gern erzählen.«

»Ich weiß, daß das Thema dir unangenehm ist.« Sie sah auf den Boden, dann wieder in sein Gesicht. »Ich möchte gern wissen, warum du Stephen Hampton getötet hast.«

Er verkrampfte sich, als er daran zurückdachte, wie kläglich er damals versagt hatte, als es darum gegangen war, seine Schwester zu beschützen. »Es ist Jahre her, daß ich von dem Mord gesprochen habe. Mir macht es nichts mehr aus, doch ich muß an Maggie denken.«

»Maggie? Meinst du deine Schwester?«

»Ja. Margaret ist der Grund, warum ich Stephen Hampton umgebracht habe.« Er wandte den dunklen Blick ab. »Und da ich weiß, wie sehr er sie verletzte, würde ich es jederzeit wieder tun.«

Elizabeth schwieg, doch er spürte den leichten Druck ihrer Hand auf seinem Arm.

Er holte tief Atem. »Sie war erst sechzehn, als sie Stephen begegnet ist, ich war zwanzig und hätte eigentlich klüger sein müssen.« Er schüttelte den Kopf. »Ich hätte sie vor einem solchen Mann beschützen sollen, aber irgendwie bemerkte ich die Gefahr nicht, bevor es zu spät war.«

»Damals war dein Vater noch am Leben. Das wäre doch eher seine Aufgabe gewesen als deine. Offensichtlich hatte er auch nichts geahnt.«

Nick seufzte müde. »Keiner von uns hatte etwas geahnt. Hampton war so alt wie ich, wir waren uns nicht wirklich nah, aber doch so eine Art Freunde. Ich war so dumm zu glauben, daß er meinetwegen zu uns kam. Doch eigentlich interessierte er sich für Maggie.«

Er hob einen Strohhalm auf und strich ihn flach. »Sie hat sich in ihn verliebt – ich habe nie verstanden, warum. Nicht, daß er nicht gut ausgesehen hätte – und charmant sein konnte er auch. Aber er war gleichzeitig rücksichtslos und selbstsüchtig. Er war verheiratet, hatte eine ganze Reihe von Geliebten und wollte Maggie trotzdem. Ich weiß nicht, was er gesagt und wie er sie verführt hat, doch er hat es getan.«

»Deine Schwester war jung und beeindruckbar. Das könnte doch jedem jungen Mädchen passieren. Ist sie deswegen ins Kloster gegangen?«

»Teilweise. Der Hauptgrund war der Skandal. Danach habe ich jahrelang gehofft, sie umstimmen zu können, doch sie wollte dort bleiben. Sie hätte ein anderes Leben verdient. Mein Gott, ich wünschte, ich hätte sie überreden können.«

»Vielleicht ist sie glücklich dort. Nach allem, was geschehen ist –«

»Das ist es ja genau. Es hätte nie geschehen dürfen, was zwischen ihr und Hampton geschehen ist.« Sein alter Ärger kam wieder hoch, dazu der alte Schmerz.

»Und deswegen hast du ihn getötet?«

Nick zerriß den Strohhalm und ließ die beiden Teile fallen. »Nein. Ich habe ihn getötet, weil er Maggie, als sie ihm sagte, daß sie schwanger war, so heftig geschlagen hat, daß sie das Kind verlor. Ich habe ihn genauso behandelt wie er sie. Und bei dem Kampf kam er ums Leben.«

»Du hast ihn erschossen?«

»Ja.«

Sie betrachtete die Versteinerung in seinen Zügen. »Da ist noch etwas, das du nicht erzählt hast.«

Sie war aufmerksam, das mußte er ihr lassen. Birdsall hatte zweifellos recht damit, daß er sie für intelligent hielt. »Ich wollte ihn erschießen, also ist es vielleicht nicht wichtig. Aber in Wahrheit hat Stephen eine Duellpistole am Kamin gegriffen. Deshalb zog ich sofort meine Waffe und erschoß ihn in Notwehr. Doch das hat mir keiner geglaubt – dafür hat sein Bruder gesorgt.«

Elizabeth verstummte und sagte schließlich: »Ich glaube dir. Und ich bin froh, daß es Notwehr war.«

Nick wandte den Blick ab. »Ich hätte ihn auf jeden Fall getötet. Deswegen bin ich hingegangen.«

Elizabeth schüttelte den Kopf. »Das glaube ich nicht. Ich glaube nicht, daß du ein Mensch bist, der einen Unbewaffneten erschießen könnte.«

Der Knoten der Anspannung in seinem Innern begann sich zu lösen. Vielleicht hätte er es nicht getan. Diese Frage hatte er sich schon tausendmal gestellt. Er hätte ihn zum Duell gefordert – da gab es keine Frage. Und am Schluß wäre Hampton in jedem Falle tot gewesen.

Doch da gab es einen Unterschied, den auch Elizabeth zu sehen schien.

»Aber bitte meine Liebe, worüber grübelst du nur, daß du so ernst dreinschaust?« Tante Sophie saß ihr gegenüber in ihrem Salon über einem Stapel verknüllten Papiers, riß die beschriebenen Stücke ab und legte die unbeschriebenen sorgfältig zur Seite, weil sie sie offensichtlich behalten wollte.

Elizabeth unterdrückte ein Lächeln. Ihre Tante war vielleicht exzentrisch, aber trotzdem eine der warmherzigsten Frauen, die ihr je begegnet waren. »Ich dachte gerade an Lord Ravenworth. Ich glaube nicht, daß er so ein wüster Kerl ist, wie er immer von anderen dargestellt wird.«

»Natürlich ist er das nicht«, sagte Tante Sophie energisch. »Und sein Vater und seine Mutter waren wirklich gute Leute. Und seine jüngere Schwester Margaret ist eine ganz reizende Frau. Ich glaube, er verhält sich so, weil die Leute erwarten, daß er sich so verhält. Insgeheim lacht er sie aus. Das glaube ich wenigstens.«

Tante Sophie riß ein besonders großes Stück Papier ab. »Wissen kann ich es natürlich nicht. Ich weiß nur, daß er für uns ein Geschenk Gottes war und daß er uns vor diesem schrecklichen Lord Bascomb beschützt hat. Wir beide werden ihm für immer zu Dank verpflichtet sein.«

Elizabeth stimmte ihr da völlig zu. Sie dachte erneut an den Tag, als er ihr seine schreckliche Last anvertraut hatte. Und er sagte ihr die Wahrheit, da war sie ganz sicher.

Während ihre Tante ihre neugewonnenen Papierstücke in ihr Zimmer trug, tauchte vor Elizabeths innerem Auge das Bild von Nicholas auf, wie er im Stall gestanden hatte, den einen gestiefelten Fuß auf den Holmen der Box gestellt, stolz auf das Fohlen, als wäre er selbst der Vater gewesen. Er hatte sie nur einmal geküßt, und doch erinnerte sie sich genau an seine Berührung, jeden Atemzug, das feste Gefühl seiner Muskeln unter dem Hemd.

Mein Gott, sie war drauf und dran, sich endgültig in ihn zu verlieben. Er zog sie mit sich wie ein Sturm das Blatt.

Das durfte sie nicht zulassen. Der Mann war verheiratet, um Himmels willen – für ewig außerhalb ihrer Reichweite. Sie muße vorsichtiger sein. Dann dachte sie wieder an die Einsamkeit in Nicholas' Gesichtsausdruck, wann immer sie ihn ansah, und fragte sich, ob es wirklich so falsch sein würde, ihn zu lieben.

Charlie Barker stand im Dunkeln an der Wand des Hauses. Nicht weit von ihm huschte einer der neuen Männer, die Bascomb angeheuert hatte, vorüber. Charlie hörte einen dumpfen Schlag und dann, wie ein schwerer Körper zu Boden rutschte. Zwei weitere von Bascombs Leuten waren unterwegs und schalteten die anderen Wachen aus, die Ravenworth ums Haus aufgestellt hatte.

»Alles klar?« flüsterte er Nathan zu, der am Fuß einer Leiter stand, die er aus der Schmiede mitgenommen hatte.

»Ich schätz' schon.«

Charlie ging als erster einhändig hinauf, den anderen Arm immer noch in der Schlinge, bis zum Fensterbrett am Zimmer der Woolcot. Sie kannten das Haus genau, denn ihr Informant, einer von Ravenworth' vertrauten Bediensteten, hatte sich wirklich Mühe gegeben. Bascomb, oder genauer gesagt sein Geld, hatte sich durchgesetzt.

Charlie grinste zufrieden. Ravenworth würde es sicher nicht begeisternd finden, wenn er erfuhr, daß er einen Spion in seinen Reihen hatte.

Das Fenster öffnete sich mit leichtem Knirschen. Auch das hatte ihr Spion exakt mitgeteilt – es würde kein Problem sein, ins Zimmer zu kommen. Charlie stieg über das Fensterbrett und winkte Nathan, ihm zu folgen. Das Mädchen schlief, in ein ordentliches weißes Nachthemd gekleidet, zusammengerollt in der Mitte des großen Bettes, einen langen Zopf von rotbraunem Haar über eine Schulter gelegt.

Die beiden näherten sich von zwei Seiten dem Bett, und so ungern er es auch tat: Als das Mädchen ihre Gegenwart spürte und die Augen öffnete, holte Charlie mit seinem gesunden Arm aus und versetzte ihr einen Schlag gegen das Kinn. Sie gab nur noch ein kleines Wimmern von sich und sank zurück in die Kissen wie eine Stoffpuppe.

Nathan stopfte ihr schnell ein Taschentuch in den Mund und band es hinter ihrem Kopf fest.

»Wir können sie doch in die kostbare Seidendecke wickeln«, schlug er vor.

Charlie betrachtete die pflaumenfarbene Überdecke am Fuß des Bettes. »Gute Idee.«

Sie legten das Mädchen vorsichtig auf die Decke und rollten sie ordentlich zu einer Rolle zusammen, so daß sie Arme und Beine kaum noch würde bewegen können.

»Also los«, sagte Charlie. »Nichts wie raus hier.«

Nathan schaute kurz aus dem Fenster. »Alles klar.«

Mit vereinten Kräften legten sie Charlie das Mädchen über die gesunde Schulter, und da sie kaum Gewicht hatte, war er schnell mit ihr die Leiter hinunter. Bascombs Männer warteten bei den Pferden, bis Nathan aufgesessen und das Mädchen vor Charlie über den Sattel gelegt war, dann ritten sie davon.

Ein paar Meilen weiter teilten sie sich an einer Kreuzung, die schlagkräftige Hilfstruppe in die eine, Charlie und Nathan in die andere Richtung. Offensichtlich war es ihnen gelungen, alle auszuschalten, die Schwierigkeiten hätten machen können, und Charlie schauderte leicht.

Er hoffte, bei Gott, daß sie sie nicht einfach umgebracht hatten.

8

Das rosa Licht der Morgenröte kletterte über den Horizont, als Nick zum Stall hinüberging. Das Blut brauste in seinen Ohren, sein Gesicht war finster. Mein Gott, er konnte es kaum glauben. Einer der Männer war immer noch bewußtlos, fünf andere hatten verschiedene Verletzungen zwischen Gehirnerschütterungen und Knochenbrüchen.

»Die Mistkerle haben gewußt, was sie tun«, sagte Elias, der mit langen Schritten neben Nick herging. »Vielleicht Soldaten, da gibt's zur Zeit wegen des Krieges 'ne Menge von. Ich schätze, viere waren draußen und zwei sind reingekommen.«

»Wieviel Vorsprung mögen sie wohl haben?« Nicks Stimme klang rauh. Er konnte immer noch nicht glauben, daß Bascomb tatsächlich Erfolg gehabt hatte.

»Die Männer sagen, es muß so um Mitternacht gewesen sein. Also ham sie uns ungefähr fünf Stunden voraus.« Die armen Kerle hatten wie Tiere zusammengebunden und geknebelt gelegen, bis einer der Gärtner sie fand und Alarm schlug.

»Wir find'n sie schon, keine Sorge, Nick.«

»Ich mache mir aber große Sorgen, verdammt. Und ich schwöre, wenn der Hundesohn Hand an sie gelegt hat, ist er bald so tot wie sein nichtsnutziger Bruder.«

»Ruhig, Junge. Wir holen sie ein, noch bevor sie in West Clandon sind.«

»Na dann...« Doch die Sorge um Elizabeth, allein mit sechs zu allem entschlossenen Gaunern, blieb. Sie war jung und schön. Und er wußte besser als jeder andere, was für ein Ansporn gierige Lust sein konnte.

Nick schwang sich in den Sattel, Elias, Silas und Theo begleiteten ihn. Auch ein paar andere hatten sich freiwillig gemeldet, doch Nick hatte dankend abgelehnt. Er wollte möglichst beweglich bleiben und nahm sogar Silas und Theo nur zögernd mit.

Die ersten Meilen ritten sie hart, blieben nur manchmal stehen, um die Spur genau zu prüfen. Sie übersahen beinah den Punkt, an dem sich die Entführer geteilt hatten. »Vier Pferde Richtung Westen, zwei nach Norden«, stellte Elias fest.

»Und wo kann das Mädchen dabei sein?« fragte Nick, gab sich die Antwort allerdings schon selbst. Zweimal hatte es schon einen Entführungsversuch durch zwei Männer gegeben. Bascomb war wild darauf, Elizabeth in sein Bett zu bekommen. Er würde also sichergehen wollen, daß sie ihn als Jungfrau erreichte. Deswegen würde er sie den beiden Männern mitgeben, die er eher im Griff hatte.

»Schwer zu sagen«, meinte Elias. »Wir teilen uns besser auch.«

Nick hörte ihn kaum. »Ihr drei folgt denen nach Westen, ich den beiden nach Norden. Wenn ihr die Männer einholt, und sie das Mädchen nicht haben, laßt sie laufen. Ihr sollt Euch nicht unnötig in Gefahr bringen.«

»Und Ihr?«

»Ich habe so ein Gefühl, daß ich mit den beiden fertig werde. Wenn ich in drei Tagen noch nicht wieder zurück bin, folgt mir zu Bascombs Landhaus nach West Clandon. Und dann wird Bascomb entweder tot sein… oder ich.« Die Männer winkten ihm nach, als er davongaloppierte.

Es war ein langer, anstrengender Tag. Dichte Wolken legten sich über das Land, und es begann leicht zu regnen. Zuerst waren die Spuren noch gut erkennbar, denn die Männer schienen sich völlig sicher zu sein, daß ihr Vorsprung ausreichte, um unbehelligt nach Parkland zu kommen.

Bei einer Kreuzung verschwanden die Spuren unter anderen, und Nick brauchte fast eine halbe Stunde, bis er sich entschloß, einem schmalen, wenig benutzten Weg zu folgen, der ziemlich zugewachsen war.

Bis zum Ende des Tages war schon so viel Regen gefallen, daß die Spuren undeutlich wurden. Doch er kannte sich in dieser Gegend aus und war sicher, daß er den richtigen Weg eingeschlagen hatte.

Es wurde Nacht. Er hoffte, die Männer würden ein Lager aufschlagen.

Nick ließ den Hengst im Schritt gehen, damit er sich ausruhen konnte, dann galoppierte er wieder weiter. Er würde nicht halt machen. Nicht, bis er Elizabeth zurück hatte.

Elizabeth konnte sich nicht daran erinnern, daß sie je so viel Angst gehabt hatte. Jeder Muskel in ihrem Körper war angespannt, alle Knochen taten ihr weh. Stundenlang hatte sie über einem Sattel gelegen, konnte Arme und Beine nicht bewegen und würgte immer wieder wegen des Knebels in ihrem Mund. Sie hatte das Gefühl, am Rand der Panik zu sein, als die Männer schließlich nachgaben. Am Ende einer Schnur, an das sie gebunden war, hatte sie hinter einem Busch verschwinden und dann sogar aufrecht vor dem massiven Mann mit dem roten Bart reiten dürfen.

Elizabeth erinnerte sich an die beiden Männer, die schon einmal versucht hatten, sie zu entführen. Nicholas hatte sie gerettet. Sie fragte sich, wo der Graf jetzt wohl sein mochte und ob er ihnen folgte. Sie sah zu den beiden Männern am anderen Ende der Lichtung hinüber. Sie waren bis spät in die Nacht geritten, und obwohl ihr halbbekleideter Zustand ihr anfangs peinlich gewesen war, schien Bascomb seinen Männern ganz klargemacht zu haben, daß sie sie nicht belästigen durften. Jetzt saßen die beiden auf einem Baumstamm und kauten ein Stück Brot und ein Stück getrockneten Hering. Sie hatten Elizabeth auch etwas angeboten, doch ihr Magen weigerte sich, so hungrig sie auch sein mochte, Nahrung aufzunehmen.

Elizabeth schauderte, obwohl sie nicht wirklich fror. Sie hatten sie an einen Baumstamm gebunden und dann die Steppdecke über sie gelegt, so daß sie ganz darunter verschwand. Sie lagerten in einem Wäldchen mit Sicherheitsabstand vom Pfad und hatten kein Feuer gemacht. Die Pferde waren etwas abseits angebunden, und die Männer hielten abwechselnd Wache.

Sosehr sie sich auch bemühte, Elizabeth konnte nicht schlafen. Ihre Gedanken schossen ständig zu dem Tag zurück, als Oliver Hampton sie im Arbeitszimmer ihres Vaters bedrängt hatte. Beinah wäre es ihm gelungen, sie zu vergewaltigen, obwohl sie ziemlich sicher war, daß er die Sache nicht so gesehen hätte. Es war eine einfache Verführung gewesen, hätte er behauptet. Damals hatte er sie mit seinem ganzen Körper aufs Sofa gedrückt, ihren Mund mit schlabbrigen, nassen Küssen bedeckt und mit seinen feuchten Händen unter ihrem Rock ihre Beine hinaufgegrapscht.

Als sie jetzt daran dachte, drehte sich ihr wieder der Magen um.

Diesmal würde er sie zwingen. Er würde nicht warten und riskieren, daß sie ihm wieder entkam. Er würde sie nehmen, sie kompromittieren und dann zwingen, ihn zu heiraten.

Wenn nicht bis morgen ein Wunder geschah, würde sie die Gräfin von Bascomb werden. Eine andere Frau würde das vielleicht als Wirklichkeit gewordener Traum betrachten.

Elizabeth erschien es wie ein furchtbarer Alptraum.

Sie machten sich vor Morgengrauen wieder auf den Weg, Elizabeth immer noch im Nachthemd, ihre Beine wund, wo sie nackt an dem rauhen Sattel rieben. Ihr Haar hatte sich gelöst, und da ihre Hände gefesselt waren, hatte sie es nicht wieder flechten können.

Um die Mittagszeit machten sie eine kurze Pause, um zu essen und die Pferde zu tränken. Elizabeth aß einen Apfel und ein Stückchen Käse, doch das verstärkte ihre Übelkeit nur. Das Kinn tat ihr weh, wo der Bärtige ihr den Schlag versetzt hatte, und an ihrem Spiegelbild im Bach sah sie eine häßliche bläuliche Schwellung.

»Zeit zum Aufbruch«, sagte der Dünne, der Nathan hieß. Er sah sie an und grinste. »Wir wollen doch nich', daß Seine Lordschaft unnötich lange auf seine Braut wart'n muß.«

»Ich bin nicht seine Braut«, knirschte Elizabeth. »Ihr brecht das Gesetz. Wenn Ihr klug seid, laßt Ihr mich frei, bevor ich dafür sorge, daß Ihr eingesperrt werdet.«

Die beiden brachen in Gelächter aus, klatschten sich auf die Schenkel und schnaubten vergnügt.

»Wenn du klug bist, du dusseliges Weibsstück, dann hältst du deine scharfe Zunge zurück – besonders dann, wenn du mit deinem neuen Mann im Bett bist.«

Ein Zweig knackte. Alle drei Köpfe wandten sich mit einem Ruck dem Mann zu, der jetzt auf die Lichtung trat. »Ich glaube, die Dame hat recht«, bestätigte Nicholas mit stählernem Ton. »Ihr beide benehmt euch ungesetzlich. Wenn ihr klug seid – und weiterleben wollt –, werdet ihr jetzt ganz still stehen und keine plötzlichen Bewegungen machen.« Er entsicherte die Pistolen, die er in beiden Händen hielt, genau auf die Herzen der beiden Männer gerichtet.

Mein Gott, Nicholas war gekommen. Ihr Puls raste plötzlich und dröhnte in ihren Ohren. Wo kam er her? Wie hatte er sie nur gefunden?

»Verdammte Scheiße«, sagte Nathan.

Charlie hob langsam seinen gesunden Arm, spuckte dabei aber angeekelt auf den Boden.

»Du –«, Nicholas zeigte auf den linken der beiden, »binde das Mädchen los, aber ganz vorsichtig.«

Sie zitterte, als Nathan zögernd die Steppdecke beiseite schob und mit unsicherer Hand ihre Fesseln löste. Dann trat er zurück.

»Gut«, sagte Nicholas. »Und jetzt bring ein Stück von dem Seil her, und fessele deinen Freund.«

Der Rotbärtige fluchte breit, bewegte sich aber nicht. Nathan tat, wie ihm geheißen worden war, und band Charlie Hände und Füße zusammen.

Nicholas hatte sie selbst noch nicht angesehen. Jetzt betrachtete er sie kurz, wie sie barfuß und in weißem Nachthemd, mit wirrem Haar und einer lila Beule am Kinn dastand.

Seine dichten Augenbrauen zogen sich zusammen. »Geht's dir gut?«

»Ja… ja, ich – ich bin unverletzt. Etwas angeschlagen, aber sonst in Ordnung.«

»Komm her«, sagte er sanft.

Sie ging zu ihm hinüber, blieb neben ihm stehen und war überrascht, als er schützend einen Arm um ihre Taille legte. Er hielt sie fest, drückte sie kurz an sich, betrachtete die Schwellung an ihrem Kinn mit finsterem Blick.

»Glaubst du, du kannst den anderen fesseln?«

Elizabeth nickte. »Ja, ich denke schon.« Sie holte das andere Stück Seil vom Baum und ging vorsichtig mit ihren bloßen Füßen wieder über die Lichtung. Sobald sie den Mann gefesselt hatte, schob Nicholas die Pistolen in seinen Hosenbund. Er überprüfte die Knoten bei beiden Männern, zog sie etwas strammer, wandte sich dann ihr zu und hob sie kommentarlos hoch.

»Es tut mir leid, daß das geschehen ist. Ich wünschte, ich hätte es verhindern können.«

Sie umklammerte seinen Hals und genoß das Gefühl der Sicherheit, das in ihr aufwallte. »Du hast es doch versucht. Du hast jedesmal dein Bestes getan.«

Er setzte sie seitlich auf seinen Sattel, ging zurück zum Baum, um die Seidendecke zu holen, und wickelte sie behutsam hinein. Dann schwang er sich in den Sattel hinter ihr.

»Bist du sicher, daß es dir gutgeht? Sie haben dich nicht … belästigt?«

Sie schüttelte den Kopf. »Nein, ich glaube, sie hatten Angst vor Bascomb.«

»Das hatte ich gehofft.« Er ließ den Hengst lostraben, da ertönte ein Ruf hinter ihnen.

»He, Ihr könnt uns doch nicht einfach hierlassen!«

Nicholas' Lächeln war maliziös. »Nur für eine Weile. Ich werde bei erster Gelegenheit ein paar Polizisten zu euch schicken, die euch gern losbinden und ins Gefängnis bringen werden.«

»Moment mal, Herr«, jammerte der Dünne. »Wir haben ihr nix getan und war'n ganz vorsichtig mit ihr.«

Nicholas betrachtete die Schwellung an ihrem Kinn. »Nicht vorsichtig genug, mein Freund, wirklich nicht.«

Der Hengst galoppierte davon, und Elizabeth lehnte sich an Nicholas' Brust. Muskulöse Arme legten sich um sie. Sie konnte spüren, wie sein Herz in seiner sehnigen Brust schlug.

»Danke, daß du gekommen bist«, sagte sie, und sein Griff wurde eine Spur fester.

»Welcher von den beiden hat dich geschlagen?«

Sie sah ihn an. »Warum? Das ist doch unerheblich.«

»Nein, ist es nicht.«

Der rauhe Ton überraschte sie. »Ich habe geschlafen«, log sie. »Ich weiß nicht, welcher es war.« Natürlich war es

Charlie gewesen. Sie würde nie vergessen, wie die große, haarige Faust in ihr Gesicht donnerte. Aber Nicholas hatte auch so schon genug Schwierigkeiten. Wenn er an Charlie Vergeltung übte, würde es nur noch schlimmer werden.

Ein dünnes Lächeln hob seine Lippen. »Tja, dann werde ich sie wohl beide verprügeln müssen.«

Elizabeth drehte sich etwas, um ihn ansehen zu können. »Überlaß das doch der Polizei. Du solltest dir nicht noch mehr Schwierigkeiten machen. Bitte, wenn schon nicht für dich, so tu es wenigstens für mich.«

»Es gibt eine Menge Dinge, die ich für dich tun würde, Süße, aber die beiden davonkommen lassen, das nicht.«

»Aber –«

»Jetzt sei still und ruh dich etwas aus. Wir haben einen langen Ritt vor uns, bis wir haltmachen können.«

Sie befolgte seinen Rat, schloß die Augen und überließ sich dem Rhythmus des großen, schwarzen Pferdes, zufrieden, daß sie in Sicherheit war. Sie schmiegte sich noch enger an Nicholas und spürte die Wärme seines Körpers, die sie umfing. Die Erschöpfung setzte sich durch, und schon bald war sie fest eingeschlafen.

Nicholas strich etliche unordentliche Strähnen flammendunklen Haares hinter Elizabeths Ohren. Sie schlief in seinen Armen, erschöpft von ihrem gräßlichen Erlebnis. Der Anblick der Schwellung an ihrem Kinn ließ jedesmal den Zorn in ihm hochkochen. Als er sie auf der Lichtung angebunden entdeckt hatte, hätte er die Männer zu Brei schlagen wollen. Vielleicht hatte ihn nur die Sorge um Elizabeth von blutrünstigeren Maßnahmen abgehalten.

Er glättete ihr Harr und spürte den ruhigen Rhythmus ihres Atems. Ihre Schultern lagen an seiner Brust, und ihr Hinterteil preßte sich an seine Lenden. So erschöpft er auch sein mochte, er begehrte sie trotzdem.

Er war hart vor Verlangen nach ihr, die Reibung an seiner Hose bewirkte ein ständiges lustvolles Ziehen. Er wußte, daß er sie nicht haben konnte, daß sie in weniger als zwei Wochen aus seinem Leben verschwunden sein würde.

Mein Gott, er würde sie vermissen.

Er hielt sie eng an sich gedrückt, genoß ihren Duft, die nachgiebige Weichheit ihres Körpers. Er konnte sie nicht haben. Elizabeth konnte niemals die Seine werden. Das Beste, was er tun konnte, war, sie gut zu verheiraten, so daß sie vor Oliver Hampton geschützt war.

Bei dem Gedanken versank er in Trostlosigkeit.

Elizabeth wurde wach, als sie Stimmen hört. Sie spürte Nicholas' Hände um ihre Taille, er hob sie sanft vom Pferd, und ihre bloßen Füße berührten den gepflasterten Hof eines Wirtshauses.

Er gab die Zügel des Hengstes einem Stalljungen und trug ihm auf, ihn gut zu versorgen. Dann wandte er sich an sie. »Wir werden die Nacht hier verbringen. Nach ein paar Stunden Schlaf werden wir uns beide besser fühlen. Wenn wir früh aufbrechen, sind wir noch vor Einbruch der Dunkelheit in Ravenworth.«

Elizabeth nickte nur. Natürlich würde sie sich freuen, nach Hause zu kommen. Aber am liebsten würde sie einfach immer so weiterreiten. Sie wartete an der Tür, bis Nicholas die Zimmer besorgt hatte. Sie hatten nur einmal in einem Dorf haltgemacht, damit Nicholas die Polizei verständigen konnte, die die beiden Entführer festnehmen sollte.

Elizabeth zog die Steppdecke fester um ihre Schultern und drückte sich tiefer in die Schatten, in der Hoffnung, daß sie niemand sah. Sie hörte Stimmen aus dem Schankraum, Gelächter. Draußen hatte es wieder begonnen, leicht zu regnen, und die Luft war kühl geworden. Ihre Muskeln schmerzten, und sie war froh, daß sie die Nacht im Wirtshaus verbringen konnten, aber vor allem war sie froh, daß sie so noch mehr Zeit mit dem Grafen verbringen würde.

Es war dumm, das wußte sie. Doch in der Sekunde, als sie ihn auf die Lichtung treten sah, hatte sie gespürt, wie ihr Herz vor Freude schneller schlug. Die Vernunft verpuffte einfach im Nichts. Er war gekommen, um sie zu holen, sie hatte gewußt, daß er das tun würde, und dieses Wissen legte sich um sie wie die letzten goldenen Fäden des Netzes, das sie gefangenhielt.

Es war sinnlos, es zu leugnen – sie hatte sich in Nicholas Warring verliebt. Verzweifelt, sinnlos, aber bis über beide Ohren, und sie konnte nichts tun, um das zu ändern.

Sie dachte an ihre hoffnungslose Lage, und eine Erinnerung an ihre Mutter, die nun schon sechs Jahre tot war, tauchte in ihr auf. Elizabeth hatte ihr Haar und ihre Figur geerbt, doch das war die einzige Ähnlichkeit. Denn Elizabeth liebte das Leben und versuchte, aus jedem Tag das Beste zu machen, während Isabel nie glücklich gewesen war.

Ihre Ehe mit Henry Woolcot war arrangiert gewesen. Man hatte sie gezwungen, einen Mann zu heiraten, der zwanzig Jahre älter gewesen war als sie. Isabel hatte die Ehe gehaßt. Seit ihrem sechzehnten Lebensjahr hatte sie einen anderen Mann geliebt.

»Es gibt keinen anderen für mich«, hatte sie Elizabeth einmal erzählt. »Ich habe ihn immer geliebt und werde ihn ewig lieben.«

Elizabeth erinnerte sich noch genau an jenen Tag, ein warmer Sommernachmittag am Ufer eines kleinen Baches hinter ihrem Haus.

»Hör auf dein Herz«, hatte ihre Mutter gesagt und mit tränenerfülltem Blick ins Wasser gestarrt. »Heirate aus Liebe. Das Leben ist nicht lebenswert, wenn du es nicht mit dem Mann teilen kannst, den du liebst.«

Das traf wohl für Isabel genauso zu. Sie hatte sich eines kühlen Herbstmorgens selbst das Leben genommen, an dem Tag, als sie herausfand, daß ihr Geliebter, Captain Blackstone bei den fünften Dragonern, im Krieg auf dem Kontinent gefallen war.

Isabel war tot, und nur Elizabeth hatte sie betrauert. Ihr Vater, der sich verraten gefühlt hatte, war nicht lange danach als einsamer, verbitterter Mann gestorben.

Elizabeth seufzte und dachte daran, daß sie, sosehr sie auch dagegen angekämpft hatte, wohl dem Vorbild ihrer Mutter folgen würde. Sie würde heiraten müssen, und zwar bald, und der Mann, den sie heiratete, würde nicht Nicholas Warring sein.

Nick hatte für Zimmer gesorgt und drehte sich zu Elizabeth um, die wie ein verlassenes Kind in der dunkelsten Ecke am Eingang stand. Dieser Hurensohn Bascomb hatte sie mitten in der Nacht aus dem Bett zerren und verschleppen lassen. Verdammt, er haßte den Kerl.

Nick knirschte mit den Zähnen. Wenn es nach ihm ginge, würde der Kerl das gleiche Schicksal erfahren wie sein nichtsnutziger Bruder. Dann wäre Elizabeth in Sicherheit. Aber, wie Sydney Birdsall schon richtig gesagt hatte, Oliver Hampton war nicht zu unterschätzen, und höchstwahrscheinlich waren sogar die Behörden ihm gegenüber machtlos.

Er sah Elizabeth an und zwang sich zu lächeln. Nur nicht daran denken, wie hübsch sie war, selbst mit wirrem Haar und Schmutzflecken im Gesicht.

»Der Wirt hat uns die beiden letzten Zimmer gegeben, die frei waren. Wohl nichts Besonderes, direkt über der Küche, aber warm werden wir es dort haben.« Er sah ihr Lächeln, und sein Herz zog sich zusammen.

»Die Zimmer sind bestimmt in Ordnung.«

Die Küche war in einem anderen Gebäude hinter dem Wirtshaus untergebracht. In ihrem verknautschten, fleckigen Nachthemd, die Steppdecke schief um die Schultern gelegt, ging Elizabeth vor ihm die Treppe hinauf, und er öffnete die Tür.

Die Zimmer waren nichts Besonderes, nur zwei Stühle und ein Tisch vor dem Kamin, ein Bett mit einer klumpigen Spelzenmatratze, doch darauf lag ein dickes Federbett. Saubere Laken bedeckten das Ganze, und zuoberst thronte eine bunte Steppdecke. Offensichtlich hatte es sich gelohnt, dem Wirt etwas mehr zu bezahlen.

»Und morgen suchen wir dir noch ein paar Kleider.« Als sie ihre Steppdecke sinken ließ, folgte sein Blick der pflaumenfarbenen Seide über Elizabeths Brüste abwärts. Klar abgezeichnet unter dem dünnen weißen Stoff zeigten zwei perfekt gerundete Hügel aufwärts. Die weichen Spitzen waren als schattierte Kreise unter dem Tuch zu erkennen.

Ihm wurde die Kehle trocken, und er wandte mühsam den Blick ab.

»Ich bin es wirklich absolut leid, im Nachthemd durch die Lande zu streifen«, sagte sie, »und werde dir dankbar sein für was immer du auch findest.«

Er nickte. Der unwillkommene Gedanke tauchte auf, daß ihm nichts lieber wäre, als sie ohne jedes Kleidungsstück, einfach nackt, in seinem Bett zu sehen.

Er verdrängte die verbotenen Bilder. Es klopfte leise, und er war froh um die Ablenkung. »Ich habe Badewasser bestellt«, sagte er über die Schulter. »Das wird es wohl sein.« Er öffnete vier Jungen die Tür, die mit zwei dampfenden Badezubern hereinkamen. Den ersten stellten sie im vorderen, den zweiten im hinteren der beiden durch eine Tür verbundenen Zimmer ab.

Nick schaute voll Unbehagen auf die Verbindungstür.

»Es tut mir leid, daß du nicht mehr Privatsphäre haben kannst, aber dies waren die beiden letzten Zimmer.«

Elizabeth schien das nicht zu stören. »Die Zimmer sind ausgezeichnet, Mylord.«

Die Jungen verzogen sich, und Nick warf ihnen vorher noch eine Münze zu. Gleichzeitig erschien eine Küchenmagd mit einem Tablett und einer Mahlzeit darauf: kaltes Rindfleisch und Kartoffeln, eine Scheibe Käse, dunkles Roggenbrot und zwei Portionen Wein. Das Ganze verteilte sie auf die beiden Tische in den Zimmern.

Sie warf Nick ein lüsternes Lächeln zu, als sie mit verführerisch schwingenden Hüften hinausging, doch Nick beachtete sie gar nicht. Er sah nur wieder zu der Tür zwischen den beiden Schlafzimmern. »Es ist ein Schloß daran, du brauchst also keine Angst zu haben.«

Elizabeth drehte sich zu ihm um und lächelte. »Ich habe keine Angst vor dir, Mylord Nicholas, das habe ich doch schon einmal gesagt.«

Nicks Blick pendelte erneut zur Tür, zum Bett und wieder zu ihr. Er betrachtete sie von den wirren Haaren bis hinunter zu den nackten Zehenspitzen, die unter dem Nachthemd herausschauten. Er hätte es ihr am liebsten vom Leib gerissen und ihre vollendeten Brüste gestreichelt, ihre schlanken Füße geküßt.

»Vielleicht hast du recht«, sagte er rauh und haßte sich für seine lüsternen Gedanken. »Im Grunde habe ich die Angst.« Ein letzter eindringlicher Blick, und er wandte sich ab, zurück in das Zimmer, in dem er heute nacht schlafen würde.

Es würde eine lange Nacht werden, das wußte er. Elizabeth war so nah und doch außer seiner Reichweite, wahrscheinlich würde er überhaupt nicht schlafen.

Elizabeth betrachtete seine hochgewachsene, schlanke Gestalt, bemerkte wieder, wie unglaublich gut er aussah, selbst in staubiger Reitkleidung. Er verschwand hinter der Tür, und ihr wurde das Herz plötzlich schwer vor lauter Verlangen nach ihm. In den wenigen kurzen Stunden hatte sie sich daran gewöhnt, daß seine Arme um sie lagen, wie tröstlich sein Herzschlag klang, wie sicher er sie hielt. Sie liebte ihn, vielleicht zu Unrecht, ganz sicher völlig vergeblich.

Sie kannte ihre eigenen Gefühle wohl, aber sie fragte sich – was mochte Nicholas für sie empfinden?

Obwohl ihr Magen knurrte, wandte sie sich erst dem dampfenden Zuber zu und ließ das Nachthemd fallen. Ein sauberes Nachthemd lag neben Bürste und Kamm auf dem Bett. Für diese Aufmerksamkeit war sie sehr dankbar.

Aufmerksam und sorgsam, ja, das war Nicholas ihr gegenüber. Also mochte er sie doch wenigstens etwas.

Sie dachte an seinen brennenden Blick in dem Moment, bevor er das Zimmer verlassen hatte, einen Blick, der sie schier versengte.

Begehren fühlte er auch – das war offensichtlich. Doch diese Sehnsucht, die in seinem Blick lag, bewies, daß da noch viel mehr war.

Elizabeth seufzte, als sie sich ins Wasser setzte, sich von der Wärme umhüllen ließ, und hoffte, daß auch ihre trüben Gedanken fortgespült werden würden. Doch sie dachte nur an Nicholas, seinen festen Körper, seine langen, schmalen und doch kräftigen Hände. Sie erinnerte sich an den Kuß, den sie erlebt hatte, und ein unausweichliches Sehnen wuchs in ihr. Nicholas begehrte sie. Er bestritt es nicht, aber sie wußte, daß er sich ihr nicht aufdrängen würde. Wie Sydney Birdsall gesagt hatte, Nicholas Warring war ein Ehrenmann. Er hatte geschworen, sie zu beschützen, und das würde er tun, was immer es kostete.

Doch was kostete es sie?

Elizabeth lehnte sich in dem kleinen Zuber zurück, so weit

sie konnte. Das warme Wasser tat ihren malträtierten Muskeln gut. In ein paar Wochen würde sie Ravenworth Hall für immer verlassen und nach London gehen, um einen Ehemann zu finden. Sie würde einen Mann heiraten, den sie kaum kannte, während ihr Herz sich nach einem anderen sehnte. Dasselbe Schicksal, das auch die Mutter erlitten hatte.

Zumindest hatte ihre Mutter die Liebe gekannt, dachte sie mit einer Spur von Bitterkeit. Elizabeth hatte nur den einen, flüchtigen Kuß, jenes eine Aufflackern von Leidenschaft, an das sie sich erinnern konnte. Sie würde nie erfahren, wie es war, bei einem Mann zu liegen, den sie begehrte, ihn zu berühren und sich von ihm berühren zu lassen.

Nicht, wenn sie diesen Zustand nicht änderte.

Dieser Gedanke blieb, während sie sich die Haare mit deftiger Schmierseife wusch, es so gut wie möglich ausspülte, aus dem Zuber stieg und sich mit einem dünnen Handtuch abtrocknete.

Sie zog das saubere Nachthemd an und setzte sich auf einen Stuhl vor dem Feuer, um ihr Haar zu trocknen und die Mahlzeit zu essen, die auf dem Tisch stand. Sie trank einen Schluck von dem Wein und horchte nach den Geräuschen, die aus dem anderen Zimmer herüberklangen. Sie hörte, wie Nicholas sich bewegte, mit Geplätscher aus der Wanne stieg und sich abzutrocknen begann. Der Gedanke daran, wie er nackt vor dem Kamin stand, seine glatte dunkle Haut vom zuckenden Feuerschein beleuchtet, bewirkte, daß ihre Brustwarzen unter dem Nachthemd hart wurden.

Sie schloß die Augen und dachte daran, wie sich sein Mund auf dem ihren angefühlt hatte, das Erforschen seiner Zunge, der Druck seines Schenkels, wo er ihre Beine berührte. Minuten vergingen. Eine Viertelstunde, eine halbe Stunde. Es war still im anderen Zimmer. Nicholas war ins Bett gegangen. Sie fragte sich, ob er schon schlafen mochte. Oder ob er wohl an sie dachte, so wie sie an ihn dachte.

Sie fragte sich auch, was er wohl tun würde, wenn sie zu ihm ging, sich ihm anbot, ihn darum bat, mit ihr zu schlafen.

Ihr Herz schlug schneller bei dem Gedanken. Das Verlangen, zu ihm zu gehen, war so überwältigend, daß sie aufstand. Ein paar Minuten stand sie unentschlossen da. Sie wußte, daß die Entscheidung, die sie jetzt traf, ihr Leben verändern würde. Doch die Sehnsucht war stärker, und ihre Füße bewegten sich von ganz alleine, tappten leise zur Tür.

Ihre Finger fanden die Klinke, drückten sie aber noch nicht herunter. Ihr Herz raste, trommelte einen Wirbel, der viel lauter war als der Regen, der ans Fenster zu klopfen begonnen hatte. Was würde sie tun, wenn er sie abwies?

Bei dem Gedanken wurde ihr Mund trocken wie Watte, und ihre Hände begannen zu zittern. Wie würde sie mit einer Ablehnung fertig werden? Doch diese Gelegenheit zur Liebe zu versäumen – vielleicht die einzige, die sie je bekommen würde, erschien ihr entschieden schlimmer.

Ihre zitternde Hand drückte die Klinke, die Tür öffnete sich mit einem leisen Klicken. Eine einzelne Kerze brannte auf dem Nachttischchen, und Wachs tropfte auf das verkratzte Holz darunter. Nicholas war wach. Er saß im Bett, die Brust nackt, die Schultern an das hölzerne Kopfende gelehnt. Er hatte die Steppdecke zurückgeschlagen und das Laken lag über seinen Hüften und bedeckte seinen nackten Unterleib. Einen Moment stand sie nur da und bewunderte den wundervoll männlichen Anblick, den er bot. Ihr Herz schlug flatternd wie ein Vogel im Käfig. Ihr Atem stockte.

Dann traf sie jener silbrige Blick, ein Muskel zuckte an seinem Unterkiefer, und sie mußte sich bemühen, nicht zu ihm zu rennen.

9

Nick starrte die Frau in der offenen Tür an. Langes, dunkles Haar floß bis zu ihrer Taille hinunter, noch feucht vom Baden. Mit dem Feuer im Hintergrund schimmerte es in denselben feurigen Farben wie die Glut im Kamin. Durch das dünne Nachthemd war ihre Gestalt im Schattenriß zu sehen, schlanke, jungenhafte Hüften, lange Fohlenbeine, eine unglaublich schmale Taille und volle, leicht nach oben zeigende Brüste.

Sein Körper spannte sich schmerzlich, während er leise fluchte und sein Mund schmal wurde, damit er nicht Worte sprach, die sie aus seiner Gegenwart verbannten.

»Nicholas?«

»Du solltest nicht hier sein, Elizabeth. Was willst du?«

Sie antwortete erst nicht, nur ihre Zungenspitze fuhr nervös über ihre trockenen Lippen. »Ich dachte, vielleicht… Ich hoffte, du würdest…« Sie schluckte schwer. »Du hast einmal zu mir gesagt, daß du mich begehrst, hast gesagt, es wäre fast von Anfang an so gewesen. Begehrst du mich immer noch?«

Er biß die Zähne zusammen angesichts des heftigen Verlangens, das sich mit aller Gewalt in ihm regte. »Um Himmels willen, Elizabeth.« Er zerknüllte ein Stück Laken mit einer Faust. Bestimmt täuschte er sich. Er hatte sie sicher nicht richtig verstanden. »Ist irgend etwas geschehen? Hast du Angst?«

Sie betrat jetzt ganz das Zimmer und blieb erst vor seinem Bett stehen. »Ich glaube schon, irgendwie. Ich fürchte, du könntest nicht mehr so fühlen wie damals und mich abweisen, anstatt mich zu lieben.«

Schweißtropfen perlten auf seiner Stirn. Er hatte das Gefühl, als könnte er nicht mehr atmen. »Elizabeth, du weißt nicht, was du sagst.«

»Doch, genau. Ich bitte dich, mit mir zu schlafen.«

Sein Körper spannte sich an, aber Nick schüttelte den Kopf. »Das kann ich nicht tun, Elizabeth. Ich bin ein verheirateter Mann. Ich kann dich nicht heiraten und werde dich nicht entehren, indem ich dir deine Unschuld nehme.«

Sie trat noch einen Schritt näher. Sie duftete nach Seife und nach Rauch vom Feuer. Es war ein sauberer, junger Duft und erinnerte ihn an alles das, was er nicht haben konnte.

»Bitte, Nicholas – bitte, schick mich nicht weg.«

Er schaute zum Feuer, sein Körper pulsierte vor Verlangen. »Ich begehre dich«, sagte er leise, »ich kann mich nicht erinnern, je eine Frau so sehr begehrt zu haben. Doch die Tatsache bleibt, daß ich mit einer anderen verheiratet bin.«

»Du bist nicht verheiratet«, widersprach sie heftig. »Nicht vor dem Auge Gottes. Deine Frau hat dich vor neun Jahren verlassen.« Sie streckte die Hand nach ihm aus, streichelte seine Wange. Er spürte die Bewegung bis ins Herz. »Bald bin ich gezwungen zu heiraten. Mein Mann wird jemand sein, den ich nicht kenne und der mir nichts bedeutet. Ich möchte wissen, wie es sich anfühlt, von einem Mann geliebt zu werden, den ich begehre. Ich brauche dich, Nicholas. Ich begehre dich, und alles andere ist mir egal.«

Nick hörte sich ächzen. Er wußte nicht genau, wie es geschah, nur daß er die Hand nach ihr ausgestreckt hatte, und schon lag sie in seinen Armen. Sein Mund preßte sich auf den ihren, heiß und fordernd. Seine Zunge glitt über ihre Unterlippe, drängte sie, sich ihm zu öffnen. Er vertiefte den Kuß, wartete, daß sie sich an ihn gewöhnte, gab sich Mühe, ihr keine Angst zu machen.

»Ich weiß, ich müßte dich eigentlich wegschicken«, flüsterte er. »Ich weiß es, aber ich kann nicht. Ich bin auch nur ein Mensch, Elizabeth. Schlimmer als einige, besser als andere. Und ich brauche dich ebenso wie du mich.«

Ein zustimmendes glückliches Stöhnen drang aus ihrer Kehle, und er küßte ihren Hals, die zarte Rundung eines Ohrläppchens. Er bettete sie behutsam neben sich, strich ihr dichtes Haar zurück, umfaßte ihr Gesicht mit beiden Händen und küßte sie, lange und tief, ließ seine Zunge tief eindringen, um ihren Mund zu kosten.

»Nicholas...«, flüsterte sie. »Nicholas...«

Seine Hand streichelte ihre Wange. Er begehrte sie. Mein Gott, wie sehr er sie begehrte! Seine Erregung wurde härter, drückte sich an das Laken, erfüllte ihn mit ziehendem Pulsieren. Er versuchte sich einzureden, daß er etwas Falsches tat, daß er sie nicht haben konnte, daß Elizabeth nie die Seine werden würde, doch sein Körper weigerte sich, darauf achtzugeben.

Statt dessen wanderten seine Hände über die Seiten nach vorn über ihre Rippen und dann aufwärts, so daß jede Hand eine ihrer Brüste umfaßte. Ihre Brustwarzen waren hart unter dem dünnen Nachthemd, und plötzlich wollte er nichts lieber, als sie sehen.

Mit unsicheren Fingern öffnete er die Knöpfe an dem Nachthemd, zog es ihr schließlich über den Kopf und warf es zu Boden, so daß sie in vollendeter Nacktheit vor ihm lag. Er sah, daß sie zitterte, doch sie versuchte nicht, sich zu bedecken. Lange Strähnen ihres feurig braunen Haars übernahmen zum Teil diese Aufgabe, verbargen ihre Brüste bis auf die blaßrosa Spitzen. Sie waren klein und fest und bebten bei jedem ihrer Atemzüge.

»Wie schön«, flüsterte er und streifte das glänzende dunkle Haar zur Seite, so daß er die vollen Rundungen mit den Händen umfassen konnte. »Ich hatte mir dich genauso vorgestellt, aber ich hätte nie geglaubt, daß ich es wirklich erfahren würde.«

Sie wimmerte, als er den Mund senkte und die Knospe zwischen die Zähne nahm. Ihr Rücken bog sich nach oben, und ihre Finger strichen über seinen Nacken.

»Nicholas …« Das Wort ertönte mit einem rauhen Atemzug, einen Augenblick, bevor er sie küßte. Er nahm ihren Mund so heftig, wie er es von Anfang an hatte tun wollen, und Elizabeth erwiderte den Kuß mit der gleichen Leidenschaft. Er konnte ihre Unschuld schmecken, ihre bebende Sehnsucht, und er genoß das Verlangen, das er in ihrem unerfahrenen Körper zu erwecken vermochte.

Seine Lenden pochten vor Hitze. Er wollte in ihr sein, wollte es so sehr, daß es weh tat. Doch mit purer Willenskraft hielt er sich zurück, zwang sich, langsam vorzugehen. Ihre Finger vergruben sich in dem lockigen Haar seiner Brust, tasteten nach den Muskeln darunter, nahmen jede Rippe einzeln wahr. Eine neue Hitzewelle überrollte ihn. Sie drückte ihren Mund seitlich an seinen Hals, verstreute kleine Küsse auf seinen Schultern, und er hatte das Gefühl, als würde er gleich in Flammen aufgehen.

Er drückte sie zur Seite, so daß sie unter ihm zu liegen kam, und legte sich vorsichtig zwischen ihre blassen, schlanken Beine. Seine Erregung drückte sich hart an ihren Schenkel, und eine Spur von Anspannung machte sich in ihrem Körper breit.

»Sei ganz locker, Süße. Ich werde dir nicht weh tun.« Nick küßte sie tief, streichelte ihre Brüste, küßte sie weiter und spürte, wie sie sich wieder zu entspannen begann.

Sie legte ihre Arme um seinen Hals und klammerte sich an ihn, als seine Finger begannen, die Löckchen zwischen ihren Beinen zu streicheln, und sich dann langsam in sie schoben. Er hörte ihren scharfen Atemzug, spürte ihre nasse Wärme, und seine Erregung erreichte fast die Grenze.

»Du bist bereit für mich, Elizabeth.« Er reizte ihr angeschwollenes Fleisch, streichelte ihre feuchte Weiblichkeit so zärtlich, daß Elizabeth vor Wonne aufschluchzte. »Du begehrst mich genauso, wie ich dich begehre.« Ihr Gesicht war gerötet, doch ihr Blick war nun ängstlich, und ihre Unterlippe zitterte. Sein Gewissen meldete sich. Sie war unschuldig. Er hatte kein Recht, sie zu nehmen.

Er fluchte tonlos und berührte sanft ihr Gesicht. »Es ist falsch, Elizabeth. Sag mir, ich soll aufhören, sag es jetzt, bevor es zu spät ist.«

Sie schüttelte nur den Kopf und küßte ihn lange und wild. »Es ist zu spät, komm, nimm mich«, raunte sie heiser und wölbte sich ihm entgegen. Wie im Fieber glitt er in sie und kam nach zwei vorsichtigen Stößen an ihre Jungfernhaut, die letzte dünne Grenze, die es noch zu überwinden galt. Er war sich nicht sicher gewesen, ob es sie noch gab, hatte gedacht, Oliver Hampton hatte sie vielleicht doch an jenem Tag im Arbeitszimmer ihres Vaters vergewaltigt. In einer Mischung aus Erleichterung und Schuldgefühl stieß er heftig zu, nahm den Schatz ihrer Jungfräulichkeit für sich selbst in Besitz, wußte, daß er es eigentlich nicht verdiente.

Elizabeth schrie auf, als ein scharfer Schmerz ihren Körper durchfuhr, doch sofort wurde er von einem heißen fordernden Kuß unterdrückt. Sie lag unter Nicholas, klammerte sich an seine Schultern, spürte, wie er ihren Körper erfüllte, sich in sie drängte in einer Weise, die sie nie erwartet hatte. Sie fühlte sich wie mit seinem Zeichen versehen, zu seinem Besitz gemacht. Als hätte sie Nicholas für sich beansprucht, als gehöre sie jetzt ihm und würde für ewig ihm gehören. Es war beängstigend und doch die himmlischste Empfindung, die sie je gehabt hatte.

»Süße, geht's dir gut?« Er hielt sich bewegungslos über ihr, seine Muskeln bebten vor Anspannung, so daß ihr Körper sich an seine Größe anpassen konnte und sie Zeit hatte, sich daran zu gewöhnen, wie es sich anfühlte, daß er in ihr war.

Elizabeth befeuchtete ihre Lippen. »Ja... mir geht's gut.«

Er neigte den Kopf und küßte sie wieder, diesmal mit einem tiefen, zärtlichen Kuß, bei dem sie den Schmerz vergaß und bei dem ihr Puls wieder zu rasen begann wie zuvor. Der Schmerz verklang. Hitze trat an seine Stelle. Ihr war es überall gleichzeitig heiß und kalt. Er war groß und hart in ihr. Als Nicholas sich zu bewegen begann, wurde ihr Körper mit einem Mal lebendig.

Ein leises Wimmern drang aus ihrer Kehle. Elizabeth bog sich ihm entgegen, der Empfindung seines Körpers entgegen, schien verzehrt zu werden von dem unbekannten Prickeln und Ziehen, das ihre Haut zum Brennen brachte. Instinktiv öffnete sie die Beine noch weiter, nahm ihn noch tiefer in sich auf, wollte verzweifelt noch näher bei ihm sein.

Er stöhnte, als er mit Macht in sie stieß, sie wieder und wieder erfüllte, immer fester und tiefer vordrang, alles nahm, was sie ihm gab, und noch mehr verlangte. Elizabeth biß sich auf die Unterlippe, als das Feuer in ihrem Inneren heißer wurde, ihr Denken ausschaltete, bis nichts mehr übrig war als die Empfindungen, die sein kraftvoller Körper in ihr auslöste. Ihre Finger gruben sich in seine Schultern. Muskelstränge strafften sich, und er warf den Kopf zurück. Dichtes, schwarzes Haar lockte sich in seinem Nacken und streifte ihren Handrücken. Seine Muskeln bebten. Er biß die Zähne zusammen im Kampf um Beherrschung, da spannte sich plötzlich auch ihr Körper an.

Etwas geschah in ihrem Innern, etwas Wildes, Schönes. Elizabeth schrie auf angesichts der allumfassenden Hitze, die sie plötzlich überflutete, Sterne schienen in ihr zu explodieren und sie in ein gleißend helles Licht zu tauchen. Ein gutturales Wimmern drang aus ihrer Kehle. Die Welle der Lust traf sie unvermittelt, daß ihr ganzer Körper unkontrolliert zuckte.

Nicholas drang mit zwei wilden Stößen abschließend in sie. Die Muskeln an seinem Hals und seinen Schultern bebten und sein Körper erschauerte wie der ihre. Heiß ergoß sich sein Samen in sie. Minutenlang blieb er noch unbeweglich in ihr. Dann küßte er ihren Hals, drückte einen zärtlichen Kuß auf ihren Mund und rollte sich von ihr herunter. Aufseufzend nahm er sie in die Arme und hielt sie innig an sich gepreßt.

Nicholas sprach nicht. Sein Herz pochte so heftig, daß sie es spüren konnte. Ihr eigenes Herz jubelte und schien vor Liebe überzuquellen.

Sie stützte sich auf einen Ellenbogen, beugte sich vor und drückte einen neckenden Kuß auf seinen Mund.

»Elizabeth...«, flüsterte er mit rauher Stimme. »Bess...« Sie legte sich auf den Rücken und zog ihn mit sich. Sehnsüchtig streichelte sie seinen Rücken und bewegte sich unter ihm, was Nick ein heiseres Stöhnen entlockte. »Mein Gott, ich weiß, daß dies falsch ist, aber ich kann nicht aufhören. Ich bekomme einfach nicht genug von dir.« Diesmal nahm er sie ganz zärtlich und entführte sie in himmelhochjauchzende Höhen der Leidenschaft, bis sie im Morgengrauen erschöpft aneinandergeschmiegt einschliefen.

Es war beinah so, als fürchteten sie den Morgen und den Sonnenaufgang, der sie zwingen würde, zu einem Leben zurückzukehren, in dem es ihre Leidenschaft nicht geben durfte. Das machte sie traurig, und doch hatte Elizabeth gewußt, bevor sie die Tür zu seinem Zimmer geöffnet hatte.

Was auch immer geschehen mag, ich werde diese Nacht niemals bereuen. Niemals. Wie sollte sie die schönste Nacht ihres Lebens bereuen? Sie würde nicht zulassen, daß ihre Gefühle sie zerstörten, wie es bei ihrer Mutter gewesen war. Statt dessen würde sie die Stunden in Ehren halten, die sie in

Nicholas Warrings Armen verbracht hatte – in seinem Bett –, sie für immer in ihrem Herzen einschließen wie einen Schatz.

Nick ließ Elizabeth schlafen und stand vorsichtig auf, um sie nicht zu stören. Er zog sich an und ging hinaus zum Stall. Schuldgefühle schienen bleiern seine Brust zu durchdringen. Der Stalljunge hatte den Hengst gut versorgt. Der schwere Ritt schien ihm nichts ausgemacht zu haben. Nick wünschte, er könnte dasselbe von sich behaupten.

Er schaute zurück zum Wirtshaus und den Zimmern über der Küche, wo er einer jungen Frau die Unschuld genommen hatte. Er hatte tief im Innern gewußt, daß das falsch war, und doch hatte ihn das nicht abgehalten. Er war mit einer anderen Frau verheiratet, und Elizabeth war somit für immer außer seiner Reichweite. Sie war eine Dame und sein Mündel, und doch hatte er sie mit in sein Bett genommen, als wäre sie nicht mehr als eine der hübschen Huren von Turner-Wilcox. Ihm war ganz elend vor Abscheu vor sich selbst. Und doch war die Nacht mit Elizabeth so unglaublich, so wunderbar gewesen, daß es ihm schwerfiel, echtes Bedauern zu empfinden.

In Wahrheit berührte ihn Elizabeth in einer Weise, wie es noch keine andere Frau getan hatte. Er empfand auf einmal wieder Dinge, wie er sie zuletzt empfunden hatte, bevor er in der Verbannung gewesen war und sein Leben eine so bittere, unauslöschliche Wendung genommen hatte. Doch seine Gefühle für sie änderten an den Fakten nichts. Er war verheiratet. Er hatte geschworen, Elizabeth Woolcot zu beschützen, und hatte versagt.

Nick warf dem Stalljungen eine Münze zu, ließ ihn das Pferd satteln und machte sich auf, ein paar Kleider für Elizabeth zu finden. Noch einmal sah er hinauf zu den Zimmern über der Küche und biß die Zähne zusammen.

Ihm grauste vor dem langen Ritt nach Hause.

Obwohl sie ihn seit fast einem Jahr nicht gesehen hatte, wußte Margaret Warring sofort, daß mit ihrem Bruder etwas nicht stimmte, als er zur Tür hereinkam. Sie war seit neun Jahren nicht mehr hier gewesen, und doch schien es ihr, als wären erst Tage vergangen. Sie schaute ihren Bruder an, der sie zuerst nicht zu sehen schien. Sein Blick hing konzentriert an einer schlanken dunkelhaarigen Frau in einfachem, schwarzem Rock und der weißen Bluse einer Bediensteten.

Maggie wußte, daß sie keine Dienerin war. Das Mädchen war Nicks Mündel, Elizabeth Woolcot. Maggie hatte die Geschichte von ihrer Entführung gehört und war nur kurze Zeit nach ihres Bruders überstürztem Aufbruch hier angekommen, ohne sich vorher angemeldet zu haben. Sie hatte schon die Tante des Mädchens kennengelernt, eine nette, wenn auch leicht exzentrische ältere Frau, die die Begabung hatte, in vielen ihrer Bemerkungen genau den Kern der Dinge zu treffen.

So wie zum Beispiel zu Maggies unerwarteter Ankunft.

»Na also, wenn das nicht Margaret ist!« hatte Sophie Crabbe gesagt, als sie ihr begegnete. »Euch habe ich ja seit Jahren nicht gesehen – nicht mehr seit Ihr ins Kloster gegangen seid. Ihr wart so ein süßes Mädchen – das Abbild Eurer schönen Mutter. Ihr seid also wieder nach Hause gekommen? Euer Bruder wird begeistert sein – Ihr müßt wissen, daß er es gar nicht gut fand, daß Ihr Euch entschlossen hattet, Euch so von der Welt zu entfernen.«

Maggie war sprachlos gewesen. In einem einzigen Absatz hatte Sophie Crabbe ihr ganzes Leben und ihre jetzige Situation zusammengefaßt. Sie war tatsächlich nach Hause gekommen. Sie hatte die Fehler abgebüßt, die sie gemacht hatte, und schließlich doch gemerkt, daß das Leben, das sie dort gewählt hatte, nicht dem entsprach, was sie wirklich wünschte.

Während der Jahre im Kloster des Heiligen Herzens hatte sie zusehends das Gefühl bekommen, das Leben fließe an ihr vorüber. Sie wollte sich eine Chance geben, die Welt noch einmal kennenzulernen, ihren eigenen Weg zu finden und zu entscheiden, wohin sie gehen wollte, um dann die entsprechenden Konsequenzen zu ziehen.

Nun, da sie in der Eingangshalle stand und die angespannten Züge ihres Bruders sah, wurde ihr klar, daß sie nicht die einzige war, die Probleme im Leben hatte. Auch der arme Nick hatte Buße getan.

»Nick?« Er hatte sieben lange Jahre leiden müssen. Sie hatte geglaubt, jene Zeit läge hinter ihm. Doch in seinem Gesicht las sie, daß er wieder litt.

Er drehte sich um, als er ihre Stimme hörte, und plötzlich verschwand der gequälte Ausdruck auf seinem Gesicht. »Maggie, ja was tust du denn hier, um Himmels willen?« Noch bevor sie antworten konnte, hatte er sie in seine Arme gehoben und wirbelte sie herum. »Verdammt gut, dich zu sehen.«

»Ja, dich zu sehen ist auch phantastisch.« Das war es wirklich. Sie hatte ihn so sehr vermißt. »Ich hoffe, daß du immer noch froh bist, mich zu sehen, wenn du erfährst, daß ich endgültig wieder nach Hause gekommen bin.«

Sein Gesichtsausdruck wurde erst besorgt, dann öffneten sich seine Züge zu einem strahlenden Lächeln. »Willst du damit sagen, daß du das Kloster verlassen willst?«

»Ja. Ich habe beschlossen, der Welt noch mal eine Chance zu geben.«

Er drückte sie fest an sich. »Gott sei Dank.« Sie standen da und lachten einander an, als wäre sie wieder zehn Jahre alt. Dann hielt Nick plötzlich inne und drehte sich um. »Herr im Himmel, beinah hätte ich vergessen: Lady Margaret, darf ich dir mein Mündel, Miss Elizabeth Woolcot, vorstellen.«

Elizabeth machte einen Knicks. »Lady Margaret, ich freue mich sehr, Euch kennenzulernen.« Sie sah an sich hinab und errötete. »Bitte verzeiht meine Erscheinung, ich –«

»Das kann ich verstehen. Eure Tante hat mir in etwa erklärt, was los ist. Und Mercy Brown hat mir die Details dazu geliefert.«

Elizabeth lächelte, aber Nick runzelte die Stirn. »Bascomb hat sie an den Rand der Verzweiflung gebracht. Er ist entschlossen, sie zur Ehe zu zwingen. Jetzt wo du auch hier bist, kannst du uns helfen, einen passenden Ehemann für sie zu finden.«

Maggie lächelte, aber Elizabeths Lächeln verschwand. »Wenn es Euch nichts ausmacht«, sagte sie, »würde ich jetzt gern nach oben gehen und mich umziehen. Wir haben einen langen Ritt hinter uns.« Sie war größer als Maggie, ihr Haar war dunkelbraunrot, während Maggies leuchtend goldblond schimmerte. Und ihre Augen sprühten in hellem Grün im Gegensatz zu Maggies chinesisch-blauen.

»Aber natürlich. Ich hätte das sowieso vorgeschlagen. Und bitte – können wir uns nicht duzen? Ich hoffe, daß wir Freundinnen sein können.«

Jetzt lächelte Elizabeth wieder. »Aber natürlich, gern.«

Maggie sah ihr nach, und ihr fiel auf, daß Nicks Problem offensichtlich auch das Problem seines Mündels war. Sie wandte sich ihrem Bruder zu. »Sie haben ihr doch nichts getan? Hast du sie rechtzeitig wiedergefunden?«

Ein Muskel zuckte in Nicks Kiefer. »Bascombs Männer haben sie nicht angerührt, wenn du das wissen willst.«

Sie atmete erleichtert auf. »Na Gott sei Dank.« Ihr Bruder sagte weiter nichts, doch er verkrampfte sich in einer Weise, daß sie sich erneut Sorgen machte. Sie streckte die Hand aus, strich über seine Wange und spürte die Anspannung unter seiner Haut. »Geht's dir gut, Nick? Du wirkst irgendwie anders.«

Er atmete tief aus. »Nein, schon in Ordnung. Ich bin nur müde. Ich ziehe mich schnell um, dann treffen wir uns im Arbeitszimmer.« Sein Lächeln wirkte etwas gezwungen. »Und dann kannst du mir genau erklären, warum du dich entschlossen hast, zu den Lebenden zurückzukehren.«

Elizabeth ließ sich von Mercy verwöhnen. Sie war erschöpft bis zum Umfallen, doch vor allem war ihr Herz unerträglich schwer. Auf dem gesamten Rückweg vom Wirtshaus bis hierher hatte Nick sie lediglich höflich und distanziert behandelt – so als ob es ihre gemeinsame Nacht gar nicht gegeben hätte. Aus diesem Grund erschien es ihr beinah, als ob es tatsächlich so wäre.

»So, und jetzt in die Wanne mit Euch.« Mercy schubste sie sanft in die angegebene Richtung und zog ihr den seidenen Umhang von den Schultern. »Ihr seht so schlapp aus wie ein alter Pudding.«

Elizabeth stieg in das schaumige Wasser, und wieder tauchte ein unwillkommener Gedanke auf. Gestern nacht war das Bad der Auftakt zu Stunden voller leidenschaftlicher Liebe gewesen.

»Na, ist das nicht gut?«

Elizabeth ließ sich unter die rosenduftenden Bläschen sinken. Sie nickte, mehr schaffte sie nicht. Das Wasser tat ihrem schmerzenden Körper gut, doch das Herz tat ihr unverändert weh. Sie wünschte, sie hätte einfach weinen können.

»Lady Margaret ist da, wißt Ihr schon?«

»Ja, wir sind uns unten kurz begegnet.«

»Seine Lordschaft wird sich freu'n zu hören, daß sie endgültig zurück is'. Der Koch sagt, als sie klein war'n, ham sie immer unter einer Decke gesteckt. Und der Graf war ganz verrückt mit seiner klein'n Schwester.«

Elizabeth dachte an Stephen Hampton, den Nicholas getötet hatte. »Das habe ich gehört.«

Mercys Blick traf auf die Schwellung an Elizabeth' Kinn. »Dieser verdammte Bascomb. War'n das seine Männer?«

»Sie haben versucht, mich ruhigzustellen. Ansonsten haben sie sich den Umständen entsprechend ordentlich benommen.«

»Is wohl besser so. Sonst hätt' der Graf ihnen wohl mit derselben Münze heimgezahlt wie dem Kerl, der seiner Schwester was getan hatte.«

Elizabeth' Augen wurden groß. »Mein Gott, du weißt auch von Lady Margaret?«

Mercy lachte. »Ich weiß so ziemlich alles, was hier vorgegangen ist – auch wenn ich da noch nich' hier war.«

»Wenn das so ist, dann weißt du ja wohl auch, daß Seine Lordschaft Lord Stephen in Selbstverteidigung erschossen hat.«

»Klar doch... aber das is' doch völlig egal. Unser Nick hätte den Hurensohn so oder so umgelegt.« Das sagte Mercy mit Stolz, als wäre es ein Segen, daß Stephen Hampton getötet worden war, und kein Verbrechen. Elizabeth dachte an Oliver und überlegte sich, ob sie nicht vielleicht recht hatte.

»Ich hoffe, du redest nicht weiter darüber, ich nehme an, Lady Margaret wäre verletzt, wenn sie wüßte, daß man über sie tratscht.«

Mercys Lippen wurden schmal. »Ich tu' so was nicht. Und außerdem is' das alles nich' mehr neu.«

»Das stimmt, aber Seiner Lordschaft ist Schweigen sicher lieber.« Mercy schwieg und überließ Elizabeth ihrem Bad. Sie hätte es mehr genießen können, wenn ihr nicht bei jedem Blick auf ihren Körper Nicholas' dunkle Hände darauf wieder in den Sinn gekommen wären. Dann dachte sie daran, wie er sie geküßt und wie sich seine Härte in ihrem Innern angefühlt hatte.

Irgendwie gehörte sie jetzt ihm, und daß er sie so kalt zurückgewiesen hatte, schmerzte sehr. Ihr angespannter

Ritt nach Hause war ein Alptraum gewesen. Nicholas war fast stumm gewesen, und obwohl sie gewußt hatte, daß sich die Nacht der Leidenschaft irgendwie rächen würde, hatte sie nicht so rasch damit gerechnet.

Sie fragte sich, was der Grund dafür sein mochte. Vielleicht war er nach einer Nacht mit ihr im Bett schon nicht mehr an ihr interessiert. Vielleicht stieß ihn ihre Direktheit doch ab. Vielleicht hatte er einfach Schuldgefühle.

Elizabeth wußte es nicht.

Und sie hatte Angst vor der Wahrheit.

»Also, großer Bruder, du bist nicht ärgerlich, daß ich einfach unvorbereitet in dein Leben eindringe?«

Nick lächelte die junge Frau auf dem Sofa an. Sie saß sehr gerade und hielt den Kopf hoch. Früher hatte sie immer mit untergeschlagenen Beinen dagesessen. Jetzt war sie eine wohlerzogene Klosterschülerin, und es bekümmerte ihn, daß sie so viele Jahre ihrer Jugend versäumt hatte.

»Vor ein paar Monaten wäre es mir noch lieber gewesen, mich darauf einstellen zu können. Doch selbst damals hätte ich dich gern zu Hause gesehen.«

»Vor ein paar Monaten?« wiederholte Maggie. »Also bevor dein Mündel angekommen ist?«

»Eigentlich habe ich erst in den letzten paar Wochen das Leben des ›Verruchten Grafen‹ aufgegeben. Aber es mag schon sein, daß Elizabeth der Grund dafür war.« Er hob sein Glas mit Cognac und trank langsam einen Schluck der bernsteinfarbenen Flüssigkeit. »Weil sie hier war, wurde mir erst richtig klar, wie ich mich hatte gehenlassen.«

»Sie ist eine schöne junge Frau.« Maggie sah ihn unter den feinen, goldenen Wimpern hervor an, so wie sie es von klein auf getan hatte, um ihn wirklich zu verstehen. Er verbarg die Wahrheit noch besser, wenn er sich zwang, sich zu entspannen.

»Sie ist sehr hübsch und sehr klug«, sagte er und versuchte, nicht daran zu denken, wie schön sie gewesen war, als sie nackt auf seinem Bett gelegen hatte. »Sydney Birdsall bemüht sich, einen passenden Ehemann für sie zu finden. Wenn sie erst verheiratet ist, wird sich Bascomb zurückziehen müssen.« Das sagte er, ohne anzudeuten, daß ihm die Tatsache ihrer Eheschließung äußerst unangenehm war.

Maggie nahm ihre Teetasse und trank einen kleinen Schluck. »Wie geht es Rachael?« fragte sie plötzlich, was ihm klarmachte, daß sie vielleicht mehr von seinen Gedanken lesen konnte, als er sich vorgestellt hatte.

»Weiß ich nicht. Seit meiner Rückkehr habe ich sie nur einmal gesehen, und das war, um ein Arrangement zu treffen, wonach sie weiterhin in Castle Colomb leben kann.«

Maggie seufzte. Sie war so hübsch wie früher mit ihrem herzförmigen Gesicht und dem welligen, goldblonden Haar, das jetzt kurz geschnitten war, weil sie im Kloster gelebt hatte. Nick fragte sich unwillkürlich, warum er damals nicht gemerkt hatte, welche Versuchung sie für Stephen Bascomb gewesen war.

»Ich nehme nicht an, daß deine Frau daran denkt, zurück nach Hause zu kommen. Aber einen Erben könnte sie dir wenigstens schenken.«

Diese Worte waren von einer so vernichtenden Wahrheit, daß sie ihm weh taten. Seine Schwester war einer der wenigen Menschen, die wußten, wie sehr er sich einen Sohn wünschte. »Die Zeit ist vorbei. Ich fühle nichts mehr für Rachael, und sie fühlt weniger als nichts für mich.«

»Das ist unfair, Nicky. Du hattest dir so sehr eine Familie gewünscht. Ich denke oft daran. Und soviel von dem, was geschehen ist, ist meine Schuld. Wenn ich nur nicht zugelassen hätte, daß Stephen –«

»Hör auf damit. Nichts war deine Schuld. Stephen war

ein Mann und du ein Kind. Außerdem ist das jetzt alles Vergangenheit.«

Maggie schüttelte den Kopf. »Mag sein. Aber da ist immer noch die arme Elizabeth. Ich hoffe, Bascomb findet nicht die Möglichkeit, ihr so weh zu tun, wie sein Bruder mir weh getan hat.«

Nick sagte nichts, doch sein Magen zog sich schmerzlich zusammen. Nicht Bascomb hatte Elizabeth die Unschuld genommen – sondern er. Er wäre nie auf den Gedanken gekommen, daß er irgendwann von sich selbst genauso schlecht denken würde, wie er von Stephen Hampton gedacht hatte.

10

Mercy Brown kam drei Tage später mit der Neuigkeit herein, daß Sydney Birdsall eingetroffen wäre. Elizabeth wurde am späten Nachmittag in Nicholas' Arbeitszimmer gerufen. Er saß makellos gekleidet hinter seinem Schreibtisch, als sie hereinkam, seine dunkle Haut besonders anziehend aufgrund seines weißen Spitzenhemdes. Er stand auf, als der Butler die Tür geschlossen hatte, und sie sah deutlich die Anspannung in seinem Gesicht. Dazu paßte der unstete Herzschlag, der in ihren Ohren dröhnte.

»Guten Tag, Elizabeth. Gut, daß du kommen konntest.«

Als hätte ich eine andere Wahl gehabt, dachte sie. *Als ob du dich wirklich freuen würdest, daß ich hier bin.* Er sah unglaublich gut aus und so distanziert, daß es ihr das Herz zusammenzog. Sie hob etwas das Kinn. »Guten Tag, Mylord.«

Sydney kam zu ihr herüber und nahm ihre beiden Hände. »Elizabeth, ich freue mich wirklich, Euch zu sehen.« Er küßte sie auf die Wange, und sie lächelte müde.

»Ich freue mich auch, Euch zu sehen, Sydney.« Das stimmte wirklich. Sie hatte Sydneys tröstliche Nähe vermißt, besonders in den letzten paar Tagen. Ein Blick zu Nicholas, dessen harter Gesichtsausdruck keine Spur weicher geworden war, erweckte in ihr plötzlich das Bedürfnis, sich an Sydneys väterlicher Schulter auszuweinen.

»Ihr habt ein schreckliches Abenteuer hinter Euch«, sagte er und schüttelte sein silbrig glänzendes Haar.

»Ja, das kann man wohl sagen.« Elizabeth fand, ihr größtes Abenteuer war nicht die Entführung gewesen, sondern die Liebesnacht mit Nicholas. »Glücklicherweise kam mir Lord Ravenworth zu Hilfe, bevor wir West Clandon erreicht hatten.«

»Das habe ich gehört. Ich wußte, daß Ihr Euch auf Nicholas verlassen könntet.«

Eine leichte Röte stieg in die dunkle Haut seiner Wangen.

»Er war außerordentlich mutig«, sagte Elizabeth und sah ihn eindringlich an. »Ich war sehr dankbar, daß er rechtzeitig gekommen ist.«

Ravenworth räusperte sich. »Sydney ist hier, weil ich ihm einen Brief geschrieben habe, in dem stand, was Bascombs Leute hier veranstaltet haben.«

»Widerlich.« Sydney schüttelte voller Abscheu den Kopf. »Der Mann ist unmöglich. Aber vielleicht können wir vier – wenn ich richtig verstanden habe, hat auch Lady Margaret ihre Hilfe angeboten – es schaffen, ihm seine Bemühungen endgültig zunichte zu machen.«

»Was Sydney sagen will«, warf Nicholas ein, »ist, daß die Saison in London angefangen hat, und er glaubt, es wäre an der Zeit, daß du in die Gesellschaft eingeführt wirst.«

»Genauso ist es, meine Liebe. Ich habe schon mit mehreren sehr angesehenen jungen Männern gesprochen, die Euch sehr gern kennenlernen möchten. Wenn Ihr dann Eure Wahl getroffen habt und verheiratet seid, werdet Ihr sicher sein vor dem Schuft Bascomb.«

Der Magen drehte sich ihr um. Sie hatte gewußt, daß dieser Moment kommen würde, doch sie war jetzt noch nicht darauf vorbereitet. Sie versuchte nicht, zu Nicholas hinzusehen, konnte aber nicht anders. Er wirkte unverändert steif und distanziert, wie aus Holz. »Ich hatte nicht… nicht damit gerechnet, daß es so rasch sein würde.«

Sie warf Nicholas noch einen Blick zu, doch er schaute nur weg. »Wann… wann genau brechen wir auf?«

»Ich dachte, vielleicht könntet Ihr und Lord Ravenworth bis zum Ende der Woche reisefertig sein?«

Nicholas hob mit einem Ruck den Kopf. »Was habt Ihr gesagt?«

»Ich sagte, ich hoffe, daß Ihr und Elizabeth –«

»Verdammt, Sydney – Ihr wollt doch wohl nicht andeuten, daß ich mit ihr gehen soll?«

»Aber natürlich. Das müßte Euch doch einleuchten. Ihr könnt sie nicht einfach wegschicken, denn sie wird nicht einen Augenblick sicher sein, bis sie verheiratet ist. Inzwischen wird es Bascomb bestimmt gelingen, sie zu kompromittieren, wenn Ihr nicht in der Nähe seid.«

Nicholas' ganzer Körper schien angespannt. »Das ist doch lächerlich. Ich kann unmöglich mitgehen. Mir erscheint es offensichtlich, daß meine Gegenwart in London auch die letzte Chance auf Elizabeth' Erfolg in der Gesellschaft vernichten wird.«

Sydney schüttelte den Kopf. »Nicht notwendigerweise. Ihr seid vielleicht ein Außenseiter, mein Freund, aber dennoch reich wie Krösus und mit unwahrscheinlicher Macht ausgestattet. In der Gesellschaft würden die meisten nur ungern Euren Zorn hervorrufen, und das würde es doch bestimmt tun, wenn man Euer Mündel meidet.«

Nicholas wandte sich Elizabeth zu, sah in ihren Augen die Gefühlsbewegung, die sie mühsam zu verbergen suchte, und für einen Moment wurde sein harter Blick weicher. *Es tut mir leid,* schien sein Blick zu sagen. *Das kann ich nicht machen. Verlange das nicht von mir.* Dann war sein Ausdruck wieder hart, und sie nahm an, sie hatte sich getäuscht.

»Das kommt nicht in Frage. Es muß einen anderen Weg geben.«

»Gibt es nicht«, widersprach Sydney. »Ihr müßt mit nach London und Elizabeth unterstützen. Glücklicherweise werden wir dort einen Verbündeten haben.«

»Einen Verbündeten? Was meint Ihr damit?«

»Der Herzog von Beldon hat sich einverstanden erklärt, Elizabeth zu fördern.« Er betrachtete Nicholas mit einer gehobenen Augenbraue. »Vielleicht erinnert Ihr Euch«, sagte er sarkastisch. »Bevor Ihr in die Verbannung mußtet, wart Ihr beide Freunde.«

Nicholas starrte ins Feuer. »Ich habe seit Jahren nicht mehr an Rand Clayton gedacht.«

»Mag sein, aber Euer Freund hat Euch nie vergessen. Wenn ich mich recht erinnere, hat er bei Eurer Rückkehr öfter versucht, Kontakt mit Euch aufzunehmen, aber Ihr habt ihn bewußt gemieden.«

Nicholas sah Elizabeth an. »Früher war Clayton mein bester Freund. Damals war er noch kein Herzog, sondern nur der Marquis von Glennon. Bis ich zurückkam, war er Herzog geworden, und ich wollte ihn nicht beschämen, indem ich ihn zwang, eine Freundschaft zu erneuern mit einem Mann, den man wegen Mordes verurteilt hatte.«

»Das war sehr edel gedacht«, meinte Sydney, »aber offensichtlich sieht der Herzog die Sache völlig anders. Er hat uns seine Unterstützung zugesagt, und in Elizabeth' Sinne würde ich Euch bitten, anzunehmen.«

Nicholas sagte zunächst nichts, sondern sah sie nur an, ohne daß seine Haltung verriet, was er denken mochte.

»Und dann solltet Ihr auch an Eure Schwester denken«, drängte Sydney. »Jetzt, nachdem sie das Kloster verlassen hat, ist ihre Zukunft ungewiß, wenn es ihr nicht gelingt, die Probleme der Vergangenheit zu überwinden. Die Hilfe des Herzogs wäre dabei sehr wertvoll.«

Die Spannung in Nicholas' Gesicht blieb unverändert. Dann seufzte er resigniert. »Also gut, Sydney, Ihr laßt mir wieder einmal keine Wahl.«

Der ältere Mann entspannte sich erleichtert. »Hervorragend. Wann soll ich mit Eurer Ankunft rechnen?«

»Ich muß noch die Sache mit den Männern regeln, die Elizabeth entführt haben, werde dazu morgen nach Dorking reiten und danach so bald wie möglich zurückkehren.« Er sah Elizabeth wieder an. »Du und deine Tante solltet in drei Tagen reisefertig sein.«

»Wie du wünschst, Mylord. Wir können jederzeit bereit sein.«

Er nickte und wandte sich Sydney wieder zu. »Wie Ihr schon so richtig gemutmaßt habt, wird meine Schwester auch mitkommen. Wenn alles glattgeht, könnt Ihr uns vor Ende der Woche erwarten.«

Sydney lächelte. »Sehr gut. Inzwischen werde ich Euer Stadthaus bereitmachen lassen und Seine Gnaden, den Herzog, informieren.«

»Vielen Dank, Sydney.« Er warf Elizabeth noch einen letzten kühlen Blick zu. Es tat weh, diesen Blick zu sehen, wo es eine Zeit gegeben hatte, in der viel mehr Zärtlichkeit darin gewesen war. »Berichte deiner Tante von diesen Plänen und sage Mercy, daß sie dich begleiten wird.«

»Ja, Mylord.« Sie wandte sich Sydney zu in der Hoffnung, daß er ihren Schmerz nicht bemerken würde. »Bleibt Ihr zum Abendessen?«

»Ich fürchte nein, meine Liebe. Zuviel zu tun.« Er hob ihre Hand an seine Lippen. »Ich freue mich darauf, Euch bald wiederzusehen.«

»Ja, Sydney, ich mich auch, Ihr seid wirklich ein guter Freund.«

Nick sah zu, wie Elizabeth hinausging, und konnte erst dann wieder richtig atmen.

Sydney sprach weiter. »Ich weiß, daß Euch das nicht leichtfällt, Nicholas. Die Leute in der Stadt zeigen Euch seit zwei Jahren die kalte Schulter. Ich bin sicher, daß sie jetzt auch nicht freundlich sein werden, aber irgendwann werden sie Euch akzeptieren müssen. Ich hoffe, daß es hilft, wenn ich Euch versichere, daß Ihr sicher das Richtige tut.«

Sydney hatte recht. Selbst angesichts seiner berüchtigten Vergangenheit und seines Rufs als Wüstling war er doch ein mächtiger Mann. Vielleicht ein Ausgestoßener, aber mit Beldons Hilfe würden sie ihn nicht völlig ignorieren. Seine Schwester würde eine Chance bekommen, ihre schmerzliche Vergangenheit hinter sich zu lassen, und Elizabeth würde sich so viel in der guten Gesellschaft bewegen können, daß sie sicher einen annehmbaren Ehemann fand.

Der Gedanke lag wie ein Stein auf seiner Brust.

Nick verabschiedete sich von Sydney, der kurz darauf aufbrach, und saß dann wieder allein in seinem Arbeitszimmer. Er goß sich einen Cognac ein und setze sich an den Kamin, vor seinem inneren Auge Elizabeth, wie sie stolz und trotzig dagestanden hatte – und absolut bezaubernd. Er wußte, daß er ihr weh getan hatte, und doch schien es keine andere Wahl zu geben. Ihre Liebesnacht war ein schlimmer Fehler gewesen. Indem er sie nicht weiter beachtete, wollte er diese Tatsache so deutlich wie möglich machen.

Aber vielleicht gab es dazu noch einen besseren Weg. Vielleicht sollte er ihr einfach sagen, wie leid es ihm tat, aber in Wahrheit hatte er Angst davor.

Alles, was Elizabeth Woolcot betraf, machte ihn einfach schwach. Wenn er ihr auch nur einen kurzen Blick auf diese Schwäche erlaubte, befürchtete er, sie könnte sehen, wie sehr er sie immer noch begehrte. Und wenn sie ihm auch nur etwas entgegenkam, dann war er nicht sicher, ob er würde widerstehen können.

In jener Nacht im Wirtshaus hatte er es auf jeden Fall nicht gekonnt.

Nick schlief wenig in der Nacht, und seine Träume waren erfüllt von Elizabeth Woolcot, wie sie nackt unter ihm lag, sich ihm wollüstig entgegenstreckte. Wenn er gerade nicht von ihr träumte, dann von seinen Eltern, von früheren, glücklicheren Zeiten, von der Nähe, die seine Eltern miteinander gehabt hatten. Und er träumte von Elizabeth mit einem schwarzhaarigen Kind auf den Armen, einem Jungen, der aussah wie er selbst. Er hörte sie lachen und zu dem Kind sagen, es solle ihn Papa nennen.

Er erwachte von irgendwelchen Geräuschen in der Nacht, Grillen, die zirpten, eine Eule, die schrie. Der Traum hatte sich so wirklich angefühlt. Ohne seine Zuflucht fühlte er sich entsetzlich einsam.

Bis er aus dem Bett, angezogen und aufbruchfertig war, hielt die schlechte Laune an. Akbar stand im Stall bereit, dazu ein Brauner für Elias, der mit ihm zu dem Gefängnis in Dorking reiten würde, um dort mit dem örtlichen Friedensrichter zu sprechen.

»Constable Ragsdale hat die beiden dahin verfrachtet und gesagt, er wolle dafür sorgen, daß sie eingesperrt bleiben, bis ich zurückkommen und Anzeige gegen sie erstatten kann.« Er lächelte finster. »Eine hübsche Zelle in Newgate wird sie lehren, sich besser zu benehmen.«

Elias schnaubte. »Pah, Newgate! Die Hunde könn' froh sein, wenn se nich' hängen.«

Doch als sie in Dorking ankamen, erfuhren sie als erstes, daß der Friedensrichter Cyrus Dunwitty sie freigelassen hatte.

»Was! Ihr wollt mir sagen, daß sie fort sind? Daß Bascomb einfach hier hereingekommen ist und ihre Freilassung gefordert hat?«

Dunwitty schluckte schwer. »Nicht genau. Aber auf jeden Fall sind die Männer weg.« Der bleiche, fette Mann, Sohn eines reichen Landedelmannes, hatte mausbraunes Haar, das schon langsam dünn wurde. »Lord Bascomb sagte, es habe einen Irrtum gegeben. Er sagte, die Männer hätten nur seine Verlobte zu einem Besuch zu ihm begleitet, wie er sie angewiesen hatte. Da weder Ihr noch die junge Dame hier waren, um ihm zu widersprechen, mußte ich die Männer Seiner Lordschaft übergeben.«

Nick packte den Mann über seinen Schreibtisch hinweg an seinen teuren, samtenen Rockaufschlägen. »Ihr Dummkopf, Ihr wolltet Bascomb schöntun – deswegen habt Ihr sie freigelassen.«

Dunwitty wehrte sich gegen Nicks Griff. »Um Gottes willen, der Mann will die Kleine heiraten. Er wird eine verdammte Gräfin aus ihr machen. Die kleine Mieze sollte ihm auf den Knien dafür danken.«

Nick zog ihn hoch, bis er auf den Zehenspitzen stand. »Hört zu, Ihr kleine Kröte, und zwar ganz genau. Das junge Mädchen ist mein Mündel. Sie hat Bascombs Antrag abgelehnt. Die Männer hatten sie gegen ihren Willen aus meinem Haus geholt.« Nick zog ihn noch höher. »Das nächste Mal, wenn ich Euch sage, jemand hätte das Gesetz gebrochen, solltet Ihr das besser glauben. Denn sonst werdet Ihr nicht Bascomb gegenüber dafür geradestehen müssen – sondern mir gegenüber, klar?«

Dunwitty stotterte und nickte, und sein Gesicht wurde purpurrot. Elias stand da und grinste, als Nick ihn wieder herunterließ.

»Meine Grüße an Euren Vater, Cyrus«, sagte Nick trocken, wandte sich ab und ging hinaus, von Elias gefolgt.

»Verdammter Hundesohn«, brummte Elias und nahm dem Stalljungen vor der Tür seine Zügel aus der Hand und warf ihm eine Mütze zu.

»Ich hätte wissen müssen, daß Bascomb Wind von der Sache bekommen würde. Seine Ländereien sind keinen Tagesritt entfernt. Verdammt, wahrscheinlich war er schon am selben Abend hier.«

Elias klopfte ihm auf die Schulter. »Keine Sorge, Nick,

mein Junge. Wahrscheinlich wird der verdammte Lord auch nach London komm', sobald er hört, daß Miss Woolcot weg is'. Und die beiden Kerle komm' sicher mit. Dann kriegen wir noch mal 'ne Chance.«

Nicks Hände ballten sich unwillkürlich zu Fäusten. Er wollte herzlich gern eine Gelegenheit, mit den beiden reinen Tisch zu machen. Aber auf Oliver Hampton war er noch schärfer.

In der Nacht vor ihrer Reise nach London machte Elizabeth noch einen letzten Spaziergang im Garten. Die Veilchen und die Hyazinthen blühten, Clematis kletterten an Gerüsten neben den Kieswegen empor. Früher am Tag hatte sie eine zarte gelbe Bachstelze gesehen, ein seltener Anblick mit ihrem kanariengelben Kopf und dem jetschwarzen Kragen. Sie würde versuchen, den Anblick bis nach London in Erinnerung zu behalten.

Sie seufzte. Sie hatte Ravenworth liebgewonnen. Jetzt war sie gezwungen, es für immer zu verlassen, sich eine neue Heimat zu suchen an einem Ort, den sie nie gesehen hatte und mit einem Mann, den sie nicht kannte und nicht liebte.

»Elizabeth?« Seine Stimme klang über die Hecken herüber, und sofort wurde es ihr eng in der Brust.

»Ich bin hier, Mylord.«

Er kam ihr mit langen Schritten entgegen.

»Meine Schwester sagte, ich würde dich hier draußen finden.« Er trug einen dunkelblauen Rock über einem rüschenbesetzten weißen Hemd. Sie versuchte nicht darauf zu achten, wie das Mondlicht auf seinem Haar glänzte und Schatten auf seine Wangen warf.

»Ich wollte eine Erinnerung daran mitnehmen, wie schön es hier ist.« *Ich wollte zu der Stelle gehen, wo du mich zum erstenmal geküßt hast.* »Es ist wunderschön hier draußen, besonders am Abend.«

Er sah zu den Männern hinüber, die vor der Mauer entlangpatrouillierten.

»Ich verspreche, daß ich nicht zu lange bleiben werde.«

Seine Mundwinkel hoben sich leicht. Sein Blick wanderte über ihr Gesicht. »Ich wollte mit dir sprechen, eigentlich schon früher. Ich habe versucht, mir einzureden, daß es besser wäre, die Sache auf sich beruhen zu lassen, aber eigentlich war ich einfach zu feige.« Er starrte in die Schatten hinaus, dann sah er sie wieder an. »Ich möchte dir sagen, daß es mir leid tut. Was zwischen uns geschehen ist war ein Fehler, ein schrecklicher, schlimmer Fehler, den ich den Rest meines Lebens bedauern werde.«

Elizabeth' Herz zog sich zusammen. »Bitte... bitte sag das nicht.«

»Warum nicht? Es ist die Wahrheit. Du warst eine Jungfrau, um Gottes willen. Und ich soll dein Vormund sein und auf dich aufpassen.«

Elizabeth stand kerzengerade. »Du bist ein Mann, sonst nichts. Das hast du mir selbst gesagt. Ich war es, die zu dir gekommen ist. Ich habe dich angefleht, mich nicht wegzuschicken. Wenn es jemandem leid tun sollte, dann mir, Mylord. Aber das einzige, was mir leid tut, ist, daß es dir leid tut.«

Nicholas sagte nichts, starrte sie nur an, als versuche er, in ihr Inneres zu sehen. Sein Körper war angespannt. Seine Schultern schienen wie aus Stahl. Dann hob er den Kopf und machte einen Schritt zurück.

»Um sieben Uhr morgen früh fahren wir ab nach London. Du solltest vorher möglichst noch schlafen.«

Elizabeth sagte nichts, stand nur da und sah ihm nach, wie er in der Dunkelheit verschwand. Ihr Herz schlug heftig, schmerzlich. Etwas brannte hinter ihren Augen. Es tat ihr nicht leid, was sie getan hatte. Und es würde ihr auch nie leid tun.

Sie wünschte nur, daß es Nicholas nicht bedauern würde. Und daß sie seine harten Worte vergessen könnte, die ihr so weh taten.

Maggie lehnte sich im Sitz der Kutsche zurück und fühlte sich irgendwie unwirklich. Es war neun Jahre her, seit sie zum letztenmal nach London gefahren war, damals, als sie als Sechzehnjährige in die Gesellschaft eingeführt werden sollte. Ihr Vater war so stolz gewesen. Dutzende von jungen Männern hatten um ihre Hand konkurriert, doch sie war noch zu jung gewesen und hatte sich amüsieren wollen, anstatt gleich an die Ehe zu denken.

Dann war der Herbst gekommen, das Ende der Saison, und sie waren nach Ravenworth Hall zurückgekehrt. Neun Jahre später konnte sie sich nicht mehr vorstellen, warum sie sich damals bis über beide Ohren in Stephen Bascomb verliebt hatte. Eigentlich hatte er sie nur verführt, und in ihrer Unschuld hatte sie ihre entsprechenden Gefühle für Liebe gehalten.

Maggie sah aus dem Fenster, an dem große, grüne Felder vorüberzogen, gesäumt von niedrigen Steinmauern. Ab und zu fuhren sie durch ein Dorf, wo Kinder und Hunde sie lärmend umrundeten.

Es war still in der Kutsche. Elizabeth saß ihr gegenüber neben Tante Sophie, während Nicholas vorn bei Jackson Freemantle auf dem Kutschbock saß. Mercy Brown, Edward Pendergass und Elias Moody fuhren in der hinteren Kutsche mit ihrem Gepäck.

Maggie sah hinab auf das neun Jahre alte Kleid, das sie trug. Von der gleichen Sorte hingen noch Dutzende in ihrem Kleiderschrank, alles andere als der neueste Schrei mit den weiten Rüschenröcken. Das erinnerte sie an all die Jahre, die vergangen waren, an die Schande, die ihr Leben auf den Kopf gestellt hatte.

Sicher würde die kommende Zeit schwierig werden. Sie und Nick waren gesellschaftlich Ausgestoßene, obwohl eigentlich nur wenige Leute genau wußten, was Stephen wirklich getan hatte. Sie nahm an, daß Elizabeth auch lieber aus Liebe heiraten würde, als nur eine Ehe zu akzeptieren, die ihr Bruder oder Sydney für sie arrangierten.

Doch sie waren alle gleich fest entschlossen. Nick wollte sein Mündel sicher verheiratet wissen, Elizabeth wollte von Oliver Hampton befreit werden, und Maggie wollte eine neue Chance, das Leben zu entdecken.

Wenigstens würde sie nicht allein sein, dachte sie und lächelte zum erstenmal an diesem Tag. Sie erinnerte sich aus Kindertagen an Rand Clayton als großen, breitschultrigen, dunkelhaarigen und eindrucksvollen Mann. Wenn der Herzog von Beldon noch so war wie damals, würde ihr Plan sicher funktionieren.

Nicks aus Ziegeln gebautes Stadthaus am Berkeley Square war drei Stockwerke hoch und im klassischen Stil gebaut. Seine Mutter hatte es großzügig mit Möbeln im neugriechischen Stil eingerichtet, mit eleganten Sheraton-Sofas, Urnen von Wedgewood und Tischen von Hepplewhite. Wenn er nur durch die Flure ging, dachte er schon an sie, machte ihn etwas traurig, brachte ihn aber auch zum Lächeln.

Sie hatten sich schon nach einem Tag ganz gut eingerichtet, eine besondere Eigenschaft des Hauses trug dazu bei, daß man sich schnell darin heimisch fühlte. Am Morgen hatte er eine Nachricht des Herzogs von Beldon bekommen, der um ein Treffen bat. Nick sah auf die Uhr, als er die Treppe hinunterging. Der Herzog würde jeden Augenblick kommen.

Rand Clayton, Herzog von Beldon. Nick hatte sich seit seiner Rückkehr nach England nicht mehr erlaubt, an seinen Freund zu denken, hatte alle Angebote Rands ausgeschlagen, weil er sicher gewesen war, daß sie nur seinem Pflichtbewußtsein entsprangen. Daß Rand erneut die Initiative ergriffen hatte und klarmachte, daß er ihre Freundschaft immer noch zu schätzen wußte, machte sein Herz schwer.

Nick ging ins Arbeitszimmer, doch bevor er seinen Schreibtisch erreicht hatte, klopfe Pendergass.

»Mylord? Ich störe nur ungern, aber Seine Gnaden, der Herzog von Beldon, ist hier. Ich habe ihn in den Grünen Salon gebracht.«

»Danke, Edward. Sag ihm, daß ich sofort kommen werde.« Nick holte einmal tief Atem. Er war seinem Freund eine Erklärung schuldig. Irgendwie sah es so aus, als würde er sich in letzter Zeit zu häufig entschuldigen müssen.

Er betrat den eleganten Grünen Salon mit den marmornen Kaminen an beiden Enden und dem goldenen Spinett seiner Mutter an einer der moosgrünen Wände.

Rand stand von einem samtenen Sofa auf, als Nick hereinkam, und ging auf ihn zu. Er war ein mächtiger Mann mit breiten Schultern und harten Muskeln, kaffeebraunem Haar und goldgefleckten braunen Augen. Er lächelte ein so warmes, vertrautes Lächeln, daß sofort ein Teil von Nicks Anspannung verschwand.

»Euer Gnaden – es freut mich, Euch zu sehen.«

Rand grinste, und ein Grübchen wurde in seiner linken Wange sichtbar. »Euer Gnaden, scheiß was drauf! Ich bin immer noch Rand für dich und werde es ewig bleiben.«

Nick erwiderte das Grinsen. Er konnte sich nicht erinnern, wann er das zum letztenmal getan hatte. Er nahm Rands große Hand, der die andere auf seine Schulter legte. »Ich fühle mich wie ein Idiot«, sagte Nick. »Aber ich wollte dich halt nicht beschämen.«

»Du hast nichts getan, das ich nicht unter denselben Umständen auch getan hätte. Schweinerei, daß sie dich dafür in die Verbannung geschickt haben.«

Nick feixte. »Aber ich habe sie reingelegt und überlebt. Wie wäre es mit einem Cognac? Ich könnte einen vertragen.«

Rand nickte. »Klingt ziemlich annehmbar.«

Nick schien sein Lächeln nicht mehr abstellen zu können. »Mein Gott, es tut wirklich gut, dich zu sehen.« Bis heute war Nick nicht aufgefallen, wie sehr er seinen Freund vermißt hatte.

Mit dem Cognac setzten sich die beiden einander gegenüber auf zwei Sofas vor dem Kamin.

»Ich muß dir sagen«, meinte Rand, »daß es in den vergangenen Jahren immer wieder Zeiten gab, als ich mich fragte, ob du je wieder die Kurve kriegen würdest. Ich hatte Geschichten über die Behandlung von Verbannten gehört. Es muß ja ein ziemlicher Alptraum gewesen sein.«

»Manchmal war es schlimmer.« Weil er seinen Freund schätzte, erzählte ihm Nick von der Zeit in Jamaica, über die brennende Hitze, die Knochenarbeit und die Wanzen. Es klang wie die Hölle, doch in Wahrheit gab es keine Möglichkeit zu beschreiben, wie schlimm es wirklich gewesen war.

»Ich bin froh, daß du zurück bist«, sagte Rand. »Aber mir scheint, deine Schwierigkeiten sind noch nicht zu Ende.«

»Wenn du Bascomb meinst, hast du absolut recht. Ich weiß wirklich sehr zu schätzen, was du für uns tun willst, Rand.«

»Sydney hat gesagt, dein Mündel wäre sehr charmant. Offensichtlich scheint Oliver das auch zu denken.«

Nick spürte einen Stich von Schuldbewußtsein, dann die übliche Welle von Ärger. Er erzählte Rand kurz, welche Mühe sich Bascomb gegeben hatte, um Elizabeth zu zwingen, ihm zu Willen zu sein.

»Das überrascht mich eigentlich nicht«, knurrte Rand. »Der Mann war immer besessen in bezug auf Frauen, die er wollte. Da war doch diese Schauspielerin – wie hieß sie noch gleich?«

»Maryann Wilson.«

»Ja, genau. Jedesmal wenn sie ihn zurückwies, kaufte er ihr noch ein Stück teuren Schmuck. Und schließlich bezahlte er ein wahres Vermögen, sie als seine Geliebte auszustatten.«

»Ich erinnere mich.«

»Während du weg warst, gab es noch andere. Letzten Sommer hatte er eine hübsche junge Witwe, Cynthia Crammer. Offensichtlich war sie durch Geld nicht umzustimmen, und es gab Gerüchte, Oliver hätte ihre Kinder bedroht.«

»Das kann doch nicht wahr sein!«

»Wäre mir auch lieber.«

Nick fluchte leise. »Herr im Himmel, der Mann ist ein echter Mistkerl.«

Rand trank einen Schluck Cognac. »Elizabeth Woolcot ist die einzige Frau, der er bisher die Ehe angeboten hat. Ich nehme nicht an, daß er ihre Ablehnung leichtgenommen hat.«

»Das ist milde ausgedrückt.«

»Mein Sekretär arbeitet schon an den ersten Schritten zu unserer Kampagne – ein Ball für nächsten Samstag ist das erste Ziel. Ich glaube, er könnte etwas Hilfe gebrauchen. Vielleicht würde deine Elizabeth ihm etwas unter die Arme greifen?«

Deine Elizabeth. Wieder kam das Schuldgefühl hoch, gemischt mit einem Schuß Verlangen. Jedesmal wenn er an sie dachte, fiel ihm die heiße Liebesnacht mit ihr ein. »Das tut sie sicher gern. Hat Sydney dir schon gesagt, daß meine Schwester auch hier ist?«

»Die kleine Maggie ist hier?«

Er nickte. »Sie hat das Kloster verlassen. Wahrscheinlich würdest du sie nicht mehr wiedererkennen, Rand. Sie ist kein kleines Mädchen mehr, aus ihr ist eine schöne junge Frau geworden.«

Rands Mundwinkel hoben sich zu einem Lächeln. »Sie war mit sechzehn auch schon hübsch.«

Zu hübsch. Und viel zu naiv. Leichte Beute für einen Hundesohn wie Stephen. »Maggie ist genauso ausgestoßen wie ich. Rand, diesmal werde ich sicher nicht vergessen, was du für uns tust.«

Rand lehnte sich zurück. »Ich mag Bascomb auch nicht mehr als du. Was immer ich tue, tue ich gern.«

Sie tranken zusammen ihren Cognac, lachten über Geschichten aus alten Zeiten, als sie zusammen in Oxford gewesen waren, über Frauen, die sie gekannt hatten. Die Zeit verging, und nur zu bald mußte Rand wieder gehen. Nick begleitete ihn zur Tür.

»Ich nehme an, du hast von der Dinnerparty gehört, die Sydney für Freitag abend arrangiert hat. Er hat David Endicott, Lord Tricklewood, einen von der Liste der Heiratswilligen, eingeladen. Aber ich habe noch nicht erfahren, ob du auch mitkommen willst.«

Rand lächelte. »Habe ich schon vorgemerkt. Ich kann mir nichts vorstellen, was mich mehr interessieren würde. Auf die Art kann ich meine Bekanntschaft mit Maggie erneuern und endlich dein Mündel kennenlernen.«

Nick lächelte, aber ein ungewollter Gedanke tauchte auf: Rand Clayton war unverheiratet, ein gutaussehender, mächtiger Mann. Er hatte Sydney gesagt, er wäre nicht auf der Suche nach einer Frau, aber schließlich hatte er Nicks schönes, feuerhaariges Mündel noch nicht kennengelernt.

Unsinnigerweise plagte ihn der Gedanke, ob sein Freund es sich nicht anders überlegen würde.

Nick saß gemütlich in einem Sessel im Frühstücksraum und genoß den Anblick seiner Schwester am Fenster. Sie sah aus, als ob sie gerade zwanzig wäre, blond und attraktiv, in der ersten Blüte der Weiblichkeit. Das war wohl eine Folge des Klosters, das sie in den vergangenen neun Jahren vor den Härten des Lebens bewahrt hatte. Mit fünfundzwanzig hatte sie jetzt die Kraft zurückgewonnen, in die Welt zurückzukehren, und besaß vor allem die Vitalität, sich daran zu erfreuen. Wann immer er sie ansah, schien etwas von seiner vergangenen Einsamkeit zu vergehen. Mein Gott, er war froh, daß sie wieder zu Hause war.

Sie betrachtete jetzt mit Abscheu ihr Kleid. »Nick, ich brauche dringend eine neue Garderobe, meine Kleider sind entsetzlich. Und Elizabeth braucht auch ein paar Sachen. Mercy hat gesagt, du hättest ihr verboten, das Haus zu verlassen, aber sie muß auch mit. Bitte, Nicky, erlaube es doch.«

Er schüttelte den Kopf. »Bascomb ist in der Stadt. Ich habe einen Detektiv eingestellt, der ihn seit Elizabeth' Entführung überwacht. Der Graf ist heute morgen angekommen, und ich werde kein Risiko eingehen.«

»Na gut, dann komm doch einfach mit.« Maggie lächelte das fröhliche Lächeln, das er so lange vermißt hatte. »Elizabeth wird sicher sein, solange du dabei bist, um sie zu beschützen.«

Nick sah hinüber zu der schweigenden Elizabeth und riß sich zusammen. Er wußte, wie geschickt seine Schwester im Überreden sein konnte. »Nein.«

»Komm schon, Nick, sieh mich an. Soll ich wirklich wie eine Sechzehnjährige in London herumlaufen?«

Er betrachtete die altmodische Kleidung, in der sie so jung aussah, und lächelte amüsiert. »Ich habe ja nicht gesagt, daß *du* nicht gehen kannst, Maggie.«

»Aber Elizabeth muß mich begleiten. Du willst doch, daß sie einen guten Ehemann findet, oder?«

Sein Lächeln verschwand, und sein Magen zog sich zusammen. Er warf einen Blick auf Elizabeth und schaute weg. »Natürlich.«

»Dann muß sie auch anständig gekleidet sein. Los, Nick. Wir drei werden uns bestimmt gut amüsieren. Und wenn wir fertig eingekauft haben, können wir noch ein bißchen die Stadt erforschen.«

Nick starrte in Elizabeth' Richtung. Sie saß ihm mit sorgfältig neutralem Gesicht gegenüber und sah sehr hübsch aus in ihrem minzegrünen Kleid, das Haar zu feurigen Löckchen auf dem Kopf aufgetürmt. Wenn er sie ansah, wurde der Knoten in seinem Magen härter. Das Kleid betonte die Rundung ihrer Brüste, und er spürte, wie sich sein Unterleib regte.

Verdammt, er begehrte sie. Egal, wie sehr er dagegen ankämpfte, wie sehr er sich bemühte, sich davon zu überzeugen, daß sie nicht für ihn bestimmt war, sein Körper wollte einfach nicht zuhören.

Es gab Zeiten, da haßte er sie dafür, daß sie in jener Nacht im Wirtshaus in sein Zimmer gekommen war.

Er spürte ihre Augen auf seinem Gesicht, tiefgrün und prüfend, wo sie Dinge sah, von denen er nicht wollte, daß er sie sah. Verdammter Mist. Je eher sie verheiratet war, desto besser. Er wollte dieses Schuldgefühl hinter sich lassen. Und er wollte aufhören, dieses ständige, quälende Verlangen nach ihr zu empfinden.

Er wollte, daß sie verschwand und sein Leben wieder normal wurde. Er drehte sich widerstrebend um. »Also gut. Hol deine Haube, ich lasse die Kutsche vorfahren.«

11

Elizabeth saß neben Margaret Warring und Nicholas gegenüber in der modernen schwarzen Kutsche der Ravenworth'. Die Spannung zwischen ihnen schien keine Luft zu lassen, doch Stück für Stück entspannten sie sich angesichts der guten Laune Maggies, die froh war, nach so langer Zeit die Stadt wiederzusehen.

Die Straßen in St. James waren von Kutschen und Straßenverkäufern belebt. Zeitungsjungen, Kohlenhändler, Kirschenverkäufer, Schuhputzer. Damen und Herren eilten über den Bürgersteig, die Arme hoch beladen mit bunt eingepackten Schachteln und Päckchen.

Maggie plapperte aufgeregt, und manchmal wünschte Elizabeth sich, sie wäre gar nicht da.

»Schau nur, Nick!« Maggie deutete auf einen Pulk Kinder, die sich vor einem Parfüm- und Handschuhladen drängten. »Ein Puppentheater. Ich habe keines mehr gesehen, seit ich ein kleines Mädchen war.«

Nicholas sah die freudige Rötung in den Wangen seiner Schwester, und einen Moment dachte Elizabeth, er würde wirklich lächeln, was er natürlich nicht tat. Er ließ nur den Kutscher vor dem Geschäft von Madame Boudreau anhalten, der schicksten Modistin der Stadt.

Mit knappen, effizienten Bewegungen half er ihnen aus der Kutsche, und Elias Moody gesellte sich als eine Art Wächter zu ihnen.

Während Elias draußen stand und Nicholas geduldig auf einem eleganten Sofa wartete und dann und wann seine

Meinung zu Farben und Stoffen sagte, wurde an Margaret und Elizabeth Maß genommen für neue Kleider.

Elizabeth war zuerst fertig, denn sie benötigte nur ein paar Kleider, um ihre Garderobe zu vervollständigen. Also mußte sie sich wohl oder übel auf den engen Platz neben den Grafen setzen, wo sich ihre Beine fast berührten und ihr Rocksaum sich über seinen schwarzen Schuh legte.

Er warf ihr einen kurzen Blick zu, dann senkten sich schwarze Wimpern über das Silberblau seiner Augen.

»Du hast gut gewählt«, sagte er. »Das Grüngoldene ist perfekt für den Ball, den der Herzog geplant hat.«

»Schön, daß es dir gefällt.«

»Es hat nichts damit zu tun, was mir gefällt, sondern damit, was dich im besten Licht zeigt, so wie es bei dem grüngoldenen Kleid sicher der Fall sein wird.«

Sie starrte in sein markantes Gesicht und spürte plötzlich Ärger aufsteigen. »Ich bin doch keine Ware, Mylord, die man möglichst gut zur Schau stellen muß. Wenn meinen Verehrern mein Aussehen nicht gefällt, können sie sich gerne eine andere Frau zum Heiraten suchen.«

Nicholas zog die Brauen zusammen. »Und was ist mit Oliver Hampton? Muß ich dich daran erinnern, daß er vorhat, dich in sein Bett zu zwingen?«

Röte übergoß ihre Wangen. »Ich kann dir versichern, daß ich das nicht vergessen habe.«

Er beugte sich näher zu ihr, und seine Augen schimmerten dunkelgrau und eindringlich. »Hör mir gut zu, Elizabeth. Ich weiß, wie du über Bascomb denkst. Ich weiß, daß alles im Laufe der vergangenen Wochen noch… komplizierter geworden ist. Aber ich will wirklich nur das Beste für dich.« Er drehte ihren Kopf mit seiner Hand um, so daß sie gezwungen war, ihn anzusehen. »Ich möchte, daß du glücklich wirst. Du verdienst einen Mann, der gut für dich sorgt und dich mit Respekt behandelt.«

Er sah sie so ernst an, daß ihre Unterlippe zu zittern begann. »Ach, wirklich?«

»Ja, wirklich.«

»Und was ist mit Liebe, Mylord?«

Sein unruhiger Blick wandte sich ab. »Liebe ist ein Märchen, Elizabeth. Für manche mag sie vielleicht existieren, aber für den Rest von uns ist sie nur Phantasie. Sie existiert nicht in der Realität.«

Elizabeth sagte nichts, aber ihre Brust zog sich schmerzlich zusamnmen aus Liebe, die sie für Nicholas empfand und die er niemals erwidern würde. Doch sie bekümmerte auch, daß Nicholas die Liebe nie gekannt hatte.

Der Nachmittag zog sich schleppend hin, und selbst Maggies fröhliches Geplapper konnte die Spannung nicht verringern, die bis zum Schluß ihrer Einkaufsfahrt die Kutsche erfüllte. Schließlich überredete Maggie sie noch zu einem Eis in einer kleinen Konditorei. Elizabeth schaffte es, ihr Kleid auf der Brust zu bekleckern, und Nicholas lächelte zum erstenmal an diesem Tag. Maggie gab ihr ein feuchtes Tuch, um den Fleck wegzuwischen, und durch die Feuchtigkeit zog sich ihre Brustwarze unter dem Stoff zusammen. Elizabeth errötete, und Nicholas wandte sich düster ab.

Er blieb auf dem ganzen Rückweg still und in sich gekehrt. Bis zum Ende der Woche sah Elizabeth ihn nicht mehr, erst bei der Dinnerparty, die Sydney Birdsall arrangiert hatte. Sie wußte, daß er ihr aus dem Weg ging, aber es war ihr auch lieber so. Er hatte ganz deutlich gezeigt, daß er ihr nichts zu sagen hatte, und damit war auch für sie die Situation klar.

Elizabeth wählte ein saphirblaues, mit Silberfäden durchzogenes Kleid mit hoher Taille aus, das unter ihren Brüsten mit einem silbernen Band geschlossen wurde. Den ganzen Tag über war sie nervös wegen dieses ersten großen Dinners.

Doch sosehr sie es auch wünschen mochte, mehr Aufschub war ihr einfach nicht beschieden.

Sie zwang sich zu lächeln und schritt die Treppe hinunter, wo sie Tante Sophie begegnete, die mit ihr gemeinsam in den Salon ging. Sydney wartete schon. Sie begrüßte ihn mit einem Kuß auf die zerknitterte Wange und begrüßte dann höflich Ravenworth. Er war ebenso förmlich und stellte sie den restlichen Gästen, unter denen auch der Herzog von Beldon war, als sein Mündel vor.

»Meine liebe Miss Woolcot«, sagte der Herzog mit einem Lächeln und nahm ihre behandschuhte Hand, als sie sich aus einem Knicks erhob. »Es ist wirklich ein Vergnügen, Euch kennenzulernen.« Er grinste, und ein kleines Grübchen erschien auf seiner Wange. »Eure Bewunderer haben Euch schon hoch gelobt, doch jetzt kann ich deutlich sehen, daß sie nicht übertrieben haben.«

Sie mußte zugeben, daß sie beeindruckt war. Beldons Gegenwart wirkte magnetisch. Einen Augenblick lang schaffte sie es sogar, die ebenso eindrucksvolle Gegenwart von Nicholas Warring zu vergessen. Sie lächelte den gutaussehenden Herzog an. »Vielen Dank, Euer Gnaden.«

»Ich glaube, Ihr seid Lord Tricklewood schon vorgestellt worden.« Sydney wandte sich dem attraktiven jungen Viscount zu – dem ersten ihrer potentiellen Verehrer –, der gerade zu ihnen trat. David Endicott, Lord Tricklewood, war schlank und blond mit einem jungenhaften Lächeln und blauen Augen. Er zeigte sich anfangs etwas schüchtern, was sie sympathisch an ihm fand. Ein größerer Unterschied zwischen zwei Männern als zwischen ihm und Oliver Hampton war kaum vorstellbar.

In diesem Augenblick kam Maggie herein, elegant und hübsch in einem Kleid aus gelber Seide, das das Gold ihres Haars noch betonte. Sie blieb einen Augenblick an der Tür stehen.

»Mein Gott, ist das die kleine Maggie?« dröhnte Beldons tiefe Stimme durch den Raum.

Nicholas' tiefes Lachen begleitete ihn. »Ich habe dir doch gesagt, daß sie nicht mehr so klein ist.«

»Ja, allerdings.« Beldon ging zu ihr und nahm ihre beiden Hände. »Willkommen zurück, Lady Margaret. Ihr wart viel zu lange fort.«

Maggie lächelte. »Vielen Dank, Euer Gnaden. Manchmal hatte ich das Gefühl, als wäre es eine Ewigkeit gewesen. Doch jetzt, nachdem ich wieder hier bin, kann ich kaum glauben, daß ich überhaupt weg war.«

»Ihr seid eine sehr schöne junge Frau geworden. Ich weiß, daß Eure Eltern stolz auf Euch wären.«

Ein flüchtiger Schatten huschte über Maggies Antlitz, dann lächelte sie. »Vielen Dank, Euer Gnaden.«

Der Abend verlief harmonisch. Tante Sophie, gut gelaunt wie stets, saß neben Sydney, und Elizabeth hörte ihn mehrmals über eine ihrer Bemerkungen lachen. Es gab noch andere Gäste: der Marquis von Denby mit seiner zarten Frau Eleanor, Sir Wilfred Manning und eine Witwe namens Emily Chester, der Sir Wilfred den Hof machte, alle zusammen Freunde von Beldon. Sie waren anwesend, um Elizabeth' Einführung in die Gesellschaft zu beginnen und die Rückkehr der ausgestoßenen Geschwister Ravenworth zu feiern, eine Aufgabe, die sicher in der Zukunft noch schwierig werden würde.

Elizabeth saß neben Lord Tricklewood, der im Verlauf des Abends immer mehr von seiner Schüchternheit verlor.

»Mr. Birdsall hat mir erzählt, daß Ihr gern lest.«

»Ja, ich finde Lesen sehr entspannend. Jetzt gerade habe ich einen der Schauerromane von Mrs. Radcliffe beendet, was manche sicher nicht akzeptabel fänden.«

Tricklewood lächelte. »Um die Wahrheit zu sagen: Ich habe gerade selbst einen gelesen und ihn sehr genossen.«

So begannen sie ein längeres Gespräch über Bücher, gingen dann über zu Gärten und endeten schließlich ausgerechnet bei einer lebhaften Diskussion über Vögel.

»An meinem letzten Tag in Ravenworth habe ich tatsächlich eine gelbe Bachstelze gesehen, stellt Euch vor, zum erstenmal!«

Tricklewood schien beeindruckt. »Bemerkenswert. Ich hatte noch nie das Glück. Sie sind eher sehr selten.«

Das Gespräch ging in dieser angenehmen Weise weiter, bis Elizabeth schließlich Nicholas' Blick auf sich spürte. Als sie zu ihm an das andere Ende des Tisches hinübersah, fiel ihr auf, wie hart sein Ausdruck wirkte und daß sein Essen fast unberührt vor ihm stand.

Offensichtlich gefiel ihm David Endicott als zukünftiger Ehemann nicht besonders.

Und das bedeutete für Elizabeth, daß er in die engere Wahl kam.

»Nun, was meint Ihr?« Sydney Birdsall saß am folgenden Morgen neben Rand Clayton in Nicks Arbeitszimmer. »Ich fand, daß es für den ersten Versuch recht gut gelaufen ist.«

»Elizabeth und der junge Viscount schienen sich gut zu verstehen«, nickte Rand. »Ich habe gehört, Tricklewood soll ein netter Kerl sein. Was meinst du, Nick?«

Der lehnte sich in seinem Sessel zurück. »David ist ein Junge. Elizabeth braucht einen Mann.«

Beldon runzelte die Stirn und Sydney meinte: »Er ist fast dreiundzwanzig, also drei Jahre älter als Elizabeth. Alt genug, würde ich meinen. Er hat genug Geld, aber ein mäßiges Vermögen, so daß Elizabeth' Mitgift auch noch von Interesse ist.«

»Elizabeth schien ihn zu mögen«, warf Beldon ein.

»Elizabeth mag alle Leute«, murrte Nick.

»Außer Oliver Hampton.«

Sein Kinn wurde härter. »Das gebe ich zu«, knirschte er.

Rand lächelte. »Keine Sorge, alter Freund, wir haben gerade mal den ersten Vorstoß hinter uns. Elizabeth ist wirklich zauberhaft. Sie wird keinen Mangel an Verehrern haben. Du wirst frei wählen können.«

Frei wählen, ja. Außer daß sie meinetwegen keine Jungfrau mehr ist. Das Problem würde er zum entsprechenden Zeitpunkt angehen müssen.

»Der Ball bei dir ist als nächstes dran«, sagte er zu Rand. »Er wird bestimmt entscheidend sein. Wenn du Elizabeth förderst, können sie sie nicht einfach ignorieren, aber sicher sein können wir natürlich nicht.«

»Überlaß das mir«, sagte der Herzog selbstbewußt. »Wenn sie wissen, was gut für sie ist, werden sie dein Mündel mit offenen Armen empfangen.«

Nick sah auf. Ein Blick auf die ernsten Züge seines Freundes, und er glaubte ihm. Dennoch würde es nicht leicht werden. Für ihn nicht, für Maggie nicht und besonders nicht für Elizabeth.

Elizabeth zog sich äußerst sorgfältig an für den Anlaß ihrer offiziellen Einführung in die Londoner Gesellschaft. Sie trug das goldgrüne Kleid, von dem Nicholas in Madame Boudreaus Laden gesprochen hatte. Genaugenommen war es aus cremefarbener Seide, mit hoher Taille und an der Seite und am Saum mit einem goldgrünen Streifen mit ägyptischen Mustern abgesetzt. Der großzügige Ausschnitt ließ einen tiefen Einblick auf ihren Busen zu. Nick hatte gesagt, die Farbe bringe das Grün ihrer Augen besonders gut zur Geltung.

Als sie vor dem Spiegel stand, mußte sie wohl oder übel zugeben, daß der Graf recht hatte. Mit ihrem rotbraunen Haar und der hellen Haut ließ das Kleid ihren Typ besser wirken als jedes andere Kleid, das sie je getragen hatte.

Elizabeth lächelte bitter. Ravenworth würde zufrieden sein. Er wollte sie loswerden. Jetzt wo er sein Verlangen nach ihr befriedigt hatte, wollte er sich ihrer wieder entledigen, genau wie es bei Miriam gewesen war. Mein Gott, wie dumm sie gewesen war zu glauben, daß ein Mann wie der Graf sich ändern konnte.

»Bist du soweit?« Maggie streckte den Kopf zur offenen Tür herein.

»Ich denke schon, aber ich muß gestehen, daß ich mich nicht unbedingt auf den Abend freue.«

Maggie kam herein und schloß die Tür. »Du kannst mir glauben, daß ich ganz deiner Meinung bin. Weiß der Himmel, wie man uns aufnehmen wird.« Sie trug eisblaue Seide, einen Ton heller als ihre Augen. Zu ihrem goldblonden Haar und der hellen Haut sah das phantastisch aus. »Der arme Nick wird bestimmt viel Unangenehmes über sich ergehen lassen müssen. Er müßte langsam daran gewöhnt sein, aber Sydney sagt, daß es nicht so ist.«

Elizabeth antwortete nicht. Sie wollte nicht an Nicholas Warring denken und ihn schon erst recht nicht bedauern.

Maggie musterte sie unter den dichten goldenen Wimpern hervor. »Oberflächlich gesehen scheint mein Bruder hart, aber in Wahrheit ist er viel empfindsamer, als man glaubt. Wenn er jemanden als Freund betrachtet, würde er alles für ihn tun – egal wie schmerzlich es für ihn selbst sein mag.«

Elizabeth dachte darüber nach. Versuchte Maggie, ihr irgend etwas zu sagen? Sie nahm an, Margaret Warring wußte nichts über Elizabeth' Gefühle zu ihrem Bruder oder was zwischen ihnen beiden geschehen war. Sie betrachtete ihre Schuhe und wählte ihre Worte sehr sorgfältig.

»Lord Ravenworth war sehr großzügig mit meiner Tante und mir. Wir sind ihm beide sehr zu Dank verpflichtet.«

Maggies Gesicht wurde eindringlich. »Er mag dich sehr,

Elizabeth. Das sehe ich an seinem Gesicht, wann immer er dich anschaut. Ich hoffe, daß du ihm nicht weh tust. Nick ist schon genug verletzt worden.«

Elizabeth sah sie verblüfft an. »Du glaubst, *ich* stelle eine Bedrohung für ihn dar?«

Maggie schob eine Locke hinter ihr Ohr. »Nick ist einsam. Seine Frau hat ihn verlassen. Er weiß es nicht, aber er braucht nichts mehr als eine Frau, die ihn wirklich liebt. Unglücklicherweise ist er verheiratet, und das bedeutet, daß du nicht diese Frau sein kannst.«

Niemand wußte das besser als sie. Elizabeth ging zum Fenster und schaute hinaus auf die Straßenlaternen.

»Du warst lange fort, Maggie. Leute können sich ändern. So wie ich das sehe, ist dein Bruder ganz gut in der Lage, mit der Einsamkeit fertig zu werden, die er manchmal fühlt. Er hat Frauen zu seiner Verfügung so viele er möchte, und scheut nicht davor zurück, zu nehmen, was ihm angeboten wird.« Das stimmte nicht genau. Er hatte mehr als einmal versucht, dem auszuweichen, was Elizabeth ihm sozusagen aufgedrängt hatte. Es war ihre Schuld, nicht seine, daß es ihm nicht gelungen war.

»Nick war immer schon ein gutaussehender, begehrter Mann. Er ist gefährlich und effektiv, wenn es sein muß, und das finden Frauen besonders anziehend. Seit Stephens Tod haben sie ihn vielleicht noch mehr als früher begehrt. Aber es bleibt eine Tatsache, daß Nick einsam ist. Du siehst das vielleicht nicht, aber ich.«

Elizabeth schwieg. Sie hatte schon öfter genauso gedacht. Und jetzt fragte sie sich, ob er nicht angestrebt hatte, sie beide voneinander zu entfernen, um sie zu beschützen, anstatt um sie loszuwerden.

Nick stand unten an der Treppe und beobachtete, wie Elizabeth hinunterkam. Sie sah so schön aus in dem goldgrünen

Kleid, daß es ihm den Atem raubte und er ein Brennen in seiner Brust fühlte. Er löste sich lässig von der Wand, als Maggie Elizabeth folgte.

»Ihr seht beide phantastisch aus«, lobte er, doch sein Blick blieb auf Elizabeth gerichtet. »Jeder Mann auf dem Ball wird euch zu Füßen sinken.«

Maggie lächelte. »Hoffentlich hast du recht.« Sie wirkte nervöser, als er erwartet hatte, und ihre Schultern waren angespannt. »Ich werde den Abend als Erfolg betrachten, wenn uns weniger als die Hälfte der Leute ausdrücklich schneiden.«

Nick legte eine Hand an ihre Wange. »So schlimm wird es nicht werden. Rand und seine Mutter werden bei uns sein.«

Elizabeth schauderte leicht. Nick bemerkte es, und es wurde ihm eng in der Brust. Das war alles seine Schuld. Und doch konnte er nichts daran ändern.

»Es tut mir leid, daß es so gekommen ist, Elizabeth. Wenn es möglich wäre, dir das alles leichter zu machen, würde ich es tun. Dein Vater hätte dich nie meiner Familie anvertraut, wenn er geahnt hätte, mit welchen Schwierigkeiten das verbunden sein würde. Doch was geschehen ist, ist geschehen. Denke nur daran, den Kopf hochzuhalten, wie auch immer der heutige Abend verlaufen mag. Wenn wir Glück haben, wird bis zu unserer Heimkehr meine Schwester ihrem Versuch, die Vergangenheit hinter sich zu lassen, einen großen Schritt näher gekommen sein, und Elizabeth Woolcot wird auf dem Weg in ein neues Leben sein.«

Elizabeth nickte nur. Er spürte ihre Nervosität, obwohl sie sich große Mühe gab, sie zu verbergen. Er hätte sie gern in den Arm genommen und getröstet, aber er blieb, wo er war, und gab sich kühl und unbeteiligt, weil er befürchtete, jedes Gefühl würde den Zustand nur verschlimmern.

Auch Tante Sophie erschien bald darauf, fröhlich wie

stets. Er half den Damen in die Kutsche, stieg dann selbst ein und lehnte sich an die Plüschpolster. Jackson Freemantle auf dem Kutschbock packte die Zügel fester, und schon waren sie auf dem Weg zum Stadthaus des Herzogs von Beldon am Grosvenor Square.

Wie geplant war der Ball schon in vollem Gang, als sie ankamen. Teure Fahrzeuge aller Art, elegante Kaleschen und vergoldete schwarze Kutschen standen in langer Reihe vor dem Haus. Nick ließ den Kutscher vor dem Seiteneingang halten, wie Rand es arrangiert hatte. Im Haus wurden sie in einen eleganten Salon gebracht, wo der Herzog und seine Mutter sich kurz darauf zu ihnen gesellten.

»Maggie, Ihr seht wunderbar aus«, sagte Rand, ging zu ihr und verbeugte sich sehr förmlich über ihrer Hand. Er warf der schlanken Frau neben ihr einen warmen Blick zu. »Elizabeth, Ihr seid geradezu eine Erscheinung. Die Männer werden Schlange stehen, um einen Platz auf Eurer Tanzkarte zu bekommen.« Er lächelte. »Und du, Nick, wirst wie üblich von Frauen umgeben sein, die eine Sekunde deiner Aufmerksamkeit ergattern wollen.«

»Ich muß schon sagen«, meinte die Herzogin. »Die ganze harte Arbeit scheint Euch nicht geschadet zu haben. Ich würde sogar behaupten, Ihr seht noch besser aus als vor neun Jahren.« Sie lächelte. »Ich freue mich, Euch wiederzusehen, mein Junge.«

»Vielen Dank, Euer Gnaden.« Sie war eine kleine Frau mit leicht gebeugten Schultern, silbernem Haar und der gleichen eindrucksvollen Persönlichkeit wie ihr Sohn. Sie war ein warmherziger, sehr direkter Mensch, und selbst das Thema von Nicks Verbannung war nicht tabu für sie.

Nick sah zu, wie sie sich seiner Schwester zuwandte und sie genauso herzlich willkommen hieß wie ihn. »Mein liebes Kind, es ist entschieden zu lange her, daß ich Euch gesehen habe. Um so mehr freue ich mich jetzt darüber.«

Ein wenig von Maggies Nervosität verschwand angesichts dieses Empfangs. Nick hatte vergessen, wie wohltuend die Familie Clayton war. Mehr denn je bedauerte er die Jahre, in denen er seinen Freund gemieden hatte.

Nun stellte Rand Elizabeth seiner Mutter vor, deren scharfer Blick sie von Kopf bis Fuß betrachtete. Elizabeth machte einen tiefen, anmutigen Knicks. »Ich freue mich sehr, Euch kennenzulernen, Euer Gnaden. Vielen Dank für Eure Unterstützung.«

»Unsinn. Es hat meinem Sohn gutgetan, Lord Ravenworth zu helfen. Er langweilt sich leicht. Und seit Jahren hat ihn nichts mehr so richtig herausgefordert.«

Elizabeth lächelte, und Nick hatte den Eindruck, als würde auch sie sich leicht entspannen. Es war absolut notwendig, daß sie einen guten Eindruck machte, wenn sie einen brauchbaren Mann finden sollte. Nick beobachtete sie und dachte erneut daran, daß es ihre einzige Wahl war, daß es das Beste für sie beide sein würde. Doch seine Brust tat ihm weh, und irgend etwas in seinem Inneren war schwer wie Blei. Die kleine Gruppe unterhielt sich noch ein paar Minuten, doch nach wie vor kamen Gäste an, und die Gegenwart des Herzogs und seiner Mutter wurde verlangt.

Es war an der Zeit, dem Drachen die Stirn zu bieten.

»Kopf hoch, ihr drei«, sagte Rand, als sie zur Tür gingen. »Zeigt ihnen keine Gnade und schon erst recht keine Angst – sonst springen sie euch an die Gurgel.«

Er grinste bei diesen Worten, doch Nick schauderte innerlich, denn er wuße, daß das stimmte.

12

Das grüngoldene Kleid rauschte bei jedem ihrer Schritte. Elizabeth ging am Arm des Herzogs durch den Vorraum zum Ballsaal, während Ravenworth die Herzogmutter begleitete, gefolgt von Tante Sophie und Maggie. Das Haus war zum Bersten mit Gästen gefüllt, die lebhaft ins Gespräch vertieft waren – oder zumindest so taten als ob.

Elizabeth zwang sich zu einem strahlenden, unbeschwerten Lächeln, als sie sich durch die Menge in den riesigen goldverzierten Ballsaal schoben. Er schimmerte im Licht zahlreicher Bienenwachskerzen und glitzerte durch die riesigen Silberwaren, die mit Dutzenden alabasterweißen Rosen geschmückt waren, deren weicher Duft sich mit den schweren Parfüms der Frauen mischte.

Elizabeth klammerte sich an den muskulösen Arm des Herzogs und lächelte weiter. Bisher ging alles gut. Sie mochte die alte Herzogin, und Rand Clayton gefiel ihr zusehends besser. Seine Hand lag sicher und fest auf der ihren, und sie dachte daran, welches Glück es doch war, ihn zum Freund zu haben.

Erst wandten sich nur ein paar Köpfe nach ihnen um, dann ein Dutzend, dann fünfzig. Der Lärm im Saal ebbte ab zu einem leisen, brodelnden Murmeln. Sekunden vergingen. Alle sahen ihnen zu, es wurde still. Dann begann das Geflüster. Man starrte Nicholas an, entrüstet über sein Erscheinen bei einem solchen Anlaß, und Elizabeth war voller Mitgefühl für ihn. Er hatte dies ihretwegen und für Maggie auf sich genommen, weil ihm an ihnen beiden etwas lag. Ihr

Rücken prickelte, als lägen in all den Blicken rasiermesserscharfe Schneiden.

»Herr im Himmel, das ist doch wohl nicht Ravenworth«, murmelte jemand ganz in ihrer Nähe. »Der Mann ist ein Krimineller. So dreist kann er doch wohl nicht sein.«

»Doch, doch, er is's«, bestätigte eine Matrone mit altmodischer, gepuderter Perücke. »Und die kleine Blonde ist seine Schwester.«

Der Arm des Herzogs unter ihrer Hand spannte sich an, doch er ging unbeirrt weiter. Elizabeth wurde es ganz elend, als sie noch andere solcher Stimmen vernahm.

»Wer ist die Rothaarige?« fragte ein adrett gekleideter junger Mann. »Die ist wirklich rassig.«

»Das, alter Freund, ist die Tochter von Sir Henry Woolcot. Ravenworth ist ihr Vormund.« Der andere kicherte leise. »Das macht nun wirklich den Bock zum Gärtner, findet ihr nicht?« Die beiden lachten – bis Beldon stehenblieb und sich umdrehte. Ein Blick aus diesen kühlen, braunen Augen, und jede Albernheit der beiden versiegte.

Sie schritten weiter unbeirrt durch den Ballsaal. Elizabeth zitterten die Knie, als sie den Rand der Tanzfläche erreichten. Der Herzog neigte kurz den Kopf, und das Orchester begann zu spielen. Wie es die Sitte verlangte, eröffnete er den Tanz, zunächst als Partner seiner Mutter, der höchstrangigen Frau im Raum. Den zweiten Tanz reservierte er für sie.

»Lächeln, meine Liebe, Ihr seht absolut umwerfend aus. Kein Grund zur Besorgnis.« Er warf Ravenworth einen kurzen Blick zu, der neben der Herzoginmutter nur wenig von ihnen entfernt stand. Nicholas' Gesichtsausdruck war beredt, aber Elizabeth konnte ihn nicht entziffern.

Die Musik begann, und Beldon nahm seinen Platz ihr gegenüber auf dem schwarzweißen Marmorboden ein. »Er macht sich Sorgen um Euch«, sagte Beldon, als die Reihe der

Tänzer sich den Damen näherte. »Ihr könnt von Glück sagen, einen solchen Freund zu haben.«

Dazu konnte sie kaum etwas sagen. Freundschaft mit Nicholas Warring war das letzte, was sie wollte. Sie wollte, daß er sie liebte, und das wiederum wollte er nicht tun.

Der Herzog lächelte, Elizabeth ebenfalls. Wie Beldon gesagt hatte, war es absolut unerläßlich, daß die feine Gesellschaft ihre Gegenwart als selbstverständlich akzeptierte.

Er tanzte als nächstes mit Maggie, so daß sie beide in den schützenden Arm seiner Autorität gehüllt wurden. Von diesem Augenblick an begann der Ton in der Umgebung sich zu wandeln. Männer tauchten von allen Seiten neben ihr auf, und sie beobachtete, daß auch mehrere Frauen den Mut besaßen, Nicholas in ein Gespräch zu verwickeln.

Sie wehrte sich gegen den Stich von Eifersucht, den sie spürte. Sie wußte, wie der Graf war: ein Draufgänger und Weiberheld, egal, was er ihretwegen für Opfer brachte.

Sie zwang sich, den Blick abzuwenden und tanzte mit einem jungen Lord, den ihr die Herzogin vorstellte. Er war gutaussehend und charmant, doch keiner der von Sydney Birdsall anvisierten Verehrer.

Neben Lord Tricklewood standen auf der Liste noch Lord Addington Leech, der zweite Sohn des Grafen von Dryden, Sir Robert Tinsley und William Rutherford, Baron Talmadge. Sie hatten alle einen einwandfreien Ruf, doch heute abend war außer Lord Tricklewood nur Lord Talmadge gekommen, den Sydney ihr mit einem zufriedenen Lächeln vorstellte.

»Ihr solltet geschmeichelt sein, meine Liebe. Seine Lordschaft kam ausdrücklich, um Eure Bekanntschaft zu machen.«

Sie lächelte ihm zu, so glücklich sie konnte. »Sehr freundlich von Euch, Mylord.«

»Gar nicht. Sydney hat mir so viel über Euch erzählt, und

ich sehe schon, daß wir uns gut verstehen werden.« Er war Ende Dreißig, hochgewachsen und schmal, mit ergrauenden Schläfen. Er war Witwer mit zwei kleinen Kindern. Es war natürlich ein reizvoller Gedanke, seinen Kindern die Mutter zu ersetzen, doch abgesehen davon fand sie den Mann etwas steif und seltsam.

Während sie mit ihm tanzte, versuchte sie, ihn nicht mit Ravenworth zu vergleichen, nicht Nicholas' zärtliches Lächeln neben seine ernsten Züge zu setzen. Sie versuchte auch, nicht an die bewußte Nacht mit Nicholas zu denken, bemühte sich zu vergessen, wie es sich anfühlte, wenn er in ihr war.

Diese Gedanken waren Irrsinn, und doch konnte sie sie nicht stoppen. Ihr war klar, daß eine Ehe mit Talmadge nicht viel besser sein würde, als was sie bei Oliver Hampton erwartete.

Nick ging zum Schrank in seinem Arbeitszimmer und goß sich eine ordentliche Portion Gin in sein Glas. Er nahm einen großen, beruhigenden Schluck, der angenehm brennend in seinen Magen gelangte. Den ganzen Abend hatte er nur mäßig getrunken, sich Mühe gegeben, seinem verruchten Ruf entgegenzuwirken.

Jetzt, nachdem die Damen wieder sicher zu Hause waren, wollte er nichts lieber, als sich sinnlos zu betrinken und die verdammte Angelegenheit zu vergessen.

Er nahm noch einen mächtigen Schluck. Er hatte sich nicht getäuscht in seiner Erwartung, wie man ihn aufnehmen würde. Ein Glück, daß durch Beldons Hilfe seine Schwester und Elizabeth etwas aus seinem Schatten treten konnten.

Bis zum Ende des Abends war das Geflüster weitgehend verstummt, und die beiden reizenden Damen hatten zahlreiche Männer um sich versammelt. Es sah ganz so aus, als ob es kein wesentliches Problem darstellen würde, in die gute Gesellschaft zurückzukehren.

Nick trank noch einen Schluck Gin. Mit einem erschöpften Seufzer setzte er sich aufs Sofa am Kamin und versuchte, nicht an Elizabeth' Lächeln zu denken, mit dem sie getanzt hatte – dauernd mit einem anderen Mann. Genaugenommen entsprang seine Anspannung nicht von der Furcht vor diesem Abend, sondern von seinem Erfolg. In seinen wildesten Träumen hatte er sich nicht vorgestellt, daß ihn Elizabeth' Erfolg so hart treffen würde.

Er fluchte leise. Jedesmal wenn sie getanzt hatte, mußte er sich Mühe geben, nicht durch den Saal zu stürmen und sie von ihrem Partner wegzureißen. Er konnte es nicht ertragen, mit anzusehen, wie ein anderer ihre seidige, weiße Haut berührte und sein lüsterner Blick hinunterwanderte zur Rundung ihrer Brüste.

Er wollte nicht, daß ein anderer sie anlächelte. Oder mit ihr lachte. Verdammt, er wollte die Kerle überhaupt nicht in ihrer Nähe haben.

Nick kippte den restlichen Gin hinunter, doch die scharfen Stiche der Eifersucht, die in seinem Inneren tobten, wurden dadurch nicht weniger. Er hatte kein Recht, so zu fühlen, überhaupt nicht. Und doch ließen die ärgerlichen Stiche nicht nach.

»Herr im Himmel«, murmelte er und stand auf, um sein Glas erneut zu füllen. Was war nur los mit ihm? Er hatte doch schon Dutzende von Frauen gehabt. Was war nur an dem feurigen Rotschopf, das ihn so wild machte vor Lust auf sie? Lust und noch etwas. Ein einfaches Verlangen, sie zu berühren. Zu halten. Zu beschützen. Es war ein Gefühl, das ihm noch nie begegnet war, weder mit seiner Frau noch mit einer seiner zahllosen Affären.

Nick setzte sich wieder auf das Sofa, leerte sein Glas, stand auf, um es wieder zu füllen und nahm diesmal die halbvolle Karaffe mit. Er hatte versprochen, sich zu bessern, aber er war kein Heiliger. Abgesehen davon konnte Elizabeth Woolcot mit ihren vollen Brüsten, ihrem seidigen Haar und ihrem bezaubernden Lächeln jeden Mann zur Flasche treiben.

Elizabeth saß auf einer Bank in dem kleinen Garten hinter dem Stadthaus. Er war natürlich nicht so wie der Garten von Ravenworth Hall, und nur wenige Vögel trotzten der rauchigen Stadtluft, doch er war grün und frisch, ein Platz, der ihre elende Stimmung etwas heben konnte.

Seit dem prächtigen Ball des Herzogs war eine Woche vergangen. Es war ein Anfang gewesen, wenn sie auch nicht von allen in der guten Gesellschaft mit offenen Armen empfangen wurden. Inzwischen hatten sie schon ein paar Einladungen bekommen und bemühten sich, einer jeden zu folgen. Elizabeth hatte ihre Nervosität überwunden und beschlossen, das Beste aus der Situation zu machen.

Maggie tat sich noch etwas schwer nach neun Jahren im Kloster, aber sie war hübsch und anmutig, und zahlreiche Männer hatten ihr Interesse an ihr bekundet.

Nicholas dagegen schien jeden Abend mißmutiger und lustloser, manchmal regelrecht abweisend.

Das hielt die Frauen nicht zurück. Sie schienen sogar seine düstere Art interessant zu finden und die Atmosphäre von Gefahr, die ihn umgab. Schließlich war er der »Verruchte Graf«, und sie hätten gern die tiefe, glühende Leidenschaft gekostet, die sie an ihm spürten, hätten gern seine hohen Brauen berührt und seinen hart wirkenden Mund geküßt.

Die Eifersucht verdrängte den letzten Schmerz, den Elizabeth noch empfunden hatte, verwandelte ihn in Ärger, in ein leise brodelndes Kochen. Sie hätte ihn am liebsten geschlagen, ihm genau den Schmerz zugefügt, den er ihr zufügte.

»Ich bin die miese Stimmung deines Bruders wirklich leid«, sagte sie eines Abends bei ihrer Rückkehr zu Maggie. »Er hat sich unhöflich benommen gegenüber Lord Tricklewood, und selbst zum Herzog war er muffig.«

Ganz zu schweigen davon, daß Miriam Beechcroft, Lady Dandridge, auch auf dem Ball gewesen war und ihm den ganzen Abend lang verführerische Blicke zugeworfen hatte. »Ich sehe ja ein, daß er als mein Vormund die Angelegenheit erledigt sehen will, aber ich habe zusehends mehr das Gefühl, daß es besser wäre für uns alle, wenn er einfach nach Ravenworth Hall zurückkehrte.«

Maggie warf ihr Tuch über eine Stuhllehne. »Du weißt, daß er das nicht tun kann. Darauf wartet Bascomb vielleicht gerade.« Sie seufzte. »Ich weiß ja, daß Nicholas manchmal sehr muffig sein kann, aber eigentlich sieht es ihm gar nicht ähnlich, absichtlich unhöflich zu sein. Ich kann mir nicht vorstellen, was mit ihm los ist.«

Elizabeth konnte es auch nicht. Vielleicht hatte es mit einer Frau zu tun, die er sich als nächste Geliebte ausgesucht hatte. Vielleicht war er es einfach leid, einen Mann für sein Mündel finden zu müssen. Was immer es sein mochte, Elizabeth nahm sich vor, ihn zu ignorieren. Nicholas Warring konnte auf direktestem Weg zur Hölle fahren.

Unglücklicherweise fiel es ihr nicht leicht, ihn nicht zu beachten. Wo immer sie hinging, mit wem auch immer sie sprach, sie spürte das silbrige Funkeln seines Blicks. Dann wurde ihr Mund trocken und ihr Herz klopfte heftig, und sie dachte zum tausendstenmal daran, wie es in jener Nacht mit ihm gewesen war.

Der Ärger wuchs. Eifersucht und Verlangen wechselten sich ab, und das Begehren lag wie ein Stück glühende Kohle tief in ihrem Bauch. Sie wollte, daß er genauso leiden sollte wie sie, wollte ihn eifersüchtig sehen, wollte, daß er sich ebenso nach ihr verzehrte wie sie sich nach ihm.

Elizabeth verließ den Garten mit neuer Entschlossenheit. Sie war es leid, ignoriert zu werden, hatte genug von Ravenworth' ständiger Mißbilligung. Sie wählte ein verführerisch tief ausgeschnittenes Kleid in dunklem Topas, zog die Nadeln aus dem Haar und begann es sorgfältig zu bürsten, während sie Pläne für den weiteren Verlauf des Abends machte.

Ein entschlossenes Lächeln zuckte um ihre Lippen. Spiele der Verführungskunst konnte sie ihm auch bieten... Sie war dabei vielleicht nicht so geschickt wie Nicholas, aber sie lernte schnell. Ravenworth hatte lange genug die Oberhand gehabt. Heute abend würde sie gleichziehen.

Sydney Birdsall nahm Elizabeth' Hand und legte sie auf seinen Arm.

»Ihr seht phantastisch aus, meine Liebe. Jeder hat sich den Hals nach Euch verrenkt, als Ihr hereingekommen seid.«

Elizabeth lächelte und strich unbewußt das Oberteil ihres tief ausgeschnittenen Kleides glatt. »Vielen Dank, Sydney.« Sie waren Gäste bei einer Soiree von Lord und Lady Denby, die sie am ersten Abend hier in London kennengelernt hatten.

»Es sind noch zwei Eurer Verehrer gekommen, Lord Addington und Sir Robert Tinsly. Sie möchten Euch dringend kennenlernen.«

Elizabeth sah zu Nicholas hinüber, der nicht weit entfernt stand. Sein Mund schien schmaler zu werden, aber er sagte nichts. Sie lächelte strahlend. »Ich sie auch. Die Herzogin mag Sir Robert besonders gern, und Lord Addington soll ganz besonders gut aussehen, habe ich gehört.«

»Dazu ist er noch sehr reich.« Sydney schaute zur Tür und hob sein Monokel vor ein Auge. »Ah, da ist er. Ich glaube, er kommt herüber.«

»Wenn ihr zwei mich bitte entschuldigen wollt…« Nicholas schlenderte davon. Er war noch nicht weit entfernt, da sprach ihn eine hübsche, elegant gekleidete Blonde an. Elizabeth konnte nicht verstehen, was sie redeten, aber sein kehliges Lachen weckte spontane Wut in ihr. Wie konnte er zu der Blonden so nett sein, während er mit ihr konsequent unfreundlich blieb?

Als Lord Addington erschien, wandte sie ihm den gesamten Charme zu, den sie aufbringen konnte, jedes Quentchen weiblicher Kunst, das ihr einfiel. Sie lachte über seine dummen Sprüche und lächelte über seine Bemühungen, sie mit seiner Klugheit zu beeindrucken. Er sah wirklich gut aus und sehr modisch, und sie schmeichelte ihm so, daß seine Brust vor Stolz zu schwellen schien.

Sein Blick wanderte unauffällig zur Rundung ihrer Brüste über ihrem großzügigen Ausschnitt. »Möchtet Ihr tanzen, Miss Woolcot?«

Sie warf ihm ein übertriebenes Lächeln zu. »O ja, das wäre wunderbar. Ich habe gehört, daß Ihr ein hervorragender Tänzer seid, Lord.«

Seine Mundwinkel hoben sich billigend. »Ich glaube, ich bin recht geschickt. Sollen wir?«

Sie lachte hell, drehte sich um und stellte zufrieden fest, daß Nicholas dastand und finster dreinschaute.

Die Nacht dauerte für Elizabeth' Gefühle endlos. Sir Robert war eine angenehme Überraschung, ein kluger Mann mit hellbraunem Haar und einem attraktiven Lächeln. Es war ihr peinlich, mit einem solchen Mann übermäßig zu flirten, und sei es auch nur, um Nicholas eifersüchtig zu machen. Also unternahm sie lieber einen kurzen Spaziergang durch den Garten mit ihm.

Als sie zum Haus zurückkehrten, wartete Nicholas auf der Terrasse, und sein finsterer Gesichtsausdruck bewies, daß es jede ihrer Bemühungen an diesem Abend wert gewesen war. Sir Roberts Stimme durchdrang ihre Betrachtung der hohen Gestalt.

»Darf ich Euch vielleicht einmal besuchen, Miss Woolcot?« Er war schmaler gebaut und etwas kleiner als der Graf, doch trotzdem ein attraktiver Mann. »Vielleicht könnten wir morgen eine Fahrt durch den Park machen?«

»Das würde ich gern.« Sie lächelte und hoffte, daß sie erwartungsvoller aussah, als sie sich fühlte. Von den vier Männern, die Sydney als potentielle Ehemänner ausgesucht hatte, erschienen ihr nur David Endicott und Rovert Tinsley irgendwie annehmbar. Vielleicht würde sie einen von ihnen auch gern haben können, wenn sie sie besser kennenlernte. Vielleicht, mit der Zeit… denn sie hatte ja keine andere Wahl.

Nicholas ging auf sie zu, die Stirn in mißbilligende Falten gelegt.

»Lord Ravenworth«, sagte Sir Robert, »Euer Mündel ist bezaubernd.«

»Ja, nicht wahr?« sagte Nicholas trocken, die Augen grau und glitzernd wie Gewitterwolken am Horizont.

»Ja, allerdings. Und sie war so freundlich, für morgen meine Begleitung zu einer Kutschfahrt anzunehmen.«

Eine schmale schwarze Augenbraue hob sich. »Ach ja? In diesem Falle bin ich sicher, daß es Euch nichts ausmacht, uns für einen Augenblick allein zu lassen?«

Sir Robert errötete leicht. »Aber natürlich, äh, ich meine, nein.« Er wandte Elizabeth ein unsicheres Lächeln zu. »Also, bis morgen, Miss Woolcot.«

Elizabeth nickte und zwang sich zu lächeln, bis er sich abgewandt hatte. Dann schoß sie Nicholas einen wütenden Blick zu.

»Was in aller Welt ist mit dir los? Mußt du zu jedem Mann unfreundlich sein, mit dem ich rede?«

Seine Züge spannten sich an. »Mußt du dich vor jedem Mann, dem du begegnest, aufführen wie eine Hure?«

»Was, wie kannst du es wagen –«

Sein harter Griff an ihrem Arm unterbrach sie. Er zog sie mit sich die Treppe hinunter und tiefer hinein in das Blätterdickicht im Garten. In den Schatten hinter dem Gartenpavillon, weit vom Haus entfernt, drehte er sie zu sich her.

»Was zum Teufel spielst du für ein Spiel? Den ganzen Abend schon flirtest du wie eine Wilde. Die Hälfte aller Männer hier denkt darüber nach, wie sie dich in ihr Bett bekommen könnten.« Er lächelte bitter. »Oder vielleicht ist genau das dein Spiel. Wenn man dir zusieht, könnte man es wirklich meinen.«

Ihr juckte die Hand, ihn zu ohrfeigen. Statt dessen warf sie den Kopf in den Nacken. »Ich habe nichts Falsches getan. Du willst unbedingt, daß ich einen Ehemann finde. Ich folge nur deinen Wünschen. Wenn dir nicht gefällt, wie ich das handhabe, kann ich leider nichts daran ändern.«

Er biß die Zähne zusammen, und seine Augen glitzerten wie Glasscherben. »Lege es nicht darauf an, Elizabeth. Ich bin immer noch dein Vormund, und ich werde nicht ruhig zusehen, wie du dich derart benimmst.«

Wut erfüllte sie, so daß sie kaum noch denken konnte. »Ich benehme mich ungewöhnlich? Du bist doch derjenige, der jede Frau weit und breit betrachtet, als ob sie ein saftiges Stück Fleisch wäre.«

Eine Augenbraue zuckte. »Ach, wirklich?«

»Nun... sie betrachten dich ganz sicher so! Abgesehen davon bist du seit dem Ball des Herzogs mißlaunig und mürrisch. Selbst zu deinen Freunden bist du unfreundlich.« Sie stemmte die Hände in die Hüften und legte den Kopf weiter in den Nacken, um ihn direkt anzusehen. »Weißt du, was ich denke, Nicholas Warring? Ich glaube, daß du mir böse bist, weil du eifersüchtig bist. Jetzt weißt du es.« Das war eine dumme Bemerkung, und einen Moment lang wünschte sie, sie könnte ihre Worte zurücknehmen.

Ein Muskel zuckte in seiner Wange. Seine Augen waren so grau und ausdruckslos, daß sie wie Steine wirkten. »Eifersüchtig?« wiederholte er.

»Ja, genau das habe ich gesagt.«

Nicholas fluchte heftig. »Natürlich bin ich eifersüchtig! Was zum Teufel hast du denn erwartet? Jedesmal wenn ich sehe, wie dir einer von diesen Dandys etwas ins Ohr flüstert, würde ich ihm am liebsten den Hals umdrehen!«

Elizabeth starrte ihn an, konnte nicht glauben, was sie gehört hatte. »Und was... was ist mit all den Frauen? Warum solltest du auf mich eifersüchtig sein, wenn du eine von denen haben könntest?«

Sein Ärger schien zu verrauchen. »Mein Gott, Bess, verstehst du denn nicht?« Er hob eine Hand an ihre Wange. »Ich bin eifersüchtig, weil ich dich nicht haben darf.«

Seine Wut versickerte wie Wasser im Sand. Beim nächsten Herzschlag lag sie in seinen Armen, klammerte sich an seinen Hals, ihre Wange fest an die seine gedrückt. »O Nicholas, ich habe dich vermißt. Ich habe dich so sehr vermißt!«

Er ächzte, als sie sich auf die Zehenspitzen stellte und ihn küßte, weiche, zarte Küsse auf seine Mundwinkel drückte.

»Elizabeth«, flüsterte er mit tiefer, rauher Stimme wie ein Flehen oder eine Kapitulation.

Sie küßte ihn noch einmal, öffnete die Lippen, ermutigte das Eindringen seiner Zunge. Nicholas gab nach, riß sie an sich, kostete sie tief, schloß sie fest in seine Arme. Sie spürte die Härte seiner Erregung, und bebende Hitze durchströmte sie.

»Mein Gott, ich begehre dich so«, raunte er an ihrem Ohr. »Ich kann an nichts anderes denken, nachts von nichts anderem träumen.«

Elizabeth küßte ihn noch einmal, drückte den Busen an seine Brust, fühlte, wie ihre Brustwarzen sich spannten.

»Wir sollten das nicht tun«, stöhnte er. »O mein Gott, wir sollten es nicht tun.« Aber er hatte schon begonnen, das Oberteil ihres Kleides hinunterzuschieben, nahm eine ihrer Brüste in den Mund und saugte hingebungsvoll daran. Ihre Knie wurden weich, und sie klammerte sich fester an ihn. Hitze raste durch ihre Adern, pulsierte in allen Gliedern.

»Ich brauche dich, Nicholas, ich brauche dich so sehr.«

Er legte seine Lippen auf ihren Mund, seine Zunge erforschte gierig ihre Mundhöhle und dabei begann er, ihre Röcke hochzuschieben. Sein Kuß war hungrig und wild, voller Besitzergreifen. Sie erwiderte den Kuß mit derselben Leidenschaft und hörte ihn keuchen. Sie fühlte seine langen Finger über ihren Schenkel aufwärts wandern, und winzige Flammen loderten auf, wo immer er sie berührte. Seine Hände glitten unter den Rand ihres Hemds, und sie holte scharf Atem, als sie über ihr Hinterteil strichen, dann ihre Beine auseinanderschoben und ungehemmt ein Finger in sie glitt.

Sie war feucht und bereit, brannte für ihn, verlangte ungestüm danach, ihn in sich zu spüren. »Bitte...«, flüsterte sie, als sein Finger begann, ihr Inneres sanft zu streicheln. Dabei küßte er sie inbrünstig, trieb sie schier zum Wahnsinn.

Jedes vernünftige Denken verschwand. Sie bestand nur noch aus Empfindungen, sie glühte vor Verlangen, vor unbeherrschbarer Lust nach ihm. Sie wand sich unter seiner Hand, drängte sich jeder seiner Berührungen entgegen und stöhnte leise.

Nicholas küßte sie noch wilder, sein Mund ergriff total Besitz von ihrem, seine Zunge war überall. Mit dem Daumen der anderen Hand strich er über ihre Brustwarze.

»Mein Gott...« Elizabeth klammerte sich an seine Schultern, spürte, wie sich die Muskeln darunter spannten, während sengende Hitze ihre Haut überflutete. Dann fühlte sie, wie er die Knöpfe seiner Hose öffnete. Sein Schaft sprang heraus und verlangte sein Recht.

Er hob sie hoch, ließ sie langsam an sich herabgleiten und drang tief in sie ein, spießte sie mit seiner Härte geradezu auf.

»Leg deine Beine um meine Taille«, raunte er heiser, und Elizabeth folgte willig seiner Anweisung, während sie von Feuerzungen verschlungen wurde.

Er lehnte ihren Rücken an eine Wand des Pavillons, seine Hände umfaßten ihr Hinterteil, hoben sie hoch und stießen mächtig in sie. Sein Glied war dick und fest, und jeder seiner Stöße entfachte das Feuer in ihrem Innern stärker. Wieder und wieder drang er in sie ein, als könne er nicht genug bekommen, als würde er mit jedem Stoß mehr von ihr erobern.

»Nicholas...« Sie keuchte auf, klammerte sich an seine Schultern, fühlte sich gleichzeitig machtlos und machtvoll. Die Flammen in ihrer Mitte begannen sich auszudehnen, und doch zog sich ihr Inneres bei jedem seiner harten Stöße fester um ihn zusammen. Genau in dem Moment, als sie dachte, vor Wollust vergehen zu können, pumpte er noch einmal tief in sie, und die Spirale der glühenden Hitze brach in ihrem Inneren auf. Sie rief heiser seinen Namen, grub ihre Nägel in sein Fleisch, klammerte sich wild an ihn, weil sie das Gefühl hatte, sie würde zerspringen, wenn sie ihn losließ. Ein gleißender Höhepunkt explodierte in ihr, und die Lust war so immens, daß sie einen Augenblick lang vergaß zu atmen.

Dann schwebte sie langsam wieder abwärts, zurück ins Bewußtsein, hielt sich an Nicholas fest, spürte seine Lippen an ihrer Wange, einem Ohrläppchen, ihrem Hals.

»Alles in Ordnung?« fragte er zärtlich und ließ sie langsam wieder herunter, bis ihre Satinschuhe den Boden berührten.

Elizabeth lächelte, aber innerlich bebte sie noch. Nicholas hielt sie im Arm. Er hatte sie geliebt! »Mir geht's gut.« Aber es ging ihr nicht wirklich gut. Sie wußte nicht so recht, was sie überhaupt spürte, begann langsam die Musik aus der Ferne wieder zu hören, Stimmengemurmel. Sie wandte den Kopf zum Haus, sah aber nur das Schimmern der kerzenbeleuchteten Fenster durch die dichte, grüne Dunkelheit des Gartens. Sie glättete ihre Röcke, strich ihr Haar nach hinten. »Was ... was tun wir jetzt?«

Nicholas zögerte nicht, sondern nahm ihre Hand und hob sie zu seinen Lippen. »Wir gehen nach Hause.« Er strebte auf das seitliche Gartentor zu und zog Elizabeth hinter sich her, doch sie leistete Widerstand, so daß er stehenbleiben und sich umdrehen mußte.

»Nicholas?«

»Ja, Liebes?«

»Wenn wir zurück sind, wage nur nicht zu sagen, es täte dir leid.«

Seine Mundwinkel hoben sich. Sein Lächeln war warm und zärtlich, voller Gefühle, an die sie nicht zu denken wagte. »Ich bin es leid, daß es mir immer leid tun muß. Wenn ich an dich denke und die Art, wie wir zusammen sind, kann es mir einfach nicht mehr leid tun.«

Elizabeth warf sich in seine Arme, und er küßte sie schnell und hart. »Wir müssen gehen«, sagte er sanft. »Es geht nicht an, daß uns jemand sieht.«

»Nein ... das geht wirklich nicht an.« Zum erstenmal wurde ihr klar, welchen Schritt sie gerade gewagt hatte. Sie fragte sich, ob das Nicholas wohl auch klar war, denn auf dem Weg zurück zum Stadthaus wurde er stiller und stiller.

Die Furcht begann an ihr zu nagen. Vielleicht hatte sie seine Gefühle mißverstanden und mehr aus seinem Begehren herausgelesen, als es wirklich war. Vielleicht war sie ihm nur eine willkommene Abwechslung gewesen. Schließlich war er der »Verruchte Graf« und außerdem ein verheirateter Mann. Es gab keine Zukunft für sie.

Sie wußte nicht, was sie glauben sollte, und solange Nicholas nichts sagte, um ihr Sicherheit zu geben, würde sich das auch nicht ändern. Sie fühlte sich, als wäre sie wieder genau an derselben Stelle, wo sie nach ihrer ersten Liebesnacht gewesen war.

Und diesmal fühlte sie sich noch verwirrter als zuvor.

13

Rachael Warring, die Gräfin von Ravenworth, drehte sich auf dem tiefen Federbett in ihrem Schlafzimmer in Castle Colomb auf den Rücken. Das Zimmer war luxuriös in mauvefarbener Seide eingerichtet, die Bettvorhänge einen Ton heller als die Gardinen. An einer Seite stand ein hoher, vergoldeter Cheval-Spiegel, den sie extra so geneigt hatte, daß man darin sah, was im Bett vor sich ging.

»Es tut mir leid, mein Schatz, aber es ist Zeit zu gehen.« Sie schaute auf die Zeiger der Ormolu-Uhr auf dem schwarzen Marmorkaminsims. »Es ist bald zwölf.« Sie warf ihm ein Katzenlächeln zu. »Mein lieber *Ehemann* muß in weniger als einer Stunde kommen, und ich bin so kaum in der Lage, ihm entgegenzutreten.« Sie ließ einen Finger über den Rücken ihres Liebhabers wandern. »Außer du möchtest gern, daß ich ihn nackt begrüße.«

Greville Townsend, Viscount Kendall, richtete sich auf einen Ellbogen auf. Mit seinem hellbraunen Haar und nußbraunen Augen war er ein gutaussehender, viriler Mann, größer als der Durchschnitt, gut gebaut, und zwei Jahre jünger als Rachael.

»Das ist das letzte, was ich will, und du weißt es. Je weniger du mit deinem verdammten Mann zu tun hast, um so besser.« Er zog sie zu sich herunter und begann ihren Hals zu küssen und an ihrer weichen Haut zu knabbern. Rachael lachte und versuchte, ihn wegzuschieben.

»Sei ein braver Junge, Grey, und laß mich. Nicholas mag vielleicht nicht mehr die Rolle des Ehemannes spielen, aber ich bezweifle, daß es ihm gefallen würde, wenn man ihn so direkt daran erinnert, daß andere Männer das Bett seiner Frau teilen.«

Greville runzelte die Stirn. »Andere Männer? Vielleicht früher, meine Liebe, aber jetzt sollte es besser nur einen geben.«

Sie tätschelte seine Wange. »Natürlich, mein Schatz. Du weißt, daß ich es nicht so gemeint habe.«

Aber Grey wirkte beunruhigt, als er aus dem Bett stieg. Sie würde sich heute abend etwas Besonderes einfallen lassen müssen, wenn er wieder hier war – ihn vielleicht ein wenig bestrafen – das hatte er immer gern.

»Bitte sei ein Schatz und verschwinde für eine Weile. Ich möchte wirklich nicht, daß Nicholas dich sieht.«

Grey runzelte die Stirn. »Ist mir eigentlich ganz egal. Der Mann ist ein Krimineller. Man hätte ihn vor neun Jahren hängen sollen, als er Stephen Bascomb umgebracht hat. Dann wärst du jetzt frei und könntest tun, was du willst.«

Rachael sagte ihm nicht, daß sie für ihre Begriffe frei genug war. Frei, Nick Warrings Geld auszugeben. Frei, auf diesem prächtigen Landsitz zu leben. Frei, sich solange sie wollte einen jüngeren Mann als Liebhaber zu nehmen.

Sie warf einen mauvefarbenen Umhang über und zog an der Glocke, um ihre Zofe zu rufen. »Ich komme zu dir, sobald wir fertig sind«, sagte sie zu Grey. »Die Sonne scheint. Vielleicht können wir ausreiten.«

Aber Grey runzelte immer noch die Stirn. »Ich frage mich, was er will.«

»Ich habe wirklich nicht die leiseste Idee.« Aber bei dem Gedanken war ihr unbehaglich. Wie Rachael wußte – und Stephen Bascomb auch erfahren hatte –, konnte Nick Warring ein gefährlicher Mann sein, wenn er etwas unbedingt wollte.

Nick beugte sich ungeduldig im Sitz der Kutsche vor, als der Kutscher am Eingang zu Castle Colomb hielt. Es war nur einen halben Tagesritt nördlich von London, und doch war er seit mehr als neun Jahren nicht mehr hier gewesen. Seine letzte Begegnung mit Rachael bei seiner Rückkehr aus der Verbannung hatte auf neutralem Grund stattgefunden – in Sydney Birdsalls Büro in London.

Durch das offene Kutschenfenster schaute er zu den hohen, efeubedeckten Türmen hinauf, die noch mit spätmittelalterlichen Zinnen für Bogenschützen versehen waren. Das Innere war natürlich – auf Rachaels dringenden Wunsch hin und mit Nicks Geld – auf modernste Art eingerichtet.

Als die Kutsche durchs Tor und vor den Eingang rollte, betrachtete Nick den zeitlosen grauen Stein des Hauses und den gelben Osterglockenteppich, der den einstigen Burggraben überwucherte. Er hatte ganz vergessen, wie schön dieser Besitz war, ein Familienerbe von seiten seiner Mutter aus der Zeit von Edward dem Dritten.

Seine Hand ballte sich auf dem Fensterrand zur Faust. Seine Mutter hätte es sicher nicht erfreut, zu wissen, daß ihr Heim aus Kindertagen in die Hände seiner widerspenstigen Gattin gefallen war, einer Frau, die ihn verlassen hatte, ihm sogar das Recht auf einen Erben verweigerte. Eine Frau, die jetzt zwischen ihm und seiner Chance stand, ein neues Leben mit Elizabeth Woolcot zu beginnen.

Als die Kutsche hielt, rief er dem Kutscher Jackson Freemantle noch zu, wo er die Küche finden würde. Der Mann war ein Freund von Theo Swann, ein ehemaliger Sträfling, der vor über einem Jahr auf der Suche nach Arbeit zu ihm gekommen war. »Sieh zu, daß einer der Stalljungen die Pferde tränkt, und besorge dir etwas zu essen. Ich weiß nicht, wie lange ich brauchen werde.« Doch wie lange auch immer, über Nacht würde er nicht bleiben. Er konnte sich absolut nicht vorstellen, nur eine Sekunde länger als unbedingt notwendig unter Rachaels Dach zu bleiben.

Der Butler brachte ihn in den Salon, wo er minutenlang wartete, sich aber nicht aufs Sofa setzte, sondern vor dem Kamin auf und ab ging.

Die Türen öffneten sich geräuschlos. »Nicholas, mein Liebster, wie schön, dich zu sehen.« Rachael schwebte ins Zimmer, sah aus wie eine schwarzhaarige Göttin, die Hände ausgestreckt und mit einem Lächeln auf den Lippen.

Nick erwiderte ihren Gruß, beugte sich vor und küßte sie auf die Wange. »Du bist schön wie immer.« Sie sah sogar besser aus, als er sie in Erinnerung hatte mit ihren glänzenden schwarzen Locken und der Haut wie Sahne und Rosenblütenblätter.

Ihr Herz war allerdings so kalt wie die hohen Türme, in denen sie lebte.

»Und du, mein Liebster, siehst ebenfalls hervorragend aus.« Ihr Blick überflog sein Gesicht, und ihr entgingen nicht die Anzeichen von Sorge und Erschöpfung, die er zu verbergen versuchte. »Obwohl ich sagen muß, daß du etwas angespannt wirkst. Ich hoffe, dein Hiersein hängt nicht damit zusammen.«

Nick seufzte. »Doch, allerdings.« Er deutete auf das Sofa. »Wollen wir uns nicht setzen?«

Rachael setzte sich mit gefaßter Miene, und ein Bediensteter brachte Tee und Gebäck. Dann wurden die Türen geschlossen, und er war der Erklärung seiner Mission überlassen. Er faßte sich so kurz wie möglich, sagte ihr, er hätte eine andere Frau getroffen, die er zu heiraten wünsche. Dann beschrieb er sorgfältig all die Vorteile, die sich für Rachael daraus ergeben würden, ihm seine Freiheit zurückzugeben – sie wäre einen skandalösen Namen los, er bot ihr Tausende von Pfund, Grundbesitz, eine Pension, die er ihr für den Rest ihres Lebens aussetzen wollte.

»Ich würde wirklich mehr als fair zu dir sein, Rachael. Du könntest alles haben, was immer du willst. Und natürlich wärest du frei, wieder zu heiraten.«

Während dieser ganzen Erklärung war Rachael seltsam still geblieben. Jetzt beugte sie sich vor, ein leises Lächeln auf ihren rubinroten Lippen. »Und für all diese Vorteile muß ich nicht mehr tun, als in die Scheidung einwilligen – richtig?«

»Ja. Sydney könnte alles arrangieren. Mit deiner Zustimmung wäre es sicherlich kein Problem.«

Sie brach unerwartet in Lachen aus und schüttelte den Kopf, als hätte er etwas unglaublich Komisches gesagt. »Mein lieber Nicholas, für einen so weltgewandten Mann, wie du es bist, muß ich mich doch über deine Naivität wundern.«

Er wurde steif. »Und das bedeutet?«

»Eine Scheidung – mein Gott, das ist herrlich.« Sie lachte wieder. »Ich glaube, dieses Mädchen – deine augenblickliche Geliebte, nehme ich an – muß dir irgendwie den Verstand geraubt haben.«

Er bemühte sich, seinen Ärger unter Kontrolle zu behalten. »Mein Verstand ist völlig in Ordnung. Ich bin es müde, allein zu leben, und ich möchte einen Erben. Du weißt, wie viel es mir bedeuten würde, einen Sohn zu haben. Bis jetzt war ich noch nie auf den Gedanken gekommen, daß das vielleicht doch noch irgendwie möglich wäre. Ich brauche die Scheidung, Rachael. Und ich habe dir ein wahres Vermögen angeboten, damit du darauf eingehst.«

Sie dachte kurz darüber nach, sah ihn unter schwarzen Wimpern hervor an. »Also ein Erbe ist der Grund? Tja, ich gebe zu, in diesem Punkt hast du recht.« Sie kam von ihrer Seite des Sofas herüber, bis ihre Füße einander berührten, und legte eine Hand auf seinen Schenkel.

»Vielleicht könnte ich... für einige der Zuwendungen,

die du erwähnt hast – mich entschließen, für eine Zeitlang nach Ravenworth zurückzukehren... so lange, bis du deinen Sohn hast. Doch danach erwarte ich, meine Freiheit zurückzubekommen. Ich möchte dann wieder hierherziehen.«

Nicks Mund wurde schmal und hart. »Und natürlich wärest du bereit, das Kind in meiner Obhut zu lassen.«

»Natürlich.«

Er hätte sie am liebsten gewürgt, seine Hände um ihren hübschen Hals gelegt und zugedrückt, bis ihr Egoismus verschwunden war. »Es hat einmal eine Zeit gegeben, Rachael, da hätte ich vielleicht einem solchen Vorschlag zugestimmt. Jetzt kann ich mir nichts Schlimmeres vorstellen, als ein Kind mit dir als Mutter zu zeugen, mit einer Frau, die einfach ihr eigenes Fleisch und Blut zurücklassen könnte, so wie andere nach der Mahlzeit vom Essen aufstehen.«

Sie streckte plötzlich die Hand aus und ohrfeigte ihn. Das scharfe Brennen trug lediglich dazu bei, daß er sich besser konzentrieren und seine Nerven beruhigen konnte.

Rachael sprang auf. »Was immer auch deine Gründe sein mögen, ich habe nicht die geringste Absicht, mich von dir scheiden zu lassen. Ich mag zufällig das Leben, das ich führe, und bin gern die Gräfin von Ravenworth. Ich lebe gern in Castle Colomb und mag Geld und Freiheit. Und ich habe keine Lust, mich mit Stigma und dem Getratsche auszusetzen, das mit einer Scheidung verbunden ist – weder für dich noch für sonst jemanden.« Ihr Lächeln wirkte dünn. »Du kannst deine kleine Hure unbesorgt haben, liebster Nicky. Sie kann ruhig ein Dutzend Bastarde von dir bekommen. Aber heiraten wirst du sie nie – dafür sorge ich persönlich.«

Seine Beherrschung verschwand mit einem Schlag. Vor Wut konnte er kaum noch denken. »Dafür wirst du bezahlen, Rachael. Ich schwöre bei allem Heiligen – eines Tages, so wahr dir Gott helfe, wirst du dafür bezahlen.«

Er schritt mit knappen Bewegungen aus dem Zimmer, die Hände fest zu Fäusten geballt. Er hätte es besser wissen sollen. Er hätte wissen müssen, daß sie nie zustimmen würde.

Seine Träume von Elizabeth hatten ihn dazu gebracht. Er begehrte sie. Er hatte ihr rücksichtslos die Unschuld genommen, und Heirat war die richtige Konsequenz. Eine Scheidung hätte das Problem lösen können. Er wäre dadurch wieder ein Ausgestoßener gewesen, doch das machte ihm nicht viel. Nicht wenn er Elizabeth und den Sohn haben konnte, den er sich immer gewünscht hatte.

Er war ein Narr gewesen, und weil er angefangen hatte, von so etwas wie einer neuen Zukunft zu träumen, hatte er Elizabeth wieder weh getan. Mein Gott, was sollte er ihr nur sagen?

Schlimmer noch: Was konnte er tun?

Es gab nur eine Lösung. Die Antwort, gegen die er von Anfang an gekämpft hatte: sie mit einem anderen Mann zu verheiraten.

Bei dem Gedanken wurde ihm ganz elend zumute.

Die große Standuhr schlug. Greville Townsend öffnete die Tür zwischen dem großen und dem kleinen Salon mit einem Stoß. Rachael stand überrascht auf, als er hereinkam, und hob die Hand unbewußt zu ihrer weißen, schlanken Kehle.

Gut, dachte er, geschieht ihr recht, wenn sie Angst hat. So wie sie sich benommen hatte, gebührte ihr entschieden Schlimmeres.

Er blieb erst stehen, als er direkt vor ihr war, packte sie an den Schultern, zog sie hoch und schüttelte sie – kräftig.

»Ich kann nicht glauben, was ich gerade gehört habe. Was dachtest du dir eigentlich dabei? Hast du wirklich daran gedacht, wieder zurück in das Bett dieses Hundesohns zu klettern?«

Sie riß sich los und warf ihm ein abschätziges Lächeln zu.

Sie hatte ihre Fassung sofort wieder zurückgewonnen. Es war fast unmöglich, Rachael Warring aus der Fassung zu bringen.

»Du hast gelauscht, du böser Junge. So etwas darf man aber nicht. Da muß ich dich bestrafen. Ja, ich glaube, das werde ich heute abend tun.«

Er spürte ein Ziehen in den Lenden, und der kupferige Geschmack von Begehren erschien flüchtig auf seiner Zunge, aber sein Ärger verblaßte nicht. »Wir reden über deinen Ehemann, Rachael. Er kam her, um dich um die Scheidung zu bitten. Es war die perfekte Gelegenheit – die Lösung aller unserer Probleme – und du lehnst ab.«

Rachael schüttelte den Kopf. Ihr Haar schimmerte im Licht wie Onyx. Er wußte, wie es sich anfühlte, wenn es über sein Fleisch glitt, wie verführerisch sie es im Bett einsetzte, und die Lust ließ seinen Schaft hart werden.

»Armer Grey«, sagte sie und goß sich ein Glas Sherry ein. »Hast du denn noch nicht bemerkt, daß ich keine Scheidung will? Du hast gehört, was ich gesagt habe. Ich bin gerne die Gräfin von Ravenworth. Ich schätze meine Freiheit.«

Es wurde ihm eng in der Brust. Er liebte Rachael Warring. Er hatte geglaubt, sie würde ihn ebenso lieben. »Und wieder in sein Bett zu schlüpfen? Wärest du bereit gewesen, das zu tun, um dein Freiheit zu behalten? Oder ging es dir nur ums Geld?« Er machte einen Schritt auf sie zu, kämpfte die Eifersucht nieder, die sein Inneres verzehrte. »Oder hast du doch noch Gelüste auf Nicholas Warring?«

Ihre vollen roten Lippen wurden schmal. »Ich wollte ihn ködern, das ist alles. Ich wollte nur genauer verstehen, was er eigentlich vorhatte.«

»Du hast ihn begehrt. Ich habe es in deinen Augen gesehen.«

Sie zuckte gelassen mit den Schultern. »Nicholas war immer ein geschickter Liebhaber. Ein wenig Abwechslung –«

Mit zwei Schritten war er bei ihr, und seine Hände legten sich wie Schlangen um ihren Hals. »Du brauchst keine Abwechslung – jetzt nicht mehr. Du gehörst jetzt mir, Gräfin, und ich teile nicht.«

Sie löste seine Finger von ihrem Hals, schnappte nach Luft und rieb die Druckstellen. »Bist du verrückt?«

»Ich glaube nicht. Ich glaube, was dich betrifft, bin ich bei sehr klarem Verstand. Wir sind ein Paar, Rachael, du und ich. Ich verstehe dich, vielleicht mehr, als jeder andere Mann es je getan hat. Ich liebe dich, Rachael. Ich will, daß du meine Frau wirst. Wenn du dich nicht scheiden lassen willst, muß ich damit leben, aber wenn ich dich nicht haben kann, wird er dich auch nicht bekommen – und auch kein anderer.«

Er lächelte mit einer bitteren Warnung im Ausdruck. »Es wird keine anderen Männer mehr geben, Rachael. Jetzt nicht und nie mehr.«

Rachael schwieg, drehte sich um und ging hinaus.

Er wünschte, er wüßte, was sie dachte.

Während drei der längsten Tage ihres Lebens dachte Elizabeth unentwegt an Nicholas, fragte sich, wo er wohl hingefahren war, und versuchte, sich normal zu benehmen.

Sie hatte sich mit Robert Tinsley getroffen, obwohl ihr Ritt durch den Park nicht besonders entspannend war, denn Elias Moody und Theophilus Swann begleiteten sie notgedrungen. Während Nicholas' Abwesenheit mußten sie auf sie aufpassen. David Endicott war fast ununterbrochen im Haus, und so gern Elizabeth ihn auch mochte, sie wünschte, er würde sich mehr um seine eigenen Angelegenheiten kümmern.

Jetzt saß sie im Salon und dachte über Nicholas' Rückkehr nach. Er war gestern abend spät nach Hause gekommen, unrasiert, in zerwühlter Kleidung und mit Alkoholfahne, das Gesicht verschlossen und finster. Er war ohne ein Wort nach oben gegangen und hatte sich in seinem Schlafzimmer eingeschlossen. Seitdem hatte sie ihn nicht mehr gesehen.

»Du siehst müde aus, meine Liebe.« Tante Sophie wickelte ein neues Stück Schnur um das schmutzige Resteknäuel in ihrem Schoß. Sie saßen vor dem Feuer, und Elizabeth schaute immer wieder zur Treppe in der Hoffnung, Nicholas würde erscheinen. »Daß du dir Sorgen um Seine Lordschaft machst, wird nicht das geringste nützen.«

Elizabeth errötete. War sie wirklich so leicht zu durchschauen? »Ich habe nur... vielleicht bin ich etwas müde.« Das war eine Lüge. Sie war absolut nicht müde, aber das ewige Katz-und-Maus-Spiel des Grafen von Ravenworth war sie gründlich leid.

»Geh doch nach oben und leg dich etwas schlafen. Lord Tricklewood kommt morgen früh wieder. Hattest du nicht gesagt, er geht mit uns einkaufen?«

»Ja... doch.« David war der einzige, dem sie von Bascomb erzählt hatte. Er war natürlich entrüstet gewesen und hatte jeder möglichen Vorkehrung von Elias und Theo zugestimmt, die ihre Sicherheit erforderte. Daß er sich auch als Beschützer sah, hatte seinen Eifer noch verstärkt, und ebenso seine Entschlossenheit, ihre Hand zu gewinnen, aber Elizabeth war zu einer derart weitreichenden Entscheidung nicht bereit. Noch nicht. Erst wollte sie mit Nicholas reden.

Und erst sollte er ihr die Wahrheit über seine Gefühle sagen.

Am folgenden Nachmittag tauchte er auf. Mit einem höflichen, aber knappen Gruß befahl er, man solle ihm ein leichtes Mittagessen ins Arbeitszimmer bringen, und schloß sich ein.

Wenigstens hatte er sich rasiert, dachte sie bitter, und

seine Kleidung war auch einigermaßen präsentabel, aber tiefe Furchen durchzogen seine Stirn, und die Erschöpfung prägte sein markantes Gesicht.

Sie starrte die geschlossene Tür an, und Schmerz machte sich in ihrer Brust breit. Tränen brannten in ihren Augen, sie blinzelte, um sie zu vertreiben. Sie weigerte sich, wegen Nicholas zu weinen. Sie hatte schon lange genug seinetwegen gelitten.

Eine Stunde lang ging Elizabeth nervös im Salon auf und ab und wartete, daß er wieder erschien, versuchte, genug Mut aufzubringen, um ihm entgegenzutreten. Als es schließlich vier Uhr schlug, waren ihre Nerven zum Zerreißen gespannt, und vor lauter Ärger hatte sie zwei rote Flecken auf den Wangen.

Mein Gott, er war ebenso verantwortlich wie sie für das, was geschehen war. Was immer er auch denken mochte, sie hätte verdient, daß er sie besser behandelte. Sie schlug kräftig mit der Hand an die Wand. Richtig oder falsch, sie hatte jetzt lange genug gewartet!

Sie raffte den schmalen Rock ihres grünen Musselinkleids und stürmte aus dem Salon in den Flur. Ihre Schritte klapperten laut den Gang entlang, so daß ihr Kommen schon lange zu hören war, bevor sie an der Arbeitszimmertür klopfte.

»Was ist?« Seine vertraute Stimme weckte heftiges Verlangen in ihr. Elizabeth antwortete nicht, sondern öffnete einfach die Tür und trat ein.

Nicholas hob mit einem Ruck den Kopf. »Elizabeth…«

»So ist es, Mylord. Ich bin überrascht, daß du dich noch an meinen Namen erinnerst, denn meine Gegenwart hier scheint dir ja in den letzten Tagen entfallen zu sein.«

Er stand auf, bewegte sich aber kein Stück weiter. »Ich hatte mir vorgenommen, mit dir zu reden, vielleicht später am Nachmittag –«

»Nein, Nicholas, nicht später. Jetzt. In diesem Moment.«

Ravenworth sagte nichts. In seinen Augen lag etwas Dunkles, Abweisendes wie Bedauern oder Niederlage. Der Anblick rührte sie irgendwie, doch ihre Entschlossenheit blieb. Sie konnte nicht nachgeben. Der Schmerz, nicht zu wissen, war einfach zu groß.

Sie reckte das Kinn. »Du warst drei Tage lang fort, ohne ein Wort. Nach dem ... was geschehen ist ... was glaubst du, wie ich mich fühle? Du kannst mich doch nicht einfach ignorieren oder so tun, als ob ich nicht existiere.«

»Das wollte ich nicht. Es ist nur ...« Er verstummte, sah weg.

»Es ist nur was, Nicholas? Ich muß es wissen. Ich muß verstehen, was in deinem Kopf vor sich geht.« Ein Kloß schien auf einmal in ihrer Kehle zu stecken. Sie schluckte, um das Gefühl loszuwerden. »Was immer du denkst, ich kann damit umgehen. Ich bin eine starke Frau, Nicholas. Seit meine Eltern gestorben sind, mußte ich das sein.« Unwillkommene Tränen brannten in ihren Augen. Sie versuchte sie wegzublinzeln, doch es waren zu viele, die jetzt über ihre Wangen zu tropfen begannen. »Ich kann ertragen, was immer du zu sagen hast.« Ihre Stimme brach. »Ich will nur, daß du mir die Wahrheit sagst.«

»Elizabeth ... o Gott, Liebes.« Er kam um den Schreibtisch herum und auf sie zu, ein schmerzliches Pochen erfüllte ihre Brust. Seine Hände legten sich auf ihre Schultern, elegante Hände, stark und doch zärtlich. »Es tut mir leid«, flüsterte er und versuchte sie an sich zu ziehen, aber sie ließ es nicht zu.

»Wage nicht zu sagen, daß es dir leid tut. Sag das nie wieder zu mir.«

Nicholas schüttelte den Kopf, seine Augen waren dunkel vor Ratlosigkeit. Er fuhr sich mit der einer Hand durchs Haar. »Du verstehst nicht. Es tut mir nicht leid, daß wir uns geliebt haben, nur daß ich dir wieder weh tun muß. Es tut mir leid, daß ich nicht eher mit dir gesprochen habe, um dir die Wahrheit zu sagen.«

Sie wischte die Tränen von ihren Wangen, fühlte sich allein gelassen und verloren und haßte sich dafür. »Welche Wahrheit?«

Die Anspannung in seinen Schultern nahm zu, und Elizabeth spürte eine dumpf drohende Furcht. »Ich war bei Rachael. Ich habe sie gebeten, in die Scheidung einzuwilligen.«

»Was?« Sie hatte wohl nicht richtig gehört. »Du hast sie um die Scheidung gebeten? Aber warum solltest du –«

»Du weißt, warum, Bess. Damit ich dich heiraten kann.«

Elizabeth sagte nichts, ließ nur die unglaublichen Worte auf sich wirken.

Du weißt warum, Bess. Damit ich dich heiraten kann. Ihr Herz begann stürmisch gegen ihre Rippen zu schlagen.

»Rachael hat abgelehnt«, fuhr er fort. »Sie sagte, daß sie gern Gräfin von Ravenworth ist. Und daß sie dafür sorgen würde, daß wir niemals heiraten können.«

»Oh, Nicholas.« Sie flog in seine Arme, und er zog sie an sich, lehnte ihren Kopf an seine Schulter. »Ich hätte nie erwartet, daß du etwas so Wunderbares, so Mutiges tust.« *Ich wollte nur, daß du mich liebst.*

Er verhärtete sich. Nicholas machte einen Schritt rückwärts. »Hast du nicht gehört? Sie hat abgelehnt. Wir können nichts weiter tun.«

»Mir ist ganz egal, was sie gesagt hat. Das ist unwichtig. Das einzige, was zählt, ist, daß du mich heiraten wolltest, daß ich dir wichtig genug war, um dich so einzusetzen.« Sie faßte sein Gesicht mit beiden Händen. »Ich weiß, was für einen Skandal eine Scheidung bewirken würde. Ich weiß, wieviel Mut du brauchtest, um dorthin zu gehen. Verstehst du denn nicht? Mit ist es ganz egal, daß du verheiratet bist. Ich möchte nur bei dir sein – egal wie.«

Nicholas schüttelte den Kopf, und eine widerspenstige schwarze Locke fiel ihm in die Stirn. »Du weißt nicht, was du sagst, was das bedeuten würde.«

»Doch, das weiß ich. Auch andere Männer haben Mätressen. Du hast schon mehrere gehabt. Daß ich auch eine davon werde, macht überhaupt nichts.«

»Doch, sehr wohl. Ich bin dein Vormund. Du bist eine unschuldige junge Frau unter meinem Schutz. Wenn die gute Gesellschaft erst herausfindet, was los ist – und das wird sie irgendwann –, dann werden wir für immer gemieden. Dann gibt es kein Zurück mehr.«

»Ist mir egal. Mir liegt nur an dir etwas.«

»Und Bascomb? Du brauchst einen Ehemann, um sicher vor ihm zu sein.«

Elizabeth schüttelte den Kopf. »Ich brauche keinen Ehemann. Wenigstens dann nicht mehr, wenn Bascomb herausfindet, daß du in meinem Bett schläfst. Er wollte mich heiraten. Ich glaube kaum, daß er das noch will, wenn er weiß, daß ich ein gefallenes Mädchen bin.«

Nicholas blieb lange Zeit stumm. »Das mag sein, aber es gibt noch andere Dinge zu bedenken ... die noch wichtiger sind als Bascomb.« Er musterte sie eindringlich. »Was ist, wenn es Kinder gibt, Elizabeth? Ist dir klar, daß sie Bastarde sein werden? Kannst du mir guten Gewissens sagen, daß du einem Kind dieses Schicksal wünschst?«

Ihre Brust zog sich voller Wehmut zusammen, und sie wandte sich ab. Ein uneheliches Kind. Sie konnte es sich kaum vorstellen. »Es gibt doch Möglichkeiten, eine Schwangerschaft zu verhüten, wenn du möchtest.«

Er faßte sie an den Schultern und drehte sie zu sich um. »Nein, das will ich nicht! Ich will Söhne, eine eigene Familie. Und das seit neun Jahren, jeden Tag meines Lebens. Doch unsere Kinder würden von der Gesellschaft gemieden. Das würde ich nicht wollen.«

Wieder brannten die Tränen sich salzige Spuren über ihre Wangen. »Wenn wir Kinder hätten, würden wir sie lieben, Nicholas, und auch beschützen.«

Nicholas zog sie wieder in seine Arme und begrub sein Gesicht in ihrem Haar. »Bist du sicher, Elizabeth, daß du das willst?«

Sie nickte an seiner Brust und klammerte sich an seine Schultern. »Ganz sicher.« Sie hob das Gesicht und sah ihn durch einen Tränenschleier an. »Ich liebe dich, Nicholas Warring. Das habe ich mir nicht ausgedacht. Gott weiß, daß ich versucht habe, es zu vermeiden – aber es ist trotzdem so. Ich will nicht Robert Tinsley oder David Endicott heiraten. Ich will nur dich.«

Er drückte sie noch fester an sich, hielt sie lange und zärtlich im Arm. Als er zurücktrat, war der gehetzte Blick aus seinem Gesicht verschwunden, und der hoffnungslose, müde Ausdruck war fort. »Es wird nicht leicht werden«, sagte er. »Und wir werden sehr vorsichtig sein müssen.«

»Vielleicht wäre es das Beste, nach Ravenworth Hall zurückzugehen. Meine Tante und ich könnten in einem Häuschen in der Nähe wohnen…«

Nicholas schüttelte den Kopf. »Wir können London jetzt noch nicht verlassen. Wir müssen auch an Maggie denken. Sie hat gerade erst ihr neues Leben begonnen. Das dürfen wir ihr nicht kaputtmachen.«

Lady Margaret. Wie konnte sie die nur vergessen? »Nein, natürlich nicht. Ich war zu egoistisch. Ich hatte an Maggie nicht gedacht.«

Seine Hand strich sanft über ihr Gesicht. »Sie ist schon von Verehrern umlagert. Wenn wir eine Weile ganz vorsichtig sind, vielleicht bis meine Schwester sich entschieden hat, dann können wir es schaffen, nicht erwischt zu werden. Als erstes mußt du von hier verschwinden. Ich werde dafür sorgen, daß du und deine Tante euer eigenes Stadthaus bekommt, irgendwo in der Nähe.« Er runzelte die Stirn. »Es könnte schwierig werden, zu vermeiden, daß es deine Tante bemerkt.«

Elizabeth warf einen Blick zur Tür und dachte an die Frau, die sie so liebgewonnen hatte, seit ihre Mutter gestorben war. »Ich spreche mit Tante Sophie. Sie mag manchmal seltsam sein, aber sie ist die warmherzigste Frau, die ich je gekannt habe. Sie hat sich vielleicht ein anderes Leben für mich gewünscht, aber sie wird mich verstehen, das weiß ich. Ich glaube, sie wußte schon lange vor mir, wie ich für dich fühle.«

Die Spannung verschwand aus Nicholas' breiten Schultern. »Das Problem Bascomb bleibt natürlich, doch ob du hier oder woanders bist, wird das nicht ändern. Die Bediensteten in meinem Haus sind sorgfältig ausgewählt. Sie haben den Wert der Diskretion verstanden. Und die, die ich aus Ravenworth Hall mitgebracht habe, würden mich niemals verraten. Du wirst Elias, Theo und natürlich Mercy haben, und ich werde so oft wie möglich bei dir sein. Wenn Maggies Zukunft erst gesichert ist, können wir zurück nach Ravenworth Hall. Und genau dann werden wir Bascombs Spionen die Wahrheit über uns zu erkennen geben, dann bist du endlich in Sicherheit. Wir werden zwar beide ruiniert sein, aber das ist vielleicht doch kein zu hoher Preis.«

Sie fühlte eine Enge in der Brust. Sie würde seine Geliebte sein, eine von Nicholas Warrings Frauen. Es war ein beängstigender Schritt, und doch hatte sie keine andere Wahl.

Sie legte ihre Hand an seine Wange. »Nein…«, gab sie ihm recht. »Wenn wir zusammensein können, ist kein Preis zu hoch.« Das Silber seiner Augen verwandelte sich in ein heißes, sinnliches Blau. Er senkte den Kopf und küßte sie mit einem langen, harten, erotischen Kuß, der sie beide atemlos machte. Sie wünschten sich, woanders zu sein, irgendwo – nur nicht in seinem Arbeitszimmer.

»Wir werden es schon hinkriegen«, flüsterte er. »Es wird dir nicht leid tun, Elizabeth. Ich sorge für dich. Du wirst alles haben, was du je wolltest.«

Elizabeth schauderte plötzlich, und sie drückte das Gesicht in seine Schulter, um ihre plötzlichen Zweifel zu verbergen. Sie würde bei ihm sein und er würde für sie sorgen, aber Nicholas würde nie wirklich ihr gehören. Er gehörte einer anderen Frau. Sie redete sich ein, daß das egal sei. Nur Nicholas war wichtig und daß sie endlich zusammensein konnten. Aber der Zweifel blieb.

Wenn er mir nur gesagt hätte, daß er mich liebt. Natürlich tat er das, dachte sie. Er wollte sie so sehr, daß er bereit war, sie zu heiraten.

Aber trotzdem wollte der kleine Zweifel einfach nicht verschwinden.

14

Oliver Hampton saß am Schreibtisch in seinem Stadthaus in Mayfair einem kleinen, mageren Mann mit fettigem braunem Haar gegenüber, der Wendel Cheek hieß und früher Bow Street Runner gewesen war, ein Detektiv mit furchtloser Vergangenheit, den er angestellt hatte, um Elizabeth Woolcot im Auge zu behalten.

»Weiter«, sagte Oliver und lehnte sich in seinem Ledersessel zurück.

Der kleine Mann kratzte sich seinen schütteren Kopf. »Wie ich schon sagte, Sir, bis letzte Woche hat sie die üblichen Besuche in der Gesellschaft gemacht. Und hatte mindestens 'n halbes Dutzend Verehrer – obwohl ich auf Tricklewood oder Sir Robert Tinsley gesetzt hätte. Dann sind sie vor drei Tagen aus dem Haus Seiner Lordschaft ausgezogen, sie und ihre Tante. Es hieß, das wäre wohl besser für ihren Ruf, wo er doch der ›Verruchte Graf‹ ist und so.«

Oliver unterdrückte ein zufriedenes Lächeln. Also hielt es Ravenworth für sicher genug, sie weggehen zu lassen, als glaubte er, Oliver hätte seine Nachstellungen aufgegeben. Sollte der Graf glauben, daß Elizabeth' Verehrer und die in Aussicht stehende Ehe ein Hindernis für ihn darstellten, das er nicht überwinden konnte, dann war er dümmer, als er angenommen hatte.

»Wie viele Männer von Ravenworth bewachen sie?«

Der kleine Mann schürzte die Lippen. »Soweit ich gesehen habe, hat er rund um die Uhr Männer ums Haus aufgestellt – die, die auch sein Stadthaus bewacht haben. Im Haus ist sein Kammerdiener, Elias Moody, und ein Lakai namens Swann.«

»Ja… Ravenworth' Knastbrüder. Er schätzt ihre Dienste sehr.«

»Und zu Recht, was ich so höre. Es heißt, Moody wäre zäh wie Stiefelleder und einer der besten Faustkämpfer weit und breit.«

Oliver überlegte. Er hatte gewußt, daß es nicht leicht sein würde, hier in der Stadt an das Mädchen heranzukommen. »Ich habe Euch den Namen meines Mannes im Haus gegeben, der uns schon einmal Informationen verkauft hat. Ich glaube, der würde für genug Geld seine eigene Mutter verkaufen. Konntet Ihr mit ihm reden?«

»Ja, noch heute früh. Schien nicht besonders hilfreich, aber wie Ihr sagtet, mit ein paar Geldstückchen wurde seine Zunge lockerer.«

»Was hat er gesagt?«

»Nicht viel. Daß das stimmt über Moody und daß Swann viel zäher ist, als er aussieht. Und er würde die Augen aufhalten, falls er was sieht, was wir wissen sollten.«

Oliver schob eine kleine lederne Börse über den Tisch. Sie klimperte angenehm, als der kleine Mann sie aufhob und das Gewicht der Münzen in der Hand wog.

»Macht weiter so«, sagte Oliver. »Solange ich gut informiert bleibe, bekommt Ihr noch mehr von der Sorte.«

Wendel Cheek stand auf und schlich so leise aus dem Zimmer, wie er alles andere auch tat. Sobald alles etwas ruhiger wurde, würde Oliver seine restlichen Leute holen. Charlie und Nathan hatten schon einmal versagt, aber nachdem er sie vor dem Gefängnis bewahrt hatte – vielleicht sogar dem Galgen –, waren sie eifrig bemüht, ihre Sünden wiedergutzumachen.

Oliver schaute auf seinen Kalender. Er hatte für heute abend eine Einladung zum Maskenball beim Herzog von

Chester bekommen, eines der wichtigsten Ereignisse der Saison. Und da Elizabeth einen Mann suchte, würde sie bestimmt auch dort sein.

Oliver lächelte dünn. Er war lange genug im Hintergrund geblieben. Es fehlte ihm, daß er Elizabeth' hübsches Gesicht so lange nicht gesehen und ihr wunderbares rotbraunes Haar nicht berührt hatte. In der Öffentlichkeit konnte er sie kaum verführen, doch es gab schließlich noch die Möglichkeit, so lange mit ihr allein zu sein, daß er ihren Namen anschwärzen und sie zur Ehe zwingen konnte. Und wenn nicht, würde er sich mit Tanzen und Unterhaltung begnügen müssen.

So reich und mächtig er war, konnte sie nicht nein sagen, wenn sie der Liebling der guten Gesellschaft bleiben wollte.

Das Palais des Herzogs von Chester am Stadtrand war fast so eindrucksvoll wie das von Beldon. Er hatte keine Kosten gescheut für den prächtigen Maskenball, der das beliebteste Ereignis der Saison und schon zur Tradition geworden war. Sein Ballsaal im zweiten Stock glitzerte im Licht von Tausenden von Kerzen, und zur Sicherheit standen Lakaien mit Wassergefäßen an den Türen, falls ein Feuer ausbrach.

Bisher hatte es noch keine derartigen Zwischenfälle gegeben. Die mit Spiegeln verkleideten Wände schimmerten im Licht und reflektierten die gold- und perlenbesetzten Kostüme der Gäste. Frauen in der Verkleidung von Kleopatra, Johanna von Orleans und Aphrodite, Milchmädchen, Seejungfrauen, Schmetterlingen und Engeln. Männer als Höflinge des sechzehnten Jahrhunderts, Ritter in Rüstung, Seefahrer, Soldaten.

Angesichts der Tatsache, daß ihre Zukunft so ungewiß war, hatte Elizabeth eigentlich nicht kommen wollen, aber Nicholas hatte darauf bestanden.

»Wir müssen unser Leben fortsetzen, als ob sich nichts geändert hätte. Wir müssen an Maggie denken.«

Eigentlich hatte sich nicht wirklich etwas geändert. Obwohl sie und Tante Sophie jetzt ein Stadthaus in der Maddox Street bewohnten, das nicht weit vom Berkeley Square entfernt war, hatte Nicholas sie dort noch nicht besucht. Sie war sich nicht sicher, warum. Sie wußte, daß er sich Sorgen machte wegen seiner Schwester und darauf hoffte, daß einer ihrer Verehrer um ihre Hand anhalten würde.

Doch im Grunde war er der Meinung, daß keiner gut genug war. Nicht für seine Maggie. Sie hatte sich früher einen Mann und eine Familie gewünscht. Jetzt wollte er, daß sie eine Gelegenheit dazu bekam. Sie brauchte nur Zeit. Nicholas wollte dafür sorgen, daß sie sie bekam.

Elizabeth sah sich in dem prächtigen Ballsaal um und fragte sich, wo er sein mochte. Sie war mit Tante Sophie, Maggie, dem Herzog von Beldon und seiner Mutter angekommen, einer bunten kleinen Gruppe. Tante Sophie war als mittelalterliche Matrone mit hohem konischem Hut verkleidet, der Herzog mit einer römischen Toga, die eine muskulöse Schulter freiließ, Maggie als Rapunzel und die Herzogin als Madame du Barry.

»Ich hasse Kostümbälle«, murmelte die ältere Frau, lächelte dann aber und hielt ihrem gutaussehenden Sohn die Hand hin, der sich dramatisch verbeugte und sie auf die Tanzfläche führte.

Elizabeth, die einen Moment allein war, sah sich suchend nach Nicholas um. *Nicholas.* Manchmal konnte sie nicht glauben, daß sie zugestimmt hatte, seine Geliebte zu werden, und damit einem Leben, das so ganz anders war als das, was sie ursprünglich angestrebt hatte: eine Zukunft mit Ehemann und Familie. Aber die Würfel waren gefallen, und sie wollte das nicht ändern.

Sie hatte den Eifer ihrer vier Verehrer dadurch etwas gebremst, daß sie angedeutet hatte, sie bevorzuge einen der anderen.

»Es tut mir leid, Mylord«, hatte sie zu David Endicott gesagt, »aber mein Herz ist einfach unentschlossen. Ich scheine nie zu wissen, was es als nächstes tut.« Sie hatte angedeutet, es handle sich um Tinsley, aber natürlich hatte sie Tinsley gegenüber Tricklewood erwähnt. Und obwohl sie alle vier noch Interesse zeigten, war nur noch Tricklewood wirklich hartnäckig.

»Ich werde Euch gewinnen«, hatte David geschworen. »Ihr werdet irgendwann noch feststellen, wie gut wir zueinander passen.«

Elizabeth hatte nur gelächelt und gewünscht, sie könnte ihm die Wahrheit sagen. Sie hatte Angst, er würde sich wirklich in sie verlieben und wußte selbst zu gut, wie schmerzlich das sein konnte. Sie war froh, daß Tricklewood heute abend nicht hier sein würde.

Elizabeth betrachtete ihr Spiegelbild in den Wänden des Ballsalls. Tante Sophie hatte ihr bei ihrem Kostüm geholfen und Federn aus ihrer bizarren Sammlung beigesteuert. Die hatten sie zusammen grün gefärbt und an ein oben enganliegendes weißes Baumwollkleid mit üppig fließendem Rock genäht. So war sie heute abend ein weiblicher Ikarus, entschlossen, zum Himmel zu fliegen, doch letztendlich zu nah an die Sonne aufsteigend…

Hinter einer waldgrünen Federmaske wartete sie nervös darauf, daß Nicholas erschien, und während sie mit Maggie sprach, waren ihre Gedanken bei ihm. Sie fragte sich, in was für einem Kostüm er erscheinen würde, und hoffte, daß sie in Verkleidung endlich wagen konnten, miteinander zu tanzen.

Er erschien eine Stunde vor Mitternacht, und selbst mit der rotschwarzen Satinmaske, die er trug, erkannte sie ihn sofort. Er war verkleidet als Herzbube – sehr passend, wie sie fand – die langen, muskulösen Beine in engen, schwarzroten Satinhosen. Sie sah ihn durch den Ballsaal kommen, bewunderte seine breitschultrige Gestalt und bemerkte auch, wie ansprechend sich die enge Hose um die bemerkenswert füllige Wölbung seines Geschlechts legte. Ihre Wangen begannen hinter der Maske zu glühen.

Er blieb direkt vor ihr stehen, betrachtete sie mit einem langen, ausgiebigen Blick von oben bis unten, der schließlich zu ihrem tiefen Ausschnitt zurückkehrte, wo dunkelgrüne Federn die Rundungen ihrer Brüste kitzelten.

Einer seiner Mundwinkel hob sich. »Vielleicht täuscht mich meine Erinnerung, aber ich dachte, Ikarus wäre ein Mann gewesen.«

Es freute sie, daß er erraten hatte, wen sie darstellte. »Durchaus möglich, vielleicht aber auch nicht. Schließlich ist es eine Legende, und die kann falsch sein.«

Sein Lächeln wurde breiter. »Möglich. In jedem Falle bist du ein sehr schöner Ikarus«, er beugte sich nah zu ihrem Ohr – »und ich würde nichts lieber tun, als dir diese Federn alle einzeln auszupfen.« Die Hitze in ihren Wangen wurde stärker. Nicholas beugte sich tief über ihre Hand. »Würdet Ihr gern mit mir tanzen, Mylady Ikarus?«

»Ich würde nichts lieber tun, Mylord.«

Ein silbernes Glitzern erschien in seinem Blick. »Gar nichts, Mylady? Ich hätte gedacht, daß es da doch etwas gäbe, etwas – sagen wir Intimeres –, das Euch vielleicht noch besser gefallen würde.«

Sie wurde von Begehren überschwemmt. *Herrgott im Himmel.* Sie konnte das Brennen seines Blicks spüren, als berühre er sie. Er flirtete mit ihr, spielte verführerische Spiele mit ihr, die er sich als Vormund nie zugestanden hatte. Er fühlte sich sicher hinter der Maske, erlaubte ihr, eine Seite von ihm zu sehen, die sie noch nicht kennengelernt hatte. Das Spiel der Verführung konnte der Graf von Ravenworth unvergleichlich gut spielen, und sie fühlte sich weiblich und begehrt.

Sie senkte die Wimpern. Vielleicht konnte man dieses Spiel auch zu zweit spielen. »Ihr seid viel zu dreist, Herzbube. Doch es ist tatsächlich etwas an Euch, das mir gefällt. Vielleicht würde ich bei einem Kuß feststellen, was das ist. Ein langer, tiefer, sehr heißer Kuß, bei dem Ihr Euren Körper an den meinen drückt. Das könnte womöglich ...«

Nicholas' Ächzen unterbrach sie. »Kleine Hexe. Und ich dachte, dir wäre dieses Spiel neu.«

»Ich lerne schnell, Mylord. Und Ihr seid ein sehr guter Lehrer.«

»Da ist soviel, was ich dich gern lehren möchte, liebste Bess. Wir hatten bisher sowenig Zeit zusammen. Eine Nacht voller schuldbewußter Freuden, eine hastige Paarung im Garten. Heute nacht werde ich zu deinem Haus kommen. Wir werden uns Zeit lassen und den Unterricht ganz langsam beginnen. Und es wird mir ein Genuß sein, dich die Kunst des Liebens zu lehren.«

Elizabeth' Mund wurde trocken. *Heute nacht.* Nicholas würde heute nacht zu ihr kommen.

»Bis dahin würde ich trotzdem noch gern tanzen.«

Er tanzte, wie er sich bewegte, mit Grazie und Eleganz, die Schritte fehlerlos und instinktiv. Wann immer er ihre Hand berührte oder seinen Arm um ihre Taille legte, schien ihre Haut dort zu glühen. In seiner schwarzroten Verkleidung wirkte er gefährlich und verführerisch. Aus jeder seiner Poren drang seine sinnliche Ausstrahlung.

Zum erstenmal wurde ihr klar, welchen Willen er wohl hatte aufbringen müssen, um diesen Charakterzug so lange vor ihr zu verbergen. Das hatte er ihretwegen getan, weil sie sein Mündel war und er sein Wort gegeben hatte. Dafür bewunderte sie ihn – und sie war froh, daß er die Beherrschung endlich aufgegeben hatte –, wenigstens für heute abend.

Morgen würden sie beide ihre jeweilige Rolle wieder einnehmen, doch jetzt hatte Elizabeth einen Blick auf die gefährlich anziehende, verruchte Seite seines Charakters geworfen, und in den langen Nachtstunden würde er ihr noch mehr davon zeigen. Das Versprechen in seinem Blick schien zu sagen, daß er sie heute nacht in einer Weise nehmen würde, wie er es noch nie getan hatte.

Ihre Hand zitterte, als sie sie in die Falten ihres Rocks drückte. Ihr Herz hämmerte, und ihre Brüste fühlten sich köstlich geschwollen an. Sie würde den Ball mit Nicholas so lange genießen, wie sie es wagte, und dann würde sie in das Haus zurückkehren. Elias Moody und Theo Swann hatten sie herbegleitet, also würde sie sicher nach Hause kommen.

Nicholas hatte das Stadthaus sorgfältig ausgesucht. Es hatte Fenster, die man mit Fensterläden und dazugehörigen Schlössern verschließen konnte – und einen extra Eingang, der direkt in den ersten Stock führte. Sie schaute zu Nicholas, spürte seinen heißen Blick, folgte dem sinnlichen Lächeln seiner Lippen. Auch dort sah sie ein süßes, erotisches Versprechen.

Er ließ sie bei ihrer Tante, während er mit seiner Schwester tanzte, die in ihrem langen blauen Kostüm mit blonder Perücke bis zum Boden den ganzen Abend mit wechselnden Männern getanzt hatte. Der Ballsaal war überfüllt. Jemand schubste sie von hinten. Elizabeth drehte sich um und faßte nach einem Paar breiter Schultern, um nicht umzufallen.

»O Verzeihung, ich… ich hatte Euch nicht gesehen.«

»Junge, Junge, St. George, sieh dir das hübsche Vögelchen an, das in unserer Mitte herumflattert.«

Sie kannte diese Stimme. Das sandbraune Haar über der grauen Seidenmaske gehörte dem Viscount Harding, und neben ihm war Nigel Wicker, Baron St. George. Selbst in seiner Verkleidung als Sultan konnte er seine charakterische Fülle nicht verbergen.

»Ich fürchte, Ihr müßt mich entschuldigen, meine Herren, ich war gerade auf dem Weg zu den für Damen reservierten Raum.«

»Ach, wirklich?« Harding kam näher. »Ich werde Euch mit Vergnügen begleiten, meine liebe Miss Woolcot. Wir möchten doch nicht, daß Ihr Euch verirrt, bevor Ihr ankommt.«

Sie sah auf. »Wie – wie habt Ihr mich erkannt?«

Harding lächelte. »An den Federn, vielleicht. Oder vielleicht dieses phantastische rotbraune Haar.«

»Das Mädchen ist wirklich 'ne Schönheit.« St. George betrachtete sie lüstern von Kopf bis Fuß. »Muß sie auch sein, um sich Ravenworth zu angeln. Muß eine wahre Tigerin im Bett sein.«

Elizabeths Gesicht wurde dunkelrot. Sie war froh um die Maske. »Seine Lordschaft würde das nicht gern hören, was Ihr da sagt, und ich auch nicht. Bitte entschuldigt mich.«

Harding versuchte nicht, sie aufzuhalten, sondern lachte nur, als sie weiterging, und St. George stimmte dröhnend mit ein. Zum erstenmal wurde ihr wirklich klar, was es bedeuten würde, Nicholas' Geliebte zu sein. Sie schauderte, als sie daran dachte, und ging weiter die Treppen hinunter zu dem Raum für Damen im ersten Stock.

Hinter einer der nächsten Ecken, in einem teppichbelegten Flur, hörte sie schwere Schritte hinter sich. Sicher, daß es Nicholas war, der ihr folgte, drehte sie sich mit einem Lächeln um und blieb wie angewurzelt stehen, als sie Oliver Hampton auf sich zukommen sah.

Bascomb! Mit einem schräg aufgesetzten Federhut und einem Musketiermantel um die Schultern erreichte er sie nach wenigen Schritten und griff nach ihrem Handgelenk, bevor sie es ihm entziehen konnte. Er zerrte sie in eine Nische und drückte sie an die Wand.

»Laßt mich los, oder ich schreie.«

Er grinste. »Das wäre mir sehr recht, meine Liebe, wirklich. Ich bin sicher, die Damen dort hinten am Ende des Flurs wären entsetzt über meine Dreistigkeit.« Er war genauso groß wie Nicholas, zwei Jahre älter und massiver gebaut, mit dunkelbraunem Haar und leuchtendblauen Augen, ein attraktiver Mann, würden die meisten sagen. Elizabeth war nicht dieser Meinung. »Natürlich würde ich behaupten, daß mein Herz leider meinen Verstand völlig überrumpelt hat, was Euch betrifft, daß ich Euch gebeten habe, mich zu heiraten und mir nur Mühe gab, Euch zum Jawort zu überreden.«

Ihr Mund wurde schmal. »Woraufhin ich ihnen nur schlicht erklären würde, daß ich an einer Ehe mit Euch nicht interessiert bin – weder jetzt noch in der Zukunft.«

»Das könntet Ihr tun – aber wenn Ihr schreit, würde das sicher dazu führen, daß man annimmt, es geschehe hier wesentlich mehr als nur der Versuch eines Mannes, eine Frau zur Heirat zu überreden. Ihr wäret ruiniert. Man würde Euch in der guten Gesellschaft nicht mehr gern sehen, und ebensowenig Ravenworth und seine Schwester.«

Elizabeth spannte sich an. Nicholas würde es egal sein, was man über ihn dachte, aber Maggie – Maggie war etwas anderes.

»Was wollt Ihr?«

Er antwortete nicht, sondern riß sie nur an sich, bis ihr Mund auf seinen traf, um ihr einen feuchten, glitschigen Kuß zu geben, bei dem seine fleischigen Lippen sie fast verschlangen, bevor sie sich losreißen und ihn ohrfeigen konnte.

Dem brennenden Schmerz folgte ein Moment verblüfften Unglaubens. Sie entzog sich seinem Griff und schoß davon, bevor er sie halten konnte, den Flur hinunter auf die Treppe zu. Sie zitterte am ganzen Leib, und ihr Puls ging so schnell, daß ihr schwindlig war. Sollte sie noch irgendwelche Zweifel daran gehabt haben, wie sie Oliver Hampton und seine ranzigen, glibberigen Küsse verabscheute, eine Berührung seiner feuchten Hände reichte völlig, um sie wieder daran zu erinnern.

Sie betrat, noch etwas mitgenommen, den Ballsaal, die Gedanken bei der unglücklichen Begegnung mit Bascomb. Doch dann verdrängte sie die Erinnerung und dachte lieber an Nicholas und die Nacht, die vor ihr lag.

Ein erwartungsvolles Schaudern traf sie, gemischt mit einer leichten Unsicherheit. Heute nacht würde sie wirklich seine Geliebte werden. Sie fragte sich, welche besondere Lektion er wohl für die kommenden Stunden vorgesehen hatte.

In blaue Seide gekleidet, die eine Spur heller war als ihre Augen, stand Maggie Warring neben Rand Clayton und dem Marquis von Trent. Obwohl er ein Kostüm des fünfzehnten Jahrhunderts trug, erinnerte sie sich an Andrew Sutton, einen gutaussehenden, braunhaarigen Mann von mittlerer Größe aus Oxford, der früher mit Nick befreundet gewesen war. Er und Andrew waren vor seiner Verbannung gute Freunde gewesen, doch wie im Fall von Clayton hatte Nicholas bei seiner Rückkehr geglaubt, daß er als Ausgestoßener aus der Gesellschaft auch seine Freundschaft mit dem Marquis verwirkt hatte.

Maggie hatte ihn seit dem Skandal damals nicht mehr gesehen und nahm nicht an, daß es ihrem Bruder anders ging. Sie erinnerte sich an seine scherzhafte, lockere Art zu der Zeit, als sie noch ein Mädchen gewesen war. Damals hatte sie ihn kaum beachtet, denn ihr Kopf war voller närrischer Phantasien über Stephen Hampton gewesen.

Jetzt, als Frau, empfand sie die Gegenwart des Marquis anders als zuvor, spürte ganz deutlich jenen prüfenden, braunen Blick und die Kraft seines Lächelns, so daß ein seltsames, kleines Schaudern sie überlief.

»Das war doch Euer Bruder, der Herzbube dort drüben, oder?«

Maggie lächelte. »Es überrascht mich, daß Ihr ihn erkannt habt. Ich habe ihm bei seinem Kostüm geholfen und fand, daß es eine gute Verkleidung war.«

»Mag vielleicht für andere so sein, aber ich habe ihn einfach zu lange gut gekannt.« Er lächelte leise. »Das Kostüm ist passend, scheint mir. Nick hatte immer eine Schwäche für Frauen, und heute ist das wohl nicht anders. Die Art, wie er das hübsche Wesen in dem Federkleid vorher angesehen hat, ließ keinen Zweifel daran, was er dachte – und auch nicht daran, daß die Dame sein Interesse erwidert.«

Der Überraschung folgte ein leichtes Unbehagen. Anfangs hatte sie sich Sorgen gemacht wegen Elizabeth und Nick, doch sie hatte sich eingeredet, daß sie sich täuschen mußte. Heute abend hatte sie sich so gut amüsiert, daß sie gar nicht auf Elizabeth oder ihren Bruder geachtet hatte. Sie hatten miteinander getanzt, das war alles. Nick mochte sie gern, fand sie vielleicht auch anziehend, aber er würde ihr niemals tatsächlich nahetreten. Und sie konnte sich auch nicht vorstellen, daß Elizabeth ihn ermutigen würde, wenn er es versuchen sollte. Der Marquis mußte sich irren.

»Auf jeden Fall«, fuhr er fort, »bin ich froh, daß er sich entschieden hat, zurück in die Gesellschaft zu kommen. Ich weiß, daß durch seine Vergangenheit einiges sehr schwierig gewesen ist, doch was immer auch in jener Nacht mit Hampton geschehen sein mag – und es gibt einige von uns, die ihre Zweifel haben –, er hat für seine Sünden bezahlt, und ich bin froh, ihn hier zu sehen.«

Maggie lächelte, erleichtert, daß das Gespräch sich in eine andere Richtung gewandt hatte. »Das ist nett von Euch, Mylord. Vielleicht hat Nick mehr Freunde, als er glaubt. Es würde ihm sicher gefallen, zu erfahren, wie Ihr empfindet.«

Er warf ihr einen langen, prüfenden Blick zu, und das

seltsame kleine Schaudern wiederholte sich. »Dann hoffe ich, Ihr werdet es ihm sagen.« Er lächelte. »Oder vielleicht kann ich Euch, mit Eurer Erlaubnis, beide besuchen und es ihm selbst sagen.«

Durch ihren Magen flatterten Schmetterlinge. Er wollte damit doch nicht etwa andeuten, daß er sie als Verehrer besuchen wollte? Was immer ihr Bruder auch für sie im Sinn hatte, sie war noch nicht bereit, Verehrer zu empfangen – sie war einfach zu lange eingesperrt gewesen. Und doch faszinierte sie gerade dieser Mann.

»Das wäre sehr aufmerksam von Euch, Mylord. Ich bin sicher, daß es Nick viel bedeuten würde.« Sein Blick blieb noch etwas länger auf den ihren gerichtet, warmes, samtiges Braun, und schließlich senkte sie den Blick.

»Vielleicht würdet Ihr mit mir tanzen, Lady Margaret?«

Maggie lächelte etwas unsicher. Es war eine Sache, mit Männern zu tanzen, die sie als Freunde empfand, und eine ganz andere, mit einem Mann zu tanzen, in dessen Anwesenheit ihr Inneres zu schmelzen schien.

»Mylady?« drängte er.

Sie legte ihre Hand auf die seine, machte aber weiter keine Bewegung. An jenem ersten Abend beim Ball hatte sie schreckliche Angst gehabt, auf die Tanzfläche hinauszugehen, weil sie nicht gewußt hatte, was die Leute sagen würden. Doch schließlich war der Abend, mit Rands Hilfe, ein Erfolg geworden.

Es hatte natürlich einige zischelnde Bemerkungen gegeben, doch die Herzogin hatte den größten Teil des Tratschs unterdrückt. Man sagte, sie wäre im Kloster gewesen, wegen des Skandals, den ihr Bruder verursacht hatte. Der Grund für Stephen Bascombs Tod blieb im dunkeln, und die Schuld für Maggies Klosterdasein lastete auf Nicks breiten Schultern, was ihm aber nichts auszumachen schien.

Der Herzog von Beldon erschien neben ihr. »Geh ruhig,

Maggie. Du wirst bei Andrew genauso sicher sein wie bei mir.«

Natürlich hatte er recht. Der Marquis war ein Freund von Nick und ein perfekter Begleiter, ein Mann, der beinah ebenso mächtig war wie der Herzog selbst. Sie lächelte Andrew Sutton an.

»Also gut, aber ich warne Euch, Mylord – ich bin immer noch etwas eingerostet. Ich hoffe, Ihr habt Geduld mit mir.«

Er erwiderte das Lächeln, und ihr Herz schlug schneller. »Ich wurde als geduldiger Mensch geboren, Mylady.« Er hielt ihr den Arm hin, und sie legte eine Hand auf den schweren Samt seines Ärmels.

Auf dem Weg zur Tanzfläche gab es ein paar gehässige Kommentare wie üblich, doch die Klatschmäuler verstummten, als sie sahen, daß ihr Begleiter der reiche Marquis von Trent war. Es wurde ein ausgiebiger Tanz, und sie genoß ihn sehr.

»Vielen Dank, Mylord«, sagte sie, als der Tanz endete.

Er hob eine dichte Augenbraue. »Wofür?«

»Dafür, daß Ihr mir geholfen habt, mich wieder an ein paar Freuden des Lebens zu erinnern.«

Das Braun seiner Augen wurde indigodunkel. Er beugte sich über ihre Hand. »Vielleicht gibt es noch mehr Dinge, die ich Euch zeigen kann, Mylady.«

Sein Atem drang warm durch ihren Handschuh auf die Haut, und ihr ganzer Arm kribbelte. »Das mag wohl sein, Mylord.«

15

Nicholas verließ den Ball, bevor die Gäste ihre Masken abgelegt hatten. Trotzdem entdeckte Elizabeth seine hohe Gestalt eine halbe Stunde später noch draußen, denn er wartete, bis sie sicher mit ihrer Tante in Beldons Kutsche saß und Elias und Theo, in der goldenen Livree des Herzogs, als Lakaien hinten auf der Kutsche standen.

Als sie das Stadthaus erreicht hatten, sagte sie ihrer Tante gute Nacht und ging direkt in ihr Zimmer, wobei sie nervös und unsicher wurde. Nicholas würde jeden Augenblick kommen. Er erwartete von ihr, daß sie die Rolle der Geliebten spielte, auf die sie sich eingelassen hatte. Er würde sie küssen, berühren, mit ihr schlafen. Ihr war flau im Magen, und ihr Mund war trocken wie Pergament. Es war eine Sache, ihn in einem Augenblick spontaner Leidenschaft zu lieben und eine ganz andere, geplant einen solchen Weg einzuschlagen, der ihr ganzes Leben ändern würde.

Es hat sich schon geändert, sagte sie sich. *Seit der Sekunde, in der du dich in ihn verliebt hast.* Von jenem Augenblick an war ihr Glück für ewig mit ihm verbunden worden, und ihre Zukunft unvorstellbar ohne den Grafen von Ravenworth.

Mercy wartete in Elizabeths Schlafzimmer, um ihr beim Ausziehen zu helfen. Sie ließ sich die Haken des Federkostüms von dem Mädchen öffnen, das ihre Beziehung mit dem Grafen noch nicht erraten hatte. Doch so aufmerksam wie Mercy war, würde sie sicher nicht lange brauchen.

Mercy würde es wissen, und bald darauf würden auch andere Bedienstete des Hauses einen Verdacht schöpfen, doch Elizabeth glaubte wie Nicholas, daß ihre Angestellten ihnen ergeben waren und ihr Geheimnis noch für eine Weile in Sicherheit sein würde.

Das rundliche Zimmermädchen zog die letzten Nadeln aus ihrem Haar und bürstete es aus.

»Danke, Mercy, den Rest kann ich selber.«

»Wirklich?«

»Ja, bestimmt.«

»Dann gute Nacht, Miss.«

»Gute Nacht, Mercy.«

Sie wartete, bis das Mädchen das Zimmer verlassen hatte und zündete dann, immer noch in ihr Hemd gekleidet, die Kerze am Fenster an. Schatten flackerten über die Wände, und das Zimmer wurde in warmes, gelbes Licht getaucht. Elizabeth schaute zur Tür, nervös und doch seltsam erregt. Sie hatte ihre Wahl getroffen. Nicholas würde kommen. Die Nacht, die vor ihr lag, würde etwas Besonderes werden. Was sollte sie tun?

Dann fiel ihr Blick auf die grüne Federmaske. Langsam griff sie danach und band sie sich vor das Gesicht. Im Spiegel sah sie die dunkelgrünen Pailletten glitzern. Durch die Löcher in der Maske schienen ihre Augen ebenso zu glitzern. Sie zögerte noch einen Moment, schob dann mutig die Träger ihres Hemdes über die Schultern und ließ es zu Boden gleiten. Nackt durchquerte sie das Zimmer, krabbelte auf das Himmelbett und lehnte sich an die Kissen.

Die Minuten vergingen. Das Feuer knackte. Als sie wieder zur Tür schaute, stand Nicholas dort. Er hatte sein Kostüm durch engsitzende schwarze Hosen ersetzt, die in hohen schwarzen Stiefeln steckten. Ein weißes Baumwollhemd mit weiten Ärmeln lag eng an seiner breiten Brust an. Die Tür schloß sich leise hinter ihm, aber er bewegte sich nicht, stand nur da, und das Silberblau seines Blickes glitt über ihren nackten Körper.

»Ich sehe, du hast dich schon passend für die kommende Lektion gekleidet«, sagte er mit einer Stimme, die rauh und verführerisch klang.

»Ich hoffe, es gefällt dir.«

Er kam mit fließenden Bewegungen zu ihr ans Bett, und ihre Blicke trafen sich durch die Maske. »Das ist dir gelungen – und zwar außerordentlich. Heute nacht, meine Liebste, gedenke ich, dir pures Vergnügen zu bereiten.«

Hitze überflutete sie vom Kopf bis zu den Füßen. Ihr Herz pochte wie verrückt. Nervös fuhr sie sich mit der Zunge über die Lippen. »Gibt es etwas, das ich … von dem du möchtest, daß ich es tun soll?«

Sein funkelnder Blick umfaßte sie. »Ja, meine Liebste. Es gibt eine ganze Menge Dinge, die du tun wirst, bevor die Nacht zu Ende ist.« Er setzte sich neben sie und zog sie in seine Arme. »Aber zuerst möchte ich dich einfach nur küssen.«

Sie schloß die Augen, spürte seine weichen Lippen auf den ihren, dann den warmen, prüfenden Druck seiner Zunge. Er schmeckte leicht nach Cognac, und sein Hemd duftete zart nach Toilettenwasser. Er küßte sie tief und erotisch, drückte sie auf die Matratze hinunter, ließ sie die harte Länge seiner Erektion spüren, versuchte nicht, Rücksicht auf irgendwelche mädchenhaften Empfindsamkeiten zu nehmen. Diese Zeit war vorbei. Sie war jetzt seine Frau, und er wollte ihr genau zeigen, was das bedeutete.

Er neigte den Kopf und nahm noch einmal Besitz von ihrem Mund, ließ seine Zunge mit großer Geschicklichkeit eindringen, kostete sie so intensiv er konnte und entzündete damit heiße Gefühle, die ihren Körper pulsierend durchströmten. Elizabeth erwiderte den Kuß mit derselben feurigen Leidenschaft, gab ihm zurück, was sie bekam, ermutigte ihn, noch mehr zu nehmen.

»Leg deine Arme um meinen Hals«, befahl er leise, und

sie gehorchte, so daß sich ihr Busen an seine Brust drückte. Er stöhnte und vertiefte den Kuß, ließ dann seinen Mund an der Seite ihres Halses abwärts wandern, küßte ihre Kehle und den Schulteransatz. Als er ihre eine Brust erreichte, leckte er über die Spitze, bis sie steif emporragte, nahm sie dann ganz in den Mund und saugte an der Brustwarze.

Noch heftigere Hitze durchströmte sie, heiß und prickelnd, bis in jede einzelne ihrer Gliedmaßen, und in die Mitte ihres Bauches.

»Nicholas...« Sie klammerte sich an seine Schultern und wölbte sich ihm entgegen, verzweifelt bemüht, die Wärme seines Mundes ganz durch ihre Haut aufzunehmen. Er neckte jetzt auch die zweite Brust und leckte über die Knospe, die sich ihm entgegenstreckte, saugte gierig daran, bis Elizabeth sich wollüstig unter ihm wand.

Er drückte sie wieder hinunter auf das Bett, und sein Gesicht wirkte rauh vor Verlangen im Licht der Kerzen. Eine dichte schwarze Locke fiel ihm in die Stirn. Seine Erregung ließ die Hose zu eng werden. Sie spürte sein schweres Gewicht an ihrem Schenkel, fühlte die harte Länge, und das Versprechen, das darin lag, ließ sie erschaudern. Nicholas küßte wieder ihre Brüste, langsam und spielerisch. Dann begann seine Zunge, über ihren Körper abwärts zu wandern. Unterwegs ließ er sich Zeit, ihren Nabel zu umrunden und federleichte Küsse auf den flachen Bauch darunter zu streuen.

»Nicholas...« Ihr Körper brannte von dem Verlangen, ihn in sich zu spüren. »Ich will dich auch berühren, ich will dich nackt sehen.«

Seine Augen schienen zu glühen. »Bald, meine Liebste. Doch jetzt möchte ich dir erst etwas zeigen. Du sollst noch eine neue Lektion lernen.«

Bei diesen Worten überschwemmte sie eine neue Hitzewelle, und er küßte sie heftig. Seine Hände legten sich um ihre Handgelenke und hoben sie über ihren Kopf ans Kopfende des Bettes, das kunstvoll aus dunklem poliertem Holz geschnitzt war. Er legte ihre Finger um einen Strauß fein ausgeformter Holzblumen und sorgte dafür, daß jeder Finger festen Halt hatte.

»Laß nicht los«, wies er sie leise an. »Egal was geschieht, laß nicht los, bis ich es dir sage.«

Sie bebte jetzt am ganzen Körper, der heisere Klang seiner Stimme rollte vibrierend über ihre Haut, die Berührung seiner Hände entzündete ihr Blut zu lodernden Flammen. Er griff hinter ihren Kopf, löste die Maske und zog sie ab.

»Ich möchte dich sehen, wenn dich die Lust überkommt.« Sein Blick traf den ihren mit solcher Eindringlichkeit, daß es wie ein Glühen war. Er breitete ihr Haar neben ihren Schultern aus, dann küßte er wieder ihre Brüste, ihren Nabel und wanderte tiefer. Seine Finger strichen durch das weiche rötliche Haar über der Mitte ihrer Weiblichkeit.

»Breite deine Beine auseinander für mich, Bess.«

Sie stieß ein leises Keuchen aus und zitterte.

»Tu es, meine Süße. Tu, was ich dir sage.«

Sie biß sich auf die Unterlippe, um die Hitze zu beherrschen, die sie zu verschlingen drohte. Vorsichtig öffnete sie sich für ihn, bot ihm ihre geheimste Stelle dar.

»Mehr, gib dich mir hin, Bess. Vertrau mir deinen Körper an, wie du mir dein Herz anvertraut hast.«

Sie brauchte Mut dafür, doch tat, was er verlangte, gab ihm Zugang zu ihrer Mitte, achtete nicht weiter auf die Schamröte, durch die es ihr noch heißer wurde. Ihr Körper zitterte, ihre Hände umfaßten das Holz so fest, daß ihre Knöchel weiß wirkten.

Nicholas stützte sich zwischen ihren Beinen auf die Ellenbogen und legte die Hände unter ihr Hinterteil, um sie zu seinem Mund emporzuheben. Sie wäre fast ohnmächtig geworden, als seine Zunge ihre Haut berührte und schließlich die geschwollene, feste Knospe in ihrer Mitte. Er begann darüberzulecken, sie zärtlich mit der Zunge zu streicheln, und ihr Körper wölbte sich von der Matratze.

»Nicholas!« Sie wand sich, versuchte, sich ihm zu entziehen, doch er hielt sie fest. Und wie er angeordnet hatte, ließ sie die Holzblumen über ihrem Kopf nicht los. Statt dessen schloß sie die Augen und konzentrierte sich ganz auf die Empfindung seiner weichen, erotischen Küsse, seiner Zunge, die kostete und tanzte, bis Feuerstränge sich in ihrem Inneren zu spannen begannen. »Ich kann nicht mehr«, flüsterte sie. »Ich halte das nicht mehr aus.«

Er sah auf, und die Muskeln an seinen Schultern wirkten hart wie Stahl. »Doch, das kannst du. Das kannst du, und das wirst du.« Er preßte wieder seinen Mund in ihre feuchte Mitte, und diesmal begannen die gespannten Stränge zu schwingen und rissen dann plötzlich. Sie zersprangen wie dünne Fäden und schleuderten sie in den Weltraum hinaus, weit bis in die Hitze der Sonne. Feuer brannte prasselnd in ihr, sprühte Funken, die ihr den Atem nahmen und sie verharren ließen in süßer Lust.

Entspannt und erfüllt bemerkte sie kaum, wie Nicholas sie verließ, spürte dann aber, wie er zurückkam und daß er nackt war. Sein straffer, dunkler Körper beugte sich über sie. Sanft griff er nach ihren verkrampften Fingern, die immer noch um das Kopfende des Bettes lagen, und löste vorsichtig jeden Finger.

»Du kannst jetzt loslassen, meine Liebste«, sagte er mit zärtlichem Lächeln. »Ich möchte deine Hände lieber auf meinem Körper spüren.«

Sie starrte ihn nur an, kaum zum Denken fähig. »Das war so… Ich hätte mir nie vorstellen können –«

»Und das hier?« fragte er und drang mit einem heftigen Stoß in sie ein. »Das hast du dir doch bestimmt vorgestellt, oder?«

Ihr Körper wölbte sich ihm entgegen und nahm ihn tief in sich auf. Die Hitze in ihrem Innern kochte wieder hoch auf. Elizabeth befeuchtete ihre Lippen. »Ja, Mylord. Das habe ich mir so vorgestellt.«

Nicholas lachte leise und begann, sich zu bewegen. Jeder Stoß brachte ihr neue Wellen der Lust und erhöhte noch ihr Verlangen nach ihm. Er nahm sie mit Geschick und köstlichem Fordern. Seine Härte erfüllte sie ganz. Schon nach wenigen Minuten bebte ihr Körper, reagierte auf seine Bewegungen und stieg wieder hoch hinauf zum nächsten Höhepunkt.

Nicholas folgte ihr, die Muskeln hart gespannt, jede Sehne straff. Sein Körper erschauderte und wurde dann ruhig, sank schließlich auf ihr zusammen. Sein dünner Schweißfilm vermischte sich mit ihrem.

Schließlich löste er sich von ihr, zog sie in seine Arme und drückte ihren Rücken an sich. Er küßte ihren Hals. »Es gibt noch mehr, was ich dich lehren kann, noch so viel mehr. Und jetzt, wo du mir gehörst, wirst du genug Zeit zum Lernen haben.«

Genug Zeit? Der Gedanke war ihr unbehaglich. Sie fragte sich, wieviel Zeit sie wirklich haben würde. Die Zukunft war so verschwommen und von Gefahren überschattet. Er war verheiratet. Und er hatte nie gesagt, daß er sie liebte. Elizabeth schloß die Augen und nahm sich vor, heute nacht nicht daran zu denken. Heute nacht würde sie ihn lieben und er sie.

Heute nacht würde sie so tun, als gäbe es die Zukunft nicht.

Nick liebte Elizabeth noch zweimal in jener Nacht und erwachte schließlich beim ersten Tageslicht, das übers Fensterbrett kroch und sich in seinen friedlichen Schlummer drängte. Neben ihm lag Elizabeth, an seine Seite gekuschelt, ihr prächtiges rotbraunes Haar auf seiner Brust ausgebreitet. Ein paar Minuten sah er sie nur an und dachte an die Stunden, die sie damit verbracht hatten, sich zu lieben.

Das Spiel der Verführung, das er begonnen hatte, war zu etwas Tieferem geworden, während die Stunden vergingen. Zu etwas unbestimmbar Zärtlichem. Es war seltsam, wie das immer wieder geschah, wenn er bei ihr war. Die Einsamkeit, mit der er so viele Jahre gelebt hatte, schien zu verblassen und zu verschwinden.

Nick strich sich mit einer Hand durchs Haar, wußte, daß es Zeit war zu gehen, wollte aber eigentlich nicht, was ihn wiederum beunruhigte. Wahrscheinlich war es sein Schuldgefühl, vermutete er, von dem er gehofft hatte, daß er es nicht empfinden würde. Es war nicht recht, was er sich von Elizabeth nahm, ihre Wärme, ihre Schönheit, ihre Unschuld. Solche Dinge hatten einen Preis, und der Preis war die Ehe, der Schutz seines Namens, die Sicherheit eines Heims, die Liebe einer Familie. Er hatte ihr nichts von alledem zu bieten und nahm doch die Geschenke, die sie ihm trotzdem bot. Das machte ihm Sorgen, doch die Entscheidung war gefallen, und er war zu selbstsüchtig, um daran etwas zu ändern.

Mit einem widerstrebenden Seufzen löste er sich von der Wärme ihres Körpers und zog seine Kleider an. Er wollte fort sein, bevor sie erwachte, doch als er sich umdrehte, stellte er fest, daß sie ihm zusah, mit einer Spur von Unsicherheit im Gesicht. Nicholas griff nach ihrer Hand und hob sie an die Lippen.

»Was ist los, Süßes? Was hast du? Wenn du dir Sorgen machst wegen der vergangenen Nacht –«

Sie schüttelte heftig den Kopf. »Die vergangene Nacht war wunderschön. Vollendet. Ich mache mir keine Sorgen wegen dem, was zwischen uns geschehen ist. Es ist nur … nur etwas, das beim Ball passiert ist, was ich dir noch nicht erzählt habe.«

Er erstarrte, und Besorgnis sickerte in sein Gemüt wie Staub durch einen fadenscheinigen Teppich. »Du hast mich belogen?«

»Nein! Natürlich nicht. Ich habe nur... ich habe dir gestern abend auf dem Ball nichts davon erzählt, und das hätte ich tun sollen.«

Er wurde langsam ärgerlich. »Dann tu das jetzt.«

Elizabeth errötete schuldbewußt. »Gestern abend war Bascomb auch dort. Er hat mir vor dem Damenruheraum aufgelauert. Ich wollte kein Aufsehen erregen. Ich dachte nicht –«

»Du dachtest nicht? Nein, das hast du wirklich nicht getan. Du hast überhaupt nicht gedacht.« Er faßte sie bei den Schultern und zog sie vom Bett hoch. »Verdammt, Elizabeth, ich versuche, dich zu beschützen. Wenn Bascomb dort war, hättest du mir das sagen sollen. Es hätte etwas passieren können. Mein Gott – tu nie, nie wieder etwas so Dummes.« Er sah, wie sie zusammenzuckte, bemerkte, wie hart sein Griff war und ließ locker.

Er holte tief Luft, um sich zu beruhigen. »Es tut mir leid, ich wollte dir nicht weh tun. Es ist nur –« Es war nur, daß er den Gedanken, Bascomb in ihrer Nähe zu wissen, nicht ertragen konnte. Er seufzte frustriert. »Was genau hat der Hurensohn getan?«

Elizabeth wandte den Blick ab, und ihre Wangen schimmerten rosa über dem Laken, das sie über ihre Brüste gezogen hatte. »Er hat mich geküßt. Das war der ekligste, widerlichste Kuß, den ich je ertragen mußte.«

Nick biß die Zähne zusammen. »Was noch?«

»Nichts, ich habe ihn geohrfeigt und bin weggelaufen. Das war alles.«

»Du hast ihn geohrfeigt?«

Sie nickte und grinste dann. »So fest ich konnte. Es überrascht mich, daß du es im Ballsaal nicht hören konntest.«

Er erwiderte plötzlich das Grinsen. »Hätte ich gerne.« Das Lächeln verlosch langsam wieder. »Hör mir gut zu, Elizabeth. Bascomb ist ein gefährlicher Gegner. Wir müssen vorsichtig sein. *Du* mußt vorsichtig sein. Versprich mir, daß du es mir sofort erzählst, wenn der Bastard noch einmal in deine Nähe kommt.«

»Das hätte ich gestern auch getan. Ich wollte nur nicht, daß du deswegen in Schwierigkeiten kommst.«

Er griff nach ihrem Kinn. »Versprich es mir.«

Sie seufzte. »Also gut, versprochen.«

Er beugte sich hinunter und gab ihr einen schnellen, festen Kuß. »Braves Mädchen.« Nick wandte sich ab, denn sein Körper reagierte sofort und wurde wieder hart. Er wünschte, sie könnten sich noch einmal lieben, aber die Sonne würde bald aufgehen. »Ich muß fort«, sagte er kurz angebunden. »Wir sehen uns heute abend.«

»Heute abend? Du kommst heute abend wieder?«

Sein Körper wurde noch härter, wenn er nur daran dachte. »Ja, Liebste. Ich glaube kaum, daß du nach nur einer Lektion schon ausgelernt hast.«

»Nein ... nein, das bestimmt nicht.« Elizabeth lächelte strahlend, und die Lust zuckte durch seine Lenden. Sie lehnte sich mit einem träumerischen Lächeln zurück in die Kissen. »Dann bis heute abend, Mylord.«

Nick lächelte amüsiert. »Bis heute abend«, stimmte er zu und fragte sich, wie es sein konnte, daß sie eine so starke Wirkung auf ihn hatte – und wie zum Teufel er so lange warten sollte.

Oliver Hampton öffnete die Tür und ließ Nathan Peel und Charlie Barker in das holzgetäfelte Arbeitszimmer treten.

»Wir sind sofort los, nachdem wir Eure Nachricht gekriegt haben«, sagte Nathan und drehte einen abgewetzten Filzhut zwischen den knochigen Fingern.

»Ja, und das ist verdammt gut so.« Oliver setzte sich in seinen schwarzen Ledersessel. »Es hat... ein paar Komplikationen gegeben. Ich möchte, daß ihr beide euch darum kümmert.«

»Komplikationen?« wiederholte Barker vorsichtig. »Noch mehr Ärger mit dem schwarzhaarigen Teufel Ravenworth etwa?«

»Das auch. Der Mann scheint mein Schicksal zu sein, er taucht immer wieder auf. In diesem Fall möchte ich jedoch nur, daß ihr dafür sorgt, daß Miss Woolcots Verehrer verschwinden.«

»Wir sollen sie umbringen?« fragte Nathan mit hochgezogenen Augenbrauen.

Oliver schüttelte den Kopf. »Nichts so Endgültiges. Ich möchte nur, daß sie das Mädchen in Ruhe lassen.« Er nahm eine dicke Zigarre aus einer Feuchthalteschachtel und rollte sie sorgsam unter seiner Nase.

»Nehmen wir einmal an, Straßendiebe würden die beiden überfallen. Natürlich würde dabei ihr Geld gestohlen und der eine oder andere Schlag gelandet – zusammen mit der Warnung, Elizabeth Woolcot fernzubleiben, wenn sie sicher sein wollen, daß sich der Vorfall nicht wiederholt.«

»Wie heißen die beiden Männer?«

»Von den vier ursprünglichen scheinen nur noch zwei im Rennen zu sein, David Endicott, Viscount Tricklewood, und Sir Robert Tinsley. Wenn ihr euch um das kleine Gespräch mit ihnen kümmert, werde ich verbreiten, daß Miss Woolcot schon vergeben ist. Ein kleiner Hinweis hier, etwas Druck da, und Miss Woolcots Verehrer werden verschwinden wie Münzen aus dem Beutel eines betrunkenen Matrosen.«

»Tricklewood und Tinsley«, wiederholte Charlie. »Wie finden wir sie?«

»Mr. Cheek hat sie beobachtet und die Plätze aufgeschrieben, die sie üblicherweise besuchen. Seht sie euch dort an, paßt auf, daß ihr sie auch wirklich erkennt und dann überbringt die Nachricht.«

»Wir kümmern uns drum«, sagte Charlie.

»Ja, und laßt euch diesmal nicht erwischen.«

Nathan wurde rot. Charlie strich sich den Bart. »Und das Mädchen? Wollt Ihr die immer noch haben?«

Oliver schnitt das Ende der Zigarre ein und betrachtete sein Werk eingehend. »Hier in der Stadt ist alles etwas schwieriger. Vielleicht dauert es auch etwas länger als geplant. Aber es wird genauso funktionieren, wie ich es wünsche.«

Barker und Peel verstummten, nahmen nur noch die Adressenliste von Cheek entgegen und wandten sich zur Tür.

Oliver sah sie hinausgehen, dachte an die Männer, die Elizabeth' Verehrer waren, und empfand eine wohltuende Zufriedenheit. Die Hundesöhne verdienten, was sie kriegen würden. Elizabeth gehörte ihm. Je eher sie das merkten, um so besser.

Je eher *sie* das merkte, um so besser. Er dachte an ihre Ohrfeige, und sein Mund wurde schmal. Er mochte Frauen mit Temperament, doch Elizabeth übertrieb. Sie würde lernen müssen, wo ihr Platz war, und zwar bald. Er duldete ihren trotzigen Widerstand nicht mehr lange.

Oliver zwirbelte noch einmal die Zigarre unter die Nase. Statt des Tabaks stellte er sich Elizabeth' weichen Duft vor.

Ein Gewitter war im Anzug. Dichte schwarze Wolken türmten sich am Horizont und grauer Nebel waberte durch die Gassen. Elizabeth bemerkte es kaum. Ihre Gedanken waren zu sehr mit Nicholas beschäftigt. Er war in dieser Woche jede Nacht zu ihr gekommen, hatte sie leidenschaftlich geliebt und war bis zum Morgengrauen geblieben. Sie wußte, daß das sündig war, und dennoch machte es regelrecht süchtig. Jedesmal wenn sie zusammen waren, wuchs seine Anziehung auf sie noch.

Er mochte dieselben Bücher wie sie und konnte ihre Lieblingsgedichte aufsagen. Er ging gern im Garten spazieren. Wenn sie von ihren Vögeln erzählte, schien er nicht gelangweilt, sondern interessiert, bat sie um Beschreibungen und schlug vor, doch Zeichnungen von den Vögeln anzufertigen, die sie beobachtet hatte.

Und doch fehlte noch irgend etwas, irgendein Verbindungsglied, eine Beziehung, wie es sie nur zwischen Ehemann und Ehefrau gab. Vielleicht lag es daran, daß er sie nicht wirklich liebte. Er hatte sie gern, ja. Aber Liebe? Elizabeth versuchte nicht mehr, sich einzureden, daß es das war, was er empfand. Und es war ihr genug, glaubte sie, daß sie ihn liebte.

Sie achtete nicht weiter auf die innere Stimme, die sie eine Sünderin nannte und ihr angst machte, was Freunde wie Sydney oder der Herzog und seine Mutter und sogar Mercy und Elias sagen würden, wenn sie es erst herausfanden.

Mit plötzlich schwer gewordenem Herzen schritt Elizabeth die Treppe zu ihrem Haus hinauf, Elias auf einer, Theo auf der anderen Seite.

Sie blieb unter dem kristallenen Leuchter im Eingang stehen. »Danke, Gentlemen. Es würde mich freuen, wenn wir morgen wieder ausgehen könnten.«

Elias nickte. Falls er es ungewöhnlich fand, daß sie begonnen hatte, jeden Nachmittag zur Kirche zu gehen, ließ er es sich nicht anmerken, und ihr tat die Stille dort gut.

»Ah, da bist du ja«, sagte Tante Sophie auf dem Weg in den Salon. »Ich dachte, du würdest früher zurückkommen.« Sie schien seit ihrer Ankunft in der Stadt noch runder geworden zu sein. Sie brauchte mehr Bewegung, dachte Elizabeth, vielleicht vermißte die Tante Ravenworth ebensosehr wie sie.

»Ich hatte ein paar Einkäufe zu erledigen«, erklärte Elizabeth, während sie neben ihr in den Salon ging. »Und dann bin ich noch kurz in der Kirche der heiligen Maria gewesen. Dort ist es so schön friedlich.«

Tante Sophie runzelte die Stirn. »Gestern und vorgestern warst du auch dort. Ich wußte gar nicht, daß du so fromm bist.«

Elizabeth wandte den Blick ab. »Ich nehme an, bisher hatte ich nie Grund dazu.«

Eine schmale graue Augenbraue hob sich. »Ich wußte nicht, daß du dich so fühlst. Denn sonst hätte ich mir mehr Mühe gegeben, dich von dem Weg abzubringen, den du eingeschlagen hast. Es sieht dir gar nicht ähnlich, Elizabeth, daß du etwas tust, wofür du dich schämst.«

»Tue ich auch nicht – nicht wirklich. Ich weiß nicht, wie ich es erklären soll. Ich liebe Nicholas. Ich weiß in meinem Herzen, daß es keinen anderen Mann für mich gibt, aber –«

»Aber egal, was du fühlst oder sogar, was er fühlt, er ist eben nicht dein Ehemann. Genaugenommen ist er sogar mit einer anderen verheiratet.«

Ihre Augen brannten. »Ja.« Sie schüttelte den Kopf. »Ich habe mir immer wieder eingeredet, daß das unwichtig wäre. Rachael Warring hat ihren Mann vor neun Jahren verlassen. Ich finde, sie hat jetzt keinen Anspruch mehr auf ihn. Sie empfindet nichts für ihn und er nichts für sie.«

»Wenn das alles so ist, warum verbringst du den halben Nachmittag in der Kirche?«

Die mühsam zurückgehaltenen Tränen begannen endgültig zu fließen. »Ich weiß es nicht.« Sie sank aufs Sofa.

»Ich glaube, ich weiß es«, sagte ihre Tante sanft. »Sosehr du Lord Ravenworth auch lieben magst, bist du doch nicht die Frau, die du werden müßtest, um ihn zu halten.«

»Du meinst, seine Geliebte.« Sie haßte es, das Wort auch nur aussprechen zu müssen.

»Genau. Du bist erzogen worden, einmal Ehefrau und Mutter zu sein und ein Heim für deinen Mann und deine Kinder zu gründen. Deine Mutter hatte zwar ihre eigenen seltsamen Vorstellungen, aber das waren nie die deinen. Du bist mehr wie dein Vater, der ein Mann von Würde und Ehre war. Er hätte nie etwas getan, das gegen seine Prinzipien verstieß, und unter den üblichen Umständen würdest du das auch nicht tun.«

Elizabeth' Brust wurde eng. Sie wischte die Tränen von den Wangen. »Aber dies sind keine üblichen Umstände. Ich liebe einen Mann, der eine Last zu tragen hat, die er nicht tragen dürfte. Er ist entsetzlich einsam, Tante Sophie. Er hat neun Jahre lang gelitten. Ob ich seine Frau bin oder nicht, Nicholas braucht mich. Egal was mein Gewissen sagt, ich kann ihn nicht aufgeben.«

Tante Sophie tätschelte zärtlich ihre Hand. »Das weiß ich. Ich wünschte, ich könnte dir sagen, was du tun sollst, meine Liebe. Aber in diesem Falle kann ich es nicht. Du mußt tun, was dein Herz und dein Gewissen dir eingeben. Anders kannst du nicht glücklich werden.«

Elizabeth schwieg. Ihr Herz und ihr Gewissen waren in dieser Angelegenheit einfach nicht unter einen Hut zu bringen, auch nicht mit Hilfe der Stunden, die sie in der Kirche verbrachte.

Doch ebenso stark war das Gefühl, daß sie Nicholas nicht verlassen durfte, egal ob Kirche und Gesellschaft ihre Beziehung falsch fanden.

»Ich glaube, eine Tasse Tee würde dir guttun«, sagte sie matt. »Möchtest du auch eine?«

»Nein danke. Ein Nachbar aus dem nächsten Häuserblock ist letzten Monat von uns gegangen, und ein paar seiner Sachen werden versteigert. Ich dachte, ich überprüfe mal, ob ich nicht etwas Nützliches finde.«

Elizabeth lächelte zum erstenmal an diesem Tag. »Du findest stets etwas Nützliches, Tante Sophie. Deswegen ist oben in deinem Zimmer auch kein Zentimeter freier Platz mehr.«

Ihre Tante errötete würdevoll. »Tja, aber meine Federn konntest du doch gebrauchen, stimmt's? In diesen unsicheren Zeiten weiß man nie, was man einmal gebrauchen kann.«

Elizabeth seufzte. »Da hast du wahrscheinlich recht.« Man konnte tatsächlich nie wissen, wo das Leben einen hinführte. Elizabeth hatte diese Tatsache am eigenen Leib klarer erfahren als jede andere ihrer Bekannten.

16

Maggie Warring stieg aus der Kutsche des Herzogs von Beldon, die sie ins Stadthaus zurückbrachte. Rand und seine Mutter hatten sie zu den Vauxhall Gardens begleitet, und der Marquis von Trent hatte sich irgendwann zu ihnen an den Tisch im Garten gesetzt, wonach der Rest des Abends von ihrer Nervosität verschleiert wurde.

Wie konnte er das nur erreichen? Ihr Magen rebellierte, und ihr Herz schlug heftig wie bei einem Schulmädchen – bei ihm, bei keinem anderen Mann. Bis heute war er der perfekte Gentleman gewesen, zumindest vor den anderen. Doch heute abend, kaum waren sie allein gewesen, hatte sich sein Blick wie brennend mit dem ihren verbunden.

»Ihr seht wundervoll aus, Mylady«, hatte er gesagt und ihren Handrücken an seine Lippen gedrückt. »Ein Mann könnte schon allein in Schwierigkeiten kommen, wenn er nur in Eure unglaublich blauen Augen sieht.«

Maggie erstarrte überrascht, errötete und gab irgendeine dämliche Antwort, erschreckt und doch auch seltsam erregt. Später trennte sie sich von den anderen, um ihre Nervosität zu überwinden, indem sie etwas im Garten spazierenging. Sie starrte zum Mond hinauf und betrachtete seine Berge und Täler, da tauchte Trent aus der Dunkelheit auf.

»Ich habe Euch davongehen sehen. Ich hoffe, Ihr habt nichts dagegen, wenn ich Euch begleite.« Er war makellos gekleidet, und obwohl er nur durchschnittlich groß war, hatte er etwas an sich, das ihn viel größer erscheinen ließ.

»Nein, ich… ich wollte nur ein wenig allein sein.«

»Also ja.« Doch er machte keine Anstalten, fortzugehen, und plötzlich wollte sie es auch gar nicht mehr. Er kam näher, und sein Blick folgte dem ihren hinauf in die sternenübersäte Nacht, kehrte dann wieder zu ihrem Gesicht zurück. Die Luft um sie herum schien dichter zu werden und sich mit Elektrizität zu füllen.

»Atemberaubend«, sagte er, und sie wußte, daß er nicht den Himmel meinte. Seine Hand strich zart über ihre Wange. Dann nahm er ihr Gesicht zwischen beide Hände, und sein Mund drückte sich auf den ihren.

Hitze durchströmte sie und erwärmte sie an Stellen, wo sie nicht damit gerechnet hatte. Seine Schultern waren breit. Sie spürte den Stoff seines Rocks unter ihren Händen. Sein Mund bewegte sich warm und geschickt auf dem ihren. Einen Augenblick lang erlaubte sie sich, die köstlichen Gefühle zu genießen, eine verlockende, so ganz andere Erfahrung, als die harten, fast brutalen Küsse Bascombs gewesen waren.

Dann kehrte die Wirklichkeit langsam zurück und die Erkenntnis, daß sie vielleicht jemand entdecken konnte. Der Marquis zog sich im selben Moment zurück wie sie, doch sein warmer, brauner Blick blieb auf ihr Gesicht gerichtet. Ihre Hände zitterten, als sie unwillkürlich die Finger auf ihre Lippen legte, die von seinem Kuß leicht geschwollen waren.

»Es tut mir leid, wenn ich Euch zu nahe getreten bin. Aber das wollte ich schon seit der Sekunde tun, in dem ich Euch zum erstenmal begegnet bin.«

Maggie blieb stumm. Ihre Gedanken rasten.

»Kommt, Mylady.« Er nahm sanft ihren Arm. »Ich glaube, es ist Zeit, zurückzugehen. Die anderen werden sich sonst Sorgen machen.«

Allerdings. Eigentlich hätte sie sie nie verlassen sollen. Doch sie hatte es getan, und er hatte sie geküßt.

Und jetzt war es Morgen. Als die ersten Sonnenstrahlen über das Fensterbrett in ihr Zimmer kletterten, dachte sie an jenen Kuß, dachte an Trent und ihre ruhelose Nacht, dann raffte sie sich auf, endlich aufzustehen.

Was passierte nur mit ihr? Spielte Andrew nur mit ihr und versuchte sie zu verführen wie Stephen Bascomb? Oder hatte er ernstere Absichten? Und das wäre womöglich viel schlimmer, wenn sie bedachte, daß sie keine Jungfrau mehr war, daß sie gerade neun Jahre Klosterleben hinter sich und nicht das leiseste Interesse hatte, sich schon zu verheiraten.

Sie mußte unbedingt mit jemandem reden. Jemand, der versuchen würde, sie zu verstehen und ihr vielleicht auch helfen konnte. Maggie klingelte nach ihrer Zofe, die verschlafen kurze Zeit später hereinkam und ihr sehr verwundert beim Anziehen half, weil der Morgen gerade erst graute. Sie brauchte nicht lange, und Minuten später war Maggie schon in der Ravenworth-Kutsche auf dem Weg zu Elizabeth' Stadthaus.

Es war bestimmt nicht richtig, um diese Zeit einfach bei jemandem vor der Tür zu stehen, aber Elizabeth war Frühaufsteherin, und Maggie brauchte jetzt einfach dringend den Rat einer Freundin.

Als sie in der Maddox Street ankam, brannte ein Licht in Elizabeth' Schlafzimmer im ersten Stock, und Maggie war erleichtert. Gott sei Dank war ihre Freundin schon wach – sie konnte ihren Schatten deutlich an der Wand erkennen. Sie wollte auf das Haus zugehen, da hielt sie inne, als ein zweiter Schatten erschien. Der Schatten eines Mannes, schlank und breitschultrig und fast einen Kopf größer als die Frau.

Maggie erstarrte. Heilige Mutter Gottes – Elizabeth war oben mit einem Mann! Erst war sie schockiert, dann besorgt. Himmel, was wenn das Bascomb oder einer seiner Männer war? Maggie rannte die Treppe hinauf und pochte heftig an die Tür, bis der verschlafene Butler öffnete.

»Mylady? Ist was passiert?«

Sie wollte ihre Ängste gleich hervorsprudeln – doch was, wenn sie sich täuschte? Elizabeth war eine Frau. Und Maggie wußte nur zu gut, wie leicht eine Frau der falschen Sorte Mann zum Opfer fallen konnte. »Ich – ich muß dringend mit Miss Woolcot sprechen. Keine Sorge, ich finde schon allein hinauf.«

»Aber Mylady –«

Maggie hörte den Rest nicht mehr. Sie hastete hinauf und begann, an die Tür zu hämmern. »Elizabeth, Elizabeth, geht's dir gut?«

Elias Moody tauchte sofort auf, von Theo Swann dicht gefolgt. »Was zum Teufel ist los?«

Maggie achtete nicht auf sie. »Elizabeth, bitte öffne die Tür.«

Wenige Sekunden später öffnete sich die Tür, und Elizabeth stand da, in einen blauen Morgenrock aus Samt gekleidet, das Haar lose. »Maggie – was in aller Welt ist los?«

Margaret Warring sah die hübsche junge Frau vor sich an und wußte sofort, daß der Mann im Zimmer nicht Oliver Hampton war. »Es ist schon gut, Elias«, sagte sie zu dem Mann neben sich. »Ich mußte nur dringend mit Elizabeth sprechen, und ich weiß, daß sie früh aufsteht.«

Elias verschwand mit mißbilligendem Stirnrunzeln, seufzte und gähnte. Auch Theo schlurfte in sein Zimmer zurück, und Maggie wandte sich flüsternd an Elizabeth.

»Ich weiß, daß ich nicht die Richtige bin, dich zu kritisieren, aber mein Bruder hat sich immerhin eine Menge Mühe gemacht, um deine Zukunft zu sichern. Ich glaube kaum, daß dies die richtige Art ist, sich zu revanchieren.«

Elizabeth sah sie verwirrt an. »Ich fürchte, ich verstehe dich nicht. Was meinst du damit?«

»Ich meine den Mann, den du in deinem Schlafzimmer versteckst. Ich habe seine Gestalt gesehen, als ich ankam.«

Elizabeth wurde blaß. »Das war sicher nur ein Schatten.«

»Es war kein Schatten, und wir beide wissen das – mein Gott, ich wünschte, es wäre einer gewesen.« Maggie nahm ihre Hand und spürte, wie sie leicht zitterte. »Elizabeth, hast du eine Vorstellung davon, was du dir antust? Glaube mir, ich weiß es. Niemand weiß besser als ich, was es bedeutet, von der Gesellschaft geächtet zu werden.«

Elizabeth zitterte noch mehr. »Aber ich bin nicht... es ist nicht...« Sie wandte sich ab und Tränen begannen über ihr Gesicht zu fließen.

»Komm rein, Maggie«, ertönte die ruhige, tiefe Stimme, die sie nur zu gut kannte, eine Stimme, bei deren Klang ein entsetzter Schauder über ihren Rücken lief. »Komm herein, und mach die Tür zu.«

Nick betrachtete die beiden Frauen, die ihm auf der Welt am meisten bedeuteten. Elizabeth' Gesicht war bleich wie ein Stück Papier. Seine Schwester wirkte gequält.

»Ich kann es nicht glauben«, brachte Maggie schließlich heraus. »Ich kann es einfach nicht glauben. Ich dachte, es liegt dir etwas an ihr. Ich dachte, du wolltest sie beschützen. Statt dessen hast du sie ruiniert – genau wie Stephen mich ruiniert hat.«

Nick schwieg, aber jedes Wort traf ihn wie der Hieb eines Säbels.

»Es ist nicht seine Schuld.« Elizabeth rieb sich über die Stirn. »Er hat versucht, mich zu warnen. Er hat versucht, mich zu beschützen. Ich trage die Schuld. Ich liebe ihn, Maggie. Ich wollte mit ihm zusammensein.«

»Du warst unschuldig. Nick hätte es besser wissen müssen. Er hätte –«

»Ich hätte ihr fernbleiben müssen«, beendete Nick rauh den Satz. »Ich hätte mein Wort halten müssen. Ist es das nicht, was du sagen willst, kleine Schwester?«

Maggie hob das Kinn. »Du hast dich verändert, Nick. Es

gab Zeiten, da hat dir deine Ehre mehr bedeutet als die Verführung einer Unschuldigen.«

Nick machte einen zornigen Schritt weg von der Wand, an die er sich gelehnt hatte. »Das glaubst du also? Daß ich nicht mehr will als Verführung? Daß ich nichts anderes von Elizabeth will als die Freuden ihres Körpers? Wenn du das von mir glaubst, dann hast *du* dich verändert.«

Maggie betrachtete suchend sein Gesicht. Er fragte sich, ob sie wohl seinen Schmerz sehen konnte und das quälende Bedauern, das seine Züge hart wirken ließ.

»Du hast recht«, sagte sie, ihn unverwandt ansehend. »Es gab Zeiten, da hätte ich nie geglaubt, daß du so etwas tun könntest.«

»Und jetzt?« Er hatte seine Schwierigkeiten auf Elizabeth übertragen, er verdiente die Worte seiner Schwester, und doch stachen sie ihm ins Herz wie Messer.

Maggies Augen füllten sich mit Tränen. »Jetzt bin ich älter und sehe nicht mehr alles so klar.« Sie legte eine Hand unsicher an seine Wange. »Wenn ich jünger gewesen wäre, hätte ich von Anfang an gesehen, wieviel dir an ihr liegt und wie sehr du sie brauchst. Und daß dich das sogar noch mehr schmerzt als Elizabeth.«

Nick wurde es eng in der Kehle. Natürlich sah sie das. Sie hatte ihn von klein auf durchschauen können. Der Schmerz blieb, doch gelindert durch das Wissen, daß die Nähe zwischen ihnen unverändert war.

»O Nick.« Maggie warf sich in seine Arme, und er hielt sie an sich gedrückt, wünschte, er hätte ihr dies ersparen können.

»Es tut mir leid. Ich weiß nicht, was ich sonst sagen soll.«

Sie tupfte eine Träne von ihrer Wange. »Ich muß mich entschuldigen. Es war falsch von mir, euch zu kritisieren. Meine Vergangenheit hat wohl dazu geführt, daß ich zu oft das Schlechteste erwarte.«

»Du hattest nicht unrecht.« Er sah über Maggies Schulter zu der bleichen Frau, die etwas abseits stand. »Du hattest recht mit allem. Ich habe Elizabeth' Zukunft ruiniert. Ich habe auch deine Zukunft gefährdet, weil ich Elizabeth so heftig begehrte, daß ich bereit war, alles dafür zu riskieren – absolut alles –, nur um sie zu bekommen. Ich bin eigentlich nicht besser als Bascomb.«

»Nein!« Elizabeth trat näher. »Das stimmt nicht. Du bist überhaupt nicht wie Oliver Hampton! Du bist großzügig und gutherzig. Du bist freundlich und sorgsam. Du verdienst ein wenig Glück – egal, was du dafür riskieren mußt.«

Nick schüttelte den Kopf, aber Maggie griff nach seinem Arm. »Elizabeth hat recht, Nick. Du verdienst etwas Glück. Und wenn sie bereit ist, die Dinge so zu nehmen, wie sie sind, dann ist alles andere unwichtig.«

Natürlich war das nicht so. Elizabeth vertraute ihm, daß er sie versorgte. Seine Schwester vertraute ihm, daß er sie beschützte und für ihre Zukunft sorgte. Bisher war er in beidem nicht besonders gut gewesen.

Er schloß die Augen angesichts dieses Gefühls von Versagen. Es mußte doch irgend etwas geben, um die Lage zu verbessern. Was immer es war.

Nick schwor sich in diesem Moment, daß er einen Weg finden würde.

»Herr im Himmel, ist das nicht Lord Tricklewood?« Maggie schaute über Elizabeth' Schulter aus dem Fenster des Stadthauses. Jetzt, nachdem sie ihr Geheimnis kannte, hatte sich ein noch festeres Band zwischen den beiden Frauen gebildet. Sie beide liebten Nicholas Warring. Sie beide wollten sein Glück.

»Tricklewood?« Elizabeth betrachtete den Mann, der langsam den Pfad heraufgehumpelt kam. »Ja, tatsächlich, und es sieht aus, als ob er verletzt wäre.«

»Ich kann es nicht glauben, sicherlich sind doch nicht er als auch Sir Robert an Straßenräuber geraten.« Maggie hatte kurz nach dem Frühstück die Nachricht überbracht, daß Sir Robert Tinsley vor zwei Tagen durch ein Scharmützel mit Straßenräubern einen gebrochenen Arm erlitten hatte.

»Bestimmt nicht«, sagte Elizabeth und eilte zur Tür, bevor der Butler sie erreichte. »David, was ist passiert?«

Er stand mit finsterer Miene vor der Tür, die Hände aufgeschürft, ein blaues Auge, die Lippe geplatzt und geschwollen. »Das ist eine lange Geschichte, Elizabeth. Kann ich bitte hereinkommen?«

»O ja, natürlich. Vergebt mir. Gehen wir in den Salon, da ist es bequemer. Ich lasse uns Tee bringen.«

Elizabeth half dem Viscount in einen Sessel und setzte sich neben Maggie aufs Sofa. »David, bitte – Ihr müßt uns erzählen, was geschehen ist.«

Er seufzte leidend. »Eigentlich unglaublich. Aber wie die blauen Flecken in meinem Gesicht beweisen, bin ich vergangene Nacht auf dem Heimweg vom Club von Schurken überfallen worden.«

»Auf dem Heimweg von Boodles?«

»Ja, an jedem Freitagabend gehe ich dorthin. Auch gestern. Als ich nach Hause fuhr, wurde ein paar Blocks weiter meine Kutsche angehalten. Zwei Männer griffen mich an, der eine groß und dünn, der andere kräftiger, mit rotem Haar und rotem Bart.«

Elizabeth versteinerte. »Weiter.«

»Sie schlugen meinen Kutscher nieder und stürzten sich dann auf mich. Sie haben meine Geldbörse gestohlen, die sowieso ziemlich leicht war, da ich am Abend beim Spiel verloren hatte, und begannen dann, mich zu verprügeln. Natürlich habe ich mich gewehrt, und ich glaube, ich habe mich recht gut geschlagen, wenn man die Lage bedenkt. Doch da sie zu zweit waren, behielten sie schließlich die

Oberhand und ließen mich fast bewußtlos in der Gosse liegen, allerdings nicht ohne mir vorher noch eine Nachricht bestellt zu haben.«

»Eine Nachricht? Wie lautete die?« fragte sie nervös.

»Sie sagten, ich sollte jeden Gedanken an eine Ehe mit Elizabeth Woolcot aufgeben. Sie sagten, sie wäre schon versprochen. Sie sagten, wenn ich Euch weiterhin den Hof machte, würde ich beim nächsten Mal mehr als nur eine Tracht Prügel bekommen.«

»O Gott«, stöhnte Maggie.

»Bascomb«, flüsterte Elizabeth, und kalte Schauder liefen ihr über den Rücken.

»Sie sagten, ich sollte ja nichts verraten und drohten, mich umzubringen, wenn ich es doch täte.« Er lächelte liebenswürdig. »Daß ich doch hier bin, Elizabeth, ist ein Beweis für die Gefühle, die ich für Euch hege.«

Elizabeth hatte plötzlich einen Kloß im Hals. Noch jemand hatte ihretwegen durch Bascomb leiden müssen. Sie stand auf und ging zu dem jungen Mann. »Bascomb ist besessen, wer weiß, warum. Es ist sehr mutig von Euch, daß Ihr gekommen seid. Das werde ich Euch nie vergessen.« Sie nahm seine Hand. »Aber ich fürchte, es gibt da Dinge, die Ihr nicht versteht, Mylord.«

»Ich verstehe genau. Mir ist klar, daß Oliver Hampton eine ziemliche Macht hat und alles tun wird, um Euch zu bekommen.« Er lächelte, und durch das blaue Auge und die dicke Lippe sah er aus wie ein verschmitzter Lausejunge. »Ich kann's ihm eigentlich nicht verdenken.«

Ihr tat das Herz weh. Der Kloß im Hals wurde größer. »Hört mir gut zu, David. Ich habe Euch wirklich gern. Ihr seid mir ein sehr lieber Freund geworden, und ich werde niemals den Mut vergessen, mit dem Ihr heute hergekommen seid. Aber die Wahrheit ist, Mylord – ich liebe einen anderen Mann.«

Einen Moment lang verstummte er, saß nur mit finsterer Miene da. Als er widersprechen wollte, schüttelte sie den Kopf. »Es ist keine flüchtige Verliebtheit, falls Ihr das sagen wolltet. Es wird nicht vergehen. Ich liebe ihn zutiefst und für immer. Und ich möchte den Rest meines Lebens mit ihm verbringen.«

Tricklewood schwieg. Dann stand er mit einem Seufzer auf. »Dann heiratet ihn, Elizabeth, und zwar bald. Bascomb ist ein skrupelloser Hund. Er hat offensichtlich vor, keinen Versuch auszulassen, um Euch zu bekommen. Man müßte ihn irgendwie davon abhalten, aber die Behörden können wenig tun. Bei seiner Macht ist er fast nicht zu bremsen, und Ihr habt keinen Beweis für seine Vergehen und Absichten. Heiratet den Mann, den Ihr liebt, Elizabeth – und betet, daß er stark genug ist, mit Oliver Hampton umzugehen.«

Heiratet den Mann, den Ihr liebt. Wenn sie das nur tun könnte. Ihr Herz zog sich schmerzlich zusammen. »Vielen Dank, Mylord, für Eure Freundschaft – und Eure Besorgnis.«

»Seid vorsichtig, Elizabeth. Der Himmel weiß, was der Hund noch alles vorhat.«

»Das werde ich sein, bestimmt.« Sie nahm seinen Arm und begleitete ihn fürsorglich hinaus. An der Tür küßte sie ihn sacht auf die Wange. »Gebt auf Euch acht, Mylord.«

Er nickte. Sein zerschlagenes Gesicht sah mit einem Mal verloren aus. »Und Ihr auf Euch, Miss Woolcot. Und solltet Ihr es Euch aus irgendeinem Grund je anders überlegen: Ihr wißt, wo Ihr mich finden könnt.«

Sie sah ihn mit eisigem Gefühl im Herzen fortgehen. Wenn Bascomb vorher schon gefährlich gewesen war, jetzt war es doppelt so schlimm. Seine Besessenheit schien zuzunehmen. Bis er wußte, daß sie Nicholas' Geliebte war – bis er sie nicht mehr zur Frau wollte –, würde es keine Sicherheit für sie geben. Mit schleppenden Schritten ging sie zurück in den Salon. Bascomb würde es erfahren, und alle anderen auch. Und dann würde sie nicht mehr als ein gefallenes Mädchen sein. Sie setzte sich neben Maggie zu einer Tasse Tee. *Ich werde einfach damit zurechtkommen müssen,* dachte sie, *wie es Frauen seit Tausenden von Jahren schon haben tun müssen.* Sie war stark genug, und Nicholas war jeden Einsatz wert.

Der Gedanke hätte eigentlich tröstlich sein müssen. Doch sie spürte, daß er das nicht war.

Nick nahm einen Schluck von dem Madeira, den Elizabeth in sein Glas gegossen hatte, und sah zu, wie sie nur ein paar kleine Häppchen von ihrem Essen zu sich nahm. Er war schon seit einer Stunde da, war etwas früher gekommen, damit sie zusammen ein spätes Abendessen einnehmen konnten. Er hatte schon beim Eintreten bemerkt, daß etwas nicht stimmte, doch bisher hatte sie in dieser Richtung nichts verlauten lassen.

Er hatte versucht, geduldig zu warten, doch als sie jeder Erklärung ausgewichen war, ging er zum Angriff vor.

Er warf die Serviette auf den Tisch. »Also gut, Elizabeth, sag schon, was los ist. Ich dachte, du würdest es freiwillig tun, aber ich muß dich wohl dazu zwingen.« Der Löffel mit dem Dessert blieb auf halbem Weg in der Luft stehen. Andächtig legte sie ihn zurück auf den Teller und strich ihren blauen Seidenschlafrock glatt. »Ich glaube, es gefällt mir nicht, daß du mich so leicht durchschauen kannst.«

Er lächelte dünn. »Und mir gefällt es nicht, daß du etwas vor mir verbirgst. Also... was ist los?«

Sie befeuchtete die perfekt geschwungenen rosa Lippen mit der Zungenspitze, und Nick spürte ein plötzliches Ziehen in den Lenden. Das Bett hinter ihnen war aufgeschlagen, und schon mehrmals während des Essens hatte er sich vorgestellt, was er tun würde, wenn sie fertig waren.

»David Endicott war heute hier.«

Er spürte das dünne Stechen von Eifersucht. »Tricklewood? Ich dachte, du hättest ihn davon überzeugt, daß ihr nur Freunde sein solltet.«

»Ich habe versucht, ihn zu überzeugen. Er ist ein ziemlich hartnäckiger Gentleman.«

»Kann ich mir denken.«

»Tja, also jetzt ist David kein Problem mehr. Auch nicht Sir Robert Tinsley. Offensichtlich besitzt Lord Bascomb eine schlagkräftigere Überredungskunst.«

Nick setzte sich aufrechter hin. »Bascomb? Was zum Teufel hat der damit zu tun?«

Elizabeth erzählte ihm von den Überfällen und der dazugehörigen Warnung Bascombs.

»Ich wußte, daß du davon würdest erfahren wollen, aber ich – ich habe mir Sorgen gemacht, was du dann tun würdest.«

Nick stand auf, lehnte sich auf den Tisch und beugte sich vor. »Das ist auch besser so, denn wenn du dich weiter nicht an meine Anweisungen hältst, werde ich zurückkehren zu meiner Rolle als Vormund und dich übers Knie legen!«

Elizabeth hob das Kinn und legte den Kopf in den Nacken, um ihn anzusehen. »Ich spiele aber nicht mehr die Rolle des Mündels, Lord Ravenworth. Falls Ihr es vergessen haben solltet, bin ich zur Zeit Eure Mätresse. Und solange Ihr wollt, daß das so bleibt, solltet Ihr Eure Drohungen für jemand anderen aufsparen.«

Ein Muskel in seiner Wange zuckte. »Verdammt, ich versuche, dich zu beschützen.«

»Und ich *dich*, Mylord.«

So hatte er die Sache noch nicht betrachtet. Er holte tief Atem, und sein Ärger verblasste. Sie machte sich Sorgen um ihn. Es fühlte sich gut an zu wissen, daß es so war. »Bascomb muß irgendwie Einhalt geboten werden. Egal wie. Ich werde ihn zum Duell fordern.«

Elizabeth sprang so schnell auf, daß ihr Stuhl nach hinten kippte. »Bist du wahnsinnig? Selbst wenn du ihn umbringst, mußt du nachher leiden. Nach dem, was schon geschehen ist, würde dich jedes Gericht zum Galgen verurteilen für Mord, ungeachtet was du für einen Grund hattest, ihn zu erschießen.«

Nick seufzte. Sie hatte natürlich recht, doch das änderte nichts daran, daß er Bascomb unendlich satt hatte. Er war seine Drohungen und Nötigungen gründlich leid, und ebenso die Art, wie er Elizabeth gefährdete.

»Vielleicht muß ich ihn einfach umbringen, anstatt mich mit ihm zu duellieren. Wenn ich vorsichtig bin, wird nie jemand erfahren, wer es war.«

Elizabeth starrte ihn entsetzt an. »Das kannst du nicht tun!«

»Warum nicht? Der Bastard hat es verdient.«

»Weil du kein Mörder bist, egal was die Leute denken.« Elizabeth griff nach seinem Arm. »Wir haben einen Plan, erinnerst du dich? Sobald Maggie gut versorgt ist, werden wir uns aufs Land zurückziehen. Dann wird Bascomb erfahren, daß ich deine Mätresse bin, woraufhin er mich kaum noch als Ehefrau wird haben wollen. Seine Besessenheit wird enden, und wir können unser Leben unbehelligt weiterleben.«

Nick sah sie lange schweigend an. Dann wandte er sich ab und dachte über ihre Worte nach, versuchte sich davon zu überzeugen, daß Elizabeth recht hatte. Nervös schritt er durch den Raum – von einer Wand zur anderen. Er fühlte sich wie angebunden, wie eine Marionette an Bascombs Fäden. Er ärgerte sich über Elizabeth, weil sie ihm ihre Geheimnisse nur ungern anvertraute, und über sich selbst, weil er sich Bascombs Drohungen gegenüber so hilflos fühlte.

»Komm her, Elizabeth.«

Sie hob den Kopf. Sie hörte seinen Befehlston und warf ihm einen unsicheren Blick zu. »Mylord?«

»Ich sagte, du sollst herkommen.«

Sie ging langsam auf ihn zu, bis sie vor ihm stand und ihn vorsichtig ansah.

»Zieh den Morgenmantel aus.«

Sie zögerte, biß sich auf die volle Unterlippe. »Warum?«

»Was denkst du, warum? Du spielst meine Mätresse. Wenn du das bist, dann tu, was ich sage, und zieh dich aus.«

»Bist du noch böse?«

Er lächelte amüsiert. »Etwas. Aber du wirst lernen, daß es Zeiten gibt, in denen Zorn die Lust noch erhöhen kann.«

Ihre Augen blitzten interessiert auf, und der Puls an ihrer Kehle wurde schneller. Als er das sah, schlug sein Herz ebenfalls rascher, trieb machtvoll das Blut in seine Lenden.

»Es tut mir leid, wenn ich dich verärgert habe.« Sie zog das Band auf, das den seidenen Morgenmantel hielt, und ließ ihn zu ihren Füßen fallen. Darunter trug sie ein Spitzenhemd, das genau unterhalb ihres Hinterteils endete.

Seine Erregung nahm zu und sprengte schier seine Hosen. »Es ist schon gut, Vertrauen braucht Zeit.«

»Aber du bist immer noch ärgerlich.«

Ja, ärgerlich. Aber auch hungrig, sie zu bekommen, von Sekunde zu Sekunde mehr. »Du wirst meinen Ärger gleich besänftigen. Steig auf das Bett. Ich will dich auf Händen und Knien.«

Sie schauderte leicht. Er sah zu, wie sie seine Worte bedachte, sie abwog gegen den Hunger in seinem Blick. Dann stieg sie auf das Bett und sah über eine Schulter zu ihm zurück. »So?«

Hitze schoß durch seinen Bauch. Das Blut drängte in seine Lenden, machte ihn noch härter, als er schon war. »Das ist schon ganz gut.« Er zog sich ohne Hast aus, ließ die

Spannung zunehmen, erfreute sich an ihrem Anblick voller süßer Erwartung. Ihr feuriges Haar hing lose über eine Schulter fast bis hinunter auf die Laken. Durch das Spitzenhemd, unter dem sich ihre Hüften abzeichneten, konnte er kleine Flecken ihrer glatten, weißen Haut erkennen.

Er biß die Zähne zusammen vor wilder Begierde, entledigte sich seiner letzten Kleider und trat aufs Bett zu. Dort stieg er auf die Matratze und nahm den Platz hinter ihr ein, hob das lange Haar von ihrem Nacken und küßte sie darauf, schob die Träger ihres Hemdes von den Schultern und füllte seine Hände mit ihren Brüsten. Sie lagen glatt und schwer in seinen Händen, die Brustwarzen hart. Er zwickte leicht hinein, gerade so, daß es Lust und Schmerz zugleich erzeugte.

Er spürte, wie sie zitterte, spürte die Hitze ihres Hinterteils an seinen Lenden, wußte, daß sie die Härte seines Glieds dort spüren konnte. Er massierte ihre Brüste, bewegte sich langsam abwärts, ließ die Hände über ihren Körper gleiten. Er hob das Hemd, so daß sie bis zur Taille nackt war und hörte, wie sie keuchend Atem holte. Er knabberte an einem ihrer Ohrläppchen, küßte ihren Hals.

»Breite deine Beine für mich auseinander, Bess.«

Sie gab ein leises Ächzen von sich, tat aber, was er verlangte, und seine Finger glitten in sie. Sie war feucht und bereit, heiß, schlüpfrig und eng. Er stieß mit zwei Fingern rhythmisch in sie, spürte, wie die Feuchtigkeit zunahm, hörte ihr leidenschaftliches Wimmern, kämpfte gegen die verzehrende Glut an, die ihn zu überwältigen drohte.

Er drang in einem einzigen, harten Stoß in sie ein, spießte sie völlig auf, so daß ihre Hüften eng aneinanderprallten. Mein Gott, sie paßte so perfekt zu ihm, nahm ihn so tief in sich auf. Er zog sich langsam zurück und stieß noch machtvoller zu. Elizabeth reagierte mit einem gutturalen Stöhnen, das ihn hart wie Stein machte. Die Hände auf ihre Hüften gelegt, pumpte er immer stärker, härter, tiefer in sie.

Auch der letzte Rest von Zorn verpuffte, wurde durch ein anderes Gefühl ersetzt, etwas, das tief aus seinem Inneren kam. Es schwoll an und dehnte sich aus, änderte seine Form, wuchs zu einer unendlichen Sehnsucht, einem Verlangen so groß, daß es ihm angst machte. Er wollte plötzlich nichts mehr, als in ihre Augen schauen, ihr Gesicht sehen, wenn er ihr Lust bereitete. Er wollte sie kosten, riechen, ihre Essenz schmecken.

Er zog sich zurück und drehte sie auf den Rücken, bedeckte sie mit seinem Körper und stieß erneut zu. Er küßte sie leidenschaftlich, streichelte ihren Mund mit seiner Zunge, ergriff mit derselben Lust Besitz von ihren Lippen wie von ihrem Körper. Gefühle für Elizabeth wuchsen, Empfindungen, die die dunklen Löcher füllten, in denen so lange die Einsamkeit genistet hatte. Die schattigen Tiefen seines Inneren wurden erleuchtet von einer hellen Glut und Wärme.

»Elizabeth...« Er schob seine Hände unter ihre Pobacken, so daß er sie noch tiefer ausfüllen konnte, sie zu einem Teil von sich machen konnte. Elizabeth seufzte, ihr Inneres wurde eng um ihn, näherte sich dem Höhepunkt. Er spürte die Kraft ihres Orgasmus, weiche, zuckende Bewegungen, die um seinen Schaft kreisten und ihn fast zum Wahnsinn trieben. Er stieß abschließend in sie, kam zu seinem eigenen Höhepunkt und genoß ihr lustvolles Keuchen, mit dem sie seinen Samen aufnahm.

Als sie sich etwas beruhigt hatten, rollte er sich neben sie, nahm sie aber mit sich und blieb in ihr. Sie lagen eine Weile lang so, seine Gedanken waren von ihr erfüllt, von wirbelnden Gefühlen und Fragen, die ihn nicht loslassen wollten. Er hatte sie heiraten wollen. Er hatte ein Heim, eine Familie, Söhne haben wollen, die seinen Namen weitertrugen.

Doch da war noch etwas, verborgen und irritierend. Jedesmal wenn er bei ihr war, verstärkten sich seine Gefühle für sie. Er hatte noch nie so mächtige Empfindungen gehabt, sich noch nie einem Menschen so verbunden gefühlt. Er begehrte sie, wie er noch nie eine Frau begehrt hatte; wenn sie nicht bei ihm war, fühlte er sich unvollständig.

Es sah ihm gar nicht ähnlich, so zu reagieren, und das fand er sehr beängstigend. Er war ein verschlossener Mann und daran gewöhnt, allein zu sein. Während seiner Verbannung hatte er gelernt, seine Gefühle eisern zu beherrschen, völlig zu verdrängen. Doch in den letzten Monaten waren sie zurückgekehrt. In bezug auf Elizabeth Woolcot waren sie geradezu ungeheuer stark und unleugbar furchterregend.

Er war sich nicht ganz sicher, was er da für Elizabeth Woolcot empfand, er wußte nur, daß sie zu ihm gehörte, und daß er alles in seiner Macht Stehende tun würde, um sie bei sich zu behalten.

Nick schloß die Augen, konzentrierte sich auf Naheliegenderes. Er spürte, wie Elizabeths Finger Muster auf seiner Brust zeichneten, zwinkerte mit einem Auge und sah, daß sie lächelte.

»Du bist nicht mehr verärgert.«

Er grinste breit. »Keine Spur.«

Elizabeth lächelte hintergründig. »Vielleicht werde ich dich in Zukunft gelegentlich verärgern, nur um zu sehen, was geschieht.«

Er versuchte, die Stirn zu runzeln, lachte aber dann. »Hexe, sei nur vorsichtig. Vielleicht schlage ich dich sonst irgendwann.«

Sie schüttelte bestimmt den Kopf. »Das glaube ich nicht.«

»Es gibt auch noch andere, subtilere Formen der Strafe.«

Sie schürzte die Lippen. »Stimmt, ich werde aufpassen müssen.«

Er umfaßte ihr Gesicht und küßte sie innig, spürte, wie er wieder hart wurde. Es beunruhigte ihn, daß er eine derart heftige Lust auf sie verspürte. Doch verdrängte er erst einmal diesen Gedanken. »Du mußt lernen, mir zu vertrauen. Ich verstehe, daß du auch deine Ängste hast, aber in dieser Sache mußt du mir gehorchen.«

Elizabeth seufzte resigniert. »Also gut, von jetzt an werde ich versuchen, deine Wünsche zu befolgen.« Sie hob vergnügt eine Augenbraue. »Außer natürlich, ich will dich ein wenig ärgern.«

Nick knurrte: »Hexe.« Er küßte sie hungrig, denn das Leuchten in ihren Augen fachte sein Begehren von neuem an. Er legte sich zwischen ihre Beine und erfüllte sie mit einem einzigen tiefen Stoß. Alle unangenehmen Gedanken verschwanden und damit alle Sorgen um die Zukunft. Die Probleme konnten warten bis morgen, auch Bascomb.

Jetzt gehörte Elizabeth ihm und die Nacht war jung. Er hatte weitaus angenehmere Dinge vor.

17

London wurde von einer Hitzewelle heimgesucht. Die Luft war schwül und stickig, so daß man kaum atmen konnte. Selbst bei offenem Fenster war es unerträglich warm im Arbeitszimmer. Oliver zog sich die Jacke aus, öffnete die Schleife an seinem Kragen und ließ sie locker herunterhängen. Sein Treffen mit Wendel Cheek war keine besonders förmliche Angelegenheit.

Der kleine Mann erschien kurz darauf, in einen fadenscheinigen braunen Rock gekleidet, das Haar von seiner hohen Stirn nach hinten gekämmt. Oliver ließ ihn bis zu seinem Schreibtisch vortreten, machte aber keine Zeichen, daß er sich setzen sollte.

»In Eurer Nachricht hieß es, Ihr hättet Neuigkeiten.«

»Jawohl, Sir, so isses.«

Oliver lehnte sich in seinem Sessel zurück. »Um was geht es?«

»Sehr interessante Sache.«

»Ja?«

»Wie Ihr angeordnet hattet, hab' ich einen Mann die Dame bewachen lassen, den ganzen Tag bis abends, wenn sie schlafen geht. Vor ein paar Tagen war sie in der Oper. Sie kam spät zurück. Und mein Mann schlief ein, bevor sie ins Bett gegangen war, wachte erst kurz vor dem Morgengrauen wieder auf.«

»Ich hoffe, Ihr habt den Narren nicht bezahlt.«

Cheek lachte seltsam krächzend. »Es ist nur so: Als er wach wurde, sah er 'nen Mann aus ihrem Haus kommen.«

Olivers Nackenhaare sträubten sich. Er beugte sich vor. »Was für einen Mann?«

»Das ist das Problem. Er ging schnell und verschwand in einer kleinen Gasse.«

»Ihr wollt mir sagen, daß ein Mann die Nacht in Elizabeth Woolcots Zimmer verbracht hat?« schnaubte er. »Das glaube ich nicht.«

»Es stellte sich raus, daß es nicht bloß irgendein Mann war. Am nächsten Abend habe ich selbst auf der Lauer gelegen. Nachdem Miss Woolcot zu Hause war, wartete ich. Kurz nach Mitternacht tauchte ein Mann auf, ziemlich groß, rabenschwarze Haare. Ging die hintere Treppe ganz leise rauf – und kam est am Morgen wieder runter.« Cheek grinste. »Die Wahrheit ist: Ravenworth besucht die Dame. Nachts... wenn Ihr versteht, was ich meine. Wirklich vorsichtig, manchmal geht er zu Fuß, manchmal kommt er in einer einfachen Mietkutsche. Und geht immer erst vor Sonnenaufgang heim.«

Olivers Hand auf dem Schreibtisch ballte sich um den Geldbeutel zur Faust, der die Bezahlung des Mannes sein sollte. Vor seinen Augen schien roter Nebel zu wirbeln. Die Wände des Zimmers kamen näher, zwängten den Ärger seine Kehle hinunter.

»Wenn Ihr Euch täuscht, bringe ich Euch persönlich um.«

Cheeks Gesicht wurde aschfahl. »Ich täusch' mich nicht, Sir, ich gebe Euch mein Wort.«

Oliver warf ihm den Geldbeutel mit so viel Schwung zu, daß der Mann ihn mit hörbarem Ächzen auffing. »Hinaus«, befahl er und lehnte sich über den Schreibtisch. »Zurück an Eure Arbeit, und kommt nicht wieder her, bis ich nach Euch schicke.«

»Jawoll, Sir, bin schon weg, Sir. Schönen Tag noch.«

Oliver malmte mit den Kiefern. Sein Ärger machte ihn

fast blind. Während er sich die ganze Zeit Gedanken wegen Elizabeth' Verehrern machte, war Ravenworth in ihrem Bett. Nicholas Warring hatte den Preis ihrer Unschuld gestohlen, der ihm gebührt hätte, und der war nicht mehr zu ersetzen.

Der Zorn erfüllte ihn mit solcher Hitze, daß ihm schwindlig davon wurde. Bilder von Nicholas Warring standen vor seinen Augen, wie er nackt zwischen Elizabeth' wohlgeformten, weißen Schenkeln lag. Er schlug mit der Faust auf den Tisch. Ein-, zwei-, dreimal. Dafür würde der Graf bezahlen. Und Elizabeth auch.

So sehr es Oliver verärgerte zu nehmen, was Ravenworth hinterließ, er wollte sie immer noch. Und er würde sie haben. Nicht heiraten – jetzt nicht mehr – nicht einmal, wenn sie die letzte Frau auf der Welt gewesen wäre. Er würde einfach dasselbe tun wie sein Vorgänger und sie zu seiner Hure machen.

Aber zuerst mußte er den Grafen loswerden – so oder so –, das war wirklich höchste Zeit.

Oliver nahm sich vor, daß er bekommen sollte, was ihm gebührte.

Nick tigerte ungeduldig in seinem Arbeitszimmer auf und ab. Er wartete nur darauf, daß es wieder Abend wurde, damit er zu Elizabeth gehen konnte. Er war dieser elende Versteckspiel leid, dieses Herumschleichen, als hätte er ein schreckliches Verbrechen begangen.

Und was die Sache schlimmer machte: Heute hatte er erfahren, daß Elizabeth ihre Nachmittage im Gebet verbrachte, vermutlich, um Gott darum zu bitten, daß er ihr Sünden vergab, die nicht ihre, sondern seine waren.

Kummer, Schmerz und Leid – und das alles nur, weil seine liebe *Ehefrau* ihr Leben der egoistischen Vergnügungen so weiterleben wollte wie bisher.

Nick schlug mit der Faust an die Wand und genoß den dumpfen Schmerz. Verdammt, Rachael war der Schlüssel zu der ganzen verfahrenen Angelegenheit. Wenn sie in die Scheidung einwilligen würde, könnte er Elizabeth heiraten. Vielleicht würde die feine Gesellschaft die Stirn runzeln, aber Elizabeth konnte wieder aufrechten Ganges durchs Leben gehen, wenn sie die Gräfin von Ravenworth war. Und sie würde frei sein von Bascomb, jenseits seiner Reichweite.

Nick wiederum konnte eine Familie haben und legitime Söhne, die seinen Namen weiterführen würden.

Wenn Rachael nur zustimmen würde.

Nick seufzte, drehte sich um und lehnte sich an die Wand, die Augen geschlossen angesichts der unüberwindbar scheinenden Hindernisse. Als er sie wieder öffnete, fiel sein Blick auf ein Bild von Rachael über dem Kamin. Er hatte es eigentlich kaum noch wahrgenommen, hatte es eigentlich abnehmen lassen wollen. Aber jetzt war er froh, daß es noch dort hing. Er starrte das Bild an und sah etwas, woran er bis jetzt noch nicht gedacht hatte, etwas unglaublich Wichtiges. Er betrachtete die schöne Frau mit dem rubinroten Kleid genau und empfand zum erstenmal seit Wochen Hoffnung. Doch nicht ihre Züge hatten es ihm angetan, auch nicht die reife Rundung ihrer Brüste. Nein, er betrachtete ihren schlanken, bleichen Hals.

Darum drapiert waren die wunderschönen Ravenworth-Rubine.

Nicks Herz schlug schneller, das Blut pochte in seinen Schläfen. Er hatte seiner Gattin ein Vermögen für seine Freiheit geboten, alles, was ihm eingefallen war, um sie zu überzeugen – bis auf das eine Ding, das sie mehr begehrte als alles andere auf der Welt: die kostbaren, phantastischen Ravenworth-Rubine.

Genaugenommen waren sie einer der Gründe gewesen,

warum sie ihn geheiratet hatte, eine Verlockung, der eine Frau wie Rachael kaum widerstehen konnte: ein Halsband aus riesigen, blutroten Rubinen, jeder kunstvoll umgeben von einem Kreis perfekt geschliffener Diamanten. Außer den englischen Kronjuwelen waren dieses Halsgeschmeide mit den passenden Ohrringen die ausgefallensten Schmuckstücke des Königreichs.

Sie waren ein Geschenk seines Urgroßvaters, des ersten Grafen Ravenworth, an seine geliebte Frau Sara gewesen. Und Rachael verlangte mit ihrer ganzen selbstsüchtigen Seele nichts mehr als diesen Schmuck.

Nick ging zur Tür und riß sie auf, stürmte entschlossen zur Treppe.

»Pendergass!« Der Butler war fast sofort zur Stelle.

»Ich möchte eine Nachricht schicken. Sie soll Sydney Birdsall unbedingt heute noch erreichen.« Er setzte sich hinter seinen Schreibtisch, nahm die Feder aus dem Tintenfaß und begann zu schreiben. Schwungvoll setzte er seinen Namen darunter, wartete, bis die Tinte getrocknet war, faltete das Papier und gab es dem Butler.

»Sagt ihm, ich brauche die Gegenstände, um die ich ihn bitte, so schnell wie möglich. Jackson soll Euch hinfahren.«

»Jawohl, Mylord.« Edward nahm den Brief entgegen, verbeugte sich steif und verschwand.

Nicholas seufzte schwer und ließ sich in einen tiefen Ledersessel sinken. Sein Herz pochte heftig, seine Hoffnung war gewachsen. Er würde ihr die Juwelen nicht nur anbieten. Er würde sie selbst zu ihr bringen.

Er konnte sich den Ausdruck von Verzückung in Rachaels Gesicht lebhaft vorstellen, wenn sie das Geschmeide auf dem Tisch ausbreitete, das schimmernde Tiefrot, das unwiderstehlicher für sie sein würde als die Worte des Teufels. Sie würde sie nehmen. Er konnte es regelrecht spüren.

Wenn er ihr das Angebot erst einmal gemacht hatte,

konnte sie auf keinen Fall mehr zusehen, wie er die Juwelen wieder mitnahm.

Rachael Warring starrte hingerissen auf den blitzenden Schmuck hinunter, der vor ihr auf dem goldenen Tischchen lag. Die Ravenworth-Rubine! Sie konnte sich an jede einzelne Gelegenheit erinnern, an der sie sie getragen hatte. Jedesmal waren die neidischen Blicke der anderen Frauen ein noch größerer Genuß gewesen als das Mal davor.

Sie betrachtete jeden der perfekt gefaßten Steine, die Umrandung mit den makellosen Diamanten, die in ihrem weißen Feuer den perfekten Hintergrund bildeten. Ihre Hand zitterte, als sie sie ausstreckte, um die Juwelen zu berühren, ihre kühle Glätte an der heißen Haut zu spüren.

Nick sagte nichts, sein Gesicht war ausdruckslos. Aber sie wußte, daß er erraten hatte, wie sehr sie diesen Schmuck begehrte. O ja, er wußte es.

Sie schaute ihn unter dichten Wimpern hervor an. »Die Scheidung ist ein hoher Preis für eine Kette mit Klunkern, mein Lieber.«

Nick stand lässig auf. »Es tut mir leid, daß du so denkst. Ich hatte gehofft ... wenn man bedenkt, daß mein Angebot mehr als großzügig war ... daß die Rubine dich vielleicht umstimmen könnten.« Er seufzte tief. »Aber vielleicht ist es auch besser so. Die Ravenworth-Rubine waren seit Generationen in der Familie Warring. Vielleicht ist es doch ein zu großes Opfer, nur um eine Frau ins Bett zu bekommen.« Er ging auf den Tisch zu, beugte sich vor, um die Juwelen an sich zu nehmen, doch Rachael griff nach seinem Arm, bevor er sie berührte.

»Vielleicht bin ich doch zu egoistisch. Schließlich brauchst du einen legitimen Erben, und es ist unfair von mir, dir dabei im Wege zu stehen. Die Juwelen wären ein kleiner Trost für den Skandal der Scheidung, aber wenn es dich glücklich macht, mein lieber Nicky, dann werde ich wohl gezwungen sein, zuzustimmen.«

Sie sah einen winzigen Augenblick des Triumphs in seinen Augen aufblitzen, doch schnell hatte er sich wieder in der Gewalt.

»Tja, da ich das Angebot schon gemacht habe, ist es wohl nicht richtig, es mir noch einmal anders zu überlegen. Die Rubine gehören dir. Ich werde sie dir überlassen und von Sydney die Besitzurkunde ausstellen lassen, zusammen mit den Scheidungspapieren. Ich bin sicher, daß das eine Weile dauern wird, aber mit deinem Einverständnis wird es schließlich klappen.«

Er ließ die Rubine auf dem Tisch liegen, unglaublich verführerisch, atemberaubend schön. Er hatte keine Angst, daß sie sie verkaufen oder zu stehlen versuchen würde. Er wußte, daß sie sie tragen wollte, und um das zu tun, mußte sie sie besitzen. Er ließ sie bei ihr, weil die Scheidung Zeit brauchen würde und er nicht wollte, daß sie es sich womöglich noch anders überlegte.

Er kannte sie gut und wußte, daß jede Sekunde, die die Juwelen in ihrem Besitz sein würden, es ihr schwerer machen mußte, sie zurückzugeben. Genaugenommen war es jetzt schon unmöglich.

Rachael zwang sich zu einem Lächeln. »Tja, mein Liebster, es sieht ganz so aus, als hättest du am Ende doch gewonnen.«

Nick lächelte. »Ich glaube, du wirst mit der Zeit sehen, daß wir beide gewonnen haben.«

Sie hob eine Augenbraue. Vielleicht war es doch interessant, wieder auf dem Heiratsmarkt zu sein. Man wußte nie, welche Vorteile eine kluge Frau daraus gewinnen konnte. Sie sah ihren großen, gutaussehenden Ehemann zur Tür gehen und spürte ein plötzliches Verlangen nach ihm.

»Du mußt sie ja sehr lieben.«

Er runzelte die Stirn. »Liebe? Liebe ist eine Phantasie. Du solltest das doch eigentlich wissen.«

Rachael antwortete nicht, sondern sah nur, wie er die Tür hinter sich schloß. Dann wurde ihr Blick wieder magisch von den glitzernden Juwelen angezogen. Hinter ihr öffnete sich leise die Tür des Salons, und Greville Townsend trat ein, sein Gesicht von einem zufriedenen Lächeln erhellt.

»Du hast es getan, meine Süße. Ich kann es kaum glauben. Du wirst deine Freiheit zurückbekommen.«

»Stimmt. Es war vielleicht etwas voreilig, aber jetzt ist es geschehen, und ich bereue es nicht.«

Er nahm sie in seine Arme. »Nein, warum solltest du auch? Du wirst frei sein von Ravenworth, und sobald die Scheidung durch ist, können wir beide heiraten. Ich bin selbst auch ein reicher Mann, und du wirst meine Frau sein, die Viscountess Kendall. Irgendwann wird der Skandal verblassen, und man wird uns wieder in der Gesellschaft aufnehmen.«

Rachael stieß gegen seine Brust, löste sich von ihm und machte einen Schritt rückwärts. »Ich dachte, ich hätte mich ganz klar ausgedrückt, Grey. Ich habe nicht den Wunsch, dich zu heiraten. Ich habe überhaupt nicht den Wunsch zu heiraten.«

»Unsinn. Natürlich werden wir heiraten. Das ist die einzig vernünftige Lösung.«

»Vernünftig vielleicht für dich, aber nicht für mich. Ich möchte mich nicht an einen Ehemann binden – weder an dich noch an sonst jemanden.«

Greys Gesicht verfärbte sich und wurde fleckig rot. »Ich habe dich gewarnt, Rachael. Ich habe dir schon einmal gesagt: Du gehörst mir. Du bist mein, und ich behalte, was mir gehört.«

»Und ich habe dir gesagt, daß ich niemandem gehöre außer mir selbst!«

Der Viscount griff nach ihren Schultern. »Verdammt, Rachael –«

»Hör auf damit, Grey. Ich bin deine besitzergreifende Art leid, und auch dein ständiges Verlangen nach Aufmerksamkeit. Selbst deine Fähigkeiten im Bett fangen an, mich zu langweilen. Ich glaube, es ist Zeit, daß du gehst.«

»Gehen? Worüber redest du, zum Teufel?«

»Ich sage dir, daß es aus ist mit uns, Grey.« Sie warf einen Blick auf die Juwelen. Sie schienen ihren Namen zu rufen. Sie konnte es kaum erwarten, sie anzulegen. »Ich erkläre dir hiermit, daß es zu Ende ist. Unsere Affäre ist vorüber, Grey.«

Einen Moment lang sah er sie an, als hätte sie den Verstand verloren. Dann wurde sein Gesicht noch dunkler rot, und er machte einen drohenden Schritt auf sie zu. »Nichts ist vorbei, Rachael. Nicht solange ich es nicht sage.« Seine Hand ballte sich zur Faust und hob sich zu ihrem Gesicht. »Hast du verstanden, Rachael? Hast du mich gehört?«

Ihr Mut ließ etwas nach. Aber trotzdem war sie es leid, von ihm herumkommandiert zu werden. »Ich höre dich. Und ich möchte trotzdem, daß du gehst. Wenn nicht, werde ich einen Diener rufen, damit er dich hinausbegleitet.«

Er schnaubte nur. »Glaubst du wirklich, einer deiner verdammten Diener kann mich von dir fernhalten? Wenn ja, dann täuschst du dich.« Dennoch ging er mit langen, ärgerlichen Schritten zur Tür. »Ich verspreche dir, Rachael, es ist noch nichts vorbei!«

Sie sah ihn hinausgehen und schauderte unwillkürlich. Grey war jung und unberechenbar. Doch bisher war sie stets mit ihm zurechtgekommen. Sie schaute hinunter auf die Juwelen und lächelte.

Es war dunkel, als der Herzog von Beldon beim Stadthaus von Nick Warring klopfte. Unglücklicherweise war sein Freund nicht zu Hause. »Wann wird er zurückerwartet?«

»Ich glaube, er hätte schon vor Stunden wieder hier sein sollen, Euer Gnaden. Vielleicht hat es ein Problem gegeben. Möchtet Ihr auf ihn warten?«

»Nein«, lehnte Rand heftig ab. »Aber bitte gebt ihm eine Nachricht von mir. Sagt ihm, der Herzog von Beldon wäre in einer sehr wichtigen Angelegenheit hier gewesen, und ich möchte ihn so bald wie möglich sprechen.«

»Natürlich, Euer Gnaden.«

Rand wollte hinausgehen, doch da öffnete sich die Hintertür und Nick trat ein.

»Wen haben wir denn da«, knurrte Rand finster.

»Beldon! Schön, dich zu sehen. Ich hatte nicht erwartet –« Dann runzelte er die Stirn. Es sah Rand nicht ähnlich, daß er ohne Voranmeldung noch so spät auftauchte. »Was ist los? Ist irgend etwas passiert?« Er wirkte angespannt. »Verdammt, es ist doch nichts mit Elizabeth? Bascomb hat doch nicht –«

»Nein, um Himmels willen, nichts Derartiges. Soweit ich weiß, ist Elizabeth sicher … wenigstens vor Bascomb.«

Nick entspannte sich, und ein Lächeln erschien wieder auf seinem Gesicht. Rand konnte sich nicht erinnern, seinen Freund je so glücklich gesehen zu haben. Dadurch wurde seine schlechte Stimmung noch schlimmer.

»Ich habe da allerdings etwas zu bereden mit dir wegen Elizabeth. Deswegen bin ich gekommen.«

Nicks Lächeln erlosch. »Dann komm mit ins Arbeitszimmer.« Als er die Tür hinter sich geschlossen hatte, meinte Nick: »Hoffentlich hast du nicht zu lange gewartet. Ich wäre schon eher zu Hause eingetroffen, aber eines der Kutschenräder ist gebrochen, und der Fahrer brauchte ein paar Stunden, um es zu reparieren.«

»Ich war eben erst gekommen. Eigentlich wollte ich dich schon seit ein paar Tagen sprechen, wußte aber nicht recht, was ich sagen sollte.«

»Wie wäre es mit einem Drink?« fragte Nick. »So wie du klingst, werde ich einen brauchen.«

»Gut möglich.«

Nick füllte zwei Gläser und hob das seine. »Auf bessere Zeiten.«

Rand trank nicht. »Ich kann mir kaum vorstellen, daß deine Zeiten noch besser werden können, nicht wenn du mit deinem schönen Mündel schläfst, wie ich stark annehme.«

Nicks Unterkiefer verspannte sich. Er stellte sein Glas auf den Tisch. »Wie kommst du auf den Gedanken?«

»Ich habe dich am Abend des Kostümballs gesehen und erkannt.« Er hatte sich gewundert, wieso sein Freund ihn nicht registriert hatte. Doch dann hatte er ihn mit Elizabeth Woolcot tanzen sehen und sofort verstanden. »Herzbube. Wir kennen uns einfach schon zu lange, als daß ich dich nicht erkennen würde.«

»Was hat der Kostümball mit der Sache zu tun?«

»Nichts. Nur als ich dich an dem Abend sah, wurde mein Verdacht erhärtet. Ich bin doch nicht blöd, Nick. Herr im Himmel, wie du sie ansiehst, wie sie dich ansieht. Ich verstehe derartige Blicke. Mensch, und du hast geschworen, sie zu beschützen!«

Nick trank einen tiefen Schluck von seinem Gin. »Ich weiß, was du denken mußt, und du hast recht.« Er seufzte. »Ich hätte ihr fernbleiben sollen. Sie wäre ohne mich besser dran gewesen. Ich kann dir nur versichern, daß ich es versucht habe. Gott weiß wie sehr. Aber aus Gründen, die ich immer noch nicht so ganz verstehe, glaubte Elizabeth, wir gehören zusammen.« Nick sah auf und lächelte. »Ich werde sie heiraten, Rand. Heute war ich in Castle Colomb. Rachael hat der Scheidung zugestimmt.«

Rand stand da wie vom Donner gerührt. Das hätte er nie erwartet. »Eine Scheidung? Das ist doch nicht dein Ernst.«

»Ernster kann es gar nicht sein.«

»Und Rachael hat zugestimmt? Kann ich kaum glauben.«

»Hat sie zuerst auch nicht. Ich habe ihr ein Vermögen versprochen, sie wollte nicht. Heute habe ich ihr die Ravenworth-Rubine angeboten.«

»Mein Gott – du mußt wahnsinnig sein – oder verliebt.«

Nicks Lächeln verblaßte einen Moment, dann kehrte es zurück. »Ich weiß nichts von der Liebe. Ich weiß nur, daß mir Elizabeth sehr viel bedeutet. Ich habe sie nicht verdient, bin aber sehr dankbar, daß ich sie habe.«

Rand ging zu ihm und klopfte ihm auf die Schulter. Er fühlte sich unwahrscheinlich erleichtert. »Gratuliere, mein Freund. Und du hast unrecht. Du verdienst sie allerdings. Du bist ein guter Mann, Nick. Immer gewesen.«

»Danke, Rand. Ich hoffe, du weißt, wie sehr ich deine Freundschaft schätze.«

Rand nickte nur. Sein Freund hatte keinen leichten Weg gewählt, denn die Scheidung würde ihre Ehe stets belasten. Aber wenn Nick Warring soviel an der Frau lag, hatte sie wirklich Glück.

»Hast du es Elizabeth schon gesagt?«

Nick schüttelte den Kopf. »Eigentlich wollte ich mich nur umziehen und dann zu ihr. Seltsam, ich kann mich kaum an den Tag erinnern, an dem ich Rachael gebeten habe, mich zu heiraten. Unsere Eltern hatten alles arrangiert. Ich hätte nie gedacht, daß ich noch einmal einen Heiratsantrag machen würde. Diesmal bin ich richtig nervös.«

Rand grinste. »Hoffentlich stürmst du die Zinnen, bevor deine Dame in Not Zeit zur Flucht hat.«

Nick lachte, dann wurde er wieder ernst. »Ich hoffe, die Scheidung dauert nicht zu lange. Ich will, daß Elizabeth sicher ist vor Bascomb, und das wird sie erst sein, wenn wir verheiratet sind.«

Rand seufzte. »So etwas braucht Zeit. Mir ist klar, daß

Elizabeth' Ruf leiden würde, wenn Bascomb erfährt, daß sie deine Geliebte ist, aber wenigstens würde er sie in Ruhe lassen.«

»Eigentlich war genau das unser Plan. Wir wollten nur das Ende der Saison abwarten und hatten gehofft, meine Schwester würde bis dahin auch einen Mann gefunden haben.«

»Maggie ... tja, das ist allerdings ein Problem. Charmante Frau, deine Schwester. Wenn ich auf dem Heiratsmarkt wäre, würde sie mir als hervorragende Ehefrau erscheinen.«

»Heute abend ist sie unterwegs. Ich frage mich, wo sie wohl sein mag.«

»Na ja, sie hat in den letzten Wochen eine Menge neuer Freunde gewonnen.«

»Du bist auch ein Freund. Aber gibt es irgend jemanden, den sie besonders beachtet, vielleicht als möglichen zukünftigen Heiratskandidaten? Elizabeth meint, Maggie hätte keine derartigen Pläne, weil sie noch ihre neugewonnene Freiheit genießt. Das finde ich zwar richtig, aber es wäre mir lieber, sie gut aufgehoben zu wissen. Tief im Inneren wollte sie immer einen Mann und eine Familie. Ich gebe mich nicht zufrieden, bevor sie nicht verheiratet ist.«

Rand seufzte und trank einen Schluck Cognac. »Sie amüsiert sich bestimmt gut, und neun Jahre ist zweifellos eine lange Zeit. Doch der Skandal deiner Scheidung wird ein Problem werden, bis sich schließlich dieser Tratsch auch wieder legt.«

»Das hoffe ich. Ich will, daß sie glücklich wird.«

»Das wird sie, wenn sie von eurer zukünftigen Hochzeit erfährt.« Rand streckte ihm seine Hand entgegen. »Viel Glück, Nick. Du weißt, daß du stets auf mich zählen kannst.« Er stellte sein Glas weg. »Und jetzt, glaube ich, hattest du noch eine wichtige Sache zu erledigen.«

Nick grinste breit. »Ja, allerdings.«

18

Elizabeth ging unruhig in ihrem Schlafzimmer auf und ab. Nicholas hatte versprochen, früh zu kommen, hatte sie gebeten, für den Abend zu Hause zu bleiben und sich in ihr Zimmer zurückzuziehen, damit sie mehr Zeit miteinander verbringen konnten. Schon vor Stunden war eine spezielle Mahlzeit bereit gewesen, die jetzt kalt auf einem Tisch in der Ecke stand. Bei dem ständigen Geruch von gebratenem Rebhuhn drehte sich Elizabeth langsam der Magen um.

Ein Abendessen für zwei, in ihrem Zimmer serviert. Sie wußte, daß der Haushalt langsam erraten mußte, daß sie eine Affäre hatte. Es gab schon Geflüster bei den Bediensteten über die »sündigen Vorkommnisse«, aber aus Treue hatte noch keiner deswegen gekündigt.

Mercy, Elias und Theo hatten erraten, daß Nicholas Warring der Mann war, doch sie betrachteten sie nicht mit Verachtung, sondern nur voller Mitleid. Jeder wußte, wie wenig der Graf von Frauen hielt. Daß Elizabeth auch eine von jenen vielen geworden war, zeigte ihnen nur, wie einfältig sie sein mußte.

Sie versuchte nicht, zu argumentieren. Nur Nick selbst würde sie davon überzeugen können, daß sie ihm mehr bedeutete als das, und bisher hatte er sein Schweigen gewahrt. Elizabeth hoffte, daß sie alle unrecht hatten, daß sie Nicholas wichtiger war als alle anderen, er sie vielleicht sogar liebte. Er sprach nur selten von der Zukunft, doch wenn er es tat, spürte sie, daß er sie darin einschloß.

Sie kehrte wieder um in Richtung Kamin, dann wanderte

sie zum Fenster. Kühle Abendluft und Rosenduft stiegen aus dem Garten auf. Sie glättete eine unsichtbare Falte in ihrem Kleid aus grüner Seide, besetzt mit schwarzer belgischer Spitze, das sie extra für diesen Abend ausgesucht hatte. Doch die Rüschen an der Brust begannen zu kratzen, und die schmalen Schuhe zwängten ihre Füße ein.

Nicholas, wo bist du? Er war bisher noch nie zu spät gekommen, und während die Minuten vergingen, wurde ihr Ärger zu Sorge. Hatte Bascomb irgend etwas mit ihm gemacht, ihm etwas angetan wie Lord Tricklewood und Sir Robert? Er war stark und zäh, und er würde aufpassen.

Andere, düstere Gedanken drängten sich auf. Was, wenn die anderen recht hatten und sie unrecht? Sie kannten Nick Warring schließlich länger als sie. Konnte es sein, daß er mit einer anderen Frau unterwegs war?

Ihr wurde es bei dem Gedanken eiskalt. Sie glaubte an Nicholas Warring, glaubte daran, daß sie beide etwas Besonderes verband, mehr als nur eine einfache Liaison, doch die Furcht zog sich immer enger um ihr Herz.

Dann hörte sie endlich die vertrauten Schritte auf der Hintertreppe, einen Schlüssel im Schloß, und voller Erleichterung eilte sie zur Tür. Was mochte er nur getan haben? Warum hatte er ihr nicht ausrichten lassen, daß er später kommen würde?

Sie riß die Tür auf und sah sofort sein Lächeln und den Rosenstrauß in seiner Hand. Ihr Ärger verblasste sofort, wie er bestimmt erwartet hatte.

»Die sind aber schön.« Sie nahm den Strauß entgegen und tauchte die Nase in die wunderschönen Blüten, um etwas Zeit zu gewinnen.

»Es war verdammt schwierig, sie zu finden. Dadurch wurde es noch später, als ich es sowieso schon bin.«

»Du hättest mir eine Nachricht schicken können«, sagte sie, aber ihre Stimme klang nicht besonders vorwurfsvoll. Sie sah zu, wie er durchs Zimmer ging und die älteren Blumen aus einer Vase nahm, um die Rosen hineinstellen zu können.

Er wirkte irgendwie anders heute. In seiner Stimme lag eine untergründige Spannung, die ihre eigene Spannung erhöhte. Er war elegant gekleidet, nicht so schlicht wie sonst, und sah umwerfend gut aus.

»Es tut mir leid, ich hätte vielleicht eine kurze Nachricht schicken können, als ich endlich zu Hause war. Ich hatte außerhalb der Stadt zu tun, und die Kutsche ist auf dem Rückweg kaputtgegangen.«

Die Neugier verdrängte das letzte Restchen ihres Ärgers. »Was hattest du zu tun?« Erst jetzt fiel ihr die teure Flasche Champagner auf, die er auf den Tisch vor das Sofa gestellt hatte.

»Laß uns ein Glas Champagner trinken, und ich erzähle dir davon.« Er griff nach ihr und zog sie in seine Arme. »Aber zuerst brauche ich einen Kuß.«

Es wurde nicht der hungrige, vielversprechend sinnliche Kuß, den sie erwartet hatte. Dieser Kuß war anders, ganz besonders. Er war heiß und verführerisch, aber noch viel mehr als das. Er war in seiner Heftigkeit besitzergreifend und leidenschaftlich, und dabei doch unsagbar zärtlich. Sie war atemlos, als er sie schließlich losließ und klammerte sich mit wildem Herzklopfen an ihn.

»Ich habe dich vermißt«, flüsterte sie. »Ich hatte schon gefürchtet, dir könnte etwas passiert sein.«

»Es ist auch etwas passiert, meine Liebste. Etwas ziemlich Unglaubliches.« Er lächelte, küßte sie noch einmal, zog sie dann hinüber zum Sofa und drängte sie, sich zu setzen. Dann nahm er zwei Kristallgläser von einem Tablett, öffnete die Flasche Champagner und goß die perlende Flüssigkeit in die Gläser, von denen er ihr eines in die Hand drückte.

Sie wurde noch nervöser. Irgend etwas Wichtiges ging

hier vor, doch sie konnte sich beim besten Willen nicht vorstellen, was das sein mochte.

Sie nahm ein Schlückchen von dem köstlichen Getränk und spürte, wie es angenehm prickelnd durch ihre Kehle floß. Dennoch schien sie sich nicht entspannen zu können. Ihr Herz pochte, ihre Hände zitterten leicht. Was war nur anders? Was war geschehen? Nicholas nahm ihr das Glas wieder ab und stellte es neben seines auf den Tisch.

»Es gibt zwei ganz besondere Nächte zwischen einem Mann und einer Frau. Die erste, in der er sie zu seiner Geliebten macht, und die zweite, in der er die Affäre beendet.«

»Die Affäre beendet?« echote sie entsetzt. Sie hatte bestimmt nicht richtig gehört. Es war bestimmt nicht das, was er sagen wollte. Aber ihr Magen verklumpte sich, und ihr Kopf schien leer zu sein.

Er lächelte. »Genau, mein Liebes. Wenn du dem zustimmst, was ich dir zu sagen habe, wird dies die letzte Nacht sein, in der du je meine Geliebte warst.«

O Herr im Himmel! Tränen traten in ihre Augen. Elizabeth bemühte sich, sie wegzublinzeln. Alle hatten versucht, sie zu warnen. Plötzlich waren ihre Knie schwach, und sie war froh, daß sie saß. »Ist das … ist das der Grund, warum du heute abend so spät gekommen bist?«

»Ja, meine Liebste, so ist es.«

»Gibt es … gibt es eine andere?«

»Eine andere?« Jetzt erst bemerkte er das Tränenglitzern in ihren Augen. »O Gott, Elizabeth – Süßes, bitte weine nicht. Natürlich gibt es keine andere.« Er stellte sein Glas auf den Tisch und strich sich nervös mit der Hand durchs Haar. »Himmel noch mal, ich wußte doch, daß ich die Sache irgendwie falsch anfangen würde. Ich möchte dich bitten, mich zu heiraten. Dann wärest du von heute an nicht mehr meine Geliebte – wir wären verlobt, und du würdest bald meine Frau sein.«

Heiße Tränen stürzten aus ihren Augen, strömten über ihre Wangen. Gleichzeitig wurde sie von einer derart heftigen Welle der Erleichterung überschwemmt, daß ihr beinah schwindelig wurde. In der nächsten Sekunde lag sie in seinen Armen und preßte den Kopf an seine Schulter.

Nicholas streichelte ihr Haar. »Es tut mir leid, meine Süße. Ich wollte es ganz besonders gut machen, aber ich war so schrecklich nervös. Ich hätte wissen müssen, daß ich Idiot das Falsche sagen würde.«

»O Nicholas.« Sie schneuzte sich, als er ihr sein Taschentuch gab. »Ich verstehe nicht. Wie sollen wir denn heiraten?«

Nicholas drückte fest ihre Hand. In kurzen Worten erzählte er ihr von seinem Besuch bei Rachael und dem Handel, den er mit ihr gemacht hatte. »Ich hätte schon früher an die Rubine denken sollen, denn die wollte sie immer schon unbedingt haben. Es wird nicht schnell gehen mit der Scheidung, aber sobald Sydney alles arrangieren kann – wenn du mich willst –, können wir heiraten.« Er küßte sie auf den Scheitel, löste sich von ihr und ließ sich auf ein Knie nieder.

»Es wäre mir die größte Ehre, Elizabeth Woolcot, wenn du einverstanden wärest, meine Frau zu werden.«

Ihr Herz wurde weit vor Liebe zu ihm. Sie wischte eine letzte Träne weg. »Du hast ihr die Rubine gegeben? Aber die Rubine sind doch sicher –«

»Elizabeth, ich bitte dich, auf Händen und Knien, mich zu heiraten.«

Sie brachte ein lebendes Lächeln zustande, und ihr war, als würde ihr Herz zerspringen. »Es wäre mir eine Ehre, dich zu heiraten, Mylord.«

Er sprang auf und zog sie in seine Arme. »Elizabeth… Liebste…« Er küßte sie noch einmal, diesmal ganz zärtlich, dann hob er sie hoch und trug sie zum Bett.

»Ich liebe dich«, flüsterte sie, klammerte sich an seinen Hals, und das Glück, das sie erfüllte, prickelte mehr als der Champagner. Nicholas küßte sie flüchtig und sie wartete, im stillen hoffend, daß er ihr ebenfalls seine Liebe eingestehen würde. Sie sagte sich, daß er die Worte vielleicht geflüstert hatte, aber falls es so gewesen war, hatte sie sie nicht gehört.

Elizabeth wurde neben ihm wach, eingehüllt in seine Wärme. Er lag von ihr abgewandt auf der Seite, die lange, feste Gestalt nackt unter den Laken ausgestreckt. Sie betrachtete die schwachen weißen Linien auf seiner Schulter, die sich deutlich von der glatten, dunklen Haut abzeichneten. Sie neigte den Kopf und drückte die Lippen auf eine der schmalen Linien, sog seinen Duft ein, kostete die Wärme seiner Haut auf der Zunge.

Nicholas rollte sich langsam auf den Rücken und blinzelte mit seinen dichten, schwarzen Wimpern. »Du hast mich geküßt. Ich habe deinen Mund auf der Haut gespürt. Ich glaube, du hast den unersättlichsten Hunger, der mir je bei einer Frau begegnet ist.« Er lächelte und vergrub seine Hand in ihrem Haar. Elizabeth erwiderte das Lächeln nicht.

Ihr Finger folgte einer der weißen Linien. »Haben sie dich geschlagen? Sie haben dich geschlagen, als du in Jamaica warst, stimmt's?«

Gleichgültig zuckte er die Schultern. »Ich war dort, weil ich einen Mann getötet hatte. Ich habe schnell gelernt, wie ich überleben und vermeiden konnte, den Unwillen der Wächter zu erregen. Es geschah nur sehr selten.«

»Es tut mir weh, wenn ich mir vorstelle, was du alles ertragen mußtest.«

Nicholas seufzte und verschränkte die Arme hinter seinem Kopf. »Ja, es war schwer. Aber ich habe es überlebt. Das Schlimmste war die Einsamkeit. Manchmal war es beinah unerträglich. Ich vermißte mein Heim, meine Familie. Meine Mutter war schon gestorben, bevor ich wegging, aber mein Vater und ich waren uns sehr nah. Ich fürchtete, ich würde weder ihn noch meine Schwester je wiedersehen. Als ich schließlich zurückkehrte, war mein Vater gestorben und meine Schwester hatte sich in einem Kloster verkrochen. Ich werde mir niemals verzeihen, daß ich ihnen so großen Schmerz bereitet habe. Und doch würde ich es wieder genauso machen, wenn ich noch einmal in die gleiche Situation käme.«

Elizabeth hauchte einen Kuß auf seinen Hals. »Du verdienst es, glücklich zu sein. Du warst lange genug allein.« Sie lächelte ihn hingebungsvoll an. »Ich möchte dir einen Sohn schenken, Nicholas. Und die Familie, die du dir immer gewünscht hast.«

Er schob sich über sie, und seine Augen leuchteten mit einer Mischung aus Hunger und Zärtlichkeit, als er in ihr Gesicht sah. »Dann sollten wir vielleicht jetzt gleich anfangen, in diesem Augenblick. Vielleicht ist es doch nicht so leicht, wie man glaubt.«

Sie betrachtete liebevoll sein Gesicht, hob eine Hand und berührte ihn. Er hatte sie gebeten, ihn zu heiraten. Sie wollte ihn fragen, ob er sie liebte. Sie betete jeden Tag, daß es so sein möge. Statt dessen küßte sie ihn. Sie wußte, daß es eigentlich an der Zeit war, daß er ging. Doch Nicholas schien sie ungern verlassen zu wollen, und sie wollte ihn sowieso lieber bei sich haben. Er drückte ihre Schenkel mit einem Knie auseinander und glitt in sie. Sie hatten gerade angefangen, sich zu lieben, als es laut an der Tür klopfte.

Nicholas ächzte, und Elizabeth wurde rot. Sie entzog sich ihm vorsichtig, hüllte sich in ihren Morgenmantel, warf ihr wirres Haar nach hinten und eilte zur Tür. Bevor sie sie erreicht hatte, klopfte es zum zweitenmal. Als sie öffnete, stand Mercy mit besorgter Miene vor der Tür.

»Ich störe nur ungern, Miss, aber unten sind ein paar Polizisten, die sagen, daß sie nach Seiner Lordschaft suchen.«

»Mein Gott, was wollen die denn von mir?« Nicholas erschien hinter Elizabeth. »Und warum suchen sie mich hier?«

»Sag ihnen, daß ich gleich herunterkomme«, sagte Elizabeth zu Mercy und schloß die Tür.

Sie bürstete sich hastig die Haare, faßte sie mit einem Band zusammen und zog sich ein einfaches, beiges Tageskleid über. Ihre Hände zitterten leicht, als Nicholas die Knöpfe schloß.

»Ich warte hier. Sag ihnen, daß du keine Ahnung hast, wo ich sein könnte – aber vermutlich wäre ich zu Hause.«

»Was glaubst du, warum sie hier sind?«

»Ich weiß es beim besten Willen nicht, aber die Sache klingt beunruhigend.«

Elizabeth sagte nichts weiter. Am oberen Treppenabsatz blieb sie stehen und holte tief Atem, um sich zu beruhigen. Die Männer warteten im Salon, der eine, klein und mit dichtem braunem Haar und lockigem Schnurrbart, hieß Evans, und sein sauertöpfisch wirkender Begleiter, ein Mr. Whitehead, stand etwas abseits.

»Warum sucht Ihr ihn?« fragte Elizabeth nach der Vorstellung vorsichtig und bemühte sich, völlig gelassen zu wirken.

Der Mann namens Evans sah sich aufmerksam im Salon um, als würde er die Möbel abschätzen. »Ich fürchte, Miss Woolcot, es ist ein Verbrechen geschehen. Eine Frau wurde ermordet.«

Elizabeth holte tief Luft. »Ermordet?« Sie wurde von einem plötzlichen, drohenden Gefühl der Vorahnung erfüllt.

»Genau. Irgendwann gestern nachmittag. Die Ermordete

ist Rachael Warring. Die Bediensteten sagen, ihr Ehemann wäre unter den letzten Personen gewesen, die sie noch lebend gesehen haben.«

Elizabeth machte ein paar unsichere Schritte und sank auf das Sofa. Rachael Warring war tot. Und Nicholas war bei ihr gewesen. »Ich fürchte, ich – ich weiß nicht, was ich sagen soll. Das ist… das ist wirklich eine schlimme Nachricht.«

»Allerdings.« Konstabler Evans stand mit zusammengezogenen Augenbrauen vor ihr. »Mir ist klar, Miss, daß das, was ich jetzt sage, eine recht pikante Sache ist, aber die Tatsache bleibt, daß wir Grund zu der Annahme haben, Lord Ravenworth hier in Eurem Haus zu vermuten. Falls das so ist, wäre es zweifellos in Eurer beider Interesse, wenn Ihr ihn jetzt holt.«

Elizabeth setzte sich gerade hin, jede Bewegung fiel ihr schwer, als wollten ihr ihre Muskeln nicht gehorchen. Sie befeuchtete ihre zitternden Lippen. »Warum… warum glaubt Ihr, daß er hier ist?«

Der andere Mann sah sie durchdringend an. »Da Lord Ravenworth gerade nicht in seinem Stadthaus war – und da es den Anschein hat, daß *Ihr* seine augenblickliche Mätresse seid – glauben wir, daß er hier ist.«

Elizabeth brachte kein Wort heraus.

»Er kann nicht verschwinden, ohne daß wir ihn sehen«, fügte Evans hinzu. »Also warum geht Ihr nicht und sagt es ihm.«

Elizabeth' Fingernägel gruben sich in ihre Handflächen. »Aber ich… aber er…«

»Ist schon gut, Elizabeth«, sagte Nicholas sanft, indem er ins Zimmer trat. »Ich bin sicher, die beiden – *Gentlemen* – sind absolut diskret.« Es lag eine scharfe Warnung in seiner Stimme und im Blitzen seines Blicks.

Mord, dachte Elizabeth und mußte sich Mühe geben, nicht ohnmächtig zu werden.

»Lord Ravenworth, ich bin Konstabler Evans, und dies ist mein Kollege Whitehead. Ich nehme an, Ihr habt unser Gespräch mit angehört.«

»Ja. Ihr seid hier, weil meine Frau tot ist.«

»So ist es. Die Gräfin wurde auf äußerst unschöne Art ermordet, genauer gesagt, erwürgt. Angesichts dieser Tatsache möchte ich Euch ein paar Fragen stellen. Ich fürchte, Ihr müßt mit uns kommen zum Büro des Polizeipräfekten.« Er deutete vielsagend mit dem Kopf zur Tür.

Nick beachtete den Hinweis nicht. »Ich würde mich lieber hier mit Euch unterhalten, wenn ich nicht offiziell Verdächtiger bin. Sollte das so sein, würde ich gern meinen Anwalt Sydney Birdsall hinzuziehen.«

Evans lächelte kühl. »Dann wäre es vielleicht besser, das sofort zu tun.«

Nick biß die Zähne zusammen, als seine Unruhe wuchs. Elizabeth stieß einen leisen Schrei aus und kam durchs Zimmer zu ihm herübergeeilt.

»Ist schon gut, Liebes. Unter den gegebenen Umständen muß es etliche unbeantwortete Fragen geben.«

»Ich schicke Elias nach Sydney. Er kann uns dann beim Präfekten treffen.«

Nick nahm ihre Hand und spürte, wie sie zitterte. »Geh mit Elias. Sage Sydney, was geschehen ist. Und dann wartet dort auf mich.«

Elizabeth' Blick bohrte sich in seinen. »Ich komme mit dir! Vielleicht kann ich irgendwie helfen.«

Er drückte ihre Hand, schüttelte aber den Kopf. »Hole Sydney, das ist jetzt das Wichtigste, was du tun mußt.« Er wollte nicht, daß sie in diese Sache verwickelt wurde. Er erinnerte sich daran, was Maggie dadurch erlitten hatte, und sein Herz verkrampfte sich.

Elizabeth sah aus, als wollte sie widersprechen, nickte aber dann. »Wenn das dein Wunsch ist, Mylord.«

Er schwieg auf dem Weg zum Büro des Präfekten, denn er befürchtete, er könnte seine Lage mit reden noch verschlimmern. Er war eindeutig ein Verdächtiger. Seine Vergangenheit würde eine große Rolle spielen. Unschuldig oder nicht, er mußte vorsichtig sein.

Mord, dachte er, und grausige Bilder flimmerten vor seinem inneren Auge, von Rachael, die tot auf dem Boden lag, flüchtige Erinnerungen an Stephen Hampton, sieben lange Jahre, die er eingesperrt gewesen war in Hitze und Dreck, Einsamkeit und Verzweiflung.

Er dachte an Elizabeth und die wundervolle Nacht, die sie zusammen damit verbracht hatten, sich zu lieben und Pläne zu schmieden für die Hochzeit, die jetzt ungewiß wurde, bis Rachaels Tod aufgeklärt war.

Wer hatte sie ermordet? Und warum? Und was würde Elizabeth glauben? Doch nicht etwa, daß er sie ermordet hatte?

Nick starrte aus dem Fenster, kämpfte gegen Ängste und Erinnerungen an und versuchte, sich innerlich auf alle möglichen Fragen vorzubereiten.

Elizabeth kam eine halbe Stunde später mit Sydney Birdsall im Büro des Präfekten an. Nicholas wartete in einem kleinen, fensterlosen Raum mit schlechter Luft, den Rock über eine Stuhllehne gehängt. Er stand sofort auf, als sie hereinkamen.

»Sydney, Gott sei Dank –« Er verstummte, als er die Frau hinter ihm sah. »Elizabeth, was zum Teufel machst du hier? Ich dachte, du wartest in Sydneys Büro auf mich.«

Elizabeth richtete sich zu voller Größe auf. »Wenn ich dort bin, kann ich dir wohl kaum helfen.«

»Ich will deine Hilfe nicht. Ich will nicht, daß du irgend etwas mit dieser elenden Geschichte zu tun hast.«

»Es tut mir leid, Mylord, aber ich habe auch jetzt schon

damit zu tun. Ich bleibe, damit ich helfen kann, wenn nötig – ob du willst oder nicht.«

Er biß die Zähne zusammen. Dann seufzte er. »Kleiner Dickkopf. Es wird Zeit, daß du eine lenkende Hand bekommst.«

Sie lächelte zum erstenmal. »Das Privileg bekommst du, Mylord, sobald wir diese Angelegenheit hier hinter uns haben.«

Ein kurzes Blitzen erschien in seinen Augen und verschwand wieder. Er wandte sich Sydney zu. »Ich fürchte, ich habe Schwierigkeiten, mein Freund. Vielleicht ist es nicht so schlimm, wie es aussieht, aber ich möchte kein Risiko eingehen.«

Sydney stellte seine Aktentasche auf den angeschlagenen Tisch, der neben zwei Stühlen und einer Walöllampe das einzige Möbelstück in dem nach altem Rauch riechenden Zimmer war. Er öffnete die Schnalle. »Das war die richtige Entscheidung, Mylord. Ich bin nicht sehr versiert in Kriminalangelegenheiten, aber mit den Grundlagen kenne ich mich aus. Und sollte es nötig werden, beauftragen wir den besten Verteidiger der Stadt. Doch jetzt möchte ich erst einmal ganz genau hören, was geschehen ist, als Ihr Lady Ravenworth besucht habt.«

Nicholas berichtete schlicht und umfassend und erklärte auch, daß er die Rubine bei Rachael gelassen hatte, damit sie es sich nicht wieder anders überlegte.

»Ich frage mich, ob die Polizei weiß, warum Ihr dort wart«, meinte Sydney nachdenklich und sah durch sein Monokel auf die Notizen, die er sich aufgekritzelt hatte. »Denn wenn sie wüßten, daß Ihr eine Scheidung wolltet, hättet Ihr damit ein Motiv für den Mord.«

»Aber Rachael hatte bereits zugestimmt. Ich hatte keinen Grund, sie umzubringen. Falls die Rubine noch dort sind –«

»Falls?« Sydney sah auf. »Ihr meint, die Rubine könnten

ein Motiv für den Mord gewesen sein, falls sie gestohlen wurden?«

»Scheint mir durchaus möglich.«

Sydney ließ das Monokel aus dem Auge fallen. »Tja, wir müssen in jedem Fall erst einmal in Erfahrung bringen, was die Behörden eigentlich wissen. Dann können wir eine Verteidigung formulieren.«

Nicholas' Miene wirkte finster, und Elizabeth fühlte mit ihm. Mein Gott, das durfte alles nicht wahr sein!

Er fuhr sich mit einer Hand durchs Haar. »Sie wissen von Elizabeth und mir. Da ist es kein besonders großer Sprung, zu erkennen, welchen Vorteil Rachaels Tod für mich darstellen würde.«

Sydney warf einen kurzen Blick in Elizabeth' Richtung. »Ja, Elizabeth hat mir von Eurer... Beziehung erzählt.«

»Es tut mir leid«, sagte Nicholas. »Ich weiß, wie enttäuscht Ihr sein müßt. Ich kann Euch nur versichern, daß ich nicht wollte, daß es dazu kommt. Wir beide nicht. Jetzt könnt Ihr verstehen, warum eine Scheidung für mich so wichtig war.«

Sydney seufzte. »Um ehrlich zu sein, mein lieber Junge, die Sache sieht nicht gut aus. Wir müssen sehr behutsam handeln. Zunächst werden wir ihnen nur die Fakten mitteilen. Ihr wart dort, um Eure Frau in einer persönlichen Angelegenheit zu sprechen. Ihr wart dort – wie lange?«

»Weniger als eine Stunde.«

»Danach kehrtet Ihr sofort nach London zurück. Es blieb keine Zeit, zurückzugehen und einen Mord zu begehen.«

Nicholas' Gesichtszüge wurden hart. »Unglücklicherweise stimmt das nicht ganz. Es ergab sich eine Verzögerung von mehreren Stunden, als ein Rad an meiner Kutsche brach.«

Sydney runzelte die Stirn. »Mehrere Stunden? Wer kann bezeugen, wo Ihr während jener Zeit wart?«

»Mein Kutscher, Jackson Freemantle.«

Sydney hob eine Augenbraue. »Aber ich dachte … ist er nicht einer von den Leuten, die Ihr aus der Verbannung kennt? Ein ehemaliger Krimineller?«

»Jackson war im Gefängnis. Das bedeutet nicht –«

Elizabeth' Hand auf seinem Arm unterbrach ihn. Sie spürte die Anspannung in seinem Körper. »Sydney versucht nicht, den Charakter des Mannes anzugreifen, Nick, es geht nur um seine Eignung als Zeuge. Du mußt doch verstehen, daß das ein Problem für dich werden könnte.«

Nicholas seufzte und rieb sich müde mit einer Hand über die Augen. »Ja … ich verstehe. Unglücklicherweise habe ich nichts außer Freemantles Wort. Niemand hat uns gesehen. Er hatte die Kutsche etwas von der Straße weggezogen, um das Rad zu reparieren.«

Sydney setzte sein Monokel wieder ein und schrieb noch ein paar Notizen. »Ich spreche mit den Behörden und klopfe einmal ab, was sie wissen. Für den Anfang werden wir nur die einfachsten Fakten darlegen und sehen, was das bringt.«

Nicholas wandte sich an Elizabeth. »Ich habe sie nicht getötet«, sagte er. »Du mußt mir glauben, Elizabeth. Sie war am Leben, als ich das Haus verließ.«

Elizabeth warf sich in seine Arme, denn die Leere in seinem Blick quälte sie. »Natürlich glaube ich dir.« Immer wieder hatte sie an ihm gezweifelt, sich über seine Motive Gedanken gemacht, ihre eigene Unsicherheit für die seine gehalten und das Schlimmste geglaubt. In diesem Fall hatte sie nicht den leisesten Zweifel. »Du bist unschuldig. Sie werden die Wahrheit schon irgendwann herausfinden.«

Nicholas hob mit einer Hand ihr Kinn. »Danke«, sagte er leise, schaute noch einen Moment in ihre Augen und löste sich dann sanft von ihr. »Ich bin bereit«, sagte er zu Sydney, und sie verließen das Zimmer.

Elizabeth folgte ihnen nicht, weil sie befürchtete, ihre Anwesenheit könnte alles komplizierter machen. Das einzige, woran sie denken konnte, war Nicholas, seinen Kummer und die Zukunft, die sie vielleicht nie haben würden.

19

Nick ging im Salon seines Stadthauses auf und ab. Elizabeth saß neben Maggie auf dem Sofa, beide bleich und sorgenvoll, Hand in Hand. Wenn er sie nur ansah, füllte sich seine Seele mit Bedauern – und Wut.

Er zwang sich, zum Ende des Sofas zu schauen, wo Sir Reginald Towers stand, ein großer, stattlicher Herr mit ergrauenden Schläfen und einer der bekanntesten Verteidiger Englands. Rand hatte darauf bestanden, daß Nick ihn oder jemanden mit ähnlich gutem Ruf bekam. Rand stand jetzt neben der Anrichte.

»Möchte irgend jemand einen Drink?« fragte Beldon in seinem gewohnt ruhigen Ton. »Ich brauche sicher einen, und du siehst auch so aus, als ob du einen brauchen könntest, Nick, alter Junge.«

»Nein... nein, Rand, nicht jetzt.«

Sir Reginald betrachtete seine Notizen. »Also gut. Zu unserem Glück gibt es noch einen zweiten Verdächtigen. Viscount Kendall hat sich gemeldet und zugegeben, daß er am Nachmittag des Mordes ebenfalls in Castle Colomb war. Leider gibt er an, fortgegangen zu sein, als die Gräfin noch lebte. Lady Ravenworth' Bedienstete haben das bestätigt, und man sah ihn später in einem Wirtshaus in einiger Entfernung.«

»Und Kendall wußte, daß ich eine Scheidung wollte«, sagte Nick finster.

»Ja. Als ihr ›großer und guter Freund‹ wußte er von allen möglichen solchen Dingen.«

»Sie war ganz offensichtlich seine Mätresse«, sagte Maggie bitter.

»Rachael war diskret, aber sie sorgte dafür, daß sie bekam, was sie wollte.«

Beldon nahm einen Schluck von seinem Cognac. »Die Tatsache, daß Kendall sich selbst gemeldet hat, gibt seiner Geschichte besondere Glaubwürdigkeit.« Er sah Nick an. »Er ist sicher, daß du Rachael ermordet hast und will dich hängen sehen.«

Elizabeth wurde noch blasser. »Wie kann er das glauben? Wenn er weiß, daß Nick sich scheiden lassen wollte, dann muß er doch auch von den Rubinen wissen. Warum sollte er das denken, daß Nicholas sie ermordet hat?«

»Offensichtlich weil die Rubine weg sind«, sagte Rand. »Er glaubt, Nick hätte es sich wieder anders überlegt, wäre wiedergekommen, hätte sie umgebracht und sich die Rubine zurückgeholt.«

»Das einzige Problem ist die Zeit«, meinte Sir Reginald. »Bis jetzt haben sie noch nicht bemerkt, daß es eine Zeitlücke gibt, in der Eure Kutsche kaputt war. Wenn sie das bemerken und die ganzen Indizien zusammenzählen, werden sie Euch ganz sicher verhaften.«

Elizabeth' Augen verschleierten sich vor Kummer, und Nicholas' Schuldgefühl verstärkte sich. Er hatte sie von Beginn an immer wieder verletzt. Mein Gott, er hätte sie in Ruhe lassen sollen.

»Wir werden nicht zulassen, daß sie dich festnehmen«, sagte sie inbrünstig. »Wir werden einen Weg finden, deine Unschuld zu beweisen, bevor das geschehen kann.« Sie stand auf und kam zu ihm herüber. »Du hast die Rubine nicht. Rachaels Mörder muß also jemand anderer sein.«

»Wir haben nur das Wort Seiner Lordschaft dafür, daß die Rubine nicht in seinem Besitz sind«, erinnerte Sir Reginald sanft. »Und nur das Wort eines ehemaligen Häftlings, um sein Alibi zu bezeugen. Zusammen mit der Tatsache, daß er schon einmal wegen Mordes verurteilt wurde.«

»Er hat Stephen Hampton in Selbstverteidigung getötet«, unterbrach ihn Elizabeth, und Nick gab es einen Stich. Er streckte die Hand nach ihr aus, widerstand aber dem Verlangen, sie in die Arme zu nehmen. Er hatte keinen wirklichen Anspruch auf Elizabeth. Sie war seine Geliebte, weiter nichts. Ihm wurde klar, wie sehr er gewollt hätte, daß sich das änderte.

»Ist schon gut, Liebes. Wie du gesagt hast, bin ich unschuldig. Es muß irgendeinen Weg geben, das zu beweisen.«

»Es gibt einen Weg.« Beldon trat einen Schritt vor. »Wir werden herausfinden müssen, wer wirklich der Täter ist.«

Hoffnung erhellte Elizabeth' Züge. »Wie? Wo sollen wir anfangen?«

»Läuft bereits«, sagte Beldon. »Ich dachte mir gleich, die Sache könnte ernster sein, als Ravenworth meinte, also habe ich Detektive engagiert.« Er lächelte. »Und Lord Ravenworth hat eine nicht unbeträchtliche Summe zu Belohnung für denjenigen ausgesetzt, der Hinweise zur Auffindung von Lady Ravenworth' wirklichem Mörder geben kann.«

Nick lächelte schwach. »Danke. Das hätte ich selbst tun sollen. Ich fürchte, ich konnte nicht klar denken.«

»Verständlich, unter den gegebenen Umständen.«

Jetzt beteiligte sich Sir Reginald wieder am Gespräch. »Ihr wart alle sehr bemüht in dieser Sache, aber es gibt noch etwas, worum ich Lord Ravenworth und Miss Woolcot bitten muß: Ihr solltet in jedem Fall auf weiteren engen Kontakt verzichten, bis diese Sache aufgeklärt ist.«

»A-aber sicherlich ist –«

»Nein«, sagte Nick kurz. »Dem kann ich nicht zustimmen.«

»Das müßt Ihr aber. Die Schlagzeile im *London Chronicle* mag brutal gewesen sein –« was sie tatsächlich gewesen war: GRÄFIN RAVENWORTH TOT – EHEMANN, VORBESTRAFTER MÖRDER, UNTER VERDACHT, »aber ich versichere Euch, daß es ein Kinderspiel sein wird, wenn sie herausfinden, daß Ihr ein Motiv hattet – daß Ihr im Augenblick mit der jungen Frau liiert seid, die gesetzlich Euer Mündel ist. Bisher waren die Behörden zurückhaltend im Umgang mit der Presse. Doch sollte diese Information durchsickern, wird sich die öffentliche Meinung völlig gegen Euch wenden. Man wird sicher sein, daß Ihr Eure Frau ermordet habt, um Elizabeth Woolcot heiraten zu können. Ihr dürft Euch nicht treffen – nicht, bis diese Angelegenheit abgeschlossen ist.«

Elizabeth schloß die Augen, und er spürte, daß sie schwankte. »Sir Reginald hat recht«, sagte sie. »Man darf uns nicht zusammen sehen, nicht einmal die Bediensteten. Es ist einfach zu gefährlich.«

Sein Herz wurde schwer wie Blei. Es war ihm egal, was die Öffentlichkeit dachte – um Elizabeth machte er sich Sorgen. Als Geliebte eines Mordverdächtigen würde sie in einen grausamen Skandal verwickelt werden. Er fühlte sich wie ein selbstsüchtiger Narr, weil er sie am liebsten bei sich haben wollte, während die Folgen für sie katastrophal sein konnten.

Und Maggie – Himmel, das Leben seiner Schwester würde wieder einmal durch einen Skandal durcheinandergebracht. Dieses Mal würde er sie bestimmt völlig ruinieren – dann würde sie kein Mann mehr haben wollen.

»Natürlich habt Ihr recht«, sagte er zu dem Verteidiger. »Ich werde Elizabeth fernbleiben, bis es vorüber ist.«

Sir Reginald nickte. »Das wäre dann im Moment alles. Ihr solltet jetzt alle versuchen, etwas Ruhe zu bekommen. Ihr habt eine anstrengende Zeit vor Euch.« Er warf einen langen Blick auf Nick. »Und Lord Ravenworth wird seine Kräfte brauchen.«

Sie bekamen keine Einladungen und keine Besuche mehr. Sie konnten sich nicht mehr in der Billigung der Gesellschaft sonnen. Maggie hatte nicht geglaubt, daß sie das vermissen würde, aber die Abwechslung fehlte ihr doch. Und so ungern sie das zugab, noch mehr als die Einladungen vermißte sie die Gegenwart des Marquis von Trent, Andrew Sutton.

Maggie setzte sich in der Dämmerung ans Klavier, öffnete den Deckel und legte die Finger auf die Tasten. Es war Jahre her, seit sie zum letztenmal gespielt hatte. Das war, bevor sie ins Kloster gegangen war. Sie liebte damals die Musik und hatte Stunden damit verbracht, neue Stücke einzustudieren.

Jetzt fühlten sich ihre Finger irgendwie steif an, als sie die alten Klänge wiederzuerwecken versuchte. Trotzdem zwang sie sich, weiterzuüben. Sie brauchte die Ablenkung, und sie sehnte sich danach, den quälenden Gedanken an ihren Bruder zu entrinnen, der schrecklichen Angst, die sie zur Verzweiflung zu bringen drohte.

Er war für den Abend ausgegangen, sie wußte nicht, wohin. Nicht mit Elizabeth. Er war finster entschlossen, sie nicht zu sehen, um sie nicht noch mehr zu verletzen, als er es schon getan hatte.

Maggie musterte die Tasten und versuchte, sich zu konzentrieren. Ein falscher Ton krächzte genau gleichzeitig mit einem langen Klopfen. Mit einem frustrierten Seufzer und unentschieden, ob sie sich über die Unterbrechung ärgern oder froh sein sollte, ging sie zur Tür.

Pendergass stand davor. »Verzeihung, Mylady, aber Seine Gnaden der Herzog von Beldon sind gekommen. Er läßt fragen, ob er mit Euch sprechen könnte.«

Beldon! Ihr Herz schlug schneller. War Nick etwas passiert? »Bitte bringt ihn herein, Pendergass.«

»Natürlich, Mylady.«

Rand kam energisch wie gewohnt herein, seine langen, muskulösen Beine bewegten sich kraftvoll und präzise.

»Euer Gnaden – Rand – was ist los? Ist etwas mit Nicholas? Ist etwas passiert?«

Er nahm ihre zitternden Hände, beugte sich vor und küßte ihre Wange. »Nein, meine Liebe, nichts Derartiges. Ich bin gekommen, um Euch zu sehen, das ist alles. Ich weiß, ich hätte mich vorher anmelden sollen, aber ich hatte gehofft, Ihr würdet mich trotzdem empfangen, denn der Grund meines Hierseins ist wichtig für uns beide.«

»Natürlich, Euer Gnaden. Ihr wißt, daß Ihr hier stets willkommen seid.«

»Rand«, korrigierte er sanft. »So nennt Ihr mich doch sonst auch. Heute abend gibt es noch weniger Grund, förmlich zu sein.«

Ihr Unbehagen wuchs. »Soll ich Tee bringen lassen, Euer – Rand – oder würden Sie etwas Stärkeres vorziehen?«

»Das letztere, glaube ich. Ein Glas Cognac, vielleicht trinkt Ihr einen Sherry mit mir?«

Er wartete nicht auf eine Antwort, sondern ging zur Anrichte hinüber und goß die Getränke ein. Maggie verbarg ein Lächeln angesichts der Tatsache, daß er in sämtlichen Lebenslagen stets die Regie ergriff.

Er gab ihr ihr Glas. »Warum nehmen wir nicht Platz«, meinte er mit einer Geste zum Sofa und setzte sich dann neben sie. Sein Blick wanderte flüchtig zu der Ausgabe der *Evening Post,* die auf dem Tisch vor ihnen lag. SUCHE GEHT WEITER. HAT RAVENWORTH WIEDER GEMORDET?

»Die Zeitungen sind nicht gerade freundlich«, knurrte Rand ärgerlich.

»Nein... wirklich nicht. Eigentlich haben sie meinen Bruder so gut wie gekreuzigt.« Sie erwähnte nicht, daß sie auch den sogenannten Mord an Stephen Hampton vor neun Jahren wieder aufgewärmt hatten, einschließlich Vermutungen über die Ursachen. Das bedeutete, Margaret Warrings Name war ebenfalls durch den Dreck gezogen worden.

»Die Zeitungen sind einer der Gründe, warum ich hier bin – der Tratsch, die verdammte Skandalbesessenheit und die vielen bösen Zungen.«

Maggie senkte den Blick. Es schmerzte sie, was hinter ihrem Rücken getuschelt wurde und wie sich brennende Blicke in ihren Rücken zu bohren schienen, wenn sie vorüberging. Zum erstenmal erinnerte sie sich wieder daran, warum sie ins Kloster gegangen war. Die dicken Wände und die Abgeschiedenheit hatten ihr den brennenden Haß vom Leib gehalten.

Rand lächelte sanft, und ein kleines Grübchen zeigte sich in seiner Wange. »Aber das ist nur ein Grund, warum ich hier bin. Der zweite Teil ist rein selbstsüchtiger Natur. Ich brauche eine Ehefrau, und ich bin zu der Überzeugung gekommen, daß Ihr eine sehr gute Ehefrau abgeben würdet. Ich hoffe, daß Ihr mich heiraten werdet.«

Wenn sich die Decke geöffnet hätte und Sterne heruntergefallen wären, hätte Maggie nicht verblüffter sein können. »Um Himmels willen, Rand, wovon redet Ihr?«

»Ich bitte Euch, auf meine typisch undiplomatische Art, ob Ihr meine Frau werden möchtet, Lady Margaret, die nächste Herzogin von Beldon.«

Einen Moment lang war sie zu verdattert, um zu sprechen. Sie schaute in sein liebes, gutaussehendes Gesicht und wußte in der nächsten Sekunde genau, warum er hier war. Da wünschte sie beinahe, sie hätte ja sagen können, daß sie sich in ihn verliebt hätte und er sich in sie.

Das war aber beides nicht der Fall.

Sie nahm seine Hand, spürte seine schützende Kraft. »Randall Clayton, Ihr seid wirklich ein wundervoller Mann. Niemand könnte sich einen treueren Freund wünschen. Mein Bruder und ich sind sehr glücklich, daß es Euch gibt.«

»Dann sind wir uns ja einig. Sehr gut. Ich werde dafür sorgen, daß morgen das Aufgebot bestellt wird.«

Maggie lachte tatsächlich. »Ihr seid auch der arroganteste, selbstsicherste und bestimmendste Mann, den ich kenne – sogar noch schlimmer als mein Bruder.«

Er legte dramatisch die Hand auf sein Herz. »Maggie, meine Süße – Ihr verwundert mich.«

Sie lachte amüsiert. »Ihr wißt, daß es die Wahrheit ist. Und die Antwort ist nein – ich werde Euch nicht heiraten. So etwas werde ich einem so guten, lieben Freund nicht antun.«

Rand runzelte die Stirn. »Ich bin zuerst zu Euch gekommen, bevor ich mit Eurem Bruder spreche. Ich weiß, daß Ihr Euren eigenen Kopf habt und eigene Entscheidungen trefft. Vielleicht kann Nick Euch überzeugen, wenn ich mit ihm rede –«

»Nein. Die Antwort ist nein und bleibt nein. Ich mag Euch sehr, Euer Gnaden, und ich weiß, daß Ihr dies tut, um mich zu beschützen, und dafür werde ich Euch immer verehren. Aber heiraten werde ich Euch nicht.«

»Maggie –«

»Nein, Rand. Ihr verdient eine Frau, die Euch liebt, wie Elizabeth Nick liebt. Ich liebe Euch als guten, vertrauten Freund.«

Rand brummelte etwas, das sie nicht genau hören konnte. »Seid Ihr sicher, Maggie? Manchmal kann die Liebe zwischen Freunden wachsen.«

Maggie lächelte. Ohne Vorwarnung stand plötzlich Andrew Suttons Gesicht vor ihrem inneren Auge. Sie hatten in den Tagen vor dem Mord eine Menge Zeit miteinander verbracht, stets mit Freunden zusammen, nie allein, und doch hatte sie irgendwie das Gefühl gehabt, daß er sie langsam recht gern mochte. Sie schloß die Augen, als sie den unerwarteten Stich des Verlustes spürte.

»Ich bin sicher, Euer Gnaden, ganz sicher.« Sie legte ihre Hand auf die seine. »Ich werde diese Sache überstehen, Rand. Solange ich Freunde wie Euch habe, ganz bestimmt.«

Aber in Rands Gesicht war zu lesen, daß er ihre Meinung nicht teilte.

Die Schlagzeile lautete: HAT ER SIE ERWÜRGT, UM SEINE GELIEBTE ZU HEIRATEN? NEUE FAKTEN IM FALL RAVENWORTH.

Elizabeth zerknüllte die Zeitung und ließ sich, mit den Tränen kämpfend, aufs Sofa sinken. Jemand hatte die Sache verraten. Lord Kendall? Jemand von der Polizei? Oder gemand anderes?

Wenigstens kann ich ihn jetzt wiedersehen, dachte sie. *Nun ist sowieso alles egal.* Sie hatte ihn schrecklich vermißt. Und sie hatte solche Angst.

»Was ist passiert, meine Liebe? Ich sehe dir doch an, daß etwas nicht stimmt.« Tante Sophie kam in den Salon gewatschelt, den Beutel mit ihrer Stickerei in den Händen.

Elizabeth rieb sich abwesend die Schläfen, denn sie schien Kopfschmerzen zu haben. »Die Zeitungen haben meine Beziehung zu Lord Ravenworth herausgefunden. Damit gibt es ein Motiv für den Mord. Sie verlangen seine Verhaftung.«

Tante Sophie ließ sich in einen Sessel plumpsen und griff nach der Zeitung. »Der arme Junge. Er hat doch wirklich schon genug gelitten.«

Elizabeth schmerzte es, nur daran zu denken. »Ich frage mich andauernd: Wer könnte es gewesen sein? Warum gerade zu dem Zeitpunkt? Nicholas glaubt, daß es ein Dieb war, aber ich bin da nicht so sicher.«

Die Tür wurde nach kurzem Klopfen geöffnet. Der Butler stand mit einer Visitenkarte dort. »Ein Gentleman ist eingetroffen, Miss Woolcot, der Graf von Bascomb. Er möchte Euch sehen.«

Elizabeth wurde bleich. »Bascomb? Bascomb ist hier?«

»Ja, Miss, er wartet in der Eingangshalle.«

Elias Moody kam herein. »Keine Sorge, Miss. Theo ist

draußen bei ihm. Nur ein Wort, und er ist vor der Tür – mit vollem Schwung, wenn Ihr wollt.«

Ach, wie gern sie ja gesagt hätte! Nichts würde sie lieber sehen als den mächtigen Oliver Hampton kopfüber aus ihrem Haus geworfen. Aber die Vernunft siegte. Sie brauchten nicht noch mehr Schwierigkeiten.

»Ich werde mit ihm reden, Elias. Ich möchte allerdings, daß du mit mir kommst.«

Elias warf ihr einen Blick zu, der zeigte, daß es darüber keinen Zweifel geben konnte. »Recht habt Ihr, Miss.«

Seine Lordschaft, der in der Eingangshalle wartete, hatte einen Gesichtsausdruck, den man nur als höhnisch bezeichnen konnte. Er genoß von Herzen sämtliche Schwierigkeiten, in denen Nicholas steckte.

»Es überrascht mich, Euch hier zu sehen, Mylord. Ich dachte, ich hätte meinen Unwillen völlig klargemacht, als Ihr mich auf dem Kostümball angefallen habt.«

Sein Mund wurde etwas schmaler. Er zwang sich zu einem Lächeln, doch der Ärger darunter war nicht zu übersehen. Er hatte offensichtlich die Zeitungen gelesen und wußte von ihrer Beziehung zu Nicholas. Angst rann kalt über ihren Rücken, und sie war froh über Elias' Anwesenheit.

»Ich möchte nur um ein wenig Eurer Zeit bitten, sonst nichts. Wenn man den Skandal bedenkt, in den Ihr momentan verwickelt seid, dachte ich, Ihr könntet vielleicht einen Freund gebrauchen.«

Sie schnaubte. »Das seid Ihr wohl kaum, Mylord. Und wenn der ›Skandal‹, wie Ihr es nennt, Euren lächerlichen Versuch beenden sollte, mich zur Ehe zu zwingen, dann hat er zumindest etwas Gutes gehabt.«

»Ihr könnt ganz sicher sein, meine Liebe, daß Eure schmutzige kleine Affäre mit Ravenworth unbedingt jeden Gedanken an eine Ehe mit Euch beendet hat. Dennoch gibt es eine Angelegenheit, die ich Euch unterbreiten möchte, und es wäre gut für Euch, wenn Ihr sie Euch anhört.«

Sie musterte ihn von oben bis unten und konnte ihre Abneigung nur mühsam zügeln. Er war nicht unattraktiv, sah ganz aus wie ein Gentleman. Aber sie wußte nur zu gut, daß er genau das nicht war.

»Wir könnten uns kurz im Salon unterhalten – solange die Türen offenbleiben.«

»Aber natürlich, meine Liebe.« Er warf ihr ein zweideutiges Lächeln zu. »Wir wollen doch Euren einwandfreien Ruf nicht ruinieren.«

Elizabeth beherrschte ihre Wut und ging voraus in den Salon, wo sie ihm allerdings keinen Platz anbot. »Also gut, sagt mir, warum Ihr gekommen seid.«

Oliver lächelte, allerdings jetzt leicht verärgert, so daß sein Gesicht rötlich anlief. »Ich habe mir natürlich Sorgen um Euch gemacht. Als Freund Eures Vaters bin ich gekommen, um Euch meine Freundschaft und meinen Schutz anzubieten.«

»Schutz? Der einzige Schutz, den ich brauche, ist Schutz vor Euch.«

»Das ist nicht ganz richtig, und Ihr wißt das auch. Es wird immer deutlicher, daß Ravenworth bald verhaftet werden wird. Man wird ihn des Mordes anklagen und höchstwahrscheinlich auch verurteilen. Euer Ruf ist dahin, die Chance für eine anständige Ehe längst verloren. Jeder Wüstling der Stadt wird versuchen, Euch aufs Kreuz zu legen, und Ravenworth wird Euch nicht beschützen können. Ich allerdings kann Euch vor den Lüstlingen und den bösen Zungen in Sicherheit bringen.«

Ihre Hände ballten sich unbewußt zu Fäusten. »Als Eure Mätresse.« Herr im Himmel, sie konnte sich nichts Ekligeres vorstellen.

»Seid Ihr beleidigt?« Bascombs Gesicht wurde hart. »Vor

langer Zeit wollte ich Euch einmal zur Frau. Ihr habt Euch statt dessen für das Bett eines Mörders entschieden.«

»Lord Ravenworth hat Rachael Warring nicht ermordet.«

»Da wird das Gericht anderer Meinung sein. Warring wird hängen, und Ihr werdet ruiniert zurückbleiben.« Seine Lippen verzogen sich höhnisch. »Davor kann ich Euch erretten. Als meine Mätresse werdet Ihr ein behagliches Leben in Luxus führen und vor jedem Mann sicher sein, der Euch nicht mit Respekt behandelt. Dann habt Ihr alles, was Ihr je wolltet.«

»Ihr – bietet mir Schutz an. Das ist wirklich komisch.«

Sie wandte ihm den Rücken zu und gab sich Mühe, die Beherrschung nicht zu verlieren. Das meiste, was er gesagt hatte, stimmte. Sie war jetzt eine gefallene Frau. Als die Mätresse des »Verruchten Grafen« würde jeder Mann in der Stadt versuchen, sie zu verführen. »Ihr wißt, daß ich nicht zustimmen werde.« Selbst in ihrem Rücken spürte sie seinen glimmenden Zorn.

»Vielleicht nicht heute. Aber irgendwann werdet Ihr keine andere Wahl haben. Ihr gehört mir, Elizabeth. Euer Techtelmechtel mit Ravenworth hat das nicht geändert. Er hat nur Euren zukünftigen Status von Ehefrau zu Mätresse degradiert.« Er ging zu ihr, faßte sie an den Schultern und drehte sie zu sich um. »Ihr könntet Euch auch gleich in Euer Schicksal fügen. Bald wird Ravenworth am Galgen baumeln, und dann werde ich der Mann in Eurem Bett sein.«

Elizabeth entwand sich ihm mit einem Ruck, zu verärgert, um etwas zu sagen. Und zu ängstlich. Sie versuchte sich einzureden, daß es dafür keinen Grund gab, daß sie nicht in Gefahr war. Aber so recht glauben konnte sie es nicht.

Angesichts der Stille kam Elias mit drohend polternden Schritten herein.

»Macht Euch nicht die Mühe, mich hinauszubegleiten«, sagte Bascomb. »Ich kenne den Weg.«

Sie sah zu, wie er mit beherrschten Schritten hinausging und die Tür hinter sich schloß. Elizabeth bewegte sich nicht von der Stelle. Zum erstenmal seit Rachaels Warrings Tod war Hampton wieder in ihrer Nähe aufgetaucht, und sie wurde sich erneut darüber klar, daß er ein gefährlicher, rücksichtsloser Mann war.

Häßliche, beängstigende Gedanken erfüllten sie. Sie hatte geglaubt, daß sie sicher vor ihm sein würde, wenn er erst einmal wußte, daß sie Nicholas' Geliebte war. Statt dessen stellte sie fest, daß sie sich in größerer Gefahr befand denn je. Er war genauso wahnsinnig und wild entschlossen wie zuvor.

Sie dachte daran, was er mit Tricklewood und Tinsley gemacht hatte. Würde er so weit gehen, einen Mord zu begehen?

Sie schauderte. Angst um ihr Leben verband sich mit einem schrecklichen Verdacht, der sich wie ein Brocken Eis in ihrem Magen breitmachte.

20

Es regnete den ganzen Tag bis in die Nacht hinein. Dicke schwarze Wolken verbargen die Sterne, und der Wind trieb nassen Schmutz und Papierfetzen über das Kopfsteinpflaster.

Elizabeth wickelte sich fester in ihren Umhang, griff nach Elias' Hand und ließ sich von ihm aus der Kutsche helfen.

»Ihr hättet nich' herkomm' sollen, Miss. Seine Lordschaft wird mir den Kopf abreißen, weil ich Euch hergebracht hab.«

»Wenn du nicht mitgekommen wärest, hätte ich allein fahren müssen.«

Elias seufzte. »Tja, meint Ihr, das wüßt' ich nich'?«

Elizabeth hielt ihre Kapuze fest, während Elias den schweren messingnen Türklopfer bediente und an die Tür des Ravenworthschen Stadthauses klopfte.

Die Tür wurde geöffnet. Obwohl der Skandal in allen Zeitungen breitgetreten worden war und Edward Pendergass sie sicher auch gelesen hatte, ließ er sich nichts anmerken.

»Verzeihung, ich weiß, ich hätte mich anmelden sollen, aber ich habe mich ganz kurzfristig entschlossen.« Sie hatte sich immer wieder eingeredet, daß sie besser nicht kommen sollte, daß es für Nick besser war, doch alle Klatschmäuler wußten inzwischen sowieso Bescheid, und sie wollte ihn einfach sehen. Mußte ihn sehen. Sie hatte ihn in den letzten einsamen Tagen schrecklich vermißt.

Der Butler räusperte sich. Sein Gesichtsausdruck wurde

ungewiß, und er sah zur Treppe. »Ich fürchte, Miss Woolcot, Seine Lordschaft ist nicht in der Lage, Besucher zu empfangen. Er ist etwas... angegriffen, müßt Ihr wissen. Vielleicht morgen –«

»Nicholas ist krank? Wo ist er?«

»Er hat sich schon für den Abend zurückgezogen.«

Sie gab ihm ihren Umhang. »Dann werde ich kurz nach ihm sehen, vielleicht braucht er irgend etwas.« Sie ging zielstrebig auf die Treppe zu, dicht gefolgt von Pendergass.

»Bitte, Miss. Er hat angeordnet, ihn nicht zu stören. Wenn Ihr morgen früh wiederkommt...«

Ein Verdacht formte sich in ihr. Irgend etwas stimmte hier nicht. »Ich bin jetzt hier, und ich will ihn sehen. Ihr braucht Euch nicht die Mühe zu machen, mich zu begleiten. Ich kenne den Weg.« Sie hastete die Treppe hinauf und achtete nicht weiter auf das verärgerte Stöhnen der Männer, die sie hinter sich gelassen hatte. Ihr Herz schlug heftig vor Sorge.

Sie klopfte an die Tür seiner Suite, öffnete, ohne auf seine Aufforderung zu warten, und betrat seinen sorgfältig möblierten Salon. Der Geruch von Alkohol und Tabak traf sie wie ein Schlag.

»Herr im Himmel.« Es war beinah dunkel im Zimmer, nur das Glühen eines Kaminfeuers und eine einzelne Kerze erhellten es. Nicholas saß zurückgelehnt im Sessel vor dem Feuer, das Haar leicht zerzaust, das Hemd bis zur Taille aufgeknöpft, eine Karaffe Gin in der Hand und eine dünne schwarze Zigarre zwischen die geraden, weißen Zähne geklemmt.

Er nahm die Zigarre aus dem Mund und ließ lässig den Rauch aufsteigen. »Sieh mal an, wen haben wir denn da! Eine Erscheinung wie aus meinen Träumen. Bist du wirklich hier, Elizabeth, oder träume ich?« Im Feuerschein tastete sie sein silbriger Blick langsam von oben bis unten ab, ohne die Hitze seiner Gedanken verbergen zu wollen.

»Ich bin wirklich hier, Mylord. Ich wollte sehen, wie es dir geht. Der Butler sagte, du wärst krank.«

Weiße Zähne blitzten. »Sehe ich krank aus, meine Süße?«

»Du siehst betrunken aus, Mylord. Ich glaube, du bist absolut sturzbetrunken.«

Er erhob sich leicht schwankend aus dem Sessel und warf die Zigarre ins Feuer. »Nicht zu betrunken für eine kleine Ablenkung. Komm her, Elizabeth. Ich habe etwas für dich.«

Ihr Herz schlug schneller, und sie bemerkte, wie sie ärgerlich wurde. Sie sah genau, was er meinte. Es drückte hart von innen an die Vorderseite seiner Hose. »Kann ich mir vorstellen.«

Er schwankte näher, hielt sich an einem kleinen Tisch fest. Sein Blick kletterte langsam und sinnlich in einer erotischen Reise über ihren Körper, bei der ihr ganz warm im Bauch wurde.

»Weißt du, wie sehr ich dich begehre? Ich denke seit Tagen an nichts anderes als an dich.« Seine glühenden silbrigen Augen machten über der Rundung ihrer Brüste halt. »Ich bin hart für dich, Elizabeth. Seit dem Moment, als du durch die Tür gekommen bist. Kannst du dir vorstellen, wie unglaublich begehrenswert du aussiehst? Kannst du dir vorstellen, daß ich an nichts anderes gedacht habe als daran, wie du in meinem Bett warst?«

»Nicholas... bitte...«

»Ich weiß, daß ich betrunken bin. Es ist mir egal. Deswegen begehre ich dich nicht weniger. Warum küßt du mich nicht? Damit könnten wir anfangen. Und dann werde ich dir deine Kleider ausziehen.« Er schwankte etwas, hob den Stöpsel aus der Karaffe und nahm einen kräftigen Schluck daraus. »Zu viele Kleider ... die sind nur im Weg. Weg damit, und dann nehme ich dich... tue das, wovon ich geträumt habe... versenke mich in dich.«

Elizabeth errötete. Heute abend war er eindeutig der »Verruchte Graf«, und obwohl es sie irgendwie verärgerte, ihn in einem solchen Zustand vorzufinden, bewirkten jene heißen Blicke und sündigen Worte seltsame Dinge in ihr.

»Du mußt ins Bett.«

Einer seiner Mundwinkel hob sich schelmisch. »Genau das habe ich eben gesagt.« Er stellte die Karaffe weg und kam auf sie zu, stolperte leicht, blieb direkt vor ihr stehen. Dann beugte er sich etwas unsicher vor, streckte die Hand aus und umfaßte mit erstaunlicher Zärtlichkeit eine ihrer Brüste.

»Wie schön. Ich habe von diesen beiden geträumt. Ich habe daran gedacht, wie die hübschen rosa Spitzen hart werden, wenn meine Zunge darübergleitet.« Die Worte allein reichten schon aus, um genau diesen Effekt zu erzielen. Ihre Brustwarzen wurden hart, als hätte er sie wirklich berührt.

Mein Gott, deswegen war sie nicht hergekommen! Sie war vielleicht Nicholas' Geliebte, aber für alles gab es Grenzen.

Er griff nach ihr, schwankte und wäre beinah umgefallen. Elizabeth griff nach seinem Arm und stützte ihn.

»Ich glaube, ich hole lieber Elias, der kann dir beim Ausziehen helfen.«

Ein lüsterner Blick wanderte abwärts zu ihren Brüsten. »O nein, nicht Elias. Du, Bess.«

Elizabeth verdrehte die Augen. Er fing an, Erfolg zu haben mit dieser Mischung aus kleinem, hilflosem Jungen und aufregend männlichem Mann. Ihr Herz schlug schneller, aber ihr Ärger wuchs ebenso. »Also gut, ich helfe dir beim Ausziehen.«

»Und ich dir.« Ein langer, dunkler Finger fand den obersten Knopf ihres Kleide in ihrem Nacken. Er fummelte einmal, zweimal daran. Sie hörte den Stoff reißen, drehte sich um und versetzte der frechen Hand einen Klaps.

»Also gut, Nicholas Warring, jetzt habe ich genug. Wir gehen jetzt in dein Schlafzimmer. Dort setzt du dich auf die Bettkante, und ich helfe dir beim Ausziehen. Und wenn du dich nicht benimmst, muß ich Elias rufen.«

Eine schwarze Locke fiel ihm auf die Stirn. Er wirkte plötzlich reuig. »Ist gut, entschuldige. Gehen wir einfach ins Bett.«

Sie würde ihm nicht sagen, daß sie nicht die Absicht hatte, ihn dorthin zu begleiten – nicht wenn er betrunken war wie ein Matrose nach dem Landgang. Und verflucht schwer ist er außerdem, dachte sie, als sie gemeinsam auf die Tür zum Schlafzimmer zuwankten.

Als er sich schwer aufs Bett hatte sinken lassen, machte sich Elizabeth an die Arbeit. Sie zog ihm Schuhe, Strümpfe und Jacke aus und drückte ihn dann nach hinten, um die Knöpfe an seinem Hosenschlitz in Angriff zu nehmen. Sie spürte seine Erregung, und ihre Hand begann zu zittern. Nicholas stöhnte, und Elizabeth hielt inne.

»Ich… ich bin gleich fertig.«

»Laß dir nur Zeit, Süßes.« Die Worte klangen rauh und verführerisch. Ein Lächeln spielte um seine Mundwinkel, und sie wurde von Hitze überspült.

Verdammter Mistkerl. Aber sie war schon nicht mehr wirklich ärgerlich, nicht einmal mehr enttäuscht. Außer dem Begehren, das er in ihr erweckt hatte, empfand sie hauptsächlich Mitleid. Er hatte nach einem Ausweg aus seinen Schwierigkeiten gesucht und wenigstens für heute einen gefunden.

Kühl und effizient zog sie ihm die Hosen aus, entschlossen, die straffen Muskeln an Bauch und Schenkeln nicht wahrzunehmen. Dann zog sie das Laken bis zu seiner Taille hoch.

»Jetzt du«, sagte er leise, und seine Stimme begann schläfrig zu klingen.

»Nicht heute, heute kann ich nicht hierbleiben. Maggie ist hier. Die Bediensteten würden tratschen.« Aber eigentlich wünschte sie, sie könnte bleiben. Heute abend spielte er den »Verruchten Grafen«, aber egal ob betrunken oder nüchtern, er war der aufregendste Mann, dem sie je begegnet war. Ihr Körper sehnte sich nach seiner Berührung, und ihr Herz wollte bei ihm sein. Er liebte sie nicht, aber er brauchte ihre Nähe, und sie wollte ihn. Sie wünschte, sie könnte zu ihm ins Bett steigen und seinem Körper den Trost geben, den seine besorgten Gedanken im Alkohol gefunden hatten.

»Ich hätte mich nicht betrinken sollen«, murmelte er. »Aber ich wollte vergessen. Verzeihst du mir?«

Sie beugte sich vor und küßte seine Stirn. »Mylord, ich verzeihe dir fast alles.«

Sie wollte sich abwenden, aber er griff nach ihrem Handgelenk. »Bleib noch eine Weile.« Seine Augen schlossen sich, dichte, schwarze Wimpern legten sich weich auf die harten Züge seines Gesichts. »Nur eine Weile ... selbst wenn wir nicht miteinander schlafen können.«

Wie sollte sie da widersprechen? »Also gut, eine Weile.«

Eine halbe Stunde später war er eingeschlafen. Elizabeth' Augen füllten sich mit Tränen, während sie ihn betrachtete. Er verdiente etwas Besseres. Das Heim und die Familie, die sie ihm so gern hätte geben wollen.

Aber was war mit ihr? Sie konnte nicht über die Straße gehen, ohne daß jemand gehässig ihren Namen flüsterte. Man wandte sich ab von ihr, als hätte sie eine Art Pest. Es tat wirklich weh, so behandelt zu werden. Sie hätte sich nicht vorstellen können, wie es sich anfühlen würde, völlig von der Gesellschaft gemieden zu werden.

Elizabeth seufzte und stand müde auf. Als sie in den Flur hinaustrat, wartete Elias Moody dort auf einer Bank. »Geht's ihm gut?«

»Morgen früh wird er mächtige Kopfschmerzen haben,

aber ich glaube sonst schon.« Sie sah zurück ins Zimmer. »Er wollte, daß ich bleibe.«

»Und wolltet Ihr auch?«

»Ja, so falsch es auch sein mag.«

Elias' wettergegerbtes Gesicht war voller Verständnis. »Dann bleibt. Ich komm' vor Tagesanbruch wieder und bring' Euch heim. Keiner wird was erfahren.«

Elizabeth biß sich auf die Unterlippe. Es war eine gefährliche, skandalöse Sache, dies zu tun. Sie mußte an Maggie denken. Aber wenn sie an Nicholas allein in seinem Bett dachte, schien das nicht mehr so wichtig.

Sie nahm Elias' Hand. »Danke, Elias. Du bist ein guter Mensch.«

»Unser Nick – er ist ein guter Mensch. Seid gut zu ihm, Mädel. Er braucht eine Frau, die ihn liebt.«

Sie blinzelte, aber Tränen standen in ihren Augen. »Ich liebe ihn sehr, Elias. Mehr als alles andere auf der Welt.«

»Dann geht und laßt ihn seine Probleme für 'ne Weile vergessen.«

Elizabeth nickte, ging zurück in Nicholas' Schlafzimmer, zog sich leise aus und schlüpfte zu ihm ins Bett. Im Schlaf zog Nicholas sie an sich, nahm sie fest in die Arme.

Tränen brannten in ihren Augen. Sie war da, wenn er sie brauchte. Ihr wurde klar, wie sehr sie auch ihn brauchte.

Wie versprochen kam Elias vor Morgengrauen mit der Kutsche, um sie nach Hause zu bringen. Am späten Nachmittag zog sie sich dann ein einfaches, mit kleinen Perlen besetztes Seidenkleid an und kehrte in Nicholas' Haus zurück. Sie war entschlossen, das Gespräch mit ihm zu führen, wegen dem sie vergangene Nacht gekommen war.

Sie errötete, wenn sie daran dachte, wie er nachts aufgewacht war und begonnen hatte, sie langsam und sinnlich zu lieben. Sie hatte seinen Hunger spüren können und er den ihren. Ihre umschlungenen Körper waren zu einem wirbelnden Höhepunkt gekommen, dann hatten sie sich, immer noch vereint, wieder dem Schlaf überlassen.

Sie kehrte erst jetzt zurück, weil Nicholas seinen Schlaf brauchen würde, denn inzwischen war sicher der Kater eingetreten, mit dem er die Strafe für den Alkoholexzeß gestern abend bezahlen würde.

Sie kam beim Stadthaus an, als erste Sonnenstrahlen die grauen Regenwolken durchbrachen.

Pendergass brachte sie in den Salon. »Ich werde Seiner Lordschaft sagen, daß Ihr da seid.«

Nicholas erschien wenige Minuten später. »Elizabeth...« Er sprach ihren Namen leise und zögernd aus, sein Gesichtsausdruck war unbewegt, doch schon lag sie in seinen Armen. »Du solltest nicht hier sein«, flüsterte er an ihrem Ohr. »Du solltest überhaupt nicht in meine Nähe kommen. Auch gestern hätte ich dich nach Hause schicken sollen.«

Elizabeth schaute in sein geliebtes Gesicht. »Ich sehe nicht ein, was das jetzt noch ausmachen soll. In den Zeitungen stand die Wahrheit über uns, und inzwischen wird es ganz London wissen.«

Er seufzte. »Unglücklicherweise stimmt das.« Er beugte den Kopf und küßte sie. »Mein Gott, du warst nur ein paar Stunden weg, und schon kommt es mir vor, als ob Tage vergangen wären.« Er küßte sie noch einmal leidenschaftlich und ausdauernd. »Ich begehre dich schon wieder.« Er knabberte an ihrem Hals und drückte seine Lippen warm auf die Stelle, wo ihr Puls raste. »Rand ist da«, sagte er zwischen sehnsüchtigen, zarten Küssen. »Er wartet mit Sir Reginald in meinem Arbeitszimmer.«

Elizabeth machte sich los und errötete. »Du hast das Haus voller Besucher und stehst hier rum und küßt mich?«

Er griente leicht. »Ich denke, ich hätte es dir vorher sagen sollen, aber es hat gerade so viel Spaß gemacht.«

»Du bist wirklich verrucht! Das gehört mit zu den Dingen, die ich am meisten an dir liebe.«

Sein Lächeln schien etwas zu verblassen. Das Wissen darum, daß sie ihn liebte, bereitete ihm offenbar Unbehagen. *Das wird sich noch ändern,* sagte sie sich, aber trotzdem machte sie sich Gedanken. Jetzt nahm er ihre Hand und ging mit ihr zu seinem Arbeitszimmer, so daß sie abgelenkt wurde.

»Wenn Beldon hier ist, muß irgend etwas passiert sein.«

Nicholas nickte. »Einer der Detektive hat einen Bericht abgeliefert. Offensichtlich hat Viscount Kendall doch nicht eine ganz so weiße Weste, wie er uns glauben machen will.« Er machte die Tür zum Arbeitszimmer auf, und die beiden Männer darin standen eilig auf und begrüßten sie höflich.

»Ich wollte nicht unterbrechen. Nicholas sagte etwas von Neuigkeiten?«

»Richtig«, sagte der Herzog. »Es hat den Anschein, als hätten Lady Ravenworth und der Viscount in letzter Zeit häufiger Schwierigkeiten miteinander gehabt. Die Bediensteten sagen sogar, am Tag des Mordes hätten sie einen heftigen Streit gehabt, und das nicht zum erstenmal.«

»Ja«, stimmte Sir Reginald zu. »Einer der Lakaien hörte ihn am Tag des Mordes Drohungen ausstoßen.«

Elizabeth' Herz machte einen hoffnungsvollen Satz. »Dann ist vielleicht Kendall der Mörder.«

»Möglich«, sagte Nicholas. »Aber unglücklicherweise hat er ein sehr gutes Alibi. Der Eigentümer des Wirtshauses hat ihn mehrere Stunden bei sich beobachtet. Wenn wir nicht herausfinden, daß er den Mann vielleicht dazu gebracht hat, die Wahrheit zu verdrehen, sind wir nicht besser dran als vorher.«

Elizabeth biß sich auf die Unterlippe. Irgendwie schien jeder Hoffnungsstrahl sofort von einer dunklen Wolke verschluckt zu werden. Sie sah Nicholas nachdenklich an. Sie wollte ihren Verdacht über Oliver Hampton zum Ausdruck bringen. Jeder Aspekt war wichtig, aber was würden die anderen denken?

»Du runzelst die Stirn?« sagte Nicholas sanft. »Wenn du etwas sagen möchtest, Elizabeth, solltest du das unbedingt tun.«

Sie bemerkte die Müdigkeit um seine Augen und die Anspannung in den Linien auf seiner Stirn. »Lord Bascomb ist bei mir gewesen.«

»Bascomb? Der Hurensohn hat die Stirn besessen, dich in deinem Haus aufzusuchen?«

»Ich wollte dich nicht beunruhigen. Ich habe es nur erwähnt, weil... ich weiß, daß du dies kaum glauben wirst, aber...«

»Sprich weiter, was hat Bascomb diesmal gemacht?«

»Vielleicht hat er die Gräfin ermordet?«

»Was!«

Rand beugte sich in seinem Sessel vor. »Mir ist klar, daß die Sache wirklich sehr beunruhigend ist, Elizabeth. Wir suchen alle nach Antworten, aber einen Mann des Mordes zu beschuldigen –«

»Ich weiß, daß es unglaublich klingt. Aber er hat da eine Bemerkung fallenlassen.« Sie schüttelte den Kopf. »Nein, nicht direkt. Es war eher die Art, wie er es sagte. Auf jeden Fall hat es mich hellhörig gemacht.«

Ihr Blick wandte sich zu Nicholas. »Nichts, was er über uns herausgefunden hat, konnte seine Besessenheit beenden, nein, er wirkt eher noch entschlossener. Er hat den armen Tricklewood verprügeln lassen. Seine Männer haben Sir Robert den Arm gebrochen.« Sie sah Rand an. »Lord Ravenworth war immer das größte Hindernis für ihn. So habe ich mich gefragt, wie weit er wohl gehen würde, um endlich zu bekommen, was er wollte. Vielleicht ist auch Mord denkbar.«

»Hat er das wirklich mit Euren Verehrern gemacht?« fragte der Herzog mit ungläubiger Miene.

»Ja. Er ließ ihnen ausrichten, ich wäre schon vergeben, und sie sollten nicht weiter versuchen, mich heiraten zu wollen.«

»Der Mann ist wirklich unglaublich!« donnerte Rand und schüttelte den Kopf. »Aber Rachael zu ermorden – das gibt keinen Sinn. Dann hätte er wissen müssen, daß Nick sie besuchen wollte und warum. Wie wäre das möglich gewesen?«

Nicholas runzelte die Stirn. »Ich weiß nur, daß er genau wußte, in welchem Zimmer in Ravenworth Hall Elizabeth wohnte und wie seine Männer hineingelangen konnten. Ich dachte, sein Spion wäre einer der Bediensteten, die ich zurückgelassen habe, aber wenn es jemand ist, dem ich vertraue und der mit uns nach London gekommen ist, könnte Bascomb es tatsächlich gewußt haben.«

»Mein Gott, er wird doch die Frau nicht nur umgebracht haben, um dich aus dem Weg zu räumen.«

»Du vergißt die Sache mit seinem Bruder. Bascomb und ich haben eine lange Geschichte. Er haßt mich, weil ich Stephen getötet habe. Wenn er Elizabeth bekommen und mich beseitigen könnte, indem er Rachael tötet, würde er das womöglich tun.«

Sie schwiegen. Sir Reginalds Stimme unterbrach das Schweigen. »Also haben wir jetzt drei Möglichkeiten. Ein Dieb, der sie wegen der Rubine getötet hat. Lord Kendall, der sie in einem Anfall von Eifersucht ermordet. Oder Oliver Hampton, der sie mit kalter Berechnung beseitigt.«

Elizabeth sagte nichts, sondern schauderte nur. Nicholas zog sie in seine Arme. »Wir werden die Wahrheit herausfinden«, beschwor er sie. »Jeden Tag erfahren wir Neues. Wir brauchen nur etwas mehr Zeit.«

Doch die Zeit war gegen sie, und das wußten sie beide. Mein Gott, sie hatte solche Angst!

21

»Es tut mir leid, Mylord, aber es ist meine unangenehme Pflicht, Euch festzunehmen – im Namen der Krone – wegen Mordes an Eurer Ehefrau, der Gräfin von Ravenworth.«

Nick stand regungslos da. Diese vernichtenden Worte hatte er ähnlich schon einmal gehört. Er hatte versucht, sich dagegen zu wappnen, aber es war ihm nicht ganz gelungen. »Ich nehme an, Ihr habt deutlich mehr Indizien als bei unserem letzten Gespräch?«

Konstabler Evans trat ein, so daß auch die Wachleute in seiner Begleitung nachfolgen konnten. »Es scheint da eine zeitliche Lücke im Ablauf der Ereignisse zu geben, die Ihr uns berichtet habt, Mylord.« Er hob eine Augenbraue. »Vielleicht möchtet Ihr diesen Irrtum jetzt gleich aufklären?«

Nick holte tief Atem. Er hatte gewußt, daß das entdeckt werden würde und doch auf etwas anderes gehofft. »Die Stunden, die fehlten, erklären sich durch die Tatsache, daß ein Rad an meiner Kutsche gebrochen war. Mein Kutscher brauchte mehrere Stunden, um es zu reparieren. Er kann natürlich bezeugen, wo ich während jener Zeit gewesen bin.«

»Euer Kutscher. Damit meint ihr wohl Jackson Freemantle, den ›Leichtfingerjack‹ – ein vorbestrafter Dieb, der auch schon mehrmals wegen Überfalls festgenommen wurde. Es tut mir leid, Mylord, aber Freemantle ist kaum ein glaubwürdiger Zeuge. Abgesehen davon ist da noch die Sache mit dem Streit, den Ihr bei Eurem vorherigen Besuch mit Eurer Frau hattet. Aber das habt Ihr zu erwähnen vergessen, ebenso die Drohungen, die Ihr damals ausgestoßen habt.«

Nicks Magen zog sich zusammen. Er hatte jenen Streit total vergessen. Verdammt, er hatte sich solche Mühe gegeben, sich zu beherrschen. »Ich war ärgerlich und habe deswegen Dinge gesagt, die ich –«

»Es tut mir leid. Diese Angelegenheit muß das Gericht entscheiden. Also kommt jetzt bitte mit mir.«

»Himmel noch mal, sie hatte doch der Scheidung schon zugestimmt. Ich hatte keinen Grund, sie umzubringen!« Der Konstabler stand nur da. Nick schloß die Augen und rang um Beherrschung. »Ich brauche einen Moment, um Hut und Handschuhe zu holen und meiner Schwester und meinem Anwalt eine Nachricht zu hinterlassen.« Und Elizabeth. Er mußte jemanden finden, der ihr die Nachricht überbrachte. Was sollte er nur sagen?

»Sir Reginald wurde bereits informiert«, sagte der Konstabler. »Er wird Euch im Gefängnis treffen.«

Nicks Magen drehte sich um. *Gefängnis.* Das Wort belastete ihn wie ein Fels, und Kälte kroch ihm durch die Knochen. Er hatte Wochen in einer kalten Zelle in Newgate verbracht, bevor man ihn in die Verbannung geschickt hatte. Jetzt mußte er wieder die klammen, gnadenlosen Wände dort ertragen. Und diesmal würde er vielleicht nicht wieder herauskommen.

Er mußte seinen ganzen Willen aufbringen, um in die Eingangshalle zurückzukehren, obwohl sein Instinkt ihm riet zu fliehen – so weit wie möglich aus London weg. Unter anderen Umständen hätte er es vielleicht versucht.

Elizabeth' wundervolles Gesicht erschien vor seinem inneren Auge. Elizabeth, die lachte. Elizabeth, die ihn schlafend im Arm hielt, wobei ihre Finger zärtlich durch sein Haar strichen. Er hatte sich ein Leben mit ihr gewünscht, Kinder von ihr.

»Seid Ihr bereit, Mylord?«

Nicholas nickte stumm. Die Kutsche des Konstablers wartete draußen. Er lehnte sich in den rissigen Ledersitz und versuchte, nicht an die schwere Zeit zu denken, die ihn jetzt erwartete. Statt dessen konzentrierte er sich auf Elizabeth, auf die Erinnerung daran, wie sie damals in sein Schlafzimmer gekommen war, wie er Schutz in ihren Armen gesucht hatte, in ihrem Körper. Sie hatte sich ihm völlig hingegeben, und mit einer solchen bedingungslosen Süße, daß angesichts dieser Gedanken ein paar Stunden lang die Sorgen keinen Platz in seinem Herzen fanden.

Sie war alles, was er an einer Frau begehrte – Sinnlichkeit verbunden mit Unschuld, Nachgiebigkeit verbunden mit immenser Kraft.

Elizabeth! rief er schweigend nach ihr. Sie war momentan in Sicherheit ihres Stadthauses. Aber dort konnte sie nicht für ewig bleiben.

Ob Bascomb hinter dem Mord an Rachael steckte? Und wenn ja, wer seiner Vertrauten hatte Nick verraten? Falls es so war: Welche Gefahren lauerten dann jetzt auf Elizabeth?

Er dachte an Maggie, erinnerte sich an ihr zerschlagenes Gesicht, die zerrissenen Kleider von damals. Jetzt sah er Oliver an Stephens Stelle mit seinem wilden Zorn und blinden Besitzanspruch. Mein Gott, was würde ein Mann wie er mit einer Frau tun, von der er so besessen war?

Nicks Hände ballten sich unbewußt zu Fäusten. Die Angst um sich selbst verblaßte plötzlich angesichts der Furcht, die er um Elizabeth empfand.

Mit unsicherer Hand nahm Maggie das Glas Sherry entgegen, das Elizabeth ihr gab, und ließ sich aufs Sofa sinken. Sie war kurz zuvor in Tränen gebadet aus ihrer Kutsche gestiegen.

Sie nahm einen Schluck von dem Sherry in der Hoffnung,

daß er ihre überforderten Nerven etwas beruhigen würde. »Ich kann es immer noch nicht glauben.«

Elizabeth setzte sich auf die Kante eines Stuhls, das Gesicht weiß wie die Spitze an ihrem sonst blauen Kleid. »Wo ... wo haben sie ihn hingebracht?« Ihre Stimme klang angespannt und die Worte dünn und schwach, als kämen sie aus weiter Ferne.

»Newgate, nehme ich an. Dort war er beim letztenmal auch.« Maggie nahm noch einen Schluck Sherry, bemüht, seine Wärme wie Medizin aufzunehmen, und wischte sich die Tränen von den Wangen. Weinen würde Nick auch nichts nützen. Aber was dann?

»Wann haben sie ihn abgeholt?«

»Heute früh. Er war noch nicht aufgestanden. Als ich mich angezogen hatte und hinuntergegangen war, war er schon fort.«

Elizabeth ging zum Fenster. »Wir müssen zu ihm gehen und nachsehen, ob es ihm gutgeht.«

Maggie schneuzte sich die Nase. »Sir Reginald wollte ihn dort treffen. Er wird dafür bezahlen, daß Nick eine Zelle im besseren Teil des Gefängnisses bekommt.«

Elizabeth sah sie an. Maggie bemerkte, wie leer ihr Blick wirkte, obwohl auch eine gewisse Entschlossenheit darin zu erkennen war. »Ich werde ihn besuchen. Und dann werde ich eine Möglichkeit finden zu beweisen, daß er unschuldig ist.«

»Wie denn? Was kannst du tun, was die anderen nicht schon getan haben?«

»Ich weiß nicht genau, aber irgend etwas wird es geben.«

Maggie schüttelte den Kopf. »Ich weiß nicht, Elizabeth ... ich fühle mich so nutzlos. Ich mache mir schreckliche Sorgen um ihn. Und der Tratsch ... es war schrecklich. Ich weiß nicht ... wie lange ich das noch aushalte.«

Elizabeth' grüner Blick richtete sich scharf auf sie. »Du

meinst doch wohl nicht, du willst wieder zurück ins Kloster?«

Maggie wandte den Blick ab. Andrew Suttons Bild erschien vor ihrem inneren Auge. Er verschwand immer mehr, wie er selbst aus ihrem Leben verschwunden war, und hinterließ ein scharfes Ziehen in ihrer Brust. »Ich weiß es nicht. Meine Gedanken sind so durcheinander. Ich weiß kaum, was für einen Tag wir haben.«

Elizabeth kam herüber und faßte sie an den Schultern. »Hör mir gut zu, Margaret Warring. Ich glaube keine Sekunde, daß du in ein Kloster gehörst. Du hast der Welt soviel zu geben. Nicholas sagte, du wolltest gern Kinder. Die kannst du immer noch haben, Maggie. Dem richtigen Mann ist der Skandal egal. Er wird sich nur für dich interessieren.« Sie schüttelte Maggie sanft. »Denke auch an deinen Bruder. Nicholas braucht dich. Du kannst ihn nicht aufgeben.«

Maggie schauderte und spürte einen Anflug von Scham. »Ich weiß. Nur manchmal...«

»Manchmal ist es einfach schwierig.«

Sie nickte. »Ja. Manchmal ist es einfach schwierig.«

»Aber du kannst nicht einfach davonlaufen, Maggie, und zum zweitenmal deine Träume aufgeben.«

Maggie schaute aus dem Fenster, hörte den Zeitungsjungen rufen und Kinder im Hof nebenan spielen. Elizabeth hatte recht. Maggie war schon einmal davongelaufen, und der Preis war höher gewesen, als sie sich vorgestellt hatte. Diesmal würde sie bleiben und kämpfen, selbst wenn das bedeutete, daß sie allein leben mußte.

Sie stand auf und stellte den Sherry weg. »Meine Kutsche steht noch draußen. Ich werde Elias und Theo sagen, daß wir sie brauchen, um uns zum Gefängnis zu begleiten.«

Die Anspannung in Elizabeth' schmalen Schultern ließ etwas nach. »Ich hole nur schnell meinen Umhang und treffe dich unten im Flur.«

Maggie sah ihr hinterher und wandte sich dann ebenfalls der Tür zu. Wochenlang hatte sie ihre neugewonnene Freiheit genossen und dabei ganz vergessen, wie sehr sich ihr Herz nach einem eigenen Heim, Mann und Kindern sehnte. Jetzt, nachdem sie die Chance verpaßt hatte, bemerkte sie erst, wie wichtig diese Dinge ihr gewesen waren.

Dafür war es zu spät, aber wie Elizabeth gesagt hatte, mußte sie an ihren Bruder denken. Er brauchte sie mehr als je zuvor. Was es auch kosten mochte, diesmal würde sie bleiben und den Drachen bekämpfen.

Nick lehnte sich an die rauhe Wand seiner Zelle in Newgate. Draußen schien die Sonne, und trotzdem war es eiskalt in den feuchten, dicken Mauern. Er war auf der Herrenseite des Gefängnisses untergebracht – es hatte gewisse Vorzüge, ein reicher Graf zu sein.

Doch der fadenscheinige Teppich trug kaum dazu bei, daß der kalte Steinboden wärmer wurde, und die angeschlagenen Stühle und der zerkratzte Tisch ersetzten die Bequemlichkeit eines Heims kaum, genauso wie die klumpige Matratze ihn kaum schlafen ließ.

Und doch war es immer noch Klassen besser als das, wie die anderen vegetieren mußten. Und es war besser als das, wie er vor neun Jahren untergebracht gewesen war.

Die Erinnerungen an damals lagen wie ein kalter Stein in seinem Magen. Hängematten an Bord des Transportschiffes, die so nah beieinander hingen, daß die stinkende, feuchte Luft kaum noch zum Atmen taugte. Von Maden wimmelndes Fleisch, der Geruch nach ungewaschenen Leuten. Knochenarbeit von morgens bis abends, Wanzen, Hitze. Doch diese Zeit war vorüber, er wollte nicht mehr daran denken. Egal was geschah, dieses Schicksal erwartete ihn nicht noch einmal.

Wenn sie ihn für schuldig befanden, würde er hängen.

Nick ging hinüber zu der kleinen, vergitterten Fensteröffnung. Im Winter würde sie mit Lumpen verstopft sein, doch jetzt ließ sie frische Luft herein und ließ ihn einen beengten Blick auf die Türme und Zinnen Londons werfen.

Er konnte Elizabeth' Haus in der Maddox Street nicht sehen, doch wenn er die Augen schloß, konnte er sich vorstellen, er wäre dort, läge neben ihr in ihrem großen Federbett, berühre sie. Und sie lächelte und beugte sich vor, um ihn zu küssen. Er konnte sich noch viel mehr vorstellen, doch das würde den Schmerz ihrer Abwesenheit schlimmer machen.

Also starrte er aus dem Fenster. Er fragte sich, was wohl aus ihm werden würde, wie lange er hier auf seine Verhandlung warten mußte, ob er in ein paar Monaten noch hier sein würde.

Oder tot.

Ein Klopfen an der Tür lenkte ihn von seinen morbiden Gedanken ab. Ein Wächter drehte den Schlüssel im rostigen Schloß und öffnete die knirschende Tür. »Ein Besucher, Mylord.«

Ein hochgewachsener, wettergegerbter Mann mit silberdurchzogenem schwarzem Haar stand draußen. Nicholas lächelte. »Elias – danke, daß du gekommen bist, mein Freund.«

»Gut Euch zu sehen, Nick, mein Junge.« Die beiden schüttelten sich die Hände. »Ich war gestern auch hier, aber sie wollten mich nich' reinlassen. Ich hatte Eure Schwester und Elizabeth dabei, aber sie sagten, Ihr müßtet erst richtig untergebracht sein.«

Schuldgefühle zerrten an seinem Gewissen. »Elizabeth und Maggie waren hier?« Mein Gott, das wollte er wirklich nicht.

Elias zuckte mit den Schultern. »Sie sind nich' zu halten, wenn sie sich erst mal was vorgenommen ham. Aber so sauer sie auch sein mochten, man hat sie nich' reingelassen, nich' mal für Geld.«

»Ich bin froh darüber. Ich will sie nicht hierhaben.« Besonders Elizabeth nicht. Noch nicht. Erst wenn er bereit war.

»Die kommen bestimmt wieder.«

»Ich werde sie daran hindern. Ich werde den Wachen sagen, sie sollen sie nicht hereinlassen. Ich werde –«

Elias griff nach seiner Schulter. »Aber sie müssen Euch sehen, Mann. Besonders Eure Dame. Sie liebt Euch. Sie wird keine Ruhe geben, bis sie weiß, daß es Euch gutgeht.«

Nicks Inneres zog sich zusammen. *Sie liebt Euch.* Jedesmal wehrte sich bei diesen Worten etwas in ihm. Er wollte nicht, daß sie ihn liebte – nicht jetzt – nicht, wenn es sie so teuer zu stehen kommen würde.

»Wahrscheinlich hast du recht. Wenn sie mich also einmal hier gesehen haben, verbiete ich ihnen, wiederzukommen.« Elias sah ihn schief an bei diesen Worten, aber Nicholas achtete nicht darauf. »Ist Elizabeth an einem sicheren Ort?«

»Hab sie beide zum Herzog gebracht. Der Mann hat 'ne Armee von Bediensteten – falls er sie braucht, was er wahrscheinlich nich' tut.«

Nick hätte beinah gelächelt. Bei Rand waren die Frauen in Sicherheit – das stand fest. Er war stark wie ein Ochse, bester Boxer in Oxford gewesen, und stur genug, nie aufzugeben, selbst wenn er am Boden lag.

»In den letzten Tagen habe ich nachgedacht. Elizabeth glaubt, Oliver Hampton könnte hinter dem Mord an Rachael stecken. Möglicherweise hat sie recht.«

Elias nickte. »Würde irgendwie zusammenpassen.«

»Falls es so ist, muß es einen Spion im Haus geben, einer von den Leuten, denen ich vertraut habe und die mit in London sind: Edward Pendergass, Theo Swann, Mercy Brown oder Jackson Freemantle.«

»Oder ich.«

Nick lächelte. »Wir wissen beide, daß das unmöglich ist.«

»Nein, Mann, ich bin's nicht. Ihr seid mir wie ein Bruder. Ihr habt Euch im Gefängnis für mich auspeitschen lassen, als ich zu krank war, um das zu überleben. Einen solchen Freund vergißt man nicht. Lieber würd' ich mir das Herz aus'm Leib reißen.«

»Was ist mit den anderen? Ich betrachte sie alle als Freunde. Ich kann mir kaum vorstellen, daß einer von ihnen mich verraten würde.«

»Ich denk', es ist Jackson. Er war 'n Freund von Theo, der Arbeit gesucht hat, aber er ist nicht wirklich einer von uns. Und er hat 'ne Schwäche für Geld.«

Nick stimmte ihm zu, er hatte dasselbe gedacht. »Jackson hat mich zu Rachael gefahren und wußte, daß ich Rachael noch einmal besuchen wollte. Er hätte es Bascomb sagen können. Er hätte sogar etwas mit dem Kutschenrad machen können, damit es bricht. Vielleicht hat er die Kutsche deswegen so weit von der Straße weggezogen, damit uns niemand sehen konnte, um meine Geschichte zu bezeugen.«

»Es ist Jackson«, bekräftigte Elias. »Der krumme Hund ist zum Verräter geworden. Wenn ich den in die Finger kriege, werd' ich ihm das Fell gerben.«

Nick klopfte seinem Freund auf die Schulter. »Nein, Elias – wenn wir recht haben, sollte Bascomb auf keinen Fall erfahren, daß wir ihm auf der Spur sind.«

Elias stimmte ihm brummend zu. »Also gut, lassen wir's erst mal. Und was Eure Dame betrifft – keine Sorge, bei mir ist sie sicher.«

»Das weiß ich.« Nick nahm noch einmal die Hand seines Freundes. Dann verließ Elias die Zelle, und die Tür schloß sich mit schepperndem Dröhnen. Ob das ein Vorgeschmack der kommenden Jahre war? Der Nachhall von Skandal und geflüsterten Anschuldigungen – selbst wenn er das Glück hatte, dem Henker zu entgehen.

Ein weiterer Tag verging. Nick ließ sich auf den harten Stuhl sinken und bemerkte die Kälte nicht mehr. Sir Reginald hatte ein paar Bücher geschickt, doch er hatte keine Ruhe zum Lesen. Statt dessen starrte er zu der kleinen Fensteröffnung hinauf und sehnte sich danach, die Sonne zu spüren. Er vermißte Elizabeth, wußte, daß er sie sein Leben lang vermissen würde.

In den letzten einsamen Tagen hatte er sich der schmerzlichen Wahrheit gestellt. Der Traum, den er gehabt hatte, Elizabeth zu heiraten, war genau das gewesen – eine Phantasie, die niemals Wahrheit werden konnte.

Der Mord an Rachael hatte jede Chance für sie zerstört, vereint zu werden. Pure Ironie, dachte er. Indem sie starb, hatte sie ihn zwar befreit, aber ihm doch jede Gelegenheit genommen, ein Leben mit Elizabeth führen zu können.

Wenigstens nicht die Art Leben, die sie verdiente.

Nick stand auf und begann, in der Zelle auf und ab zu gehen, an sie zu denken, und an die Tatsache, daß selbst wenn man ihn freiließ, der Skandal für immer bleiben würde. Sein Gewissen sagte ihm, daß er aus egoistischen Erwägungen ihr Leben zerstörte. Er begehrte sie. Er brauchte sie, zugegeben. Doch jetzt war er ein Mordverdächtiger. Er durfte nicht mehr an sich selbst denken. Er mußte tun, was für Elizabeth das Beste war.

Was für ein Leben erwartete sie mit einem Mann, der zweimal des Mordes beschuldigt gewesen war? Im Gegenteil, Elizabeth war jetzt mehr denn je für ihn verloren.

Er sah seine elende Umgebung an und dachte an die schmerzliche Entscheidung, die er getroffen hatte. Es war an der Zeit, zu tun, was er von Anfang an hätte tun sollen. Egal wie es ihn schmerzte, sie zu verlieren, er würde sie freigeben und ihr dabei auch Sicherheit vor Bascomb verschaffen.

Nick atmete angeekelt die modrige Luft ein. Er fühlte sich leer und hoffnungslos. *Laß sie gehen,* forderte die Stimme in seinem Inneren erneut.

Diesmal war er entschlossen, darauf zu hören.

Elizabeth stand an einer der hohen Ziegelmauern im Garten ihres Stadthauses, der etwas vernachlässigt war und nicht so gepflegt wie der in Ravenworth Hall.

Seit sie das Haus bewohnte, hatte sie begonnen, hier und da in dem Garten zu arbeiten, denn für einen Gärtner war er zu klein. Und doch stellte er ihr einziges Refugium dar. Alle Zeitungen waren erfüllt von Rachaels Mord und der Geschichte des Grafen und seiner Geliebten, und sie verließ das Haus kaum. Sie sah nur Maggie und Rand, ihre Tante und die Bediensteten um sie herum.

Mein Gott, wie sehr sie die Freiheit vermißte, die sie für selbstverständlich gehalten hatte, die glücklichen Tage vor Oliver Hampton, vor dem Tod ihrer Eltern, als ihr Leben wirklich noch ihr selbst gehört hatte.

Elizabeth seufzte und sah sich um. Mit einem Paar alter Lederhandschuhe wischte sie Blätter und Schmutz von einer rostigen Gartenbank und ließ sich matt daraufsinken. Sie hatte seit Nicholas' Verhaftung vor drei Tagen nicht mehr geschlafen, und alles tat ihr weh vor lauter Sorge um ihn. Ihr Kopf dröhnte, und ihre Ohren summten unangenehm, aber trotzdem konnte sie es im Haus nicht mehr ertragen.

Sie schaute zur Gartenmauer, wo Theo diskret Wache hielt, und empfand plötzlich ein Gefühl von Rebellion. Sie war Gefangene in ihrem eigenen Haus, Gefangene…

Der Gedanke verklang, verdrängt von einer Welle des Schuldgefühls, Nicholas war der Gefangene. Nicholas. Wie konnte sie klagen, wenn er litt, wenn ihm so schreckliches Unrecht geschah?

Sie war seit Nicholas' Verhaftung jeden Tag zum Gefängnis gegangen, hatte den Schmutz und die Vernachlässigungen gesehen, den Gestank von Krankheit gerochen, Menschen gesehen, die zusammengekettet waren wie Tiere, an Handgelenken und Knöcheln gezeichnet von verkrustetem Blut. Er war dort, aber sie wollten sie nicht zu ihm lassen. Er war dort, und er war allein.

Elizabeth' Augen brannten, doch keine Tränen flossen. Sie hatte nicht geweint. Sie wünschte, sie könnte es. Aber ihre Tränen waren versiegt, zu einem schmerzlichen Eisblock in ihrem Innern erstarrt. Sie hatte nicht geweint, weil Weinen sinnlos war und weil es bedeuten würde, daß es die Möglichkeit gab, daß man Nicholas hängte.

Sie wollte das nicht glauben, kämpfte mit jedem Quentchen Willenskraft dagegen an, doch diese Mühe hatte ihr das letzte bißchen Kraft genommen, und sie fühlte sich seltsam müde und so brüchig, als könnte sie jeden Augenblick zersplittern.

Sie starrte die Gartenmauern an, dachte an die häßlichen Wände von Newgate, an Nicholas, und aus der Asche ihrer Kraft erstand eine neue Entschlossenheit. Sie mußte ihn sehen, ob es Regeln gab oder nicht. Sie mußte einen Weg finden, ihm zu helfen.

Sie stand auf, zog die Handschuhe aus und warf sie auf die rostige Bank.

»Elias!« rief sie, denn sie wußte, daß er irgendwo in der Nähe war. Ihre Beine waren schwach vor Müdigkeit, aber ihre Schritte wirkten erstaunlich entschlossen.

Er erschien in der Tür wie ein dunkler Schatten. »Ja, Miss?«

»Ich brauche dich und Theo. Wir fahren noch mal zum Gefängnis – und diesmal werden sie uns einlassen.«

»Aber ich dachte –«

»Das war vorher.« Sie lächelte mit grimmiger Entschlossenheit. »Heute ist ein neuer Tag, und wir werden unterwegs haltmachen und einen Freund bitten, uns zu begleiten.« Sie hob ihre Röcke und trat über die Schwelle ins Haus. »Wir besuchen Seine Gnaden, den Herzog von Beldon.«

22

Nick tigerte in seiner Zelle auf und ab. Er war jetzt etwas länger als eine Woche hier, und doch kam es ihm vor wie eine Ewigkeit. Er haßte die Enge und die feuchten Steinwände mehr als den ekligen Geruch und die brutale Behandlung durch die Wachen.

Er hatte diese Einsamkeit vergessen, diese Stunden, die kein Ende zu nehmen schienen.

Er kehrte wieder um, ging mit auf den Holzplanken knarrenden Schritten zurück zum Fenster. Bisher hatte man nur Elias, Sir Reginald, Rand und Sydney zu ihm gelassen, jetzt wartete er auf Sydneys Rückkehr.

Nick hörte, daß die Wachen ihn gerade zu seiner Zelle führten, Schritte ertönten, mehrere Männerstimmen, die im Flur draußen hallten. Ein Schlüssel knirschte im Schloß und die Tür öffnete sich quietschend.

Sydney trat ein, das weiße Haar sorgfältig gekämmt und die Gesichtszüge beherrscht, so daß absolut unklar blieb, was er denken mochte.

»Ich habe getan, worum Ihr mich gebeten habt«, sagte er ohne weitere Floskeln. »Und es gefällt mir immer noch nicht besser als vorher.« Sein Gesicht wirkte grimmig, als er seinen Umhang auszog.

»Ihr seid also bei Tricklewood gewesen.«

Sydneys dichte, weiße Brauen zogen sich zusammen, und er sank auf einen Stuhl. »Ja.«

»Habt Ihr Elizabeth' Mitgift erwähnt und ihm erklärt, daß sie sich verdoppelt, wenn sie heiraten?«

Seine Züge wurden streng. »Ja, aber das war nicht nötig. Der Junge liebt sie. Seit dem Mord war er voller Sorge und Abscheu wegen der Dinge, die in der Zeitung über sie geschrieben wurden. Wenn Elizabeth einverstanden ist, wird er sie so bald wie möglich mit einer Sondergenehmigung heiraten.«

Er wußte, daß das scharfe Stechen in seiner Brust die Eifersucht war. »Er ist ein guter Mann«, sagte er rauh. »Und er wird ihr ein guter Ehemann sein.«

Sydney sagte lange nichts. »Mir gefällt die Sache überhaupt nicht, Nicholas. Es gibt immer noch die Möglichkeit, daß man Euch freispricht.«

»Die Chancen, daß ich freikomme, sind im besten Falle mager, und das wißt ihr. Und dann bliebe immer noch der Zweifel. Was für ein Leben würde Elizabeth erwarten an der Seite eines ehemaligen Mörders mit der Ungewißheit eines zweiten Mordes, die ihm anhängt?«

Sydney verstummte. Nicks Gedankengang war absolut richtig. Er stand auf und ging hinüber zum Fenster. »Wie wollt Ihr sie davon überzeugen, daß sie ihn heiraten soll?«

Der Schmerz in Nicks Brust drang tiefer. Sie würde den Viscount heiraten, dafür würde er schon sorgen. Er würde tun, was immer es erforderte, um sie zu überreden. »Keine Sorge, Sydney, Elizabeth wird ihn heiraten, und zwar bald.«

»Aber –«

Ein Klopfen an der Tür unterbrach sie, das Klirren von Schlüsseln und das Knirschen von Schloß und Tür. Elizabeth drängte sich an dem Wächter und Rand vorbei und flog direkt in seine Arme.

»Nicholas – Gott sei Dank.« Seine Arme schlossen sich spontan um sie und drückten sie an seine Brust. Sie wirkte blaß und übernächtigt, und ein plötzliches Schuldgefühl überwältigte ihn, zusammen mit dem Schmerz des Bedauerns.

»Ich habe dich vermißt«, flüsterte sie. »Ich habe mir solche Sorgen gemacht…« Sie schloß die Augen, doch die Tränen stahlen sich unter den Wimpern hervor. Sie drehte ihr Gesicht an seine Schulter und drückte sich mit aller Kraft an ihn.

Nick strich mit einer Hand über ihr dunkles Haar. »Ist schon gut, Liebes, weine nicht.«

Sie sah mit feucht glänzenden Augen zu ihm auf. »Ich habe nicht einmal geweint bisher, entschuldige.« Sie rieb sich über die Augen. »Ich hatte mir fest vorgenommen, es hier auch nicht zu tun.«

Er atmete den Duft ihres Haares ein und einen leichten Hauch ihres Parfüms. »Manchmal ist es gut zu weinen.« Er zwang sich zu einem Lächeln und wischte mit dem Handballen eine Träne von ihrer Wange.

Elizabeth schniefte noch einmal und nahm dankbar sein Taschentuch entgegen. »Geht es dir gut?«

Es ging ihm alles andere als gut. Er fühlte sich, als erdrückten ihn die schweren Wände und ließen ihm keine Luft zum Atmen. Die Einsamkeit fraß an ihm wie ein lebendiges Tier. Sein Herz war gebrochen angesichts der Tatsache, daß er sie verlieren würde.

Er zwang sich noch einmal zu lächeln. »Es geht mir prima. Hier ist es nicht so komfortabel wie in Ravenworth Hall, aber ich komme klar. Die armen Teufel unten – die haben wirklich Grund zur Klage.« Er schaute über den Kopf zu Rand, der nur einfach mit den Schultern zuckte.

»Sie mußte einfach herkommen«, sagte sein Freund. »Sie war ganz außer sich vor Sorge um dich, aß nicht, hat nicht schlafen können. Ich dachte, es würde besser sein, wenn sie selbst sieht, daß es dir gutgeht.«

Ihre Finger lagen auf seiner Brust. Ihre Berührung schien sich hineinzubrennen bis zu seinem Herzen.

»Ich kann es nicht ertragen«, sagte sie und sah zu ihm auf.

»Es ist einfach nicht richtig, daß du dies noch einmal erdulden mußt.«

Er strich eine Locke ihres feurigen, dunklen Haars hinter ihr Ohr. Vielleicht war es besser, wenn es jetzt geschah, wo Sydney und Rand sich um sie kümmern konnten. »Ich werde nicht lange hier sein. Man wird mich freilassen, und ich werde nach Ravenworth Hall zurückkehren.«

Es lag ein Ton in seiner Stimme, von dem Nick wußte, daß er sie stutzig machen würde. »Du? Du meinst nicht *wir?*«

Sein falsches Lächeln verschwand. »Nein, Elizabeth, ich meine *ich.* Seit ich hier bin, hatte ich eine Menge Zeit zum Nachdenken.«

»Nachdenken?« Ihre Stimme klang plötzlich unsicher. »Was... was meinst du damit?«

Nick betrachtete ihr müdes Gesicht, und das Herz tat ihm in der Brust weh. Er drehte sich etwas zur Seite, so daß sie den weißhaarigen Mann sehen konnte, der aufgestanden war, als sie den Raum betreten hatte.

»Sydney ist hier. Wir hatten gerade von dir gesprochen.«

Sie brachte ein Lächeln zustande, doch es wirkte ernst und traurig, als sie hinüberging und ihn auf die Wange küßte. »Entschuldigt, aber ich habe mir solche Sorgen gemacht. Geht es ihm wirklich gut?«

»So gut es unter diesen Umständen zu erwarten ist.«

Nick kam herüber. »Sydney hatte mir gerade erzählt, daß er erst kürzlich mit einem Bekannten von dir gesprochen hat, mit David Endicott. Ganz offensichtlich hatte sich Lord Tricklewood Sorgen um dich gemacht.«

»Der Viscount war immer sehr nett zu mir. Bitte sagt ihm, Sydney, daß ich sein Mitgefühl sehr zu schätzen weiß.«

Nick kam näher. »Lord Tricklewood wünscht dich zu heiraten.«

Ihr Blick richtete sich auf sein Gesicht. Sie biß sich auf die

Unterlippe. Er bemerkte, daß sie begonnen hatte zu zittern. »Ich bin jemand anderem versprochen, Mylord, oder habt Ihr das vielleicht vergessen?«

Das Atmen fiel ihm plötzlich schwer. *Wie sollte er das vergessen können?* »Es tut mir leid, Elizabeth, aber eine Ehe zwischen uns beiden ist nicht länger möglich.«

»Was ... worüber sprichst du?«

»Ich spreche davon, daß ich im Gefängnis bin. Ich spreche darüber, daß es eine Verhandlung geben wird, man mich vielleicht hängt.«

»Aber du bist unschuldig. Du hast selbst gesagt, daß dies alles vielleicht bald hinter dir liegen wird.«

Seine Züge wurden hart, er faßte nach ihren Schultern. »Verstehst du denn nicht? Selbst wenn man mich gehen läßt, werden immer Zweifel bleiben. Was für ein Leben würdest du dadurch bekommen? Was für ein Leben würden deine Kinder haben mit einem Vater, der zweimal des Mordes angeklagt war?«

Ihre Augen füllten sich noch einmal mit Tränen. »Sie werden den Mann finden, der es getan hat! Sie werden wissen, daß du es nicht warst.«

Er schüttelte den Kopf. »Hör mir gut zu, verdammt. Denk doch einmal an dich. Ich habe dich gern, Elizabeth – du weißt, wie gern ich dich habe. Ich habe dich gebeten, mich zu heiraten. Ich wollte eine Familie. Ich wollte, daß du mir Söhne schenkst. Aber ich liebe dich nicht. Ich bin nicht der richtige Mann für Liebe, ich weiß nicht einmal, was das ist.«

Elizabeth starrte ihn an, und die Tränen strömten über ihre Wangen. Sie sah zu Rand, der mit verbissener Miene dastand, dann zu Sydney, in dessen Augen etwas wie Besorgnis lag, vielleicht einfach Mitleid. Nicks Augen verrieten nichts davon, was er fühlte. Nur er selbst wußte, daß er gerne sterben würde.

»Vielleicht hat Seine Lordschaft recht«, sagte Sydney sanft. »Es gibt eine Zeit, wo jeder Mensch sich um sein eigenes Wohlergehen kümmern muß. Der junge Endicott liebt Euch sehr. Er kann Euch vor Bascomb beschützen und wird einen sehr guten Ehemann abgeben. Und er wird Euren Kindern ein guter Vater sein.«

Ihr Blick wanderte zurück zu Nicks Gesicht. Er war so sehr von Kummer und Schmerz erfüllt, daß sich sein ganzes Inneres zusammenzog. Er wollte die Worte zurücknehmen, die sie so sehr verletzt hatten, aber er wußte, daß er das nicht tun konnte.

»Ist es… ist es das, was du willst, Nicholas, daß ich David Endicott heiraten soll?«

Rasender Schmerz krallte sich wie mit Klauen durch seine Eingeweide. Es war das letzte, was er wollte. »Unter den gegebenen Umständen ja. Genau das ist es, was ich möchte. Ich glaube, es wäre das Beste für uns beide.«

Ihr Blick bannte den seinen für eine ganze Weile, dann schaute sie weg. »Ich werde… ich werde darüber nachdenken. Aber im Moment…«

Nick drehte sie an den Schultern zu sich um. »Du mußt ihn heiraten, Bess. Bist du noch nicht auf den Gedanken gekommen, daß du schon jetzt mein Kind in dir tragen könntest? Was würdest du dann tun?«

Elizabeth schluckte schwer. Sie wirkte plötzlich blaß und unendlich verletzlich. Er haßte sich für das, was er tat, aber er wußte, daß es nicht anders ging.

»Wir wissen… wir wissen nicht, ob es so ist. Es gibt keinen Grund, das anzunehmen.«

Er lächelte spöttisch. »Keinen Grund? Wie nennst du das, was beim letztenmal geschehen ist, als du in meinem Bett warst? Wenn ich mich recht erinnere –«

»Nicholas! Ich flehe dich an, bitte… ich kann nicht… ich will nicht –« Ihre Stimme brach. Er ballte die Hände zu Fäusten, um sie nicht in die Arme zu nehmen. Aber es stand zuviel auf dem Spiel. Sie hatte schon genug gelitten.

»Ich erinnere dich nur daran, daß es allen Grund gibt, anzunehmen, es könnte so sein.«

Ihre Augen richteten sich auf die seinen, zutiefst verletzt. »Und wenn es so wäre? Willst du mir sagen, daß du möchtest, daß ein anderer Mann dein Kind aufzieht?«

Himmel nein, bei dem Gedanken wurde ihm ganz übel. »Ich würde wollen, daß es einen guten Vater bekommt. Denn es besteht die Möglichkeit, daß ich dann tot sein werde.«

»Sag nicht so etwas!«

»Ich sage nur die Wahrheit. Heirate Tricklewood. Schaffe dir ein Leben ohne mich.«

Sie hob das Kinn, doch die Leere blieb in ihrem Gesicht. »Wenn wir... sollte sich herausstellen, daß ich... daß ich dein Kind trage, wird immer noch genug Zeit sein, eine Entscheidung zu treffen.«

Nick wandte sich ab, ging hinüber zu dem winzigen Fenster und starrte blicklos hinaus. Der Druck auf seiner Brust war unerträglich. Er kehrte wieder zu ihr zurück. »Du weißt, wie ich denke. Ich möchte, daß du für dich selbst sorgst und tust, was das Beste für dich ist.«

Elizabeth' zitternde Hand legte sich vorsichtig an seine Wange. »Ich liebe dich, Nicholas. Was immer auch geschehen mag, das wird sich nicht ändern. Wenn du mich nicht mehr willst, kann ich nichts dagegen tun.« Sie ließ die Hand sinken. »Ansonsten werde ich mein Leben organisieren, wie ich es für richtig halte. Ich habe bisher überlebt und werde es auch weiterhin irgendwie schaffen.«

Die Enge in seiner Brust wurde übermächtig, zum rohen, peinigenden Inferno. Er wußte nicht genau, wie es geschah, aber plötzlich lag sie in seinen Armen. »Du mußt an dich denken«, flüsterte er und drückte sie fest an sich. »Du mußt mit deinem Leben weitermachen.«

Tränen rannen über ihre Wangen, ihre Arme schlangen sich um seinen Hals, und sie zogen seinen Kopf herunter zum Kuß. Ihre weichen Lippen bebten, und er spürte die Nässe ihrer Tränen auf seinem Gesicht. Nicholas erwiderte den Kuß aus voller Seele, denn er wußte, daß dies das letzte Mal war, daß er sie berührte. Er wußte, daß er sie gehen lassen mußte, daß er sie fortschicken mußte.

Elizabeth beendete schließlich den Kuß. Sie schwankte ein wenig, und Rand nahm ihren Arm. »Paß auf dich auf, Mylord.«

Er schaute in die Ferne hinaus. »Und du auf dich, Bess. Bitte paß auf dich auf.«

»Ja…«, flüsterte sie. »Das werde ich tun.«

Ein paar Sekunden vergingen. Als er sich umdrehte, sah er Elizabeth neben Sydney stehen, das Gesicht an seine Schulter gelehnt. Zusammen mit Rand gingen sie hinaus.

Sobald die Tür geschlossen war, sank Nick entkräftet auf einen Stuhl, unter seinem Brustbein ein bitterer Schmerz. Seine Augen brannten. *Du hast es getan,* sagte er sich. *Du hast getan, was getan werden mußte.* Elizabeth würde Endicott heiraten und in Sicherheit sein. In ein paar Jahren wäre der Skandal vergessen. Ihre jugendliche Indiskretion mit dem »Verruchten Grafen« würde kaum mehr als ein wenig Tuscheln bewirken.

Und ob er lebte oder starb würde nicht wichtig sein.

Diesmal hast du wenigstens richtig gehandelt, beschwichtigte er sich. Er wünschte nur, es hätte nicht so tödlich weh getan.

Elizabeth saß allein im Salon ihres Stadthauses. Ihre Hände waren kalt, ihre Haut kalt und feucht, und nichts konnte sie wärmen.

Nicholas liebte sie nicht. Er wollte, daß sie einen anderen Mann heiraten sollte. Er wollte sie nicht bei sich haben. Ihre

Lungen brannten, und sie fühlte sich, als hätte jemand ein Loch in ihr Herz gerissen.

Es war dunkel im Salon. Die Vorhänge waren zugezogen, denn sie wollte die Sonne nicht sehen. An einem so schrecklichen Tag konnte es Wärme einfach nicht geben.

O Gott, Nicholas. Sie dachte an ihn und sein sündhaft schönes Gesicht, fragte sich, wie sie nur so dumm hatte sein können. Eigentlich war sie wirklich selbst schuld. Sie hatte von Anfang an gewußt, was er für ein Mensch war. Ein herzloser Wüstling mit wenig Respekt vor den Frauen, die er mit in sein Bett nahm. Daß er nett und so oft wirklich zärtlich mit ihr gewesen war, änderte nichts an seiner Natur. Er liebte sie nicht. Sie hätte es von vornherein wissen müssen.

Wieder und wieder hörte sie im Inneren die Worte, die er in seiner Zelle zu ihr gesagt hatte: *Ich mag dich gern, Elizabeth, aber ich liebe dich nicht.* Jedesmal wurde die Qual stärker. *Ich mag dich gern, aber ich liebe dich nicht.*

Er mochte sie gern. Er mochte auch seine schönen Pferde gern, Elias Moody und die anderen, die in Ravenworth Hall arbeiteten.

Hatte er auch Miriam Beechcroft gern gehabt? Wahrscheinlich schon, irgendwie.

Ach Gott, wenn es nur nicht so weh tun würde. Sie hatte gewußt, was sie riskierte, als sie ihr Herz dem »Verruchten Grafen« schenkte. Aber sie hätte nie geahnt, welch fürchterliches Leid es für sie bedeuten würde, wenn sie herausfand, daß sie ihn verloren hatte.

Elizabeth lehnte sich ins Sofa zurück und gab sich heißen Tränen hin. Sie hatte den Bediensteten aufgetragen, sie nicht zu stören, und bisher hatte man sie in Ruhe gelassen. Tante Sophie war zu Besuch bei einer Freundin auf dem Land, und Elizabeth war froh, daß sie erst in ein paar Tagen zurück sein würde.

Sie brauchte Zeit, um sich wieder zu fassen und zu beschließen, was nun zu tun sein würde. Sie konnte nicht länger in ihrem Haus bleiben – Nicholas' Haus, verbesserte sie sich – der Ort, an den sie sich so als ihr Heim gewöhnt hatte.

Es wurde ihr erneut eng in der Kehle. Sie konnte nicht bleiben, aber da Bascomb immer noch eine Bedrohung darstellte, konnte sie auch nicht fortgehen. Vielleicht hatte Nicholas recht, und sie sollte am besten den Viscount heiraten, ihr Leben so gut wie möglich weiterführen.

Wieder durchfuhr sie der Schmerz. Sie wollte im Augenblick nicht an die Zukunft denken. Sie wollte nur dasitzen und im Dunkeln versuchen, mit ihrem Kummer fertig zu werden.

Oliver Hampton stieg die breite Treppe zu seinem Stadthaus hinauf. Eigentlich lebte er gar nicht hier, sondern bezahlte nur die Miete dafür. Es war bewohnt von seiner Mätresse, einer Opernsängerin namens Chartrice Mills, einer ehrgeizigen jungen Frau von zweiundzwanzig Jahren mit übertriebenen Vorstellungen für ihre Zukunft. Sie wollte Hauptrollen singen, nicht nur im Chor.

Er war ihr vor ein paar Monaten begegnet, dem hübschen, schlanken jungen Mädchen mit dem auffallend rotbraun glänzenden Haar. Sie war etwas größer als der Durchschnitt und gut gebaut, wenn auch ihre Brüste ein wenig zu klein waren.

Nach sechs Monaten, die er sie jetzt in seinem Bett hatte, wußte er eigentlich nach wie vor nichts über sie, und es war ihm auch egal. Er hörte ihrem Geplapper nur selten zu, kam gewöhnlich einfach rein und zerrte sie ins Bett. Er hatte sie sowieso nur gewollt, weil sie ihn mit ihrer hellen Haut und dem rötlichen Haar an Elizabeth Woolcot erinnerte.

Oliver öffnete die Tür zu ihrem Schlafzimmer, ohne zu klopfen. Sie saß vor ihrem Toilettentisch und erschrak, als er so plötzlich hereinkam. Trotzdem stand sie lächelnd auf.

»Mylord, Ihr hättet mich vorwarnen sollen. Dann wäre ich besser vorbereitet gewesen.« Sie deutete auf ihren halbbekleideten Zustand, nur in Hemd und Strümpfen, das Haar lose in einer rotbraunen Wolke um ihre Schultern fallend.

Oliver spürte ein Ziehen in den Lenden. Er war nur aus einem Grund gekommen – es war an der Zeit, die Affäre zu beenden, und er wollte die Sache hinter sich bringen. Trotzdem... wie sie so halbnackt dasaß, wirkte sie recht verlockend.

Sie stand von ihrem Hocker auf, und das einfache Hemd legte sich eng an ihre schlanken Rundungen. »Ihr wirkt angespannt, Mylord, ist etwas nicht in Ordnung?«

Er lächelte. »Nichts, was ein Spielchen mit dir nicht bereinigen könnte. Komm her, meine Liebe.«

Sie errötete leicht. Das gefiel ihm an ihr, daß sie noch nicht viele Liebhaber gehabt hatte. Für eine Hure war sie relativ unschuldig – genau wie Elizabeth. Bei dem Gedanken wurde seine Stimmung etwas düsterer, aber sein Schaft wurde hart wie ein Stock.

»Ich sagte, du sollst herkommen.«

»Ja, Mylord.«

Sie war erstaunlich gut erzogen, dafür hatte er selbst gesorgt. Es war verblüffend, was ein bißchen Disziplin ausmachte, ein wenig Fesseln dann und wann, ein Schlag mit dem Handrücken hier und da. Sie hatte sich nicht beklagt. Sie brauchte das Geld. Sie brauchte die Geschenke, die er mitbrachte, und er war mehr als großzügig. Und es schwebte immer noch das Versprechen, das er ihr gegeben hatte, daß sie eines Tages eine Hauptrolle bekommen würde. Sie wollte berühmt werden und glaubte, er konnte ihr dabei behilflich sein.

Schon möglich, aber Lust dazu hatte er nicht die geringste.

Sie kam zu ihm, wie er verlangt hatte, und drückte einen weichen Kuß auf seine Lippen. »Mylord?«

Er dachte an Elizabeth, stellte sich vor, wie sie auf seine Befehle reagieren würde, wie sie nackt vor ihm stünde. »Zieh dein Hemd aus.«

Sie gehorchte ohne Widerstand und ließ das Hemd zu Boden fallen. Als sie nur noch in ihren weißen Seidenstrümpfen vor ihm stand, die dunklen Brustwarzen steif von der Kühle im Zimmer, legte er seine Hände auf ihre Schultern und drückte sie nach unten, befahl ihr ohne Worte, was er von ihr wollte.

Natürlich gehorchte sie sofort, öffnete seinen Hosenschlitz, füllte ihre Hände mit seinem erigierten Glied und nahm es in den Mund. Er stellte sich vor, wie Elizabeth' warme Lippen ihn streichelten und ihre Hände seine pulsierende Härte umfaßten. Er stellte sich vor, wie sie jeden seiner Befehle befolgte und füllte seine Hände mit dichtem rotbraunen Haar. Chartrices geschickte kleine Zunge schob sich vor, neckte ihn, rieb ihn dabei mit den Fingern, so daß er noch härter wurde als vorher.

Ja, er hatte sie gut erzogen, wie er es auch mit Elizabeth machen würde.

Ihr Mund öffnete sich weiter, nahm ihn noch tiefer auf, und er wußte, daß er dem Höhepunkt nah war. Er stellte sich Elizabeth auf den Knien vor und wie er sich tief zwischen ihre willigen Lippen schieben würde, da erfaßte ihn heiß der Orgasmus. Er hielt sich an den Schultern seiner kleinen Hure fest, zischte vor Lust und schwankte, als die letzten Wellen des Höhepunkts verklangen.

Chartrice lächelte nur. Sie griff nach einem sauberen Handtuch, wischte die Reste seines Samens von ihm ab, arrangierte alles wieder korrekt und knöpfte ihm die Hose zu. Einen Augenblick lang genoß er schweigend die Befriedigung und die letzten Reste seiner Phantasie.

Er richtete sich wieder gerade auf, als sie nach einem seidenen Umhang griff und ihren schlanken, weißen Körper damit bedeckte. Er glättete seinen Rock, griff in die Tasche und holte einen kleinen Beutel mit Münzen heraus.

»Danke, Chartrice, das hast du gut gemacht. Ich habe keinen Zweifel, daß dein nächster Beschützer sehr zufrieden mit dir sein wird. Dafür müßte er sich natürlich bei mir bedanken. Du hast schließlich ein paar sehr nützliche Dinge bei mir gelernt.« Er gab ihr den Beutel.

Sie sah ihn verwundert an. »Was ist das? Wovon sprecht Ihr?«

»Ich verabschiede mich von dir, Chartrice. Es ist an der Zeit, daß unsere Affäre endet. Es ist genug Geld in dem Beutel, um die nächsten Monate zu überbrücken, bis du einen anderen Beschützer gefunden hast.«

Das junge Mädchen starrte den Beutel an, dann sein Gesicht. »Ihr seid hierhergekommen, um mich loszuwerden? Ihr habt mich benutzt wie eine Hure und jetzt laßt Ihr mich einfach fallen?«

Oliver runzelte die Stirn. Dieser Tonfall gefiel ihm nicht. Das hatte er ihr schon einmal erklärt. »Ich sagte dir schon, ich bedarf deiner Dienste nicht mehr, du bist frei, dir jemand anderen zu suchen.«

Sie hob die Augenbrauen. Ihr Gesicht bekam vor Ärger rote Flecken. »Jemand anderen? Ich will keinen anderen. Ich will, daß Ihr das tut, was Ihr mir versprochen habt. Ihr sagtet, Ihr würdet mich berühmt machen. Ihr sagtet –«

»Ich weiß genau, was ich gesagt habe. Jetzt sage ich dir etwas anderes, und ich warne dich, meine Liebe, du solltest besser auf mich hören.«

Sie warf mit aller Kraft den schweren Beutel nach ihm, der gerade noch seinen Kopf seitlich streifte. »So leicht werdet Ihr mich nicht los. Ihr werdet tun, was Ihr versprochen habt!«

Seine Hände ballten sich zu Fäusten, und er ging auf sie zu. »Ich dachte, ich hätte dir beigebracht, jemandem zu gehorchen, der dir überlegen ist.« Er streckte die Hand aus und ohrfeigte sie, so daß sie rückwärts zum Bett taumelte. »Aber offensichtlich habe ich mich getäuscht.«

Ihr Gesicht wurde bleich. »Faßt mich nicht an. Laßt mich in Ruhe.«

»Nicht du gibst hier die Befehle, sondern ich.« Er griff nach ihrem Morgenrock und riß sie zu sich heran, ohrfeigte sie kräftig einmal, zweimal und sah, wie sich ein dünnes Rinnsal von Blut in ihrem Mundwinkel bildete. Mit einem zufriedenen Grunzen warf er sie zurück aufs Bett.

»Also gut, Ihr habt gewonnen«, flüsterte sie. »Tut mir nicht noch mehr weh. Laßt nur einfach das Geld da und geht.«

Aber es war zu spät. Der Ärger, der ihn erfüllte, hatte seine Erregung wieder geweckt und er beschloß, sie noch ein letztes Mal zu besitzen. Er griff nach ihrem Handgelenk und zog es nach hinten, drehte sie um, so daß sie mit dem Gesicht nach unten auf dem Bett lag. »Ich hätte dich für klüger gehalten, meine Liebe.«

Sie wimmerte, wollte etwas sagen, aber er zog ihr Handgelenk höher, so daß sie vor Schmerz zitternd verstummte. Mit der freien Hand knöpfte er sich die Hose auf, spreizte ihre Beine roh mit einem Knie auseinander. Er spürte, wie sie sich verspannte, um seinem Eindringen zu entgehen, doch er stieß mit aller Macht in sie. Sie wimmerte noch einmal, und er wußte, daß er ihr weh tat. Das erhöhte seinen Genuß noch.

»Dumme Hure«, beschimpfte er sie grunzend und rammte sich brutal immer und immer wieder in sie. »Wenn der nächste Mann dir etwas befiehlt, wirst du so klug sein, zu folgen.« Er stieß noch einmal kräftig vor, ließ sich zum Höhepunkt kommen, zog sich zurück und machte gelassen seine Hose wieder zu.

Er konnte hören, wie sie schluchzte, als er durchs Zimmer zur Tür ging. »Ich will, daß du morgen verschwunden bist.« Mit einem zufriedenen Blick auf das Häufchen Elend auf dem Bett bückte er sich noch einmal kurz, um den Geldbeutel aufzuheben und wieder in seine Westentasche zu stecken.

Elizabeth zog sich früh in ihr Zimmer zurück. Tante Sophie würde heute abend wiederkommen, und sie war noch nicht bereit, ihr entgegenzutreten. Sie wußte auch gar nicht, was sie ihr sagen sollte.

Sie warf sich stundenlang im Bett herum und schlief schließlich unruhig ein, nur um kurz vor dem Morgengrauen wieder zu erwachen. Unwillkürlich fühlte sie neben sich auf den Laken nach Nicholas' Wärme, doch der Platz war leer und kalt, so daß sie ruckartig erwachte, wieder daran dachte, daß er fort war, daß er nie wieder neben ihr schlafen würde.

Es wurde ihr eng in der Kehle und sie begann zu weinen, schluchzte so heftig, daß ihr ganzer Körper erschüttert wurde. Sie hatte das Gefühl, Stunden geweint zu haben, bis ihre Kehle wund war und die Tränen das Kopfkissen aufgeweicht hatten.

Im Dunkeln brauchte sie eine Weile, bis sie bemerkte, daß ihre Tante ins Zimmer gekommen war und auf dem Sessel neben ihrem Bett saß.

»Was ist los, mein Kind? Warum weinst du so? Was ist Schreckliches passiert, während ich fort war?«

Elizabeth setzte sich langsam auf, wandte sich ihr zu, holte schluchzend Atem und ließ sich von ihrer Tante in die Arme nehmen. »Ach Tante Sophie, ich will am liebsten sterben.« Während der nächsten paar Minuten war ihr, als hätte jemand ihr Herz aufgeschlitzt, und der ganze Schmerz, der Zorn und die Traurigkeit quollen hervor.

»Er liebt mich nicht, Tante Sophie. Er will mich nicht mehr. O mein Gott, ich hätte es wissen müssen, daß dies geschehen würde.«

Eine runde Hand tätschelte sanft ihren Rücken. »Er ist ein harter Mann, dein Nicholas, und sehr tapfer, glaube ich.«

»Ich hasse ihn.«

»Du liebst ihn.«

Ihre Kehle wurde wieder eng. »Ja, ich liebe ihn so sehr.«

Die Hand ihrer Tante strich über ihr Haar. »Also, dein Nicholas sagt, er liebt dich nicht, und du sollst einen anderen heiraten. Angesichts der Tatsache, daß er sich so wenig aus der Sache macht, war das doch ein edler Gedanke.«

Elizabeth schniefte. »Edel? Was meinst du damit?«

»Ich meine, daß Lord Ravenworth dem Galgen entgegensieht. Er hat wenige Freunde, die noch zu ihm halten, und doch weist er die einzige Frau von sich, die ihm noch ein wenig Trost geben würde. Das hat er getan, um dich von dem Skandal zu befreien und dem Schmerz, den er glaubt, dir zuzufügen, wenn du an seiner Seite bleibst.«

Sie schüttelte den Kopf. »Er liebt mich nicht. Er sagte, er wüßte nicht einmal, was Liebe ist.«

Tante Sophie wischte Tränen von Elizabeth' Wangen. »Eventuell ist das genau das Problem. Lord Ravenworth erkennt die Liebe zwischen all seinen Gefühlen nur nicht.«

Ihr tat das Herz weh. Sie schniefte und putzte sich die Nase mit dem Taschentuch, das die Tante ihr gab. »Was sagst du da, Tante Sophie?«

»Ich weise nur darauf hin, daß, bevor alles dies geschah, Seine Lordschaft sich sehr bemüht hat, um dir den Schutz seines Namens anzubieten. Er hat die unschätzbaren Familienjuwelen dafür aufgegeben. Er war bereit, die Schande einer Scheidung zu ertragen. Das hat er für dich getan, meine Liebe. Er hat große Opfer gebracht – alle für dich. Vielleicht tut er das jetzt auch wieder.«

Ein brennendes Pochen begann in ihrer Brust. Diesmal war es Hoffnung, verzweifelte, schmerzende Hoffnung. »Du glaubst... meinst du wirklich, er könnte in einer solchen Sache lügen?«

»Ich glaube, er versucht, dich zu beschützen. Für einen Mann wie Seine Lordschaft ist Liebe eine schwierige Sache. Er mag einige Zeit brauchen, um zu bemerken, was das ist, was er da empfindet. Doch was immer es sein mag, er ist sehr besorgt um dich, und ich glaube nicht, daß er wirklich möchte, daß du jemanden anderen als ihn heiratest.«

Elizabeth blinzelte, und wieder rannen Tränen über ihre Wangen. War das möglich? Eigentlich sah es ihm durchaus ähnlich. Er hielt sich für hart und gefühllos, obwohl das Gegenteil der Fall war.

»Ich will David Endicott nicht heiraten.«

»Dann schlage ich vor, du findest einen Weg, Seine Lordschaft zu befreien, damit ihr beide die Sache bereinigen könnt.«

Die Hoffnung blühte in ihrem Inneren auf. Ihr Herz begann heftig zu schlagen, nicht mehr dumpf und schmerzend, sondern mit neuer Kraft. Nicholas hatte sie immer gern gehabt. Er hatte immer sein Bestes getan, um sie zu beschützen. War es möglich, daß er sie liebte? Sicher konnte sie es nicht sagen, aber wenn es doch so war?

Elizabeth holte tief Luft. Sie liebte ihn. Sie würde sich so lange wie möglich an diese Hoffnung klammern. Und sie würde nicht aufgeben, bis sie ganz sicher war.

»Du hast recht, Tante Sophie. Nicholas braucht meine Hilfe. Genau das ist es, was ich jetzt tun muß.« Sie schlug die Decke zurück und sprang aus dem Bett. Die Dämmerung hatte noch nicht begonnen. Alle schliefen noch, doch sie war zu erregt, um im Bett zu bleiben.

»Ich muß nachdenken, Tante Sophie, mir irgend etwas einfallen lassen.«

»Das ist eine gute Idee. Inzwischen gehe ich in die Küche, mache den Herd an und koche uns eine gute Tasse Tee.«

Elizabeth lächelte ihrer Tante dankbar zu und wischte die letzten Tränen weg. Tante Sophie war immer da, wenn sie sie brauchte. Elizabeth griff nach ihrem Morgenmantel und dachte über das nach, was Nicholas gesagt hatte. Sie erinnerte sich vor allem an seinen Gesichtsausdruck und den Schmerz, den er so sehr bemüht war zu verbergen. Sie hatte in jenem Moment geglaubt, sie bildete sich das nur ein.

Doch jetzt war sie sicher, daß sie richtig gesehen hatte. Tante Sophie hatte recht. Nicholas liebte sie vielleicht nicht. Noch nicht. Aber er hatte sie sehr gern, und er brauchte sie.

Sie würde ihn nicht so einfach verlassen.

23

Elizabeth saß auf dem Sofa im Salon und blätterte nervös in der letzten Ausgabe des *London Chronicle.* Ihre Hände zitterten, als sie den Text nun las, und das Bild verschwamm vor ihren Augen.

Sie kniff die Augen fest zu und holte tief Atem, um sich Mut zu machen. Dann legte sie die Zeitung auf den Stapel zu den anderen. Sie waren alle voll mit der Geschichte von dem brutalen Mord an der armen Gräfin Ravenworth und zeigten alle dieselbe Neigung, zu behaupten, ihr Mörder müsse ihr Ehemann gewesen sein – der ehemals schon einmal wegen Mordes verurteilte Nicholas Warring.

Sie wischte hastig eine Träne weg und hoffte, ihre Tante hätte nichts bemerkt. Irgendwie hatte sie den Eindruck, daß sie in letzter Zeit viel zu oft weinte.

»Sie werden ihn hängen, Tante Sophie. Sie werden ihn wegen irgendwelcher dummer Indizien verurteilen und dann hängen.«

Die mollige Hand ihrer Tante legte sich auf die ihre, die leicht zitternd in ihrem Schoß lag. »Du darfst die Hoffnung nicht aufgeben, meine Liebe. Sir Reginald hat große Hoffnung, und wir haben noch nichts von Mr. Moody und Mr. Swann gehört. Vielleicht haben sie bei ihrer Aktion letzte Nacht irgend etwas Nützliches entdeckt.«

Sie hatte sie vor zwei Tagen um Hilfe gebeten, und wie sie erwartet hatte, waren sie beide einverstanden gewesen.

»Wir müssen herausfinden, wer Rachael Warring getötet hat«, hatte sie ihnen bei einem Glas von Nicks teurem französischen Cognac erklärt. »Höchstwahrscheinlich ist es entweder Oliver Hampton oder Viscount Kendall. Wenn er es ist, hat er sehr wahrscheinlich auch die Ravenworth-Rubine.«

»Jawoll«, bekräftigte Elias. »Der, der die Steine hat, muß sie auch umgebracht ham.«

Theo grinste. »Wenn Ihr wollt, daß ich mal in den Häusern der beiden Herren nachsehe, werde ich das gerne tun. Ich hab' zwar mein Geschick schon seit 'ner Weile nich' mehr genutzt, aber so was vergißt man ja nich'.«

»Das ist zu gefährlich. Wenn ihr erwischt werdet, kommt ihr auch ins Gefängnis. Ich würde euch nicht darum bitten, wenn es eine andere Möglichkeit gäbe.«

»Nur keine Sorge«, sagte Elias. »Es gab 'ne Zeit, da waren Theo und ich die Besten – selbst besser als Langfinger Jack. Wir haben nur einmal einen Fehler gemacht, der uns sieben Jahre gekostet hat, doch wir ham dabei auch was gelernt. Außer für unsern Nick mach ich so was nich' mehr.«

Unser Nick. Sie waren das Risiko eingegangen für Nicholas und hatten trotzdem dabei nichts herausgefunden.

Elizabeth wandte sich ihrer Tante zu. »Sie haben die beiden Häuser durchsucht, aber nichts entdeckt, was irgendwie Nicholas' Unschuld beweisen konnte.«

Tante Sophie wickelte ein letztes Stück Schnur um das dicke Knäuel in ihrem Schoß und legte es zur Seite. »Und sie sind sicher, daß sie nichts übersehen haben?«

»In Lord Bascombs Haus haben sie den Tresor geöffnet, in dem eine Menge Juwelen und Geld lagen, aber nicht die Ravenworth-Rubine. Bei Kendall war die Sache ähnlich.«

Elizabeth' Hände ballten sich zu Fäusten. »Ich weiß, daß es Bascomb ist, ich weiß es einfach.« Sie stand auf, ging hinüber zum Kamin und starrte ins Feuer. Sie dachte an Nicholas. *Ich habe dich gern, aber ich liebe dich nicht. Heirate Endicott.* Obwohl sie sich eingeredet hatte, daß er das nicht wirklich so gemeint hatte, konnte sie nicht sicher sein. Die Glut knackte im Kamin, und sie schauderte.

»Bascomb hat es getan, um Nicholas aus dem Weg zu räumen«, sagte sie, »und um den Tod seines Bruders zu rächen.«

Tante Sophie runzelte die Stirn. »Irgend etwas müssen wir unternehmen.«

Es klopfte an der Tür, und Elizabeth ging hinüber. »Ja, wir müssen etwas unternehmen, um zu verhindern, daß Lord Ravenworth gehängt wird.« Sie öffnete die schwere Tür, und Elias und Theo traten ein.

»'n Abend, Miss.«

Sie lächelte nervös, war jedoch voller Entschlossenheit. »Danke, daß ihr gekommen seid, und danke, daß ihr das Risiko eingegangen seid, auch wenn es nichts genützt hat.«

»Nick hätte für uns das gleiche getan. Ich verdank' ihm mein Leben, und das vergess' ich nich' so leicht«, wehrte Elias ab.

»Er hat mir Arbeit gegeben, als es kein anderer getan hätte«, fügte Theo hinzu. »Wenn er nich' gewesen wär, wär' ich inzwischen wieder 'n Dieb.«

Und noch eine Stimme ertönte hinter ihnen, die klare, starke Stimme einer Frau. »Unser Nick hat uns allen 'n Heim gegeben. Wir würd'n alles tun, um ihm zu helfen.«

Mercy Brown hatte sich also auch angeschlossen. Die Loyalität von Nicholas' Freunden rührte sie. Sie fragte sich, ob er sie wohl ebenfalls dazuzählen mochte.

Sie bedeutete Elias, die Tür abzuschließen. »Also gut.« Sie setzte sich wieder aufs Sofa und nahm eine der Zeitungen in die Hand. »Ich weiß, daß ihr alle nicht lesen könnt, darum erkläre ich euch, was hier steht. Man sagt, der Graf von Ravenworth hätte seine Frau ermordet. In einer Form, als ob es eine Tatsache wäre. Das tun sie, weil die Zeitung dadurch besser verkauft wird. Und weil es gedruckt wird, glaubt es die Öffentlichkeit. Lord Ravenworth' Verhandlung wird im House of Lords stattfinden, und man wird ihn verurteilen. Die Peers werden ihn für schuldig befinden, genau wie alle anderen.«

»Was is' mit dem teuren Verteidiger?« fragte Mercy. »Warum kann er denn nix tun?«

»Ich bin sicher, daß Sir Reginald sein Bestes tut. Aber die Tatsache bleibt, daß die Indizien absolut gegen Lord Ravenworth sprechen. Die Öffentlichkeit hält ihn für schuldig. Es gibt keinen Zweifel, daß man Nicholas hängen wird.« Sie zwang sich, das laut auszusprechen, obwohl sich ihr der Magen dabei umzudrehen drohte.

Es wurde still im Zimmer. Elizabeth betrachtete die gesenkten Köpfe. Nur Maggie fehlte bei dieser Versammlung. Maggie, die der Sache einfach nicht gewachsen sein würde. Sie konnte schon kaum den Klatsch ertragen. Und was Elizabeth vorhatte, würde den Klatsch deutlich verstärken, aber es gab keine andere Wahl – wenn Nicholas überleben sollte.

Elizabeth holte tief Luft und suchte nach passenden Worten. »Meiner Meinung nach gibt es nur einen Weg, Nick zu retten. Wir müssen den wirklichen Mörder finden und Lord Ravenworth' Unschuld beweisen, oder Nicholas muß das Land verlassen. Nick haßt es, im Gefängnis zu sein. Ich glaube nicht, daß er es zulassen wird, wenn Sir Reginald die Verhandlung zu verschieben versucht. Das bedeutet –«

»Ihr meint, wir haben nicht viel Zeit«, sagte Elias.

»Ich meine, die Verhandlung beginnt vielleicht schon nächste Woche. Und dann werden sie ihn noch besser bewachen. Und es wird keine Möglichkeit mehr für ihn geben, zu entkommen.«

Theo hob den Kopf. »Entkommen? Meint Ihr das wirklich, was ich da höre, Miss?«

Elizabeth atmete tief durch. Sie verlangte ziemlich viel,

und sie glaubte, daß es Nicholas' einzige Chance war. »Ich meine, wir müssen Seine Lordschaft aus Newgate herausholen.«

Die Gruppe verstummte. Tante Sophie fächelte sich mit der einen Hand Luft zu.

Theo runzelte die Stirn und sah sie an. »Ich bin dagewesen, Miss. Es is' nich' leicht, da rauszukommen.«

»Nein, aber ich habe einen Plan, der funktionieren könnte. Doch ich brauche eure Hilfe dazu.«

Elias begann langsam zu grinsen, aber dann war sein ganzes Gesicht davon erfüllt. »Das Mädel hat recht. Wir müssen ihn da raushauen. Hätt' ich selber draufkommen müssen.«

Theo lachte. »Da haste recht, Elias. Ich bin dabei.«

»Und ich auch«, sagte Mercy. »Und wenn er erst raus ist, wird er 'n sicheren Platz brauchen. Ich hab da 'n Vetter mit 'nem Wirtshaus hier in der Stadt. Da könn' wir ihn direkt unter der Nase der Polizei verstecken.«

Elizabeth' Hoffnung begann zu wachsen. Und sie spürte eine unendliche Zuneigung zu Nicholas' treuen Freunden. »Vielen Dank. Ihr könnt euch nicht vorstellen, wie sehr ich eure Hilfe zu schätzen weiß.«

Sie fragte sich, was Nicholas wohl sagen würde, wenn sie in seiner Zelle erschienen. Ihr Herz zog sich zusammen, wenn sie daran dachte, was er tun könnte, wenn er sie sah. Und wenn er wirklich wollte, daß sie jemanden anderen heiratete? Wenn er ihrer tatsächlich müde geworden war?

Elizabeth verdrängte die trostlosen Gedanken. Eigentlich war es nicht wichtig. Sie liebte Nicholas Warring und wollte ihm helfen. Der Rest wäre dann seine Sache.

Nick lag auf der Maisstrohmatratze in seiner Zelle und starrte auf die schweren Eichenplanken, die den Fußboden der Zelle über ihm bildeten. Es war früh am Abend und noch kaum dunkel draußen. Aber er war so müde. Er schlief jede Nacht nur ein paar Stunden. Die Erleichterung, die nur tiefer, entspannter Schlaf bringen konnte, blieb ihm verwehrt.

Er starrte zur Decke, spürte die Schwere der Steinmauern, die ihn einschlossen, die unerträgliche Einsamkeit, die sich bleiern auf seine Brust legte und seine Seele zerstörte.

Er drehte sich zur Seite, in dem vergeblichen Bemühen, es sich bequemer zu machen, dachte an Elizabeth, vermißte sie mit jedem Herzschlag. Er dachte an die friedlichen Tage, die sie im Garten zusammen verbracht hatten, an das gemeinsame Lachen, die Nächte voller Leidenschaft. Wenn er die Augen schloß, konnte er sich den Geschmack ihrer Lippen vorstellen, den Duft ihres Haars, die Glätte ihrer Haut. Er erinnerte sich an das schelmische Blitzen, das manchmal in ihren Augen lag, und wünschte, er könnte das noch einmal sehen.

Statt dessen lag er auf dieser kalten, klumpigen Matratze, sehnte sich mit allen Fasern des Seins nach ihr und wußte, daß er sie wahrscheinlich nie wiedersehen würde, verfluchte seine eigene Dummheit.

Er hätte wissen müssen, daß es so kommen würde. Er hätte wissen müssen, daß man ihn für den Mord an Rachael verantwortlich machen würde. Seine letzte bittere Kostprobe von der englischen Gerechtigkeit hatte sieben Jahre angedauert. Schon als er vom Tod seiner Frau erfahren hatte, hätte er wissen müssen, daß er dafür würde bezahlen müssen – ob er schuldig war oder nicht.

Er hätte erraten müssen, daß es so kommen würde – und fliehen.

Nick schloß die Augen und versuchte, die Hoffnungslosigkeit niederzuringen, die ihn mit einem erdrückenden Gefühl von Verzweiflung zu überwältigen drohte. Er war ein reicher Mann, und er hatte sein Geld gut angelegt. Er hätte

England beim ersten Anzeichen von Schwierigkeiten verlassen können. Er hätte Elizabeth mitnehmen können und sie heiraten, irgendwo anders ein neues Leben mit ihr beginnen. Statt dessen hatte er gewartet, war Opfer seines neuerstandenen Ehrgefühls geworden und hatte geglaubt, sein Name würde von allen Anschuldigungen rein gewaschen werden.

Diese Wahnidee hatte ihn Elizabeth gekostet. Jetzt war sie für immer verloren für ihn – von ihm selbst in die Arme eines anderen Mannes gestoßen. Eigentlich war es ganz egal, ob man ihn hängte. Es war ihm nicht mehr wichtig, ob er lebte oder starb.

Nick lehnte den Kopf an die Wand, kümmerte sich nicht um den kalten, rauhen Stein. Müdigkeit durchdrang seine Knochen und machte ihn lethargisch. Sein Verlangen nach Elizabeth wuchs, als ob es lebendig wäre, blühte in seinem Inneren auf. *Elizabeth.* Er fragte sich, wo sie wohl sein mochte. Ob sie sich nach ihm sehnte wie er sich nach ihr, oder ob seine harte Abweisung ihre Liebe in Haß verwandelt hatte.

Er fragte sich, ob sie jetzt bei David Endicott war und wünschte sich vor allem, daß sie dort in Sicherheit sein mochte.

Zwei Tage vergingen, bis der Plan schließlich fertig war. Elizabeth' ursprünglicher Gedanke bildete nach wie vor den Mittelpunkt, doch andere Teile hatten Elias und die anderen zerpflückt, weil sie einfach mehr Erfahrung hatten, was an einem Ort wie Newgate realisierbar war und was nicht.

Es blieb nur ein Detail zu klären: Wer von ihnen würde in der Zelle zurückbleiben, so daß Nicholas an seine Stelle treten und entkommen konnte.

»Ich meine, das sollte ich sein«, erklärte Elizabeth.

»Wenn er als Frau gekleidet verschwindet, werden sie niemals Verdacht schöpfen.«

»Stimmt«, sagte Elias. »Aber sie werden auch keinen Augenblick glauben, Ihr hättet ihm nicht zur Flucht verholfen. Dann werdet Ihr an seiner Stelle eingesperrt.«

»Tja, aber dich oder Theo oder gar Mercy können wir auch nicht zurücklassen. Und Ihr müßt Eure eigenen Rollen spielen.«

Ein schweres Seufzen ertönte, und alle vier drehten sich um. »Tja, dann bleibe ja wohl nur ich übrig.« Tante Sophie wuchtete sich aus dem Sofa empor. »Es wird sicher niemand annehmen, daß ich die Flucht Seiner Lordschaft geplant habe – ich bin nur eine dusselige alte Dame. Lord Ravenworth wird vielleicht etwas dumm aussehen, wenn er als übergewichtige Alte daherkommt, aber abgesehen davon sehe ich keine andere Lösung.«

Elizabeth starrte sie ungläubig an. Sie hatte sich lange überlegt, ob sie ihrer Tante von dem Plan erzählen sollte, aber sie vertraute Tante Sophie, und da das Unternehmen auch gewisse Gefahren beinhaltete, hatte sie es für besser gehalten, die Tante einzuweihen.

Doch so etwas hatte sie nicht erwartet. »Vielen Dank für das Angebot, Tante Sophie, das beweist wirklich Mut. Aber ich kann es unmöglich zulassen, daß du uns hilfst. Wenn etwas schiefgeht, würde ich mir das nie verzeihen.«

Elizabeth sah Elias an, in der Hoffnung, er würde sie unterstützen, aber sein Gesicht blieb ausdruckslos. Theo schien nachzudenken, nur Mercys Lippen hoben sich zu einem Lächeln.

»Das könnt' funktionieren«, sagte Mercy. »Sie würden nie glauben, daß Mrs. Crabbe sich an der Sache beteiligt hat.«

Elizabeth unterdrückte die Angst. »Aber wir können unmöglich meine Tante in die Sache hereinziehen. Und wenn etwas schiefgeht? Wenn –«

»Wenn etwas schiefgeht«, warf Tante Sophie ein, »dann werden wir alle ziemliche Schwierigkeiten haben. Also müssen wir einfach dafür sorgen, daß nichts schiefgeht.«

»Herr im Himmel«, sagte Theo, »ich glaub' langsam, es könnte klappen.«

»Dann sind wir uns einig.« Tante Sophies Gesicht strahlte zufrieden. Elizabeth war sich nicht ganz sicher, wie die anderen sie so leicht hatten überreden können, doch es war ihnen gelungen.

»Informieren wir Seine Lordschaft vorher?« fragte Mercy.

Elizabeth dachte darüber nach und schüttelte schließlich den Kopf. »Nein, denn womöglich wird Nicholas dann versuchen, uns aufzuhalten. Wenn wir erst bei ihm sind, bleibt ihm nichts anderes übrig, als mitzukommen, wenn er uns nicht alle in Gefahr bringen will.«

»So sei es«, sagte Elias mit entschlossenem Glitzern im Blick.

»So sei es«, sagten auch die anderen fast gleichzeitig. Elizabeth hoffte, daß sie ebensogut zusammenarbeiten würden, wenn sie das Gefängnis eroberten.

Maggie saß allein vor dem Feuer im Salon ihres Bruders. Die knisternde Glut im Kamin war das einzige, was die Ruhe des Hauses störte. Der Sommer war vorüber. Ein kühler Wind strich von der weit entfernten See durch die Straßen, und leichter Nebel hatte begonnen, sich über die Stadt zu legen. Der polierte Holzboden im Flur knackte.

Pendergass, wahrscheinlich. Der Butler war der einzige im Haus, der um diese Zeit noch auf war. Maggie seufzte und legte sich in ihrem Sessel zurück. Es war leer im Haus ohne Nick. Ganz leer. Und sie fühlte sich so allein.

Maggie nahm das Buch zur Hand, das sie zu lesen versucht hatte. *Flüchtling aus dem Wald*, aber die Seiten schienen ineinanderzulaufen, und sie stellte fest, daß sie ganze Absätze wiederholt lesen mußte. Durch die Wände war aus dem Nachbarhaus leise Musik zu hören. Es wurde wohl eine kleine Soiree abgehalten. Natürlich hatte man Maggie nicht eingeladen. Man würde sie nie wieder zu gesellschaftlichen Ereignissen einladen.

Sie seufzte noch einmal, kämpfte gegen die schmerzlich aufwallenden Gefühle an. Sie hatte nicht geglaubt, daß sie das vermissen würde – die vielen Leute und die hübschen Kleider, die Schmeicheleien und die Aufmerksamkeit –, aber sie hatte sich getäuscht. Das Lachen und das Tanzen, die Musik und die Fröhlichkeit, hatten etwas belebt, das lange in ihrem Innern verschlossen gewesen war. Sie hatte draußen in der Welt begonnen aufzublühen, das Leben zum erstenmal begonnen, richtig zu erleben.

Und da war noch etwas, etwas, das sie sich nicht hatte eingestehen wollen. Sie hatte sich in Andrew Sutton verliebt. Er war gutaussehend und charmant gewesen, doch es war mehr als nur das. Er hatte etwas an sich, eine Festigkeit, auf die sie sich verlassen konnte. Eine Ehrlichkeit, von der sie geglaubt hatte, sie könnte ihr vertrauen.

Natürlich hatte sie sich getäuscht. Andrew war beim ersten Zeichen von Skandal aus ihrem Leben verschwunden, genauso verschwunden wie all ihre anderen Freunde aus Gutwetterzeiten. Jetzt erst hatte sie bemerkt, wieviel ihr die Zeit mit Andrew bedeutet hatte. Sie hätte gern mehr von ihm kennengelernt, die Tiefe ihrer Gefühle erforscht und versucht herauszufinden, ob nicht eine gemeinsame Zukunft möglich gewesen wäre.

Sie würde die Chance nie bekommen. Jetzt nicht mehr. Andrews Gefühle waren genauso seicht gewesen wie die der anderen, und bei dieser Erkenntnis spürte sie ein schmerzliches Ziehen in der Brust.

Ein Schatten erschien an der Tür zum Salon. »Mylady?«

Pendergass stand in der Öffnung. »Es tut mir leid, wenn ich Euch so spät störe, aber es ist ein Gentleman gekommen, der Euch sehen möchte. Ich sagte ihm, daß es um diese späte Zeit völlig unpassend wäre –«

»Aber ich sagte ihm, daß es dringend ist«, ergänzte der gutaussehende Mann, der neben ihm erschien. »Ich habe ihm erklärt, daß ich nicht fortgehen würde, bis ich Euch gesehen habe.«

Das Blut verschwand aus ihren Wangen. Andrew Sutton stand in der Tür. Andrew war gekommen! Ihr Herz setzte für den Bruchteil einer Sekunde aus und begann dann heftig zu pochen. Es war wirklich lächerlich, einfach verrückt, daß nur sein Anblick solche Reaktionen in ihr auslösen konnte.

Sie holte tief Luft, rang um Fassung und stand auf. Doch sie drehte sich zum prasselnden Kaminfeuer.

»Es überrascht mich, Euch zu sehen, Mylord, wenn man bedenkt, daß Euer Ruf darunter leiden könnte, wenn man davon erfährt, daß Ihr bei mir wart. Warum seid Ihr gekommen?«

Seine Schritte klangen gedämpft, als er sich über den dicken Teppich ihr von hinten näherte. Sie spürte seine Hände auf ihren Schultern, dann drehte er sie zu sich um. Schon bei dieser leichten Berührung begann sie zu zittern. Sie fühlte sich verletzt und verraten, und doch raste ihr Puls bei seinem Anblick.

»Ich weiß, was Ihr denken müßt, was Ihr sicher glaubt. Aber ich bin gekommen, um Euch zu sagen, daß es nicht so ist. Ich hatte von der ganzen Sache keine Ahnung – von dem Mord und dem Skandal. Am Tag, bevor die Gräfin ermordet wurde, hatte ich das Land verlassen. Was geschehen ist, habe ich erst erfahren, als ich heute nachmittag zurückkam.«

Sie sah auf zu ihm und in seine faszinierenden, braunen Augen. »Mein Bruder hat Rachael Warring nicht ermordet.

Er ist unschuldig. Ihr glaubt das wahrscheinlich nicht, aber es ist die Wahrheit.«

»Es tut mir wirklich leid wegen Nick. Ich hoffe wirklich, daß er unschuldig ist, doch deswegen bin ich nicht hier.«

Sie schluckte schwer, versuchte den Blick abzuwenden, doch der seine schien das nicht zuzulassen. »Warum denn dann? Warum seid Ihr gekommen? Was wollt Ihr?«

Seine Züge wurden weicher. Seine Augen wanderten zärtlich über ihr Gesicht. Sie dachte an den Abend, als er sie in den Vauxhall Gardens geküßt hatte.

»Ich bin Euretwegen gekommen, Lady Margaret. Ich habe die Zeitungen gelesen. Ich habe den Klatsch und die Andeutungen gehört. Sie haben die Vergangenheit wieder ausgegraben, und Ihr und Euer Bruder müßt darunter leiden. Ich kann mir kaum vorstellen, in was für einem Alptraum Ihr gerade leben müßt.«

Sie schaute weg, hatte plötzlich einen Kloß im Hals. »Der Skandal war nicht sehr angenehm, aber ich denke, ich werde es überleben.«

Er hob mit den Fingern ihr Kinn. »Wirklich, Margaret? Oder wird es Euch zerbrechen, wie es schon einmal beinahe geschehen ist?«

Sie antwortete nicht. Sie wußte keine Antwort. Ihre Augen füllten sich mit Tränen. Seine Hand fühlte sich behutsam an, als er sie vorsichtig von ihren Wangen wischte.

»Es war dumm von mir, Euch zu verlassen. Ihr müßt wissen, daß ich das absichtlich getan habe. Ich hatte geschäftlich zu tun. Ich dachte, ein paar Wochen Abstand würden mir die Möglichkeit geben, die Dinge zu durchdenken und herauszufinden, ob das, was ich für Euch empfand, wirklich der Wahrheit entsprach. Ich wollte keinen Fehler machen.«

Ihr Herz zog sich zusammen. Was sagte er da? Daß er sie gern hatte? »Ihr seid meinetwegen fortgegangen? Ich glaube, das verstehe ich nicht.«

»Wie könntet Ihr in Eurer Unschuld? Ich bin fortgegangen, weil ich begonnen habe, mich in Euch zu verlieben. In dem Moment, als ich Euch zum erstenmal sah, habe ich Euch schon begehrt. Wo immer Ihr auch hingingt, habe ich Euch beobachtet. Ich hörte Euch lachen, und ich wollte Euch küssen. Ich sah Euch lächeln, und ich wollte, daß dieses Lächeln nur mir gehören sollte. Ich wollte mit Euch schlafen, aber es war mehr als nur das. Was ich empfand, war tiefer als körperliches Verlangen, und es hat mir wirklich angst gemacht. Ich ging fort, um meine Gefühle zu ordnen. Jetzt tut es mir leid, daß ich das getan habe. Wenn ich geblieben wäre, hättet Ihr nicht so viel zu leiden brauchen.«

Sie gab sich Mühe zu verstehen, seinen Worten richtig zuzuhören, obwohl ihr Herz so wild hämmerte. »Es hätte nichts geändert, wenn Ihr geblieben wäret. Die Gräfin wäre trotzdem tot, und der Skandal wäre derselbe geworden.«

»Wenn ich geblieben wäre, hätten sie es nicht gewagt, Euch in dieser Weise zu diffamieren. Ich hätte Euch meinen Schutz anbieten können, Margaret, und deswegen bin ich heute gekommen. Ich möchte Euch bitten, mich zu heiraten.«

Maggie biß sich auf die Unterlippe. Die Welt schien plötzlich zu kippen. Sie stolperte weg von ihm und sank aufs Sofa, denn ihre Beine waren plötzlich zu weich geworden, um sie noch aufrecht zu halten. Andrew kniete sich vor sie und nahm ihre Hand.

»Ich weiß, daß du dies nicht erwartet hast. Wenn genug Zeit dafür gewesen wäre, dann hätte ich dir den Hof gemacht, wie ich es eigentlich tun sollte. Aber es ist keine Zeit, Maggie. Ich kann nur hoffen, daß die Zeit, die wir getrennt waren, dir Gelegenheit gegeben hat, deine eigenen Gefühle zu prüfen. Wenn du mich auch nur halb so gern hast wie ich dich, dann hoffe ich, daß du meinen Heiratsantrag annimmst.«

Maggie leckte sich über die bebenden Lippen. Es war alles so verwirrend, so unerwartet. Sie blinzelte noch einmal, weil erneut Tränen in ihre Augen traten. »Ich dachte, du würdest überhaupt nichts für mich empfinden. Ich dachte, der ganze Klatsch hätte dich vertrieben.«

»Der Klatsch – es ist mir völlig egal, was diese einfältigen Tratschweiber verbreiten. Ich liebe dich, Maggie, und ich möchte, daß du meine Frau wirst.«

Ihr Herz zog sich zusammen. Sie schaute in sein starkes, schönes Gesicht, und die Unsicherheit begann zu verblassen. Sie liebte ihn. Sie wußte das schon seit einiger Zeit, vielleicht seit damals, als er sie beim Kostümball zum Tanzen aufgefordert hatte. Sie hatte versucht, das zu verleugnen, sich einzureden, daß es gar nicht so war. Doch jetzt, in ihrem Herzen, spürte sie die Wahrheit. Sie liebte ihn, tief und ernsthaft, und viel mehr, als sie sich bisher eingestanden hatte.

Und weil es so war, würde sie ablehnen müssen.

Wieder brannten die Tränen. »Ich kann dich nicht heiraten, Andrew. Vergib mir, aber ich kann einfach nicht.«

Andrew richtete sich auf, zog sich zurück. Die Muskeln seiner Schultern unter dem perfekt geschneiderten braunen Rock wirkten angespannt. »Dann habe ich mich getäuscht. Ich dachte, du hättest Gefühle für mich. Ich dachte …«

Maggie sah, wie er die Zähne zusammenbiß, und schüttelte heftig den Kopf, fühlte sich noch elender als je zuvor in ihrem Leben. Sie stand vom Sofa auf. »Nein, Mylord, Ihr – du verstehst mich nicht. Ich liebe dich, Andrew, das habe ich während der langen Zeit herausgefunden, in der du fort warst. Aber ich bin nicht die Frau, für die du mich hältst, und ich liebe dich zu sehr, um dich zu hintergehen.«

Sein Gesicht wurde finster. Er ging weg von ihr, kehrte zurück. Mit seinem dichten, braunen Haar und den eindringlichen, braunen Augen, dem festen, klar geschnittenen

Gesicht mit seiner patrizischen Nase sah er unwahrscheinlich gut aus. In jeder seiner Bewegungen lag Kraft, Entschlossenheit und Bestimmtheit. Er war, in jedem Sinne, der Marquis von Trent.

»Jetzt verstehe ich gar nichts mehr.«

»Ich kann dich nicht heiraten. Der Skandal meiner Vergangenheit macht es mir unmöglich, dich oder sonst jemanden zu heiraten.«

Er machte ein grunzendes Geräusch tief in der Kehle. »Ich weiß alles über ›den Skandal in deiner Vergangenheit‹, und er ist mir so egal wie nur irgend möglich.«

Sie hob das Kinn, doch ihr Herz drohte zu brechen. »Du weißt? Was genau, Mylord, glaubst du zu wissen?«

»Ich weiß, daß du jung und unschuldig warst. Ich weiß, daß dein Bruder Stephen Hampton getötet hat, weil er ein verheirateter Mann war, der versucht hat, dich zu verführen. Wenn du meine Schwester gewesen wärest, hätte ich vielleicht dasselbe getan.«

»Mein Bruder hat Lord Stephen in Selbstverteidigung getötet. Oliver Hampton hat die eigentliche Wahrheit vertuscht. Aber Nicholas hat ihn nicht getötet, weil er *versucht* hat, mich zu verführen. Stephen ist es sehr wohl gelungen, das zu vollbringen. Doch nicht einmal das war der Grund seines Todes. Nick tötete ihn, weil er, als ich Lord Stephen eröffnete, daß ich ein Kind von ihm erwartete, er mich so sehr verprügelt hat, daß ich das Kind verlor.«

Andrews Gesicht wurde bleich, und in diesem Moment wünschte sie sich von ganzem Herzen, sie wäre schon wieder zurück im Kloster. Sie sah, wie seine Hände zitterten und sich zu Fäusten ballten, wie seine Lippen schmal wurden und ein Muskel an seinem Unterkiefer zuckte. In diesem Augenblick wußte sie, daß sie wirklich zurückgehen würde. Ohne Andrew Sutton blieb ihr in der Welt nichts, was sie hielt.

Nachdem sie entdeckt hatte, was sie wirklich wollte, hatte sie gleichzeitig erfahren müssen, daß sie es nicht bekommen konnte.

Sie schluckte an dem Kloß ihrer Kehle, richtete sich kerzengerade auf und schritt zur Tür. »Vielen Dank, daß Ihr gekommen seid, Mylord. Ich weiß Eure Freundlichkeit sehr zu schätzen und ich werde sie nicht vergessen.« Sie bemühte sich sehr, nicht zu weinen, aber eine Träne rollte doch über ihre Wange. »Auf Wiedersehen... Andrew.« Sie mußte seinen Namen noch ein letztes Mal aussprechen, die Wärme des Klangs auf der Zunge spüren. Sie schwor sich, nicht zuzulassen, daß sie ihn je wieder aussprach.

Sein Blick traf den ihren und wich ihr nicht aus. »Ich bin froh, daß dein Bruder ihn getötet hat. Wenn Hampton noch am Leben wäre, würde ich ihn jetzt selbst umbringen.«

Maggie sagte nichts. Es gab nichts mehr zu sagen. Sie starrte ihn an, prägte sich jeden seiner Züge ein, und ihr Herz tat weh, schien zu zerreißen. Sie hatte gedacht, er würde sich umdrehen und davongehen, sie würde sein attraktives Gesicht nie wieder zu sehen bekommen. Doch er streckte die Hand aus und legte sie an ihre Wange.

»Denkst du so gering von mir, Maggie? Glaubst du, ich würde die Jungfernschaft deiner Jugend mehr schätzen als die Frau, die du geworden bist?« Er beugte sich vor und streifte ihren Mund mit einem fedrig-leichten Kuß. »Es ist mir völlig gleichgültig, was vor neun Jahren geschehen ist. Ich liebe dich, Margaret Warring, und wenn du mich haben willst, gibt es nichts auf dieser Welt, was mir lieber wäre, als dich zu meiner Frau zu bekommen.«

Die Tränen strömten ihre Wangen hinunter. »Andrew...« Sie wußte nicht mehr genau, in welchem Augenblick sie in seine Arme fiel, fand sich nur plötzlich an seine Brust gedrückt, die Arme um seinen Hals gelegt, seine Kraft mit ihrem ganzen Körper aufnehmend. Sie bebte am ganzen

Körper, und auch Andrews kraftvolle Gestalt schauderte kurz.

»Ich liebe dich«, flüsterte sie. »Ich wußte gar nicht wie sehr, bis ich dich vorhin hereinkommen sah. Ich liebe dich, und wenn du sicher bist, daß du das willst, wäre es mir eine Ehre, deine Frau zu werden.«

Seine Arme schlossen sich fester um sie. »Sobald ich es arrangieren kann, werden wir mit einer Sondergenehmigung heiraten. Und wenn du erst meine Frau bist, dann bist du vor jedem Klatsch gefeit.«

Sie sah zu ihm auf, das Herz von Liebe erfüllt. »Andrew, bist du dir sicher?«

Er beugte den Kopf und küßte sie. »Von einer Minute zur nächsten mehr. Es ist das, was ich will und wovon ich glaube, daß dein Bruder es auch wollen würde.«

Das stimmte. Nick hatte gewollt, daß sie heiratete, und er würde ihre Wahl ganz sicher gutheißen. Ihr Bruder würde dankbar sein, daß ihre Zukunft gesichert war und sie einen Beschützer gefunden hatte. Sie umarmte Andrew noch fester und fühlte sich geborgener denn je.

Ein plötzliches Schuldgefühl traf sie. Ihr schien das Glück nun hold. Doch was war mit Nick und Elizabeth?

24

Es war früh am Abend. Die Dunkelheit hatte sich gerade über die Stadt gesenkt, noch dichter als sonst, denn es stand kein Mond am Himmel. Nebelschwaden wanderten durch die Straßen vor dem Gefängnis. Sie würden im Laufe der Nacht noch dichter werden und damit ihre Flucht decken.

Elizabeth zog ihren Umhang fester um sich und ging neben Tante Sophie, auf dem Gesicht ein zuversichtliches Lächeln, das sie nicht wirklich fühlte. Es gab keinen Zweifel daran, daß sie Nicholas zur Flucht verhelfen mußte, aber dennoch zog sich ihr Herz zusammen bei dem Gedanken, was er sagen würde.

Ich habe dich gern, aber ich liebe dich nicht. Sie verdrängte die Worte, so gut sie konnte, und dazu den Schmerz, der sie begleitete. Sie faßte nach der molligen Hand ihrer Tante und ging durch den hohen, ummauerten Hof des Gefängnisses, dicht gefolgt von Elias.

Sie hatten die Wachen bestochen, sie hereinzulassen, was nicht allzu schwer gewesen war, denn Besucher wurden oft zugelassen, und die Geliebte des Grafen, eine dicke, alte Frau und sein Kammerdiener waren kaum als Bedrohung zu betrachten.

Es waren auch andere Besucher hier, Frauen und Kinder der Gefangenen, und Verkäufer, die den wenigen, die Geld hatten, ihre Waren anboten. Elizabeth zählte darauf, daß der Betrieb um sie ihre Sache unterstützen würde.

Sie betraten den Trakt, in dem die Gefangenen untergebracht waren, deren Herrenstatus und Geld dafür sorgten, daß sie ihre Strafe etwas bequemer absitzen konnten. Schweigend stiegen sie zwei Treppen hinauf und durchquerten den feuchten, schlecht beleuchteten Gang, an dessen Ende die Zelle des Grafen von Ravenworth lag.

Elizabeth schauderte, als die klamme, kalte Luft durch ihre Kleider drang, und drückte ein Taschentuch auf ihre Nase angesichts des üblen Geruchs, der aus den Wänden zu sickern schien. Ihr tat das Herz weh, wenn sie daran dachte, daß Nicholas ganz allein in einer solchen Umgebung untergebracht war, und ihre Entschlossenheit wuchs, ihn hier herauszuholen. Egal, was er für sie empfinden mochte, er verdiente es nicht, hier eingesperrt zu sein. Er verdiente es, frei zu sein, und wenn sie das erreicht hatten, würde er das Land verlassen können.

Gefühle machten ihr die Kehle eng. Nicholas würde fortgehen, und sie höchstwahrscheinlich nicht mit ihm.

Der Wächter drängte sie weiter. »Los doch, trödelt nich' so.« Der massige Mann marschierte vor ihnen her, sein Degen rasselte gegen seine Stiefel, und seine Schritte hallten rauh in der Düsternis.

Er sah Elizabeth lüstern an. »Biste sicher, Mädchen, daß de die beiden andern mit dir da drin ham willst?« Er stellte seine Laterne ab und steckte den Schlüssel knirschend ins Schloß. »Sicher will Seine Lordschaft es eher mit dir machen als mit dir reden.«

Elias neben ihr reckte sich bedrohlich, aber sie griff beruhigend nach seinem Arm. »Laßt uns einfach nur hinein, bitte.«

Er betrachtete sie noch einmal mit einem langen, lüsternen Blick, bei dem es ihr kalt über den Rücken lief. »Wie de willst.« Er drehte den Schlüssel um, und als sich die Tür öffnete, fiel ein schmaler Streifen Licht aus der Zelle auf den Gang. Durch den Spalt sah sie Nicholas, seine Züge hart und verschlossen, und Mitleid erfüllte ihr Herz.

»Elizabeth, was um Himmels willen machst du denn hier?«

Sie zwang sich zu lächeln, als wäre alles ganz normal und als hätte er nicht gewollt, daß sie jemanden anderen heiratete.

»Ich wollte dich gern sprechen, das ist alles. Ich habe meine Tante und Elias überredet, mich zu begleiten. Es ist wichtig, bitte sei nicht böse.« Sie sah zu dem Wächter, der hämisch grinste.

»Bin inner halben Stunde wieder da«, brummte er, als er die Tür schloß. »Wenn Ihr länger bleiben wollt, wird's teurer.« Er kicherte anzüglich. »Und wenn Ihr kein Geld habt, könnt Ihr auch anders bezahlen.«

Nicholas biß die Zähne zusammen und wollte den Wächter zurechtweisen. Doch Elizabeth hob einen Finger zu den Lippen, und er verstummte. Die Schritte des massigen Mannes entfernten sich und sie wandte sich Nicholas zu. Einen Moment lang wirkten seine Züge verkrampft, dann schien der Ärger langsam zu verschwinden, den er angesichts ihrer Ankunft empfunden hatte.

Sein Blick traf den ihren, wanderte dann von Kopf bis Fuß über sie und kehrte zu ihrem Gesicht zurück. Etwas Dunkles lag in den Tiefen seiner Augen, etwas schmerzlich Beunruhigendes.

Er richtete sich gerade auf, wandte sich ab. »Was ist passiert? Warum seid ihr gekommen?«

Sie brauchte ihre ganze Willenskraft, nicht zu ihm zu gehen und ihn zu bitten, sie in die Arme zu nehmen. *Sag mir, daß du mich noch willst,* flehte sie im stillen. Aber sie sagte es nicht laut.

»Man wird dich hängen, Nicholas. Du weißt das und ich auch. Das werden wir nicht zulassen.« Sie drehte sich um und zog mehrere eng zusammengefaltete Kopfkissenbezüge aus den tiefen Taschen ihres Umhangs und gab sie dem Mann neben sich. »Elias?«

»Jawohl, Miss.« Er zog ein langes, schmales Messer aus dem Stiefelschaft und ging hinüber zu der spelzengefüllten Matratze in der Ecke.

»Was zum Teufel –« Nicholas sah zu, wie er die Matratze aufschnitt und begann, die Kopfkissenbezüge mit den Spelzen zu füllen.

Elizabeth wandte sich der Frau neben sich zu. »Tante Sophie?« Die war schon damit beschäftigt, ihren Umhang auszuziehen und neben sich über die Stuhllehne zu hängen.

Nicholas schaute zwischen ihnen hin und her. »Würde mir bitte mal jemand erklären, was genau hier eigentlich vor sich geht?«

Elizabeth zwang sich zu einem lockeren Lächeln. »Ganz einfach, Mylord.« Sie begann die Knöpfe im Rücken von Tante Sophies Kleid aufzuknöpfen und Nicholas mußte sich umdrehen, als sie es vorsichtig über den grauhaarigen Kopf ihrer Tante hob. »Wir verhelfen dir zur Flucht.«

»Was!« Er drehte sich mit einem Ruck zu ihr herum, unbeeinträchtigt von Mrs. Crabbes fülliger Gestalt in langem Baumwollhemd und dünnen, weißen Strümpfen.

»Es ist keine Zeit, um zu protestieren.« Elizabeth drehte ihn wieder mit dem Gesicht zur Wand. »Wir haben einen Plan, der funktionieren wird, wenn du einfach tust, was wir sagen.«

Er wandte sich wieder zu ihr um. »Bist du verrückt? Seid ihr alle völlig wahnsinnig geworden? Das könnt ihr nicht machen – wenn sie euch schnappen, wie ihr mir zur Flucht verhelft, werden sie euch alle mit mir zusammen hängen.«

Diesmal lächelte sie wirklich. »Dann solltest du besser mitmachen, damit das nicht passiert.« Sie nahm von Elias die zerschlissene Wolldecke von Nicholas' Lager entgegen und legte sie ihrer Tante um die Schultern.

Nicholas versuchte es mit ihr. »Tante Sophie – Ihr müßt

doch wirklich vernünftig genug sein, um zu wissen, wie gefährlich die ganze Sache ist. Die Idee ist verrückt.«

»Wir haben nicht viel Zeit, Mylord«, sagte sie nur. »Also wäre es besser, wenn Ihr aufhört zu reden und Elias helft, die Säcke um Eure Taille zu binden.«

»Aber Ihr könnt doch nicht –« Er drehte sich noch einmal heftig zu Elizabeth um. »Was ist mit Maggie? Wenn ihr daran nicht –«

»Deine Schwester hat einen neuen Beschützer gefunden. Sie wird den Marquis von Trent heiraten.«

Er hob die Augenbrauen. »Maggie heiratet Trent?«

»Genau. Offensichtlich lieben sich die beiden sehr.«

Sein Widerstand ließ etwas nach. »Gott sei Dank.«

»Nicholas, ich will dich nicht hetzen, aber wir müssen weitermachen. Wir haben nicht viel Zeit.«

»Sie hat recht, Junge. Ihr solltet voranmachen, sonst kriegt der Henker eine Menge Arbeit.«

Er starrte sie mit eindringlich silberblauem Blick an und griff nach ihren Schultern. »Das kannst du nicht tun, Elizabeth. Was ist mit Tricklewood? Er will dich heiraten. Er will –«

»Ich werde David Endicott nicht heiraten, also vergiß es. Ich liebe dich, Nicholas. Was immer du für mich empfinden magst, ist nicht wichtig. Wichtig ist, daß wir hier ›rauskommen‹.«

Etwas flackerte in seinem Blick auf. Schmerz? Hoffnung? Sehnsucht? Einen Moment lang stand er nur reglos da. Dann schauderte er, und dann lag sie in seinen Armen. Er drückte sie an sich, hielt sie ganz fest. »O Gott, Elizabeth.«

Sie klammerte sich mit ganzer Kraft an ihn. Brauchte ihn, verlangte nach ihm. Liebte ihn. Wünschte sich, er möge wenigstens einen Bruchteil dieser Empfindungen auch für sie hegen.

»Ich habe dich vermißt«, sagte er und begrub sein Gesicht in ihrem Haar. »Mein Gott, ich habe dich so vermißt.«

Sie drückte ihn noch fester, und Hoffnung, Liebe und Entschlossenheit erfüllten ihre Brust. »Ich habe dich auch vermißt, Nicholas, jede Sekunde.« Dann löste sie sich von ihm. »Aber jetzt müssen wir gehen.«

Er hob die Hand zu ihrer Wange. »Weißt du, was du da tust? Wenn wir meine Unschuld nicht beweisen können, wirst du von jetzt ab auf der Flucht sein, genau wie ich. Wir werden das Land verlassen müssen. Wir –«

»Wir, Nicholas?«

Sehnsucht strahlte aus seinen Augen. »Wenn uns dies zusammen gelingt, werde ich dich nie nie wieder aus den Augen lassen. Dann bist du den Rest deines Lebens an mich gebunden.«

Ihre Augen brannten. Eine süße Flut von Hoffnung überschwemmte sie. »Verstehst du denn nicht? Solange du bei mir bist, ist es mir ganz egal, wo wir leben müssen.«

Er zögerte nur einen Moment, gab ihr einen abschließenden, harten Kuß und das schönste Lächeln, das sie je gesehen hatte. »Also gut, tun wir es. Mein Gott, ich muß genauso verrückt sein wie ihr.«

Elias kicherte. »Hebt die Arme, damit ich das hier festbinden kann.« Mit einem Stück Seil band er die hastig gefüllten Kopfkissenbezüge um Nicholas' Taille. Als nächstes kam Tante Sophies Kleid darüber, so daß sein Hemd und seine schwarzen Hosen samt der Säcke um seine Taille bedeckt wurden.

Da Nicholas gut einen Kopf größer war als die Tante ging Elias auf die Knie und trennte den falschen Saum des Kleides auf, das sie extra für diesen Zweck präpariert hatten. So wurden auch seine Stiefel darunter versteckt. Elias bemühte sich nicht zu grinsen und legte Tante Sophies Umhang um das bizarre Ganze, brachte auch dabei den Saum in die richtige Länge und zog die Kapuze hoch, so daß Nicholas' Gesicht ganz im Schatten der Falten verschwand.

Elizabeth hatte Mühe, nicht herauszuprusten, denn Nicholas sah aus wie ein wandelndes Zelt, das bei jeder Bewegung raschelte.

»Ich kann nicht glauben, daß ich dies wirklich tue«, grummelte er.

»Bald ist es Zeit.« Elias lächelte. »Seid Ihr bereit... Mrs. Crabbe?«

Nicholas runzelte die Stirn.

»Geh ein wenig gebeugt«, wies ihn Elizabeth streng an. »Hoffentlich bemerken sie nicht, wie groß Tante Sophie in den letzten paar Minuten geworden ist.« Inzwischen setzte sich die Tante auf einen Stuhl, Elias band sorgfältig ihre Hände hinter dem Rücken zusammen und steckte ihr einen Knebel in den Mund.

»Alles in Ordnung, Mrs. Crabbe?«

Sie nickte, und Elizabeth erkannte deutlich das vergnügte Funkeln in ihren wasserblauen Augen. Tante Sophie hatte tatsächlich Spaß an der Sache.

»Der Wächter kommt«, sagte Elias leise. Sie nahmen ihre Plätze hinter der Tür ein. Das Schloß knirschte. Die schwere Tür schwang auf. Der Wächter starrte ins Zimmer, runzelte die Stirn angesichts der Stille und trat ein.

Elias versetzte ihm unverzüglich einen sauberen, gezielten Schlag zwischen die Augen. Mit einem Ächzen ging der Mann in die Knie und sackte ohnmächtig auf den Boden.

»Gehen wir.« Nicholas trat in den Gang hinaus, seine weiten Röcke schwangen bei jeder Bewegung. »Er wird nicht lange bewußtlos sein, und wenn er wieder zu sich kommt, sollten wir besser weit weg sein.«

Die anderen nickten schweigend. Nicholas ging etwas gebeugt, und vorsichtig wanderten sie durch die Gänge, die Treppe hinunter. Unten stand ein Wächter. Elias trat von hinten an ihn heran und entledigte sich seiner mit dem gleichen Geschick wie beim ersten.

Noch eine Treppe hinunter, und sie betraten den Hof, gingen an mehreren Wächtern vorüber, die sich unterhielten. Weil sie langsam gingen, um nicht aufzufallen, schien es ewig zu dauern, bis sie das vordere Tor des Gefängnisses erreicht hatten. Elizabeth' Herz hämmerte, ihre Handflächen waren schweißfeucht. Sie ging etwas vor den anderen, erreichte den Torwächter zuerst und lächelte in sein rötliches Gesicht.

»Danke, daß Ihr uns hereingelassen habt. Ihr wart sehr hilfreich.«

Er betrachtete sie abschätzend, und sie lächelte noch einmal, in der Hoffnung, ihn davon abzulenken, daß er Nicholas zu genau betrachtete.

»Wäre besser, Miss, wenn Ihr tagsüber kommen würdet. An Plätzen wie diesem kann es in der Nacht gefährlich sein.«

»Danke für die Warnung«, sagte sie freundlich. »Vielleicht könnt Ihr mich selbst hinaufbegleiten, falls ich noch einmal komme.«

Er warf sich in die Brust und lächelte ihr hoffnungsvoll zu. Nicht lüstern, wie der andere Wächter, aber eindeutig mit männlichem Interesse. »Schon möglich, Miss. Seid Ihr und Eure Tante nur vorsichtig jetzt.« Aber glücklicherweise schaute er nicht einmal in ihre Richtung.

»Vielen Dank, das tun wir.« Mit einem letzten warmen Lächeln wandte sie sich ab, und die runde, gebückte Gestalt ihrer Tante ging schwankend und raschelnd neben ihr her.

Sie zitterte, und ihre Knie waren wie Pudding, als sie die nächste Straßenecke erreicht hatten, wo Theo voller Anspannung wartete, sollte es doch noch irgendwelche Schwierigkeiten geben. Er sagte kein Wort, öffnete nur die Tür der Kutsche, ließ sie einsteigen und nahm den Platz des

Kutschers ein. Ein Klatschen der Zügel, und das Fahrzeug setzte sich in Bewegung.

Nicholas setzte sich neben ihr zurecht, sein Blick war dunkelsilberblau und auf ihr Gesicht gerichtet. »Ich kann immer noch nicht glauben, daß ich hier bin. Du bist unglaublich.« Er beugte sich vor und küßte sie, lange und eindringlich. Dann, im sicheren Innern der Kutsche, schob er die Kapuze von Tante Sophies Umhang zurück und begann seine Bepolsterung abzubauen.

Elizabeth lächelte ihn entzückt an. »Die Hauptarbeit haben deine Freunde gemacht, Nick. Sie waren wunderbar.«

Er sah Elias an. »Danke, mein Freund.«

»War nur als Dank für das, was Ihr für mich getan habt.«

Nicholas lächelte nur. Es war nicht einfach in der Enge der Kutsche, doch am Schluß schafften sie es mit vereinten Kräften, daß er sich seiner Verkleidung entledigte.

»Ich glaube nicht, daß ich je fett sein möchte«, grummelte Nicholas, und Elizabeth feixte.

»Nein, Mylord, dafür besteht keine Gefahr.«

Er schaute sie an, und die kantigen Züge seines Gesichts nahmen einen Ausdruck von unendlicher Zärtlichkeit an. »Ich habe gemeint, was ich gesagt habe. Jetzt lasse ich dich nie wieder fort.«

Sie legte eine Hand an seine Wange. »Bist du da sicher, Nicholas?«

»Dich mit Tricklewood verheiratet zu sehen war das letzte, was ich wollte.« Er sah aus, als würde er sie noch einmal küssen wollen, warf dann einen Blick auf Elias und lehnte sich nur im Sitz zurück. »Da ihr die Sache bis jetzt so gut geplant habt, habt ihr wahrscheinlich auch ein Versteck vorgesehen.«

»Ja, um dieses kleine Problem hat sich Mercy gekümmert.«

»Jawoll, Mylord«, fügte Elias hinzu. »Wir werden in Zimmern über dem Wirtshaus ›Pig and Fiddle‹ wohnen, das liegt am Rand der Stadt. Wahrscheinlich werden die Behörden glauben, daß Ihr beide aufs Land raus flieht, drum werden sie in der Nähe gar nicht suchen. Und Mercy schwört, daß man ihrem Vetter trauen kann.«

Elizabeth spielte mit den Falten ihres Rocks. »Ich hoffe nur, daß Tante Sophie keine Probleme haben wird.«

Elias grunzte. »Ich würde mir keine Sorgen um Eure Tante machen. Eher über die Wächter, wenn sie sich nicht anständig benehmen.«

»Was habt ihr geplant?« fragte Nicholas.

»Wenn Tante Sophie in ein paar Stunden nicht zu Hause ist, soll Mercy sich an Sir Reginald wenden und ihm sagen, wir drei wären zum Gefängnis gegangen und noch nicht wiedergekommen. Hoffentlich kann er die Sache von da an übernehmen.«

Nicholas lehnte sich in den weichen Ledersitz der Kutsche zurück. Er nahm Elizabeth' Hände und hob sie zu seinen Lippen. »Es sieht wirklich so aus, meine Liebste, als ob du die Sache gut im Griff hast. Und da das so ist, werde ich mich den Rest der Fahrt einfach in deine Obhut begeben.«

Ohne weiter auf das Rasseln der Räder und das Klappern der Hufe zu achten, schloß er die Augen und lehnte seinen Kopf an ihre Schulter. Elizabeth betrachtete liebevoll die dunklen Ringe um seine Augen. Mein Gott, wie sehr sie ihn liebte!

Er hatte gesagt, er würde sie mit sich nehmen. Er hatte nicht gesagt, daß er sie liebte, aber vielleicht, wie ihre Tante gesagt hatte, wußte er nur noch nicht, was Liebe war. Ihre Hoffnung wuchs. Sie strich das rabenschwarze Haar aus seinem Gesicht und drückte einen zärtlichen Kuß auf seine Stirn.

Zum erstenmal seit Wochen war Nicholas fest eingeschlafen.

Rand Clayton nahm von einem der beiden Männer, die gerade in sein Arbeitszimmer getreten waren, eine Zeitung entgegen.

Er betrachtete den Detektiv, der ein finsteres Gesicht machte, und sah dann die Schlagzeile: RAVENWORTH ENTKOMMT MIT GELIEBTER. In kleiner Schrift stand darunter: *Der Graf von Ravenworth griff am frühen Abend eine ältere Frau und mehrere Wächter an und entkam aus dem Newgate-Gefängnis, indem er sich mit Frauenkleidern tarnte.*

Rand las noch den Rest, dann zerknüllte er die Zeitung und warf sie quer durchs Zimmer. »Verdammter Mist.«

»Es tut mir leid, daß ich Euch die schlechte Nachricht überbringen mußte, Euer Gnaden«, sagte Bromwell Small, der ergrauende Detektiv, ein ehrlicher, hart arbeitender Mann, der seine Arbeit sehr gut machte.

»Ihr könnt ja wirklich nichts dafür, Brom.«

»Das wird die Sache bestimmt schwerer machen.«

»Das glaube ich auch.« Rand betrachtete den zweiten Mann, groß und breitschultrig, mit wirrem schwarzem Bart und lockigen Haaren. An Brom gewandt knurrte er: »Meine Freunde sind in ziemlicher Gefahr.«

»Stimmt, aber man kann's ihnen kaum übelnehmen. Die hätten ihn bestimmt gehängt.«

»Ja«, meinte Rand und sah den zweiten Mann wieder prüfend an. »Doch Mr. Gibbs wird das ändern, nicht wahr?«

Tanner Gibbs, der Wirt beim ›Swan and Sword‹, zuckte mit seinen massigen Schultern. »Wenn Ihr damit meint, daß ich den Behörden sag, daß Kendall gar nicht die ganze Zeit im Wirtshaus war, dann schon.«

»Sie werden wissen wollen, warum Ihr gelogen habt. Und sie werden vielleicht Anzeige erheben.«

»Small hat gesagt, das könntet Ihr in Ordnung bringen. Und Ihr würdet dafür sorgen, daß sie mich gehen lassen, solange ich nur die Wahrheit sage.«

Rand sah ihn mit einem durchdringenden Blick an. »Und Ihr seid ganz sicher, daß das die Wahrheit ist?«

Wieder ein Schulterzucken. »Kendall hat mich gut bezahlt für die Lüge. Und Ihr bezahlt mich noch besser für die Wahrheit.«

»Und die wäre?«

»Seine verdammte Lordschaft kam ins Wirtshaus, schluckte so viel Bier, bis er betrunken war, und verschwand ungefähr 'ne halbe Stunde später.«

»So daß ihm genug Zeit blieb, zurück nach Castle Colomb zu reiten und die Gräfin zu erwürgen.«

»Das weiß ich nich'. Nur daß er nich' mehr als ungefähr 'ne halbe Stunde in mei'm Wirtshaus war. Er hat mich dafür bezahlt, daß ich sag', länger. Das war's aber nich'.«

»Es haben sich auch ein paar Angestellte des Wirtshauses gefunden, die jetzt aussagen wollen«, meinte Brom. »Sie können Mr. Gibbs Aussage bestätigen.«

Rand nickte. »Bringt ihn zum Polizeipräfekten und seht zu, daß er seine Geschichte richtig erzählt. Ich kümmere mich um den Rest.«

Brom hob eine Augenbraue. »Und was werdet Ihr tun, Euer Gnaden?«

Rand lächelte dünn. »Natürlich mit Greville Townsend reden. Ich will doch gern sehen, ob die Geschichte Seiner Lordschaft sich mit der von Mr. Gibbs gemeinsam ändert.«

Das ›Pig and Fiddle‹ war besser als manch ein anderer Platz, in dem Nick schon gewohnt hatte. Es war ein dreistöckiges Ziegelhaus mit sauberen Zimmern. Allerdings lag es am Rand eines der berüchtigsten Bezirke von London, Saffron Hill.

Und daher war es ein gefährlicher Ort, besucht von Taschendieben und Einbrechern. In der Nähe ihres Zimmers hatten Huren ihr Quartier. Elizabeth und Nick wohnten in einem kleinen Dachzimmerchen über dem Wirtshaus, das sauber, aber spartanisch eingerichtet war, und Rauch und schmutziges Lachen wehten durch die Ritzen der Fußbodendielen herauf. Mäuse huschten nachts raschelnd durch die Wände, und das Essen war pampig und einfallslos.

Genaugenommen also kein Platz für eine Dame, schon gar nicht eine, die er so gern hatte wie Elizabeth Woolcot. Daß er der Grund für ihr Hiersein war, belastete sein Gewissen und hinterließ einen schlechten Geschmack in seinem Mund.

»Du rennst ja schon wieder auf und ab, Mylord«, meinte Elizabeth sanft, und er wandte den Blick vom Fenster ab. Mit ihrem feurigen Haar, das in einem Sonnenfleckchen aufblitzte, war sie ein solcher Gegensatz zu ihrer elenden Umgebung, daß es ihm eng ums Herz wurde.

Er seufzte und wandte den Blick von ihr ab. »Es tut mir leid. Meine Gedanken waren abwesend.« Abwesend von ihrem düsteren Aufenthaltsort zu ihrer ebenso düsteren Zukunft und immer wieder zu Elizabeth und ihrem schlanken Körper hingezogen, mit einem Begehren, gegen das er nicht mehr kämpfen wollte, aber unbedingt mußte.

Er schloß die Augen, konnte sie wieder in der Gefängniszelle vor sich sehen, die vollen Brüste, die sich aus einer Bauernbluse hervorwölbten, ihre schmale Taille, die zierlichen Füße unter dem Saum des braunen Wollrocks. Er begehrte sie mit einem Verlangen, das ihn rasend machte, wollte ihr am liebsten die Kleider vom Leib reißen, sie auf das rohgezimmerte Bett in der Ecke werfen, ihre Beine auseinanderbreiten und sich in sie versenken. Er wollte sie so hart und so tief nehmen, daß es war, als könnte er mit ihr verschmelzen.

Statt dessen blieb er distanziert, wie er seit ihrer Ankunft gewesen war, weigerte sich, dem unerträglichen Verlangen nachzugeben, denn er wußte, daß es nicht der richtige Ort und Zeitpunkt dazu war. Und er wußte, daß ihr Leben durch seine Schuld eine solch dramatische Wendung genommen hatte.

»Woran denkst du denn die ganze Zeit?«

Daran, daß ich dich begehre. Daß ich dich nehmen werde, wenn ich mich dir nähere, und daß ich das nicht verdiene. Das Schuldbewußtsein plagte ihn, seit sie hier waren, sein Gewissen ließ nicht zu, daß er sie berührte, daß er sein Verlangen mit der Wärme ihres Körpers befriedigte. Er hatte zugelassen, daß sie ihr Leben riskierte. Sie hätte den Viscount heiraten sollen, dann wäre sie jetzt in Sicherheit gewesen.

»Ich dachte, ich hätte nicht zulassen sollen, daß ihr mich aus dem Gefängnis holt. Ich hätte nicht zulassen sollen, daß du dich so gefährdest. Aber jetzt ist es zu spät.«

Sie kam mit leichtem Stirnrunzeln näher. »Das denkst du? Meinetwegen machst du dir Sorgen? Ich dachte, du denkst an den Mord und wer es gewesen sein könnte. Dir über mich Sorgen zu machen wird uns beiden nichts bringen.«

Er seufzte und schüttelte den Kopf. »Ich kann nicht anders. Es sieht aus, als hätte ich dein Leben zerstört, seit ich dir zum erstenmal begegnet bin.«

Da legte sie wortlos ihre Arme um seinen Hals und preßte ihre schlanke Gestalt an ihn. Hitze durchschoß ihn, ein brennendes Verlangen, das so stark war, daß er steinhart davon wurde.

»Du hast unrecht, Mylord. Du hast große Freude in mein Leben gebracht. Wann immer ich dich ansehe, wird mein Herz weit vor Liebe, und ich danke Gott und meinem Vater, daß sie mich in deine Obhut gegeben haben.«

»O Gott, Elizabeth…« Und dann küßte er sie, bedeckte ihren Mund, wie er es die ganze Zeit erträumt hatte, jede Stunde und jeden Tag, die sie nicht beieinander gewesen waren.

»Nicholas…« Sie wisperte seinen Namen, als spüre sie seinen Hunger, als begehre sie ihn ebenso. »Ich habe dich so vermißt. Mein Gott, jeder Tag ohne dich war qualvoll.«

Sie stand zwischen seinen geöffneten Beinen, und er spürte jeden begehrenswerten Zentimeter ihres Körpers. »Ich brauche dich«, flüsterte er, die Worte rauh vor Verlangen. »Mein Gott, ich brauche dich so sehr.« Er nahm ihr Gesicht in seine Hände, und der Kuß wurde hart und fordernd. Er spürte den Druck ihrer Brüste und Schenkel, als seine Zunge in ihren Mund drängte, sie tief innen erforschte, sie verzweifelt für sich beanspruchte.

Sie leistete ihm keinen Widerstand. Sie küßte ihn mit einem solchen Hunger, daß das Feuer in seinen Lenden noch heißer brannte. Mit einem rauhen Ächzen hob er sie in seine Arme und trug sie hinüber zum Bett.

Es war zu spät, sie auszuziehen, wie er es zuerst gewollt hatte, er brauchte sie einfach zu sehr. Also legte er sie auf die Matratze, schob nur ihren Rock und das weiße Hemd hoch, knöpfte seine Hosen auf und drang mit einem einzigen Stoß in sie.

Er stöhnte, als er ihre heiße, feuchte Enge spürte, und ein Teil der Anspannung seines Körpers verebbte. Er blieb einen Moment ruhig in ihr, genoß das Gefühl ihres warmen Fleisches, das sich um ihn legte, die weiche Wärme ihres Körpers. Ihre Finger schoben sich in sein Haar, und sie zog seinen Kopf herunter zum Kuß.

»Ich habe auf dich gewartet«, flüsterte sie, und Lust durchflutete seine Lenden. »Ich habe mich so nach dir gesehnt.« Sein Körper spannte sich, und er wurde noch härter. Er versuchte zärtlich zu sein, versuchte ihr zu zeigen, wie gern er sie hatte, doch seine Muskeln bebten vor Zurückhaltung, und der Schweiß brach ihm aus.

Er wollte sie jetzt, wollte sich noch tiefer in sie vergraben, wollte sie besitzen. Elizabeth mußte seine Verzweiflung gespürt haben, denn sie wölbte sich ihm entgegen, so daß sie noch näher zueinanderkamen. Er umfaßte ihre Brüste, spürte durch den Stoff die harten Knospen ihrer Brustwarzen, und ein rauhes Geräusch entrang sich den Tiefen seiner Kehle. Elizabeth schlang ihre Beine um ihn, und endlich gab er sich dem Feuer hin, das durch sein Blut raste.

Er stieß heftig in sie, immer härter und schneller, und die Hitze erfaßte ihn, bis er nicht mehr denken konnte. Er wollte ihr sagen, daß er sie liebte, das wußte er jetzt ohne jeden Zweifel, doch er hatte diese Worte noch nie ausgesprochen, hatte noch nie wirklich an die Liebe geglaubt, und er war sich nicht sicher, wie er sie sagen sollte.

Also stieß er wortlos weiter in sie, ließ sich zum Höhepunkt kommen, ließ sich davon in einen bodenlosen See aus Lust reißen. Elizabeth folgte ihm wenig später, und sie taumelten sekundenlang in jenen silbrig schimmernden Tiefen, bis die Welt ringsumher langsam wieder Wirklichkeit zu werden begann.

Er stützte sich auf die Ellenbogen, sein Glied immer noch in ihr, und sah sich blinzelnd um in dem schäbigen Zimmer, das eigentlich dasselbe, aber jetzt irgendwie anders war. Die Dachkammer schien nicht mehr so düster und die Luft weniger muffig. Er wußte, das lag an Elizabeth und der Nähe, die sie miteinander verband.

Sie legte ihre Hand an seine Wange. »Wenn du es möchtest, können wir die Suche aufgeben und auf irgendeinem Schiff das Land verlassen. Es gibt Orte, wo wir sicher sein werden.«

Da lächelte er und fühlte sich innerlich befreit. Solange sie zusammen waren, war das Leben jedes Risiko wert.

»Das werden wir, wenn wir müssen, aber jetzt noch nicht.« Er rollte sich zur Seite und zog sie mit sich. »Zuerst werden wir aufschreiben, was wir alles über den Mörder wissen, Wahrscheinlichkeiten auflisten, Möglichkeiten erwägen. Und dann werden wir versuchen herauszufinden, was wir übersehen haben.«

Elizabeth sah lächelnd zu ihm auf. »Wir hätten uns schon früher lieben sollen, danach scheinst du immer die besten Ideen zu haben.«

Nick lachte. Zum erstenmal seit Tagen, und es fühlte sich wundervoll an. »Komm, Liebste, machen wir uns an die Arbeit.« Er schob sie lächelnd vom Bett und half ihr, ihre Kleider in Ordnung zu bringen.

Sie hatte die Chance gehabt. Jetzt würde sie ihm nie mehr entkommen. Seine Ritterlichkeit hatte Grenzen, und was Elizabeth betraf, hatte er die sowieso schon längst überschritten.

Tricklewood konnte zum Teufel gehen – jetzt würde er sie nie mehr bekommen. Elizabeth gehörte ihm, und egal was passierte, Nick würde sie behalten.

25

Rand Clayton betrachtete die Papiere auf seinem Schreibtisch. Seit seinem Gespräch mit Brom Small hatte er zusammengestellt, was immer er über Greville Townsend herausfinden konnte.

Rand war dem jungen Mann erst einmal begegnet, wobei er ihn sympathisch gefunden hatte, was vermutlich auch Frauen nachvollziehen konnten. Er war ziemlich hitzköpfig und konnte eifersüchtig und besitzergreifend sein – interessante Wesenszüge unter den gegebenen Umständen. Konnten sie einen jungen Mann zum Mord treiben?

Als Rand von einem Duell hörte, das er einer Frau wegen angestrengt hatte, nahm er an, daß es durchaus möglich war. Er hätte ihn gern befragt, doch Kendall hatte sich auf seinen Landsitz zurückgezogen.

Rand verließ die Stadt früh am nächsten Morgen und ritt zu Kendalls Besitzungen, die praktischerweise genau an der Strecke nach Castle Colomb lagen. Vielleicht diesmal auch nicht so praktisch, wenn Kendall tatsächlich für den Mord an Rachael Warring verantwortlich war.

Rand ritt weiter durch das Dorf Upshire, nicht weit von Kendalls Schloß entfernt. Das Wirtshaus ›Swan and Sword‹ lag in einer kleinen Seitenstraße, aber Rand machte dort keinen Halt. Er hatte alle Informationen, die er brauchte, um Townsend zu konfrontieren, und da Rands Freunde inzwischen noch mehr in Schwierigkeiten waren, wollte er die Sache hinter sich bringen.

Er erreichte bald darauf das Landschloß der Townsends,

und der Butler führte ihn in einen eleganten Salon in Grün und Gold, wo Kendall ihn begrüßte. Nach Rands Informationen war der Viscount ein reicher Mann, und das Haus ließ Geld und Geschmack erkennen.

Abgesehen davon fiel Rand sofort die Erscheinung des jüngeren Mannes auf – schmal und hohläugig, die Haut bleich, gar nicht mehr der gutaussehende, arrogante junge Lord, sondern ein Mann, dessen Hände zitterten, als hätte er sich öfter durch Trinken getröstet.

Kendall verbeugte sich höflich. »Ich fühle mich geehrt, Euer Gnaden, obwohl ich mir nicht vorstellen kann, in welcher Sache Ihr mich aufsucht.«

Rand klopfte abwesend seine Reithandschuhe gegen seinen Oberschenkel. »Ich bin nur der erste in einer Reihe von Besuchern, die Euch in nächster Zeit beehren werden.«

Kendall hob fragend eine Augenbraue und ging zu einer geschnitzten, bemalten Anrichte. »Möchtet Ihr vielleicht etwas zu trinken? Cognac? Oder etwas Stärkeres?«

»Nichts, danke.«

Kendall wies auf das Sofa, aber Rand schüttelte nur den Kopf. »Ihr sagtet, Ihr könnt Euch nicht vorstellen, warum ich gekommen bin. Vielleicht könnt Ihr es erraten, wenn Ihr Euch Mühe gebt.«

Kendall nippte an seinem Cognac, seine Gesichtszüge voll unter Kontrolle. »Ich habe gehört, Ihr hättet Nachforschungen angestellt und einen Detektiv zum Wirtshaus geschickt.«

Rand lächelte dünn. »Mr. Small ist ein sehr fähiger Mann. So fähig, daß er herausgefunden hat, daß Ihr gelogen habt, was Euren Aufenthalt im ›Swan and Sword‹ betrifft. Ihr wart nicht mehrere Stunden dort, sondern nur eine halbe Stunde, und so ist Euer Alibi für den Tag des Mordes nicht länger brauchbar. Ihr hattet genug Zeit, nach Castle Colomb zurückzukehren. Da Ihr einen Grund zum Lügen hattet, schließe ich daraus, daß es sehr wahrscheinlich ist, daß Ihr der Mann seid, der Rachael Warring ermordet hat.«

Kendall nahm einen tiefen Schluck aus seinem Glas. Als er den Blick hob, lag eine Leere und Ergebenheit in sein Schicksal darin, die ihn verzweifelt wirken ließ. Dem folgte ein Ausdruck der Resignation. »Ich hatte mich schon gefragt, wie lange es dauern würde, bis jemand es herausfände. Natürlich hatte ich gehofft, daß es nicht geschehen würde, denn ich bin noch jung und wollte leben. Andererseits scheint es, daß ich mehr Ehre besitze, als ich selbst geglaubt hatte. Das Schuldgefühl hat an mir genagt wie ein lebendiges Wesen. Ich weiß nicht, wie lange ich noch so hätte weitermachen können, selbst wenn Ihr nicht die Wahrheit herausgefunden hättet.«

Rand zwang sich, langsam vorzugehen, aber sein Herz raste, und seine Gedanken flogen voraus zu der Sache, die der Viscount nur mit seinen Worten meinen konnte. »Warum erzählt Ihr mir nicht davon?«

Das Glas zitterte in Kendalls Hand. Er trank noch einen großen Schluck Cognac. »Ich hatte nicht vor, sie umzubringen. Ich habe sie geliebt. Wir hatten einen heftigen Streit, früher am Tag – gleich, nachdem Ravenworth gegangen war. Ihr Mann wollte die Scheidung. Ich war froh darüber, denn ich dachte, jetzt könnte ich sie heiraten. Statt dessen erklärte mir Rachael, daß sie mich nicht mehr sehen wollte.«

Er trank noch einen Schluck zur Beruhigung, aber seine Hand zitterte noch mehr, und er verschüttete Cognac auf den persischen Teppich. »Ich war verärgert – und voller Angst, daß ich sie diesmal vielleicht wirklich verloren hätte. Ich machte beim ›Swan and Sword‹ halt und begann zu trinken. Es brauchte nicht viel, um mich selbst zur Rückkehr zu überreden.«

»Und …?«

»Ich betrat das Schloß durch einen überwachsenen Gartenpfad und die Hintertür, einen Weg, den ich aus Gründen der Diskretion oft gewählt habe. Rachael saß auf einem Hocker vor ihrem Toilettentisch und bewunderte die Juwelen an ihrem Hals.« Seine Augen wirkten leer, als wende er den Blick nach innen. »Sie war so schön… so unglaublich schön. Ich hätte sie am liebsten gleich an Ort und Stelle genommen.«

»Aber diesmal wollte sie Euch nicht.«

Grey schüttelte den Kopf. »Nein. Sie war immer noch verärgert und entschlossen, unsere Beziehung zu beenden. Wir stritten, und ich verlor die Beherrschung. Wir rangen. Das letzte, woran ich mich erinnere, war, wie sich meine Hände um ihren Hals legten. Ich drückte und drückte. Als ich sie schließlich losließ, war sie tot. Ich verließ das Schloß durch den Gartengang, stieg auf mein Pferd und ritt los. Ich nahm eine Nebenstraße über Land und ritt beinah mein Pferd zu Tode, um so schnell wie möglich nach Hause zu kommen.«

Eine Spur von Feuchtigkeit glitzerte in den Augen des jungen Mannes. Rand empfand unwillkürlich einen Anflug von Mitleid. »Ich habe sie geliebt«, sagte der Viscount. »Ich wollte ihr wirklich nichts zuleide tun. Ich habe sie mehr als alles auf dieser Welt geliebt.«

Rand schwieg. *Liebe.* Sie trieb Menschen zum Mord, Länder in den Krieg. Wie schon oft schwor er sich, einem derart destruktiven Gefühl niemals zum Opfer zu fallen. »Sie werden bald kommen. Vielleicht wäre es besser, Ihr würdet selbst zu ihnen gehen.«

Kendall nickte. »Ja, ich glaube auch.«

»Ich komme mit Euch, wenn Ihr nichts dagegen habt.«

Ein zynisches Lächeln hob Kendalls Lippen. »Natürlich.« Er ging kurz hinaus, um Hut und Handschuhe zu holen, dann gingen sie zusammen zu den Ställen.

Es ist vorüber, dachte Rand, als er sich in den Sattel schwang. Obwohl er kurzes Bedauern darüber empfand, daß Kendall sein Leben wohl verwirkt hatte, konnte er ein Gefühl von Befriedigung nicht unterdrücken. Die Anklage gegen Nick würde fallengelassen werden. Er und seine Braut würden nach Hause zurückkehren und das Leben beginnen können, das sie verdienten.

Es war das erste Mal seit langem, daß Rand das Gefühl hatte, wirklich etwas vollbracht zu haben.

»Es ist vorbei!« Elias grinste, als er über die Schwelle der kleinen Dachkammer des Wirtshauses ›Pig and Fiddle‹ trat.

Elizabeth sah auf von der langen Liste Notizen, die sie über den Mord zusammengestellt hatten.

Nicholas starrte seinen Freund an. »Was zum Teufel meinst du damit?« Elias grinste unentwegt weiter. »Kendall war es. Die ganze Stadt redet darüber.«

»Kendall!« Elizabeth sprang auf, und ihr Herz begann zu rasen. »Kendall hat Rachael ermordet? Aber Bascomb –«

»Kendall war's«, erwiderte Elias. »Der Herzog hat das rausbekommen.«

»Beldon?« Nicholas stand ebenfalls auf und hob erstaunt die Augenbrauen. »Beldon hat den Mörder gefunden?«

»Er ging zu ihm, und der Viscount hat's gestanden. Seine Gnaden hat ihn in die Stadt gebracht.« Elias breitete die Zeitung aus, die er in seiner massigen Pranke hielt. »Ich hab' das hier mitgebracht. Kann ich zwar selber nich' lesen, aber sie ham mir gesagt, da drin stände, daß sie Euch nich' mehr jagen.«

Nicholas nahm die zusammengefaltete Zeitung, breitete sie auf dem Tisch aus und begann zu lesen. Elizabeth stand auf den Zehenspitzen und lugte über seine Schulter.

»Mein Gott, Nick, es stimmt! Kendall hat gestanden – auch wenn er sagt, es wäre ein Unfall gewesen. Sie haben gestritten, und er hat die Beherrschung verloren. Er wollte sie nicht umbringen.«

Nicholas drehte sich um und nahm Elizabeth in seine Arme. »Es ist vorbei«, wiederholte er, wirbelte sie herum und strahlte von einem Ohr zum anderen. »Mein Gott, Bess, es ist wirklich vorüber!« Er drückte sie an sich, und sie spürte, wie sein Herz noch heftiger pochte als das ihre. Er ließ sich auf einen Stuhl fallen und zog sie auf seinen Schoß.

Ein Wunder, dachte sie und legte die Arme um ihn. In der Verkleidung des Herzogs von Beldon, aber trotzdem ein Wunder. Elizabeth starrte auf die Zeitung, und die Schrift begann, hinter Tränen zu verschwimmen. »Rand ist ein wunderbarer Freund. Wir werden ihm das nie vergelten können.«

»Nein«, stimmte ihr Nicholas zu. Sie spürte, wie er lächelte, als er sie auf den Hals küßte. »Aber danken können wir ihm ganz sicher.« Er wandte sich Elias zu, der gar nicht mehr aufhören konnte zu grinsen. »Ich weiß nicht, wie es mit dir ist, mein Freund, aber ich habe die Nase ziemlich voll vom ›Pig and Fiddle‹.«

Elizabeth saß neben Nicholas im privaten Salon des Herzogs, beide noch immer in ihren einfachen Kleidern, in seltsamem Gegensatz zu ihrer prächtigen, vergoldeten Umgebung.

»Das heißt, ich bin dir nicht nur zu ewigem Dank verpflichtet, sondern ich habe auch die Hochzeit meiner Schwester verpaßt«, stellte Nick trocken fest.

Beldon lachte in seiner typisch übermütigen Art. »Vielleicht wird sie ihn überreden, sie noch einmal zu heiraten, nachdem ihr wieder in Sicherheit seid.«

Nicholas lächelte Elizabeth an. Er hatte ihre Hand seit der Abfahrt vom Wirtshaus nicht mehr losgelassen. »Dann könnten wir ja eine Doppelhochzeit veranstalten.« Sie sah zu ihm auf, und er hauchte einen leichten Kuß auf ihre Lippen. »Jetzt kann uns nichts mehr aufhalten, meine Liebste.

Du hast dich geweigert, Tricklewood zu heiraten – also bleibe nur noch ich. Du hast schon einmal ja gesagt, und ich nehme dich beim Wort.«

Es wurde ihr warm ums Herz. Er liebte sie. Sie wußte, daß es so war. Vielleicht würde er es eines Tages aussprechen. »Ich denke schon, wenn es sein muß…«, neckte sie ihn.

»Einiges solltest du vorher regeln«, erinnerte ihn Rand. »Du wirst erst mit den Behörden sprechen und Verschiedenes in Ordnung bringen müssen.«

Elizabeth lächelte. »Zum Beispiel Nicks Angriff auf die arme Tante Sophie.«

Beldons einer Mundwinkel hob sich. »Unter anderem auch die Wachen, denen Elias eins über den Kopf gehauen hat.«

Nicholas kicherte trocken. »Das wird mich bestimmt teuer zu stehen kommen.«

»Tja, aber es wird es wert sein«, sagte Rand. »Wenn Kendall nicht gestanden hätte, hättest du wenigstens das Land verlassen können.«

»Wenn wir schon von dem Viscount sprechen«, sagte Nicholas und spielte abwesend mit einer Locke von Elizabeth' Haar. »Was hat er mit den Rubinen gemacht?«

Beldon seufzte. »Ich fürchte, da hast du Pech, alter Junge. Kendall sagt, er hätte die Rubine nicht. Sie lagen noch um den hübschen Hals der Gräfin, als er aus dem Schloß floh.«

Nicholas beugte sich vor. »Kendall hat sie nicht?«

»Er ist extrem reich. Ich glaube nicht, daß er seine Lage noch würde verschlimmern wollen, indem er das abstreitet.«

Nicholas' Züge spannten sich an. Elizabeth unterdrückte ein Schaudern, als sie seinem Gedankengang folgte. »Und wenn Kendall die Rubine nicht hat, wo sind sie dann?« fragte er.

Beldon zuckte die breiten Schultern. »Einer der Bediensteten muß sie gestohlen haben. Sie wären sicher eine unglaubliche Versuchung. Vielleicht können wir die Leute befragen und etwas herausfinden.«

Aber Nicholas' Kinn blieb hart. »Die Sache gefällt mir nicht, Rand. Irgend etwas stimmt nicht daran. Das sieht alles zu leicht aus. Kendall hat vielleicht Rachael getötet, aber wenn er die Rubine nicht hat...«

»Wenn er die Rubine nicht hat«, sagte Elizabeth, und ihre Stimme klang plötzlich gedrückt. »Dann war noch jemand dort, als die Gräfin ermordet wurde. Und wenn es keiner von der Dienerschaft war –«

»Könnte es Oliver Hampton gewesen sein«, ergänzte Nicholas düster.

»Den Gedanken hatte ich auch schon«, meinte Beldon. Er klingelte nach seinem Butler, um Erfrischungen bringen zu lassen. »Und wenn man das gerade rechtzeitig gebrochene Rad an der Kutsche bedenkt oder wer etwas von Rachaels Tod haben könnte – dann war das sicher nicht Townsend.«

Elizabeth wurde es noch unbehaglicher. »Bascomb hatte einen Spion in Nicks Haus«, sagte sie. »Elias glaubt, daß es der Kutscher ist. Wenn das stimmt, könnte Bascomb genug Informationen gehabt haben, um den Mord zu begehen und es aussehen zu lassen, als wäre Nicholas der Mörder gewesen.«

»Mein Gott, ich kann das irgendwie nicht begreifen«, sagte Nick und fuhr sich durchs wirre Haar.

»Hoffen wir, daß wir uns täuschen. Aber inzwischen sollten wir unbedingt möglichst viele Fakten herausfinden. Wenn Bascomb irgendwie mit dem Mord zu tun hat, werdet ihr keine Ruhe finden, bis alles geklärt ist.«

Nick seufzte. »Irgendwie habe ich das unbestimmte Gefühl, daß Bascomb wirklich etwas mit der Sache zu tun hat.

Aber ich kann nicht verstehen, warum Kendall dabei lügen sollte.«

»Glaube ich nicht. Ich denke, er sagt die Wahrheit – soweit er sie kennt. Wenn deine Theorie allerdings richtig ist, könnte Bascomb ebenfalls dort gewesen sein, vielleicht um Rachael zu bedrohen und sicherzugehen, daß sie der Scheidung nicht zustimmte. Er hat womöglich den Schmuck nur genommen, weil er dir gehört, und er wußte, wieviel er dir bedeutet hat.«

»Rand hat recht«, sagte Elizabeth. »Wir sollten unbedingt in Erfahrung bringen, ob Bascomb mit der Sache zu tun hatte.«

Nicholas knirschte mit den Zähnen. »Eins weiß ich sicher: Solange der Mann am Leben ist, wirst du nicht vor ihm sicher sein.« Er stand mit entschlossener Miene auf. »Ich werde ihn zum Duell fordern.«

Rand warf ihm einen finsteren Blick zu. »Sei nicht dumm, du wirst nur wieder dahin kommen, wo du warst: zurück in eine Zelle in Newgate.«

»Nicht, wenn ich vorsichtig bin. Wenn genügend verläßliche Zeugen bei dem Duell –«

»Wenn du ihn umbringst, wirst du die Wahrheit nie erfahren und deine Rubine auch nicht zurückbekommen.«

»Ach, vergiß die Rubine.«

»Es gibt noch eine andere Möglichkeit«, warf Elizabeth nachdenklich ein. »Wenn wir vorsichtig vorgehen, können wir sowohl herausfinden, ob dein Kutscher ein Verräter ist als auch, was bei dem Mord wirklich passiert ist, ohne daß du dabei in Gefahr kommst.«

Beide Männer wandten sich ihr zu. »Wie?« fragten sie gleichzeitig.

Elizabeth holte tief Atem und stärkte sich innerlich für den Kampf, den sie gewinnen mußte.

Sie wählte am nächsten Morgen ein besonders attraktives Kleid aus grüner Seide mit aufgestickten Rosen. Sie hatte am Abend vorher Mercy eine Nachricht geschickt, und das junge Mädchen war mit einer Kollektion passender Kleider zum Haus des Herzogs von Beldon geeilt.

Elizabeth betrachtete sich zufrieden im Spiegel. Es gefiel ihr, wie die obere Rundung ihrer Brüste bloßlag und wie die Zofe ihr das Haar in weichen Locken auf dem Oberkopf zurechtgesteckt hatte, in der Hoffnung, die Mühe würde sich auszahlen.

Nachdem Nicholas schließlich sehr zögerlich ihrem Plan zugestimmt hatte, waren sie die Einzelheiten immer wieder durchgegangen. Sie beschlossen, daß sie allein zu seinem Haus fahren und Jackson Freemantle aufsuchen sollte, um die ganze Sache in Bewegung zu bringen. Sie hofften, daß Freemantle zu Bascomb gehen würde und der Graf den Köder dann auch schluckte.

»Köder?« hatte Nicholas zornig gerufen, als sie ihm ihren Plan erklärt hatte. »Du redest doch nicht etwa von dir selbst, oder?« Natürlich war sie der Köder, und nur stundenlange Überredung und die eiserne Unterstützung des Herzogs hatten ihn schließlich überzeugen können.

Sie schaute ein letztes Mal in den Spiegel und machte sich dann mit ihrem Umschlagtuch auf den Weg nach unten, wo die Männer sie in Begleitung eines Richters namens Wilton Sommers erwarteten. Er war ein mächtiger Freund des Herzogs und hatte zugestimmt, ihnen zu helfen.

Der Plan war fertig, alle Eventualitäten bedacht. Oliver war von ihr besessen – oder von dem Verlangen, sich an Nick zu rächen – oder beides. Er erwartete immer das Schlimmste von Menschen. Sie wünschte, daß sie ihre Rolle überzeugend genug spielen würde.

Überzeugend genug, um ihn dazu zu bringen, daß er die Wahrheit eingestand.

In der Eingangshalle ging Nick unruhig auf dem schwarz-weißen Marmor auf und ab, als Elizabeth die Treppe herunterkam.

»Mir gefällt diese Sache nicht, Elizabeth. Ich hätte niemals zustimmen sollen. Es ist einfach zu riskant.« Seine Augen wirkten dunkel und durchdringend. Der Graf von Ravenworth war ein eindrucksvoller Mann, besonders wenn sein Beschützerinstinkt geweckt wurde.

Elizabeth hielt ihm stand. »Das haben wir doch immer wieder besprochen. Oliver Hampton macht mir seit Jahren das Leben schwer. Ich bin es absolut leid, wieviel Macht er auf uns ausübt. Ich will, daß das aufhört.« Sie nahm sanft seinen Arm. »Bascomb wird mir nichts tun – nicht solange du und Rand da sind.«

Nicholas starrte sie eine Weile schweigend an, seine Augen eindringlich blaugrau. In seiner Wange zuckte ein Muskel. »Aber vielleicht klappt es nicht. Vielleicht schickt Bascomb nur einen seiner Henker zu dir.«

»Glaube ich nicht. Diesmal nicht. Sie haben schon zu oft versagt.«

Rand drückte Nicks Schulter. »Keine Angst, mein Freund. Wenn Bascomb erscheint, sind wir schon da. Elizabeth wird keine Schwierigkeiten haben.«

Nicholas wirkte finster, schwieg aber. Elizabeth kam wie geplant um zehn Uhr beim Stadthaus an und ging direkt zum Stall. Jackson Freemantle, ein gedrungener Mann mittleren Alters, war dort damit beschäftigt, Nicks Phaeton zu polieren. Falls er überrascht war, sie zu sehen, ließ er es sich nicht anmerken.

Er wußte sicher, daß Ravenworth entlastet war. Alle in London hatten von dem Geständnis des Viscounts gehört. Elizabeth lächelte, als sie ihm erzählte, daß Elias und Nicholas fortgegangen waren, um die restlichen Angelegenheiten zu regeln.

»Ich weiß nicht genau, wie lange sie brauchen werden, wahrscheinlich nur ein paar Stunden. Seine Lordschaft möchte, daß du ihn beim Büro des Polizeipräfekten abholst.«

»Und Ihr, Miss, werdet Ihr mit mir kommen?«

»Ich glaube, ich warte lieber hier auf sie.« Sie lächelte wieder. »So habe ich Zeit zum Lesen. Ich liebe die Gemütlichkeit der Bibliothek.«

Das war der Raum, den sie sich für ihre Falle ausgesucht hatten. Er hatte einen kleinen Vorraum an einer Seite und war leicht von einer Hintertür des Hauses aus erreichbar, die gewöhnlich nur abends geschlossen wurde.

»Seid Ihr sicher, daß Ihr allein hierbleiben wollt, Miss? Ich dachte, Seine Lordschaft hat Sorgen um Eure Sicherheit.«

»Sie werden ja nur ein paar Stunden weg sein. Und niemand weiß, daß ich hier bin. Also werde ich bestimmt bis dahin in Sicherheit sein.«

Jackson grinste. »Ich hole ihn ab. Keine Sorge, Miss.«

»Vielen Dank.« Sie kehrte ins Haus zurück und schaute aus den Fenster, bis die Kutsche davonfuhr. Inzwischen waren die anderen angekommen. Nicholas wartete mit finsterer Miene und unruhig wie ein gereizter Stier im Salon, zusammen mit Rand und dem Richter.

»Mir gefällt die Sache immer noch nicht«, knurrte er.

»Entspann dich, mein Freund. Theo und Elias sind draußen und wir drei hier drin. Das ist bestimmt genug.«

»Für Bascomb ist nicht einmal eine Armee genug.« Aber er protestierte nicht weiter, und nach einiger Zeit nahmen die Männer ihre Plätze ein, der Herzog und Sommers hinter der Tür des Vorzimmers, Nicholas hinter einer hohen Wand von Bücherregalen am Ende der Bibliothek.

Elizabeth setzte sich an ein Erkerfenster mit Blick auf den Garten. Wenn Bascomb von hinten hereinkam, wie sie hofften, würde er wissen, daß sie in der Bibliothek war, wie Freemantle ihm gesagt haben würde.

Sie schlug das dicke Buch auf, das sie sich ausgesucht hatte, und versuchte zu lesen, aber sie konnte sich nicht konzentrieren. Die Uhr tickte laut. Hampton würde sich die Gelegenheit bestimmt nicht entgehen lassen, um Elizabeth zu entführen, bevor der Graf und sein kräftiger Kammerdiener womöglich wieder auftauchten.

Die Minuten verstrichen. Zweimal hörte sie ein leises Geräusch von Ungeduld hinter den Bücherregalen, dann legte sich die Stille wieder über den Raum. Aus dem Augenwinkel sah sie eine Bewegung im Garten. Nein, nur einen Schatten, den ihre Nervosität größer erscheinen ließ. Die Zeit verstrich. Vielleicht würde er doch nicht kommen. Ein Teil von ihr wünschte beinah, es wäre so. Andererseits wollte sie aber, daß es endlich vorüber war.

Eine Viertelstunde später sprang die Tür der Bibliothek auf, Oliver Hampton, der Graf von Bascomb, stolzierte herein. Sie brauchte die Überraschung gar nicht zu spielen. Sie hatte inzwischen mit seinem Kommen nicht mehr gerechnet.

»Oliver …« Sie schloß erschreckt das Buch und stand auf, als er die Tür zumachte.

»Ihr habt mich mit Vornamen angesprochen.« Ein schmieriges Lächeln lag auf seinen Lippen. »Ich denke, das ist ein guter Anfang.«

»Was macht Ihr denn hier?«

»Das wißt Ihr doch bestimmt, Elizabeth. Ich bin Euretwegen gekommem.«

Ihr Herz schlug schneller. Ihre Handflächen waren feucht. Sie preßte sie gegen ihren Rock. »Es überrascht mich, daß Ihr diesen Aufwand betreibt. Inzwischen solltet Ihr doch wissen, daß ich nicht mit Euch kommen werde. Ich werde schreien, wenn Ihr Euch weiter nähert. Dann kommen Bedienstete. Ihr könnt mich doch nicht einfach hier herausschleppen.«

»Ich hatte gehofft, daß das nicht nötig sein würde.«

»Was meint Ihr damit?«

»Ich dachte, daß Ihr vielleicht nach allem, was geschehen ist, Eurer Beziehung mit Ravenworth langsam müde seid. Ich hatte gehofft, daß Euch im Lichte des ganzes Skandals aufgegangen sein könnte, daß Ihr, falls Ihr beim Grafen von Ravenworth bleibt, für immer zu einem langweiligen Leben auf dem Lande verdammt sein würdet.«

Sie sah ihn nachdenklich an. Dann zuckte sie mit den Schultern und wandte den Blick ab. »Der Gedanke war mir allerdings in letzter Zeit gekommen. Ich bin natürlich nicht begeistert von dem Gedanken, mein Leben lang eine Ausgestoßene der Gesellschaft zu bleiben. Andererseits hat Ravenworth mir angeboten, mich zu heiraten, während ich für Euch nicht mehr als eine Geliebte wäre.«

»Es gab eine Zeit, da wollte ich Euch zu meiner Gräfin machen.«

»Damals war ich jünger und hatte andere Erfahrungen. Außerdem wußte ich noch nicht so genau, was ich wollte.«

Er hob eine dichte Augenbraue und musterte sie scharf. »Und jetzt?«

Sie gestand ihm ein winziges Lächeln zu. »Ich muß zugeben, daß Ihr langsam anfangt, mich zu interessieren, Oliver.« Sie ging auf ihn zu, bemühte sich, verführerisch zu wirken. »Ihr seid stärker, als ich mir vorgestellt hatte – und wesentlich klüger.«

»Das ist allerdings richtig, doch es überrascht mich, daß Ihr es bemerkt habt. Was hat Euch auf den Gedanken gebracht?«

Sie blieb ein paar Schritte vor ihm stehen. »Der Mord an Rachael Warring. Ich glaube kaum, daß irgend jemand in London glaubt, Ihr würdet irgendeine Rolle dabei spielen, ich aber schon. Ich glaube, Ihr seid der einzige, der klug genug war, sich auszudenken, wie es möglich sein könnte, Nicholas als den Schuldigen dastehen zu lassen.«

Ein selbstzufriedenes Lächeln umspielte seinen Mund. »Und diese Möglichkeit findet Ihr interessant?«

»In gewisser Weise schon.« Nur ein so gefühlloser Mann wie Bascomb würde so etwas glauben. Nur er konnte sich vorstellen, sie von Nicholas abbringen zu können, als hätte er ihr nie etwas bedeutet.

Er machte einen Schritt auf sie zu, und hinter dem Bücherregal ertönte ein schwaches Geräusch. Sie hoffte, daß Bascomb es nicht gehört hatte.

»Ich könnte Euch viele Dinge zeigen, Elizabeth, und Euch großen Reichtum verschaffen – was immer Ihr Euch wünscht. Ihr braucht nur mit mir zu kommen. Und ich verspreche Euch, Euer Leben wird nie langweilig sein.«

Sie starrte ihn an, verbarg den Haß, den sie empfand, den Abscheu, der ihr den Magen umzudrehen drohte. Jede Sekunde, die verstrich, war sie mehr davon überzeugt, daß er mit Rachaels Mord zu tun hatte.

Sie wandte sich scheinbar lässig ab. »Es gibt allerdings etwas, das ich will. Etwas, das Rachael Warring hatte und Nicholas mir nicht mehr geben kann.«

Sein Ausdruck veränderte sich, wurde wachsam. »Ihr sprecht doch wohl nicht von den Rubinen? Der Diebstahl war in allen Zeitungen. Ich wußte nicht, daß Ihr an solchen Dingen Interesse habt.«

»Ich bin auch nur eine Frau.«

Er gab ein Geräusch von sich, das beinah ein Lachen hätte sein können. Er griff in seine Rocktasche, zog ein zum Bündel geknüpftes Taschentuch hervor, ging hinüber zum Tisch und legte es darauf. »Ich dachte schon, dies könnte sich als Versuchung erweisen. Einem solchen Schatz kann man schwer widerstehen. Macht es auf.«

Ihr Puls hämmerte, schien in ihren Ohren zu dröhnen. Sie folgte ihm zum Tisch und streckte die Hand nach dem kleinen weißen Beutel aus. Mit zitternden Fingern öffnete sie das kleine Taschentuch mit dem Bascomb-Wappen darauf – und starrte die Ravenworth-Rubine an.

Einen Moment blieb sie stumm, starrte nur auf die blutroten Juwelen, die bewiesen, daß er am Ort des Mordes gewesen war. Langsam drehte sie sich zu ihm um.

»Ihr wart dort. Ich wußte es.«

Er kicherte heiser. »Es war ein ziemlich genialer Plan – obwohl er nicht genauso gelaufen ist, wie ich mir das vorgestellt hatte. Der arme Narr Kendall glaubt wirklich, er hätte sie umgebracht – aber nur beinah. Nach seinem eifersüchtigen Auftritt war alles recht einfach. Ich habe nur zu Ende geführt, was der junge Heißsporn angefangen hatte. Ich wußte, daß alle in London glauben würden, Ravenworth hätte sie umgebracht.«

Elizabeth brachte kein Wort hervor.

»Die Rubine gehören Euch, wenn Ihr mit mir kommt. Wir lassen sie neu fassen. Dann sind sie unser Symbol des Triumphs. Und keiner wird je die Wahrheit erraten.«

Ihre Hand zitterte, als sie die Rubine wegschob. »Ihr habt sie ermordet und Kendall die Schuld tragen lassen.« Ihre Finger fühlten sich taub an, als sie sie an ihre Kehle legte. »Und was Nicholas angeht, da habt Ihr auch gelogen – damals, nachdem er Euren Bruder erschossen hatte.«

»Ravenworth hat Stephen getötet. Alle wußten, daß er ein viel besserer Schütze war. Die Tatsache, daß mein Bruder ebenfalls bewaffnet war, war völlig unerheblich.«

»Wäre es aber für die Gerichte nicht gewesen.«

Bascomb runzelte die Stirn. »Ich bin das Reden leid. Es ist Zeit zu gehen.«

»Ich werde nicht... mit Euch gehen.«

Bascombs Züge wurden hart. Falls ihn ihre Entscheidung

überraschte, zeigte er es nicht. Seine Hand verschwand in seiner Weste und zog eine Pistole hervor. Sein Lächeln war dünn. »Selbstverständlich kommt Ihr mit, meine Liebe.«

Die Tür zum Vorraum flog im selben Moment auf, in dem auch Nicholas hinter dem Bücherregal hervorhechtete. Sowohl Rand als auch Nicholas hielten Pistolen.

Nicholas trat vor. »Legt die Waffe weg, Bascomb. Sofort.«

Ein haßerfüllter Ausdruck flackerte über sein Gesicht. Er starrte Elizabeth an. »Es war dumm von mir zu glauben, Ihr hättet Euch geändert. Ich hätte wissen müssen, daß Ihr nicht so klug sein würdet, mein Angebot anzunehmen.«

»Ich liebe ihn. Ein Mann wie Ihr kann nicht einmal ahnen, was das bedeutet.«

Ganz langsam drehte Bascomb die Waffe in Nicholas' Richtung. »Ihr glaubt, Ihr hättet mich endlich hereingelegt. Ihr glaubt, diesmal hättet Ihr gewonnen.« Seine Hand griff die Waffe fester, und Elizabeth' Herz erstarrte. »Bedeutet sie Euch wirklich so viel?«

»Sie bedeutet mir alles«, sagte Nicholas leise.

Bascombs Mund wurde zur schmalen Linie. »So ein Pech.« Mit einer einzigen, schnellen Bewegung schwang er die Waffe zu Elizabeth herum und drückte auf den Abzug.

»Neiiin!« Nicholas' Schrei durchschnitt die Luft, und seine Pistole ging los, und ein greller Schmerz traf ihre Brust.

Rands Waffe ging ebenfalls los, aber ihre Beine hielten sie nicht mehr aufrecht. Sie sackte zu Boden. Nicholas rief ihren Namen, er stürzte auf sie zu. Elizabeth hörte ihn kaum. Ihre Augenlider fühlten sich schwer an, und der Schmerz war so heftig, daß sie die Zähne zusammenbiß, um nicht zu schreien. Sie atmete schnell und flach, und ihre Arme kribbelten und wurden taub.

Sie merkte, wie Nicholas sich neben sie kniete, ihren

Kopf in seinen Schoß bettete, immer wieder ihren Namen stammelte. Sie sah die Tränen auf seinen Wangen. Der Schmerz wurde brennender, schärfer. Er hielt ihre Hand, aber sie konnte sie nicht fühlen.

»Stirb nicht«, flüsterte er. »Bitte stirb nicht.«

»Nicholas ...«

Er strich mit bebender Hand ihr Haar zurück, drückte ihre Finger auf seine bebenden Lippen, doch sie spürte die Wärme nicht.

»Elizabeth ... bitte ... du darfst mich nicht verlassen. Ich habe mein ganzes Leben lang auf dich gewartet. Ich brauche dich, Bess.« Seine Stimme brach bei den letzten Worten. »Ich brauche dich so sehr.«

Sie wollte nicht sterben. O Gott, sie wollte ihn nicht verlassen. Sie wollte seine Frau sein, seine Kinder bekommen. Sie versuchte, ihm das zu erklären, aber ihre Stimme funktionierte nicht. Ihr Kopf war schwer wie Blei.

»Versuche nicht zu sprechen«, sagte er, und seine Stimme klang nach Tränen. »Spar deine Kraft.« Er schluckte, und sie sah die Bewegung in seiner Kehle. »Rand holt einen Arzt. Du mußt durchhalten.«

Der Schmerz durchdrang ihre ganze Brust, und sie schloß die Augen. Sie betete, er würde sagen, daß er sie liebte. Sie wollte es so gern hören. Wenn sie sterben mußte, wollte sie die Worte mitnehmen, um sich furchtlos dem Unbekannten zu überlassen.

Sie wünschte sich so sehr, daß seine Liebe zu ihr wahr wäre.

Sie versuchte, sich die Lippen zu befeuchten. Sie fühlten sich trocken wie Pergament an. Sie versuchte zu schlucken, aber ihre Kehle war eng wie zugeschnürt. Ihre Lider brannten. Sie zwang sich, die Augen zu öffnen, sah Nicholas' dunklen Kopf über sich gebeugt, sah, daß er betete. Seine Wangen waren tränenüberströmt.

Mit letzter Kraft streckte sie die Hand aus, legte sie an sein Gesicht. »Ich… liebe dich«, flüsterte sie. »Liebst du… mich?«

Ein gequältes Geräusch erklang aus seiner Kehle. Sie sah, wie seine Lippen begannen, sich zu bewegen, wußte, daß er sprach, dachte, daß es vielleicht die Worte waren, die sie so verzweifelt gern hören wollte. Aber Elizabeth konnte ihn nicht mehr hören, und sie war traurig, daß sie es vielleicht nie wirklich erfahren würde.

Dunkelheit umfing sie. Der Schmerz durchzuckte sie noch einmal und ließ dann nach. Sie sah noch, wie er die Hand nach ihr ausstreckte, nahm an, er bat sie zu bleiben, bat sie, ihn nicht zu verlassen, dann schlossen sich ihre Lider, und sein geliebtes Gesicht verlosch.

26

Nick drückte Elizabeth' bleiche, reglose Hand an seine Wange. Sie fühlte sich eiskalt an, der Puls am Handgelenk war kaum spürbar.

»Ich liebe dich, Elizabeth. Mein Gott, ich liebe dich so sehr.« Nick hatte diesen Satz in den vergangenen drei Tagen wohl Tausende Male wiederholt – oder waren es schon vier Tage? Er wußte es nicht mehr so genau. Er wußte nur, daß Elizabeth am Rande des Todes schwebte, daß sie das Bewußtsein verloren hatte, bevor er die Worte sagen konnte, die sie so sehnsüchtig hatte hören wollen, mit denen er zu lange gewartet hatte.

Er küßte ihre Handfläche und legte die kalte Hand vorsichtig unter die Decke. Mit jedem ihrer flachen Atemzüge tat ihm das Herz noch mehr weh. Ein dicker Knoten schnürte ihm schier die Kehle zu und die Schuld drückte auf seine Brust wie ein riesiger Fels. Es war seine Schuld, daß dies geschehen war. Er hätte sie von Bascomb fernhalten sollen. Er hatte sich wirklich bemüht und doch wieder versagt.

Nicholas holte rasselnd Atem und beugte den Kopf.

Herr Gott, ich weiß, daß ich nicht so war, wie ich hätte sein sollen. Ich habe Dinge getan, die ich bereue, von denen ich wünschte, ich könnte sie ändern. Ich habe Dich mehr als einmal verraten. Vielleicht werde ich es in den kommenden Jahren wieder tun. Aber ich bin jetzt ein anderer Mensch, ein geläuterter Mensch, und das durch Elizabeth. Ich weiß, daß ich sie nicht verdiene, aber die Wahrheit ist, daß ich sie wirklich liebe – mehr als mein eigenes Leben –, und ich flehe

Dich an, sie leben zu lassen. Ich werde mich um sie kümmern, o Herr, und ich werde versuchen, ein besserer Mensch zu werden.

Nicholas lehnte sich in dem Sessel zurück, in dem er die letzten vier Tage gesessen hatte. Er wollte seinen Zorn laut herausschreien. Er wollte weinen. Aber das alles nutzte Elizabeth nichts. Sie brauchte seine Kraft, und er war entschlossen, sie ihr zu geben.

Maggie Warring Sutton, die Marquise von Trent, stand neben ihrem Mann direkt an der Tür zu Elizabeth' Schlafzimmer.

»Ich kann es nicht ertragen, Andrew, ihn so zu sehen.« Tag um Tag saß ihr Bruder an Elizabeth' Bett. Keine Überredungskunst schaffte es, ihn davon abzubringen. Er hatte nichts gegessen. Er hatte nicht geschlafen. Dunkle Ringe umgaben seine Augen, die ein tonloses Grau angenommen hatten. Und immer noch war Elizabeth nicht zu sich gekommen.

Andrew drückte ihre Hand. »Du darfst die Hoffnung nicht aufgeben, Liebes. Der Doktor sagt, daß es immer noch möglich ist, daß sie überlebt.«

»Sie muß einfach, Andrew. Nicholas liebt sie so sehr.«

»Er sagt dauernd, er hätte zu ihr nie von seinen Gefühlen gesprochen. Nun hofft er inständig, daß sie zu sich kommt, damit er das nachholen kann.«

Maggies Kehle wurde eng. Das verzweifelte Gesicht ihres Bruders, seine markanten Züge verzerrt vor Schmerz, während er Elizabeth' Hand festhielt, konnte sie kaum noch ertragen. Unten ging Rand Clayton im Salon auf und ab, fast genauso verzweifelt wie Nick, weil er seinen Freund zu dem Unterfangen überredet hatte. Tante Sophie war gefaßter als die anderen, denn sie hatte beschlossen, daß ihre Nichte nicht sterben würde. Sie kümmerte sich von morgens bis abends darum, daß sie versorgt wurde und schaffte es auf diese Weise, mit ihrem Kummer fertig zu werden.

Daß Oliver Bascomb tot war, schien nicht mehr wichtig. Nicht um den Preis von Elizabeth' Leben.

»Ich halte es nicht mehr aus, Andrew.« Aber natürlich würde sie es doch schaffen. Sie hatte ihren Mann, der sie unterstützte, ihr Kraft und Mitgefühl gab. Sie hätte sich nie träumen lassen, wie gut es sich anfühlte, einen Mann wie Andrew Sutton zu lieben, eine gemeinsame Zukunft zu planen, sich darauf zu freuen, daß sie Kinder haben würden.

Sie betete zu Gott, daß Nicholas die gleiche Chance zum Glücklichsein bekommen würde, daß der Herr die Frau verschonen möge, die seine einzige wahre Liebe war.

Nicholas lief neben Elizabeth' Bett auf und ab. Tagelang war er zerrissen gewesen zwischen Zorn und Verzweiflung, hatte abwechselnd geschimpft und gebetet. Jetzt schimpfte er und hoffte, daß Elizabeth ihn hören würde.

»Du wirst nicht sterben – hörst du, Elizabeth Woolcot? Du wirst deine großen, grünen Augen öffnen und dir anhören, was ich dir zu sagen habe.«

Sie rührte sich nicht.

»Du wirst mich heiraten, hörst du? Du hast es mir zugesagt, und jetzt wirst du tun, was du versprochen hast.«

Sie blieb stumm.

Nick ging zur Wand, dann wieder zurück zum Bett. »Ich bin es leid, mit dir zu streiten, Bess. Du bist stur und eigenwillig. Du tust selten, was ich dir sage, aber in diesem Fall wirst du es tun. Der Doktor sagt, deine Wunden beginnen zu heilen. Es gibt überhaupt keinen Grund dafür, warum du daliegst und so tust, als würdest du mich nicht hören. Ich liebe dich und habe die Absicht, dich zu heiraten.« Er holte rauh Atem und fragte sich, ob das alles sinnlos war, fühlte sich einsamer und müder als je zuvor in seinem Leben.

Trotzdem weigerte er sich aufzugeben.

»Ich rede mit dir, Miss Woolcot. Ich liebe dich, hörst du? Wir werden heiraten und –« Er brach ab und hielt die Luft an. Ihre Augenlider begannen zu flattern, und plötzlich sah sie ihn mit weit offenen Augen an. Zuerst traute er seiner Wahrnehmung nicht, doch die schönen, grünen Augen schauten weiter in seine Richtung, und ein winziges Lächeln umspielte ihre Lippen.

»Sag das noch mal«, flüsterte sie.

Nick ließ sich neben ihr auf die Knie sinken und griff mit zitternder Hand nach ihren Fingern. »Ich habe die Absicht, dich zu heiraten.«

»Das … andere …«

Tränen brannten in seinen Augen. »Ich liebe dich. Ich habe dich seit jenem ersten Tag geliebt, als du in mein Arbeitszimmer gestolpert bist. Ich liebte dich, als ich dich im Garten sah, wie du zu irgendeinem Vogel hochschautest. Und in jenem Augenblick, als du in meine stinkende Zelle kamst und sagtest, du wolltest mir zur Flucht verhelfen.«

»Ich werde nicht … sterben«, verriet sie mit solcher Zuversicht, daß unendliche Erleichterung ihn durchströmte. Dann lächelte er unvermittelt. Mein Gott, er hatte vergessen, daß er das noch konnte – und wie gut es sich anfühlte.

»Nein, du wirst nicht sterben, das lasse ich nicht zu.«

»Ich liebe dich.«

Die Liebe umfing ihn mit einer so einzigartigen Kraft, daß es ihm kurz den Atem verschlug. Gott hatte seine Gebete erhört! Er hatte ihm Elizabeth zurückgegeben, und Nick war ein Mann, der ein solches Wunder klar erkannte. Er beugte sich vor und hauchte einen Kuß auf ihre Wange. »Ich liebe dich auch. Und ich werde es dir von jetzt an so oft sagen, bis du der Worte überdrüssig wirst.« Er lachte zärtlich.

»Wirklich, Mylord?« flüsterte sie.

»Das verspreche ich dir, Bess. Ich liebe dich. Und ich werde es ständig wiederholen, so daß du es niemals vergessen kannst.«

Dieses Versprechen gedachte er ewig zu halten.

Epilog

Elizabeth genoß das Gefühl von Nicholas' geschmeidigem Körper, der sie schützend umfing. Sie hatten sich gerade geliebt, und die Glut der Befriedigung erfüllte sie.

Heute war es sechs Monate her, daß sie geheiratet hatten, eine schlichte, aber elegante Hochzeit, die im Garten von Ravenworth Hall stattgefunden hatte. Alle ihre Freunde waren dort gewesen, alte und neue – viel mehr als sie erwartet hatte. Und natürlich auch Elias, Theo, Mercy und all die treuen Bediensteten von Ravenworth.

Außer Jackson Freemantle, ihm war fristlos gekündigt worden.

Nach der Hochzeit, in ihrem Schlafzimmer, hatte Nicholas ihr ein Geschenk gemacht. Nicht die Ravenworth-Rubine, die blieben im Tresor bei Sydney, aber einen wunderschönen Anhänger aus Smaragden und Diamanten passend zu ihren Augen.

Elizabeth lächelte, als sie daran dachte. Sie hatte das kostbare Juwel heute abend zum Essen getragen, und Nicholas hatte sie mit passendem Armband und Ohrringen überrascht. Sie jedoch hatte nun ein anderes Geschenk für ihn, wertvoller als jeder Schmuck.

Sie spürte, wie seine Finger sacht über ihre Schultern strichen, ihre Wirbelsäule entlang abwärts. Er drückte seine Lippen auf ihren Hals, und sie schauderte ein wenig. Er war so köstlich unersättlich, besonders heute abend. Er begehrte sie schon wieder, und wie immer begehrte sie ihn ebenfalls.

Sie drehte sich auf den Rücken, um ihn anzusehen, sah die

Liebe und das schelmische Glitzern des Begehrens in seinem Blick. »Danke für das herrliche Armband und die Ohrringe. Nach sechs Monaten hat man ja noch gar keinen richtigen Hochzeitstag. Aber schließlich war jeder Tag etwas Besonderes für mich, seit ich dir begegnet bin.«

Er hauchte einen Kuß auf ihre Lippen. »Du bist das Besondere dabei, Bess. Und ich danke Gott jeden Tag, daß du mir gehörst.«

Sie verschränkte die Finger ihrer einen Hand mit seiner. »Ich habe auch ein Geschenk für dich. Ich wollte es dir eigentlich schon früher geben, aber du warst so fasziniert von anderen Dingen, daß ich dachte, ich warte lieber noch ein wenig.«

Er hob eine schmale schwarze Augenbraue. »Ich dachte, ich hätte dein Geschenk schon bekommen. Ich dachte, als du mit der Zunge meinen Nabel geschleckt hast und dann abwärts bis zu meinem –«

»Nicholas Warring! Das ist nicht die Art Geschenk, die ich meine. Und das weißt du.«

Er grinste verführerisch. Schließlich war er der »Verruchte Graf«, und glücklicherweise gab es Dinge, die sich einfach nicht änderten. »Tut mir leid.« Aber das unreuige Glitzern in seinem Blick bewies, daß es ihm überhaupt nicht leid tat.

»Das Geschenk, das ich für dich habe, ist eines, das ein ganzes Leben lang und länger halten wird. Rate mal, was es ist.«

Er feixte und schüttelte den Kopf. »Neue Reitstiefel?«

Sie lächelte ihn an, nahm seine Hand und legte sie ganz vorsichtig auf die sachte Rundung ihres Bauches. Jeder Übermut verschwand aus seinem Blick.

»Sag mir, daß du keine Witze machst. Mein Gott, Bess, sag, daß das Geschenk ein Kind ist.« Seine Augen waren so voller Hoffnung, daß Tränen in ihre Augen traten.

»Wir werden ein Baby haben, Mylord. Und wenn wir Glück haben, wird es vielleicht ein Sohn.«

Seine Kehle bewegte sich, aber kein Ton war zu hören. Einen Moment senkte er den Blick. Als er sie wieder ansah, glänzten seine Augen verdächtig, und er lächelte zutiefst bewegt. »Das ist das Geschenk, das ich mir mehr als alles andere gewünscht habe, ein Geschenk, von dem ich irgendwann nicht mehr geglaubt hatte, daß ich es noch bekommen würde. Ob Sohn oder Tochter ist völlig unwichtig. Wichtig ist nur, daß es unser Kind sein wird und wir es mehr lieben werden als vernünftig ist.« Er beugte sich vor und küßte sie innig. »Ich liebe dich, Lady Ravenworth. Ich liebe dich so unendlich über alle Maßen.«

Dankbare, wilde Freude überwältigte sie, zusammen mit einem grenzenlosen, fast schmerzhaften Gefühl von Liebe für ihn. Sie war jetzt seine Frau, und bald würde sie die Mutter seines Kindes sein.

In ihren kühnsten Träumen hätte sich Elizabeth nicht vorstellen können, welches Glück sie in den Armen des »Verruchten Grafen« einmal finden würde.